La duperie de Guenièvre

KIERSTEN WHITE

LA DUPERIE DE GUENIÈVRE

L'ASCENSION DE CAMELOT – LIVRE 1

Traduit de l'anglais (États-Unis)
par Véronique Baloup

DE SAXUS

Ceci est une œuvre de fiction.
Toute ressemblance avec des personnages, lieux, organisations
ou évènements existant ou ayant existé ne serait que purement fortuite.

AVERTISSEMENT DE CONTENU

VIOLENCE, MORT ANIMALE, MEURTRE, VIOL, SEXISME, MISOGYNIE, DESCRIPTIONS EXPLICITES DE BLESSURES, AUTOMUTILATION (MAGIQUE)

La duperie de Guenièvre
par Kiersten White

Illustration de couverture : © 2019 by Alex Dos Diaz
Couverture française / Conception graphique : Volodymyr Feshchuk

Ouvrage publié sous la direction de Sam Souibgui
Coordination et suivi éditorial : Christian Martin

À Steph et Jarrod, pour avoir ouvert
leur maison comme un portail magique,
et à monsieur Tumnus, pour m'y avoir tolérée.

CHAPITRE UN

Il n'y avait rien au monde d'aussi magique et terrifiant qu'une fille au matin de sa vie de femme.

Cette fille particulière n'avait jamais ressenti auparavant le pouvoir qu'elle détenait en existant dans un univers d'hommes, mais aujourd'hui, entourée par eux, elle en percevait les émanations. *Je suis intouchable.* Ils gravitaient autour d'elle comme si elle était la terre et eux le soleil, adorateur mais lointain, la lune et les étoiles. C'était une sorte de magie en soi.

Un voile obscurcit et assombrit le monde qui l'entourait. Elle s'assit sur sa selle le dos péniblement droit. Elle ne remua pas ses orteils dans les bottes auxquelles ils étaient si peu habitués. Elle prétendait être un tableau.

« Je me refuse à croire que le couvent n'avait aucune nonne disposée à voyager avec vous », se plaint Brangien, en effleurant la fine couche de poussière qui avait baptisé leur voyage. Puis, comme si elle ignorait qu'elle avait parlé à haute voix, elle inclina la tête. « Mais il est évident que je suis tout à fait ravie et honorée d'être ici. »

Le sourire offert en réponse aux excuses de Brangien passa inaperçu. « Bien sûr », dit la jeune fille, mais les mots ne sonnaient pas tout à fait justes. Elle pouvait mieux faire. Elle le devait. « Je n'aime pas non plus les voyages et j'apprécie la gentillesse dont vous avez fait preuve en m'accompagnant dans ce long périple. Je me sentirais seule sans vous. » Elles étaient entourées de gens, mais pour eux, la fille vêtue de bleu et d'écarlate était une marchandise à protéger et à livrer en toute sécurité au nouveau propriétaire. Elle souhaitait désespérément que Brangien, âgée de dix-huit ans alors qu'elle n'en avait que seize, devienne une amie.

Elle en aurait besoin. Elle n'en avait jamais eu.

Mais cela compliquerait tout. Elle avait tellement de choses précieuses qui étaient cachées. Être accompagnée en permanence d'une autre femme était à la fois inhabituel et dangereux. Les yeux de Brangien étaient noirs, tout comme ses cheveux, et laissaient pressentir l'intelligence. Il est à espérer que ces yeux ne verront que ce qui leur est montré. Brangien la surprit à la fixer et lui offrit un sourire hésitant.

Accaparée par sa compagne, la jeune fille ne remarqua pas le changement d'emblée. Un changement subtil, une diminution de la tension, la prise à plein poumons de son premier souffle en deux semaines. Elle inclina la tête en arrière et ferma les yeux, reconnaissante du répit accordé par le feuillage vert, loin du soleil. Une forêt. Si son chemin n'était pas barré de tous côtés par les hommes et les chevaux, elle embrasserait les arbres, passerait ses doigts le long de leurs veines pour apprendre l'histoire de chacun.

« Serrez le cercle ! » commanda sire Bohort. Sous l'arche lourde des branches, son cri fut étouffé. C'était un homme peu habitué à ce qu'on le fasse taire. Même sa moustache se hérissa de cette offense. Il mit ses rênes entre les dents pour les retenir et tira son épée de son bras valide.

La jeune fille sortit de sa rêverie pour constater que les chevaux s'étaient imprégnés de la peur des hommes. Ils bougeaient et piétinaient, tournant les yeux pour chercher, tout comme leurs cavaliers. Un coup de vent souleva son voile. Elle croisa le regard d'un des hommes, Mordred, de trois ans son aîné, et bientôt son neveu. Le coin relevé de sa bouche délicate lui donnait un air amusé. Avait-il surpris sa rêverie avant qu'elle réalisât qu'elle ne devrait pas se laisser charmer par la forêt ?

« Qu'y a-t-il ? » s'enquit-elle, se détournant rapidement de Mordred, qui lui accordait beaucoup trop d'attention. *Sois un tableau.*

Brangien frissonna et s'enveloppa de sa cape. « Les arbres. »

Ils se rassemblaient de chaque côté de la route, tordant les troncs et agrippant les racines. Leurs branches s'entrelaçaient en hauteur pour former un tunnel. La jeune fille ne comprenait pas la menace. Pas de craquement de brindilles, pas de bruissement. Rien ne perturbait la beauté de la forêt. Sauf elle et les hommes autour d'elle. « Que se passe-t-il avec les arbres ? » demanda-t-elle.

Mordred répondit. Son visage était sérieux, mais sa voix était mélodieuse. Enjouée et basse. « Ils n'étaient pas là lors de notre voyage pour venir vous chercher. »

L'épée toujours sortie, sire Bohort fit claquer sa langue et son cheval avança à nouveau. Les hommes se rassemblèrent autour d'elle et de Brangien. Le sentiment de paix et de soulagement que la jeune fille avait éprouvé en se retrouvant parmi les arbres disparut, assombri par leur peur. Ces hommes revendiquaient tous les endroits par où ils passaient.

« Que veut-il dire, les arbres n'étaient pas là ? » murmura-t-elle à Brangien.

Brangien avait remué les lèvres pour dire quelque chose. Elle se pencha pour ajuster le voile de la jeune fille et répondit également en chuchotant, comme si elle avait peur que les arbres écoutent : « Il y a quatre jours, lorsque nous avons traversé cette région, il n'y avait pas de forêt. Toutes ces terres avaient été défrichées. C'étaient des fermes. »

« Nous avons peut-être pris un chemin différent sans nous en rendre compte ? »

Brangien secoua la tête, son visage troublé, mélange de sourcils noirs et de lèvres rouges. « Il y avait un amas de rochers, il y a une heure. Comme si un géant avait joué à un jeu d'enfants et avait laissé ses jouets derrière lui. Je m'en souviens très bien. C'est la même route. » Une feuille se détacha des arbres, atterrissant sur l'épaule de Brangien aussi légèrement qu'une prière. Elle poussa un cri d'effroi.

Il n'y eut rien de plus simple que de se pencher pour retirer la feuille de l'épaule de Brangien. La jeune fille voulut la porter à son visage, pour en étudier l'histoire au travers de ses lignes. Mais, en la touchant, elle sentit instantanément qu'elle possédait des dents. Elle la laissa tomber sur le sol de la forêt. Elle vérifia même ses doigts à la recherche de sang, mais bien sûr, il n'y en avait pas.

Brangien frémit. « Il y a un village non loin d'ici. Nous pouvons nous y cacher. »

« S'y cacher ? » Ils étaient à un jour de leur destination. Elle voulait que tout cela soit fini. Que tout soit réglé et derrière elle. L'idée de devoir côtoyer ces hommes dans un village – dans l'attente de quoi ? De se battre contre une forêt ? – lui donnait l'envie d'arracher ses chaussures, son voile, de supplier les arbres de la laisser passer en toute sécurité. Mais les arbres ne comprendraient pas.

Après tout, ils se trouvaient maintenant dans le camp opposé.

Je suis désolée, pensa-t-elle, sachant que les arbres ne pouvaient pas l'entendre. Avec l'espoir de pouvoir s'expliquer.

Brangien repoussa un cri et mit les mains sur la bouche en geste d'horreur. Les hommes autour d'elles s'arrêtèrent brusquement. Ils étaient toujours entourés de vert, le tout filtré et imprécis à travers le voile. Des formes émergeaient de la forêt, d'énormes rochers couverts de mousse et de vignes rampantes.

Au diable la bienséance. Elle arracha son voile. Le monde devint parfaitement limpide.

Les formes n'étaient pas des rochers. C'étaient des maisons, des chaumières semblables à celles qu'ils avaient déjà longées, faites de torchis et de colombages, avec des toits de chaume descendant jusqu'au sol. Mais à la place de la fumée qui aurait dû émaner des toits, il y avait des fleurs. À la place des portes, des rideaux de lierres. C'était un village reconquis par la nature. Si elle avait dû deviner, elle aurait dit qu'il avait été abandonné il y a plusieurs générations.

« Il y avait un enfant », murmura Brangien entre ses doigts. « Il m'a vendu du pain rempli de pierres. J'étais tellement en colère contre lui. »

« Où sont les gens ? » demanda sire Bohort.

« Nous ne devons pas nous attarder ici. » Mordred tourna son cheval vers le sien. « Entourez la princesse ! Vite ! »

Portée par l'élan de ses gardes, elle aperçut un dernier rocher couvert de lierre, ou peut-être une souche d'arbre. Juste la bonne taille et la bonne forme pour un petit garçon offrant du mauvais pain.

Ils ne se sont pas arrêtés jusqu'à ce que le crépuscule ait repris le monde bien plus doucement que la forêt n'avait repris le malheureux village. Les hommes scrutaient les champs autour d'eux, avec méfiance, comme si des arbres allaient surgir pour les empaler.

Peut-être le feraient-ils.

Même si elle avait été inquiète, elle n'avait jamais regardé les choses vertes et secrètes du monde avec crainte auparavant. C'était une bonne leçon, mais elle aurait souhaité que le village n'eût pas à payer le prix de son éducation.

Ils ne pouvaient pas aller beaucoup plus loin dans l'obscurité sans risquer de blesser les chevaux. Elles passèrent leur première nuit dans une auberge. Brangien dormit à ses côtés dans le plus beau lit que l'auberge eut à offrir. Elle ronfla légèrement, d'un son amical et de bonne compagnie. Incapable de dormir, la jeune fille eut envie de descendre les escaliers, de retrouver les chevaux dans les écuries, de dormir dehors.

Ce soir, son vœu serait exaucé. Les hommes se répartirent les tours de garde. Brangien se plaignit en installant le couchage, déplorant le manque de literie adéquate.

« Ça ne me dérange pas. » La jeune fille offrit à Brangien un autre sourire qui ne fut pas remarqué dans l'obscurité.

« Moi, si », marmonna Brangien. Peut-être pensait-elle que le voile estompait l'audition autant que la vision.

Malgré le feu qui crépitait en défiant la nuit, le froid, les bêtes et les choses rampantes, les étoiles attendaient. Les hommes n'avaient pas encore trouvé le moyen de les repousser. La jeune fille repéra ses constellations préférées : la femme noyée, la rivière rapide, le rivage de galets. Si une étoile clignotait en signe d'avertissement, elle ne pouvait la voir, à cause des étincelles que le feu envoyait en direction des astres.

Le lendemain, ils poussèrent davantage les chevaux. Elle se rendit compte qu'elle avait moins peur de la forêt laissée derrière eux que de la ville qui les attendait.

Elle trouvait la paix dans le balancement et les secousses du cheval sous elle. Les chevaux étaient profondément apaisants au contact. Calmes et déterminés. Elle caressa distraitement la crinière de sa jument. Ce matin-là, Brangien lui avait tressé ses longs cheveux noirs, en y insérant des fils d'or. « Que de nœuds ! » Avait-elle dit. Mais elle n'avait pas vu leur rôle, ni ne l'avait soupçonné. Ou peut-être que si ?

Il y avait déjà eu trop de complications imprévues. Comment la fille aurait-elle pu se douter que cette jeune femme explorerait ses cheveux avec tellement de soin ? Et Mordred, toujours en train de regarder. Il était beau, avec un visage lisse et des yeux verts comme la mousse. Cela lui rappela la grâce du serpent glissant dans l'herbe. Mais quand elle le surprit en train de la fixer, son sourire ressemblait plus à celui du loup qu'à celui du serpent.

Les autres chevaliers, au moins, ne se souciaient pas d'elle, hormis par devoir. Sire Bohort les poussa encore plus vite. Ils passèrent au travers de petits villages où les maisons se serraient les unes contre les autres comme les hommes l'avaient fait dans la forêt, se protégeant mutuellement et scrutant les terres autour d'eux, de manière craintive et défiante. Elle voulait descendre de cheval, rencontrer les gens, comprendre pourquoi ils vivaient ici, déterminés à dominer la nature, en s'exposant à d'innombrables menaces. Mais tout ce qu'elle voyait se limitait à des formes floues et des indices verts et dorés du monde environnant. Le voile était une version plus intime de ses gardes, la condamnant à l'isolement.

Elle cessa de détester le rythme rapide de sire Bohort et aurait souhaité qu'ils aillent encore plus vite. Elle serait heureuse d'en finir avec ce voyage, afin de voir les menaces qui l'attendent et ainsi de pouvoir les anticiper.

Puis ils arrivèrent à la rivière.

Il semblait qu'elle ne pouvait se décider sur rien ici. Elle était contente de son voile maintenant. Il dissimulait la perfidie de l'eau scintillante et cachait sa panique à ceux qui l'entouraient.

« N'y a-t-il pas moyen de la contourner ? » Elle essaya de rendre sa voix à la fois légère et impérieuse. Elle n'y était pas parvenue. Sa voix avait retenti comme elle se sentait : terrifiée.

« Le passeur nous aidera à traverser en toute sécurité. » Sire Bohort le présenta comme un fait. Elle voulait s'accrocher à cette certitude, mais sa confiance s'éloigna, rapidement hors de portée.

« Je serais heureuse de continuer à cheval plus longtemps si cela nous permettait d'éviter la traversée », déclara-t-elle.

« Ma damoiselle, vous tremblez. » Mordred avait encore réussi à se glisser à côté d'elle. « N'avez-vous pas confiance en nous ? »

« Je n'aime pas l'eau », murmura-t-elle. Sa gorge se serra en réalisant à quel point cette phrase ne rendait pas compte de la terreur profonde qu'elle ressentait. Elle repoussa de toutes ses forces le souvenir d'une eau noire et lourde au-dessus de sa tête, tout autour d'elle, la pressant de partout, la remplissant. Elle écarta ce souvenir aussi rapidement qu'elle eût retiré la main d'un fer brûlant.

« Alors, je crains que vous ne trouviez pas votre nouvelle demeure à votre goût. »

« Que voulez-vous dire ? »

Mordred semblait s'excuser, mais elle ne pouvait pas suffisamment bien discerner ses traits pour savoir si l'expression de son visage était semblable au ton de sa voix. « Personne ne vous a dit ? »

« M'a dit quoi ? »

« Je ne voudrais pas gâcher la surprise. » Son ton était donc faux. Il la détestait. Elle le sentait et elle ignorait ce qu'elle avait pu faire pendant ces deux jours ensemble pour mériter sa colère.

Le courant du fleuve chassa toute autre considération, avec pour seule rivalité les battements de son cœur et son souffle haletant, emprisonné par son voile dans un nuage humide de panique. Sire Bohort l'aida à descendre de cheval. Elle se plaça à côté de Brangien, qui était perdue dans son monde, distraite et lointaine.

« Ma damoiselle ? » dit sire Bohort.

Elle réalisa que ce n'était pas la première fois qu'il s'adressait à elle. « Oui ? »

« La barque est prête. »

Elle essaya de s'en approcher. Elle ne parvint pas à faire bouger son corps. La terreur était si intense, si écrasante, qu'elle ne pouvait même pas se tourner dans cette direction.

Brangien, réalisant enfin que quelque chose n'allait pas, se mit devant elle. Elle se pencha tout près, ses traits s'affinant derrière le voile. « Vous avez peur », dit-elle, surprise. Puis sa voix s'adoucit, et pour la première fois, elle semblait parler à une personne plutôt qu'à un titre. « Je peux vous tenir la main, si vous le désirez. Je sais nager aussi. Ne le dites à personne. Mais je vous promets de vous conduire en toute sécurité jusqu'à l'autre bord. » Brangien lui prit la main et la serra fort.

Elle la tint avec gratitude, s'y agrippant comme si elle se noyait déjà et comme si cette main fut tout ce qui restait entre elle et le néant.

Et elle n'avait même pas fait un pas vers la rivière ! Tout cela allait échouer avant qu'elle n'atteigne le roi, car elle était incapable de surmonter cette peur absurde. Elle se détestait et elle détestait chacun des choix qui l'avaient menée ici.

« Venez. » L'injonction de sire Bohort était teintée d'impatience. « Nous sommes attendus avant la nuit tombante. Nous devons continuer d'avancer. »

Brangien la tira doucement. Un pas, puis un autre, puis un autre.

La barque s'enfonça sous le poids de ses pieds et se mit à tanguer. Elle fit demi-tour pour rejoindre la berge, mais les hommes étaient là. Ils avancèrent, une marée de larges poitrines, de cuir et de métal indéfectibles. Elle trébucha et se raccrocha à Brangien.

Elle laissa échapper un sanglot. Elle avait trop peur d'avoir honte.

Brangien, le seul élément stable dans un monde bouleversé et mouvementé, la tenait. Si elle tombait à l'eau, elle le savait, elle en était certaine, elle serait anéantie. L'eau la saisirait. Elle cesserait d'exister. Ancrée dans sa peur, la traversée aurait pu durer des minutes ou des heures. Elle semblait sans fin.

« Aidez-moi », dit Brangien. « Je ne peux bouger. Elle s'accroche trop. Je pense qu'elle est inconsciente. »

« Nous ne pouvons pas la toucher », grommela sire Bohort.

« Dieu tout-puissant », dit Mordred, « je vais le faire. S'il veut me tuer pour avoir touché sa promise, qu'il le fasse, à condition que je puisse dormir dans mon propre lit une dernière fois. » Il la souleva, en la prenant sous les genoux, et la porta dans ses bras comme un enfant. Elle enfouit son visage dans sa poitrine, respirant les odeurs de cuir et de tissu. Jamais elle n'avait été plus reconnaissante pour quelque chose de robuste. Pour quelque chose de réel.

« Ma damoiselle. » La voix de Mordred était aussi douce que ses cheveux, dans lesquels elle avait emmêlé ses doigts comme des griffes. « Je vous mène en toute sécurité jusqu'à la terre ferme. Si courageuse dans la forêt, qu'est-ce qu'un ruisseau pour vous ? »

Il la posa, ses mains s'attardant sur sa taille. Elle trébucha. Maintenant que la menace était passée, la honte montait en elle. Comment pourrait-elle être forte, comment pourrait-elle accomplir sa mission, si elle ne pouvait même pas traverser une rivière ?

Une excuse fleurit sur ses lèvres. Elle la saisit et la rejeta. *Sois ce qu'ils attendent de toi.*

Elle se redressa doucement. Royalement. « Je n'aime pas l'eau. » C'était une évidence et non une excuse. Puis elle accepta la main de Brangien et remonta à cheval. « Pouvons-nous continuer ? »

Sur le chemin du couvent, elle avait vu des châteaux de bois qui sortaient du sol comme d'une forêt pervertie. Même un château de pierre. C'était un bâtiment trapu, en forme de croix.

Rien ne l'avait préparée à Camelot.

La terre était domestiquée à des kilomètres à la ronde. Les champs divisaient la nature en rangées ordonnées et soignées, promettant récoltes et prospérité. Malgré la présence de plus nombreux villages et de petits bourgs, ils n'avaient vu personne. Cela n'inspirait pas la même crainte, ni la même méfiance que dans la forêt. Au contraire, les hommes autour d'elle devenaient à la fois plus détendus et plus agités, mais avec une certaine exaltation. Et puis, elle comprit pourquoi. Elle enleva son voile. Ils étaient arrivés.

Camelot était une montagne. Une véritable montagne. Une rivière l'avait libérée de la terre. Pendant plus d'années que son esprit puisse l'imaginer, l'eau s'était divisée, avait poussé de part et d'autre et avait érodé la terre jusqu'à ce qu'il n'en reste que le centre. Elle tombait encore violemment en cascade de chaque côté. Au pied de Camelot se cachait un grand lac, froid et mystérieux, alimenté par les rivières jumelles et donnant naissance à une seule grande rivière à son extrémité.

Sur la montagne, entourée de tous côtés par l'eau, une forteresse avait été taillée non par la nature mais par des générations de mains. La roche grise avait été découpée pour créer des formes fantastiques. Des torsades et des nœuds, des visages démoniaques avec des fenêtres pour yeux, des escaliers serpentant le long des enceintes extérieures avec rien d'autre qu'un espace vide d'un côté et le château de l'autre.

La ville de Camelot était accrochée à la forte pente en aval du château. La plupart des maisons avaient été creusées à même la roche, mais certaines structures en bois s'y mêlaient. Les rues serpentaient entre les bâtiments, des veines et des artères menant toutes au château, le cœur de Camelot. Les toits n'étaient pas tous faits de chaume, beaucoup l'étaient d'ardoise, un mélange de bleu foncé et de chaume, de sorte que le château semblait niché dans un patchwork de pierre, de chaume et de bois.

Elle n'aurait pas pensé que les hommes auraient été capables de créer une ville aussi magnifique.

« Impressionnant, n'est-ce pas ? » La voix de Mordred était chargée d'envie. Il était jaloux de sa propre ville. Il est possible qu'en la voyant à travers ses yeux, il la redécouvrît. Certes, c'était une chose à convoiter.

Ils se rapprochèrent. Seul le château captait son attention. Elle essayait d'ignorer le rugissement constant des rivières et des cascades. Elle essayait d'ignorer le fait qu'elle devrait traverser un lac pour se rendre dans sa nouvelle demeure.

Impossible.

Sur les rives du lac, une fête les attendait. Des tentes avaient été dressées, les drapeaux claquant et battant au vent. On jouait de la musique et des odeurs de viande rôtie les attiraient. Les hommes se redressèrent sur leurs selles. Elle fit de même.

Ils s'arrêtèrent à l'extérieur du périmètre de la fête. Des centaines de personnes étaient là, attendaient, les yeux rivés sur elle. Elle était soulagée d'avoir remis le voile qui la séparait d'eux et qui les cachait d'elle. Elle n'avait jamais vu autant de personnes de toute sa vie. Si elle avait pensé que le couvent était bondé et que la compagnie des chevaliers était envahissante, c'était un mince ruisseau comparé au grondement de cet océan.

Un silence tomba sur la foule qui ondulait comme un champ de blé. Quelqu'un se déplaçait directement à travers celle-ci et les gens se séparaient puis se rejoignaient derrière lui. Le murmure qui accompagnait la procession était empreint de révérence, d'amour. Elle sentit qu'ils étaient venus là pour être à ses côtés, plus qu'ils n'étaient venus pour la voir.

Il se dirigea vers elle et s'arrêta. Si la foule était calme, son corps et son esprit étaient tout sauf ça.

Sire Bohort s'éclaircit la gorge, sa voix retentissante étant parfaitement à l'aise dans cet environnement : « Votre Grâce, roi Arthur de Camelot, je vous présente la princesse Guenièvre de Caméliard, fille du roi Léodagan. »

Le roi Arthur s'inclina, puis tendit la main. Il enveloppa la sienne. C'était une main forte, ferme, qui ne tremblait pas. Une main rugueuse, avec une intention claire qui pulsait chaudement de lui en elle. Elle entreprit de mettre pied à terre, mais avec les rivières, le lac et le voyage, elle était encore tremblante. Il lui épargna cet effort en la soulevant de cheval, la faisant pivoter une fois, puis en la posant au sol avec une révérence de courtoisie. La foule rugit avec enthousiasme, couvrant les rivières.

Il retira son voile. Le roi Arthur apparut tel le soleil sortant des nuages. Comme Camelot, il semblait avoir été sculpté directement à partir de la nature par une main aimante et patiente. Larges épaules surmontant une taille fine. Plus grand que tous les hommes qu'elle n'avait jamais rencontrés. Son visage, encore juvénile à dix-huit ans, était ferme et volontaire. Ses yeux bruns étaient vifs, mais les lignes les entourant racontaient des histoires de moments souriants passés à l'extérieur. Ses lèvres étaient charnues et douces et sa mâchoire était forte. Ses cheveux étaient étonnamment courts, coupés presque jusqu'à la peau. Tous les chevaliers qu'elle avait rencontrés gardaient les leurs longs. Il portait une simple couronne d'argent aussi facilement qu'un fermier porte un chapeau. Elle ne pouvait pas l'imaginer sans elle.

Il l'étudia également. Elle se demanda ce qu'il avait vu. Ce qu'ils ont tous vu en regardant ses longs cheveux, si sombres qu'ils étincelaient presque de bleu au soleil. Ses sourcils vifs et expressifs. Son nez couvert de taches de rousseur qui révélaient la vérité sur sa vie antérieure. Une vie de soleil, de liberté et de joie. Aucun couvent n'aurait pu favoriser l'apparition de ces taches de rousseur.

Il prit sa main et la pressa contre sa joue chaude, puis il la souleva et ramena son attention sur la foule.

« Votre future reine, Guenièvre ! »

La foule rugit, criant le nom de Guenièvre. Encore et encore.

Si seulement c'était vraiment son nom.

Le doigt sur une feuille. De la feuille à la forêt, du sol à la racine. De la racine à la racine et à la racine, des toiles entrecroisées rampant dans la terre. De la racine au sol et à l'eau.

Eau s'infiltrant et se glissant dans le doux limon noir. Courant sur la pierre. Tombant et se brisant, puis se rejoignant, coulant, coulant.

De l'eau à l'eau, à l'eau, aux racines, à l'arbre et à la sève.

De la sève à la terre qui contient l'absence d'un corps.

La reine d'Arthur n'a pas le goût d'une reine. Quel goût a-t-elle ? La vraie reine, la Reine Noire, la reine généreuse, cruelle et sauvage, se demande. Elle n'a pas de réponse. Mais elle a des yeux. Tellement d'yeux. Ils verront la vérité.

CHAPITRE DEUX

Mais il y avait tellement de monde.

Trop de monde.

Arthur la guida au travers de la foule. Des mains se tendirent pour la toucher. Elle s'efforça de ne pas tressaillir, de rester agréable et royale. Il y avait des jongleurs, des ménestrels et des enfants qui couraient follement dans la foule. Ces derniers la fascinaient. Elle n'avait jamais vu d'enfants auparavant.

Des tables avaient été installées et débordaient de nourriture. Il n'y avait pas d'échange d'argent. La nourriture offerte était sans doute en grande partie à l'origine de la venue de tout ce monde. Ils passèrent devant une estrade miniature en bois. Deux imitations d'humains grossièrement sculptées s'inclinèrent dramatiquement devant elle et elle s'arrêta. Pendant un moment de confusion, elle crut qu'ils bougeaient d'eux-mêmes, mais elle vit ensuite les bras et les mains qui les contrôlaient, derrière un rideau. Pas de magie.

« Oh, ça. » Arthur sourit avec un air de tolérance teinté de lassitude. Il était évident qu'il souhaitait poursuivre son chemin, mais elle était intriguée.

« Nous vous présentons maintenant », s'écria l'une des marionnettes d'une voix grinçante et exagérée, « l'histoire de notre grand roi Arthur ! »

Des enfants se bousculèrent, impatients de regarder. Les deux marionnettes disparurent et furent remplacées par celles d'un chevalier battu, d'un enfant et d'un bébé. « Je suis sire Hector ! » dit le chevalier battu, titubant ivre sur la petite scène.

« Je suis sire Keu ! » dit l'enfant.

Sire Hector donna un coup sur la tête de sire Keu. Les enfants qui regardaient hurlèrent de rire. « Tu n'es sire de rien du tout, sale rat ! » Ils continuèrent à se battre jusqu'au moment où ils remarquèrent la présence du bébé. Une voix retentissante venue des coulisses déclara : « C'est Arthur. Il est à vous maintenant. Prenez soin de lui. »

Sire Hector et le petit Keu se regardèrent, puis regardèrent le bébé, puis se regardèrent, puis regardèrent le bébé, et ainsi de suite pendant bien trop longtemps. Les enfants rirent en criant : « Prenez le bébé ! Prenez le bébé ! »

Finalement, les marionnettes obéirent et quittèrent la scène.

Curieusement, il n'y avait pas eu de marionnette pour Merlin, mais seulement une voix désincarnée. Et ça ne s'était pas passé exactement comme cela. Il y avait eu de la violence, des poursuites, des menaces latentes. Il y avait eu ceux qui voulaient tuer le bébé simplement parce qu'il existait. Et la mère d'Arthur avait été entièrement laissée de côté. Certes, le triste sort d'Ygraine ne pouvait guère devenir le sujet d'un jeu d'enfants.

Diverses représentations de marionnettes mettant en scène l'enfance d'Arthur comme serviteur de sire Hector et de sire Keu suivirent. Puis vint un tournoi à Camelot au cours duquel l'épée de sire Keu se brisa. Cherchant désespérément à la remplacer,

Arthur extirpa Excalibur de la pierre enchantée qui retenait l'épée fermement contre toute autre tentative de la récupérer. La pierre ne permettait qu'au véritable futur roi de la libérer.

Le public retint son souffle et applaudit lorsque la petite marionnette brandit l'épée de la taille d'un couteau. Puis il rit au moment où elle trébucha et où l'épée glissa. Sire Keu et sire Hector grondèrent Arthur pendant plusieurs minutes de bêtises insensées.

En réalité, les trois avaient fui. Le roi Uther Pendragon ne voulait aucun héritier, aucun usurpateur. Sire Hector avait jeté Excalibur dans un lac pour se débarrasser de la preuve de la légitimité d'Arthur à gouverner. Les profondeurs ténébreuses l'avaient engloutie. Mais jusqu'à quand ?

Le fond en toile de la scène des marionnettes fut remplacé par un tissu bleu. La marionnette d'Arthur était plus grande maintenant. Une main, une vraie main, surgit du tissu bleu en tenant l'épée miniature.

Cette version de l'histoire prenait en compte les éléments magiques, l'histoire ne pouvant être racontée sans eux, mais elle les rendait si mineurs qu'ils étaient devenus insignifiants. La Dame du Lac n'était qu'un auxiliaire nécessaire pour rapporter l'épée à Arthur. Aucun des quelques êtres magiques qui s'étaient rangés à ses côtés contre la Reine Noire n'était présent. Mais Camelot avait abandonné la magie ; peut-être même que ses histoires la repoussaient aussi.

Une énorme marionnette avec une couronne noire garnie de pointes surgit sur la scène. Les enfants crièrent, se moquèrent et hurlèrent des jurons contre Uther Pendragon.

« Venez. » Arthur lui prit le coude. Ses yeux étaient encore aimables, mais ils avaient quelque chose de dur. « Il y aura des cadeaux. »

Elle voulait voir le reste du spectacle, voir comment les sujets d'Arthur avaient décidé d'interpréter et de colporter son histoire.

Voir si Merlin y avait été introduit, s'ils avaient tenu compte de son rôle dans les scènes suivantes après l'avoir ignoré dans les premières. Elle était aussi très curieuse de savoir comment le spectacle allait mettre en scène la forêt de sang et la bataille avec la Reine Noire. Sans parler du bannissement de Merlin.

Mais elle ne pouvait pas demander qu'on la laisse avec les enfants. Elle suivit Arthur.

La rive du lac était bordée de bateaux. Des barques plates, des embarcations étroites faites de rondins évidés, des canots qui semblaient aussi stables et fiables qu'une feuille prise dans un tourbillon.

« Êtes-vous inquiète ? » demanda Arthur. Pendant les deux dernières heures, il avait célébré parmi son peuple alors qu'elle était assise avec Brangien à ses côtés, inclinant la tête et souriant alors que les gens déposaient des cadeaux sur une table. Des mets, surtout, mais aussi des longueurs de tissu et des pièces de métal habilement tournées. Elle avait touché chaque objet. Aucun ne la mordit. Aucun ne chanta pour elle. Ils étaient tous inoffensifs.

Le soir tombait et la fête arrivait à son terme. Les bateaux attendaient. Camelot attendait. Nul roi ne serait marié sur la rive d'un lac.

« Notre damoiselle Guenièvre a peu de goût pour l'eau. » La voix de Mordred sonnait avec éclat tandis que la lumière du jour s'estompait. D'une manière ou d'une autre, il finissait toujours à ses côtés.

« Est-ce vrai ? » demanda Arthur.

Elle acquiesça de la tête, souhaitant pouvoir mentir et faire semblant d'être forte. Qu'allait-il penser d'elle ?

Arthur se tourna vers leur suite. Bien que Mordred fût le plus proche, tous ses chevaliers étaient réunis autour d'eux. Elle avait déjà perdu le fil de ceux qui l'avaient accompagnée et de ceux qu'elle venait de rencontrer. Tant de visages ! La forêt lui avait semblé déserte, mais maintenant elle aspirait à la simplicité de sa vie là-bas.

La voix d'Arthur était aussi chaleureuse que son sourire. « Ma future épouse et moi allons prendre un autre bateau. Nous souhaitons arriver les premiers afin de pouvoir regarder la procession. »

« Mais mon roi, est-ce bien convenable ? » Sire Bohort, la moustache pendante, fronça les sourcils d'un air dubitatif. « Être seul avec elle avant de vous marier ? On ne peut pas faire confiance à la nature passionnée des femmes. »

Agacée, elle oublia d'être un tableau. « Je protégerai son honneur avec ma vie », répondit-elle sèchement. Il y eut un bref silence, puis les hommes éclatèrent de rire à l'idée saugrenue d'une fille protégeant leur roi. Si seulement ils savaient. Cependant, sire Bohort ne sembla pas amusé.

Mordred lui donna une tape dans le dos. « N'ayez aucune crainte, vaillant sire Bohort. Je veillerai sur eux. »

« Merci, neveu », dit Arthur. Il était étrange d'entendre le roi Arthur appeler Mordred, d'un an plus âgé que lui, *neveu*. L'arbre généalogique d'Arthur était tortueux et malade, rempli de méandres, de trahisons et de souffrance. Comment en faisait-il partie ? Elle ne le savait pas.

Enfin, elle en connaissait quelques brides. Elle aurait aimé en savoir moins.

Arthur fit amener son cheval. Il la hissa sur son dos, puis monta derrière elle. Elle ne savait pas comment réagir à cette étonnante intimité ; elle était pleinement consciente que tous les yeux étaient braqués sur eux. Elle s'assit aussi solennellement que possible pendant qu'Arthur saluait, puis il fit avancer son cheval d'un coup d'éperon.

Il rapprocha la tête de son oreille. « Il y a un autre chemin. Il n'est connu que de Mordred et moi. Je le partage avec vous en cadeau de mariage, puisque j'ai oublié de vous offrir autre chose. »

« M'épargner le bateau est le plus beau cadeau du monde. » Elle essaya d'atténuer la sensation qu'elle avait à le sentir derrière elle, sentir sa large poitrine et le rythme de son souffle. Elle avait eu plus de contacts physiques directs avec d'autres personnes au cours des deux derniers jours que pendant toutes les années réunies de sa vie. Brangien, Mordred et maintenant Arthur. Est-ce qu'elle s'y habituerait ? Elle le devrait.

Ils longèrent les rives du lac. Le cheval de Mordred était d'un blanc pur, brillant presque dans l'obscurité qui les entourait. La pression et le grondement de la cascade la plus proche devinrent assourdissants. Elle les ressentait au plus profond d'elle. Même si elle savait qu'elle n'aurait plus à rentrer dans l'eau, elle avait du mal à se libérer de sa peur panique en s'en approchant.

Arthur descendit de cheval et la souleva pour la poser à terre aussi facilement que si elle avait été une enfant. Il semblait si bien se sentir en sa compagnie. Il n'y avait rien de la distance appropriée que ses hommes avaient maintenue. Elle avait reçu l'ordre de ne même pas toucher la main d'un homme, bien qu'elle le transgressât de façon spectaculaire en venant ici. Mais Arthur faisait tout sans avoir besoin d'y réfléchir. Pas le moindre écart, comme l'avait fait Mordred en la relâchant après leur traversée de la rivière. Arthur voulait la faire descendre de cheval, alors il la souleva du cheval. C'était aussi simple que ça.

Il prit sa main et la guida dans l'obscurité. Ses pas étaient sûrs, il connaissait le chemin, invisible pour elle. Son cœur qui battait la chamade ne lui permettait pas d'oublier la proximité du lac, la voracité de la cascade qui se trouvait juste à côté. Un léger brouillard l'enveloppa et elle frissonna, serrant la main d'*Arthur* trop fort, s'imprégnant autant que possible de ce qui émanait de lui. Si sa peur était comme l'eau qui érode, déferle et recouvre tout, la force d'Arthur était comme la roche, stable et immuable. Il n'était donc pas étonnant qu'il eût été la fondation sur laquelle un royaume avait été construit.

« Ici », dit-il en lâchant sa main. En perdant le contact, elle se sentit affaiblie. Il frappa un silex et une torche s'enflamma. Mordred écarta un rideau de lianes pour faire apparaître une grotte. Le sourire qu'Arthur lui renvoya était un pur délice d'enfant, trahissant sa jeunesse mieux que son comportement et ses manières. « C'est ainsi que je suis entré pour la première fois à Camelot. C'est Merlin qui me l'a montrée. »

Elle éprouva un pincement au cœur en entendant le nom de Merlin. C'est lui qui devrait être ici. Il était tellement mieux préparé à cela. Plus intelligent. Plus fort. Mais pour un jeune roi, il n'était pas exactement la personne à marier.

« Oncle roi, puis-je vous rappeler de ne pas prononcer le nom de la progéniture du démon banni. »

Arthur soupira : « Merci, Mordred. Oui. »

Elle espérait ne pas avoir réagi au nom de Merlin d'une manière que Mordred aurait pu remarquer. Elle ne pouvait trahir aucun lien avec le sorcier.

« Votre future reine le sait, n'est-ce pas ? » demanda Mordred. « Les choses pourraient être différentes dans le Sud. »

« Ah oui. » Arthur s'éclaircit la gorge : « Nous avons banni toute magie de Camelot. »

« Pourquoi ? » demanda Guenièvre. Merlin n'avait jamais été clair à ce sujet. Il avait évoqué son bannissement d'une bouffée d'air dérisoire mais résignée entre ses lèvres, puis lui avait longuement parlé d'un genre de grenouille qui pouvait se transformer en mâle ou en femelle selon les circonstances conditionnant sa survie.

Mordred répondit : « Nous avons travaillé et nous avons lutté pour repousser la Reine Noire et ses forces féeriques. Mais autoriser quelconque magie ici, c'était comme semer de l'ivraie parmi les blés. Les vrilles s'allongent et étouffent ce que nous essayons de faire. Il a donc été décidé qu'il n'y aurait pas de magie à l'intérieur de Camelot. Ce qui signifie que notre magicien n'était plus le bienvenu et que l'on ne peut plus invoquer son nom autrement que par un renvoi sévère. » Mordred se retourna, de telle sorte qu'il marcha à reculons pour leur faire face : « Et que quiconque surpris à pratiquer la magie est banni du royaume. Ou pire encore. » Mordred s'attarda, telle une araignée, sur ce dernier point puis passa rapidement à autre chose. « Mon oncle le roi règne avec justice et ordre. Il fait sortir le royaume du chaos de sa naissance pour lui assurer la paix dans l'avenir. »

Le sourire d'Arthur était tendu. « Oui. Merci, Mordred. Il n'y a pas de magie à l'intérieur de nos territoires. C'est une règle absolue. »

Elle trembla à mesure que leur progression dans la grotte les isolait de la nuit. La roche était noire, glissante d'humidité. Arthur ne trébucha ni ne dérapa, mais il marchait plus lentement qu'elle ne l'aurait pensé. Elle lui en était reconnaissante. Les mots de Mordred persistaient comme le froid qui les entourait. Bannissement. *Ou pire.*

« Je n'ai jamais eu de reine auparavant. Comment dois-je vous appeler ? » La voix d'Arthur était douce, de sorte qu'elle ne portait pas plus loin qu'eux, n'atteignant pas Mordred qui les précédait. Le passage était étroit, les forçant à rester en file indienne.

« Guenièvre me va très bien, merci. »

« Seulement Guenièvre ? Rien d'autre ? Je connais le pouvoir des noms. »

Elle donna deux sens à ses mots. Les noms qui étaient des titres donnaient du pouvoir aux hommes. Les vrais noms ont donné le pouvoir aux choses qui sont apparues avant les hommes. Elle se concentra sur la torche pour rendre sa voix aussi joviale que la flamme : « Guenièvre, quand c'est prononcé par vous, a suffisamment de pouvoir. »

Elle garderait son vrai nom pour elle-même comme un talisman. Comme un secret. Dans l'horrible auberge, claustrophobe et désespérée, elle se l'était murmuré au milieu de la nuit. Il ne lui avait pas semblé réel. Elle s'était demandé si, sans personne d'autre pour le lui dire, il cesserait d'exister. *Guenièvre*, murmura-t-elle. La caverne l'avala en une fois, l'emportant vers Camelot.

Guenièvre. Guenièvre. Morte et enterrée. Comment était-elle ? Qui était-elle ?

Moi, pensa-t-elle. *Guenièvre*. Elle s'imagina en train de rentrer dans le nom comme elle était rentrée dans les vêtements, se l'appropriant son par son, pièce par pièce, s'en drapant puis le serrant très fort pour qu'il ne glisse pas. C'était un nom compliqué. Tant de pièces. Il fallait qu'elle soit très compliquée pour pouvoir le porter.

« Guenièvre » suivit Arthur au travers de la grotte.

Ils débouchèrent dans une réserve exiguë remplie de tonneaux. Arthur aida Mordred à en déplacer un de grande taille pour leur permettre d'y pénétrer. Mordred le remit en place pendant qu'Arthur sortit une clé et déverrouilla la porte. Une fois tous passés, il referma la porte derrière eux.

Ils étaient dehors, sur l'une des passerelles qui serpentaient à l'extérieur du château. Guenièvre regarda fixement le château, sombre et imposant au-dessus d'elle. Elle posa sa main sur la roche, mais elle était vieille, si vieille qu'elle en avait oublié ce qu'elle était avant d'être un château. Mordred mit sa main à côté de la sienne. Ses doigts étaient longs et finement formés.

Ils semblaient aussi tendres qu'une jeune feuille. Mais peut-être une feuille avec des dents, comme celle de la forêt.

« Nous n'avons pas construit Camelot », dit-il, « ni le père d'Arthur, Uther Pendragon. Il fit ce que les hommes font toujours. Il le voulait, alors il l'a revendiqué. Et puis, nous le lui avons pris. »

Elle ne savait pas s'il semblait fier ou triste et la nuit autour d'eux n'offrait aucun indice.

« Regardez ! » Arthur détourna son attention du passé qui avait été ensanglanté et vaincu sous les coups de l'épée de son père.

Elle se tourna vers l'extérieur et le reste de la nuit se dévoila. La ville de Camelot s'agenouillait devant eux, et au-delà des bâtiments, des maisons et des murs, le lac projetait des étincelles de feu. Des centaines de bateaux traversaient le lac avec des lampes allumées. Les lampes se reflétaient avec une beauté ondoyante dans l'eau noire. C'était comme le ciel nocturne, brûlant d'étoiles.

Elle pourrait presque aimer ce lieu, même avec le lac.

« Ils illuminent Camelot en l'honneur de leur nouvelle reine. » Guenièvre regardait. Son sourire était également comme un reflet. Pas tout à fait réel. Ils lui offraient espoir et beauté en échange d'une trahison.

Elle était parée de rouge et de bleu. Une ceinture d'argent descendait sur ses hanches. Ses cheveux étaient couverts de bijoux. C'était la première – mais personne ne le savait – et la dernière fois qu'elle en portait, car ce n'était pas l'usage pour les femmes mariées. Un col de fourrure ornait sa cape, le fantôme de l'animal la chatouillant. Si elle le touchait, quelle histoire raconterait-il ?

Elle n'en fit rien.

Ils s'agenouillèrent devant un autel. Un prêtre récita des mots en latin. Les mots ne signifiaient rien pour Guenièvre ; ils étaient aussi dénués de sens que les vœux qu'elle prononça. Mais Guenièvre, la Guenièvre morte, était une princesse chrétienne, et donc Guenièvre, la fausse Guenièvre, devait être la même.

Lorsqu'ils eurent terminé, Arthur conduisit Guenièvre à un balcon surplombant la ville. Les lumières s'étaient à présent déplacées dans les rues. Les gens se pressaient en se bousculant pour s'approcher du château. Guenièvre souriait, même s'ils ne pouvaient pas voir ce sourire à cette distance. Pourquoi offrait-elle constamment des sourires alors qu'aucun n'était exigé ? Elle leva la main et salua.

Une clameur jaillit. Arthur, hier un héros dans les récits de Merlin et aujourd'hui son mari, la poussa sur le côté. « Regardez. » Il fit un geste à un homme qui se tenait à proximité et qui donna un ordre. Il y eut un bruit fracassant, puis les gens acclamèrent avec une telle euphorie et une telle ferveur que Guenièvre vit à quel point leur enthousiasme pour elle avait été faible en comparaison. Ils se bousculèrent, rirent, en se soulevant les uns les autres pour atteindre de longues et sinueuses rigoles posées dans les rues.

« Qu'est-ce que c'est ? » demanda-t-elle.

« De l'eau, généralement. Nous la détournons de la rivière pour qu'elle coule à travers la ville et que les gens puissent la récupérer des aqueducs. Mais ce soir, nous avons bloqué l'eau et mes hommes là-haut versent tonneau après tonneau du vin pour célébrer notre mariage. »

Guenièvre dissimula un rire incongru. « Je vais être une reine très populaire, jusqu'à leur réveil au matin, en pleine agonie. »

« La douleur est souvent le prix du plaisir. Un festin nous attend en compagnie de tous mes meilleurs hommes. Vous pourrez apprécier les deux en rencontrant leurs épouses. »

Guenièvre aurait beaucoup souhaité à ce moment-là avoir son propre aqueduc alimenté en vin. Ce serait la grande épreuve de son instruction hâtive, de son déguisement maladroit dans la vie d'une autre fille. Et si elle ne réussissait pas, tout cela serait vain.

Pendant que tout le monde regardait la scène du vin, elle tira quelques mèches de ses cheveux et les lia par des nœuds complexes. Chaque torsade, chaque tour et chaque boucle fixait la magie aux cheveux, la liait à elle, la scellait. C'était une petite magie, circonscrite. La seule qui soit sans risque pour l'instant. Elle se pencha comme pour ajuster la couronne d'Arthur et y enroula les cheveux noués. Il lui sourit, surpris par son geste qui paraissait spontané. Satisfaite, elle accepta le bras d'Arthur et marcha avec lui jusque dans le château.

La magie des nœuds était faible et ne durait pas. Merlin ne l'utilisait pas. Mais Merlin n'en avait pas besoin. Enveloppé de magie, il traversait le temps en scrutant l'avenir incertain. Il pouvait demander au soleil de changer de couleur ou ordonner aux arbres de se joindre à lui pour le petit déjeuner et elle ne serait pas surprise qu'ils obéissent.

Guenièvre, la vraie Guenièvre, n'était pas une magicienne. Guenièvre était une princesse qui avait été élevée dans un royaume suffisamment lointain pour que personne ici ne l'ait jamais vue. Elle avait passé les trois dernières années dans un couvent où elle se préparait au mariage. Puis elle mourut, laissant un vide dans son sillage. Merlin vit ce vide et il le revendiqua.

Il veilla également à ce que personne n'ait la connaissance ou le souvenir de la Guenièvre d'autrefois. Il l'effaça des archives du couvent. Ce n'était pas une magie circonscrite ou contrôlée. C'était une magie sauvage, noire et dangereuse. C'était une magie violente, qui défaisait le parcours d'une vie et le donnait à quelqu'un d'autre.

La nouvelle Guenièvre voulait désespérément se murmurer son propre nom, mais elle ne pouvait pas prendre le risque qu'il soit entendu. *Guenièvre,* murmura-t-elle. Au lieu d'imaginer le nom comme une robe ou une cape, elle l'imagina comme son armure. Mais au moment où elle et Arthur entrèrent dans la fête, elle oublia sa peur.

C'était enfin quelque chose que Guenièvre pouvait apprécier. Elle avait vécu avec si peu dans les bois. Elle et Merlin avaient mangé ce que la nature avait décidé de leur donner. Parfois, c'était des baies et des noix. D'autres fois, c'était un poisson qu'un faucon laissait tomber devant leur porte. Une fois, le faucon laissa tomber le poisson sur sa tête. Elle n'aurait peut-être pas dû le taquiner. Les faucons étaient des oiseaux terriblement fiers. Mais parfois, la nature avait décidé qu'ils n'aimeraient rien de plus qu'un repas de larves. Les larves alors remontaient du sol à l'extérieur de la cabane. Merlin ne s'en souciait pas. Ces jours-là, elle restait affamée.

À la table du roi Arthur, il n'y avait ni larves ni faucons irritables. Il y avait des types de nourriture qu'elle n'avait jamais vus et elle voulait goûter à tout.

Elle devait être prudente et pondérée. La vraie Guenièvre aurait été habituée à de telles festivités au château de son père avant d'être envoyée au couvent. Mais manger signifiait aussi ne pas parler, ce qui était bien. À cette extrémité de la table, les dames, les épouses des chevaliers, pour la plupart, accompagnées de quelques dames d'honneur et de quelques invités, se contentaient de bavarder et de jaser autour de leur nouvelle reine. Ils étaient poliment distants alors qu'ils essayaient de se faire une idée de ce qu'elle serait pour eux.

Ce qu'elle serait pour eux n'avait pas d'importance. Elle était affamée, voilà ce qu'elle était. Les premiers plats n'étaient composés que de viandes. Viande de gibier hachée dans une sauce au vin. Pièces succulentes de volaille. Toutes des choses qu'elle et Merlin n'avaient jamais mangées. Elle goûta à tout. Elle fit attention à ne pas toucher la nourriture avec ses mains. Les animaux ne lui parleraient probablement pas, mais elle ne voulait pas prendre ce risque.

Il y avait une tourte farcie de quelque chose impossible à identifier. « Des anguilles », murmura Brangien à ses côtés. « Vous n'en aviez peut-être pas là où vous étiez, aussi loin dans le Sud. Nous les élevons dans les marais. Des hectares entiers d'anguilles. Vivantes, elles ont l'apparence de cauchemars, mais cuites dans des tourtes, elles sont plutôt bonnes. » Elle en prit une bouchée.

Guenièvre en fit de même. La chair était coriace, la pâte ayant absorbé l'huile. Cela avait un goût inhabituel. Elle préférait les autres plats. Un morceau glissa de son couteau et elle essaya de l'attraper avant qu'il ne tombât sur sa robe.

L'obscurité. L'eau. Glissant et coulant et s'enroulant autour de mille frères et sœurs, mille compagnons, affamés, mordants, si refroidis, et l'eau, toujours l'eau.

Elle le laissa tomber comme si elle s'était brûlée. Elle ne voulait plus jamais toucher d'anguille.

Une fois ces mets débarrassés arrivèrent les plats du second service. Guenièvre les connaissait mieux : fruits, gelées et noix, présentés avec art. Elle tendit la main avec empressement pour en prendre plusieurs, puis se figea. Personne d'autre n'en avait pris. Ils ne faisaient que… regarder.

« Le deuxième service », chuchota Brangien, « est généralement plus destiné au plaisir des yeux qu'à celui de la bouche. Mais si vous ne mangez pas toutes ces cerises, veuillez en faire passer une dans mon assiette. »

Guenièvre fut surprise par l'audace de cette nouvelle Brangien. Elle comprit mieux pourquoi, lorsqu'elle vit ce qu'il restait de vin dans la coupe profonde de la jeune fille. Guenièvre mit deux cerises dans l'assiette de celle-ci. Un ménestrel jouait pendant que son compagnon chantait, des chansons rivalisant avec le bavardage général et le brouhaha joyeux de la salle. Guenièvre se sentait invisible. Ce n'était pas déplaisant.

Les plats se succédèrent. Guenièvre faisait plus attention à prendre exemple sur les femmes qui l'entouraient. Les hommes et les femmes étaient séparés. Arthur, entouré de ses hommes, était en face d'elle. Ils riaient bruyamment, échangeaient des histoires et commentaient la qualité de la viande. Elle se surprit à souhaiter qu'il la regarde. Même avec Brangien à ses côtés, au sixième service, elle commença à se sentir vraiment seule. Elle avait fait naufrage dans une mer de mensonges, et entourée d'étrangers qui célébraient, elle le ressentait d'autant plus. Elle ne représentait rien pour aucune de ces femmes, seulement pour Arthur, qui, lui, était important pour tout le monde à Camelot. Elle avait si peu de droit sur lui.

Mais quelqu'un la regardait. Mordred, les yeux brillants à la lueur de la bougie, leva sa coupe pour porter un toast. Elle n'y répondit pas.

« Ne vous occupez pas de celui-là », chuchota Brangien, en grignotant les noix grillées que Guenièvre lui avait passées. « C'est un poison. Sire Tristan dit qu'Arthur devrait le bannir, mais Arthur est trop gentil. »

« Sire Tristan ? »

Brangien pointa discrètement du doigt un homme assis à quelques personnes d'Arthur. Il avait les cheveux noirs, coupés très court, comme Arthur, bien que fortement bouclés, une peau très brune et un beau visage que Guenièvre ne pouvait s'empêcher d'apprécier.

« Sire Tristan m'a amenée ici et m'a trouvé une place au château. » Brangien sourit, mais c'était un sourire empreint d'une profonde tristesse que Guenièvre ne connaissait pas. Dans un premier temps, pourquoi sire Tristan aurait-il choisi une jeune femme comme servante ? Ils ne pouvaient pas être de la même famille. Ils ne se ressemblaient en rien. « Comme la plupart des chevaliers d'Arthur, il n'est pas de Camelot. Arthur l'accueillit quand il a été banni. Arthur nous accueillit tous les deux. »

« Pourquoi a-t-il été banni ? » Guenièvre posa la question avec désinvolture, mais elle avait besoin d'informations sur tous les proches d'Arthur.

« Yseult. » Brangien prononça ce nom avec autant de révérence qu'une prière. Cette fois, elle ne fit même pas semblant de sourire. « Elle était ma dame. Elle était promise à l'oncle de sire Tristan. Un vieux débauché. » Brangien serra la main autour de son couteau.

« Sire Tristan l'aimait ? »

Les yeux de Brangien étaient larmoyants.

« Vous allez bien ? » Guenièvre lui tendit la main, mais la jeune femme se frotta les yeux, puis lui sourit avec force.

« La lumière est faible ici. Elle me fatigue les yeux. Vous devriez essayer les fruits rôtis. » Elle mit des prunes dans l'assiette de Guenièvre, en trop grande quantité pour qu'une seule personne puisse les manger. « Sire Tristan est un homme bon. Vous allez l'aimer. Sire Bohort a de bonnes intentions, mais il est fier et prompt à la colère. Son bras a été atrophié par son père. »

« Comment son *père* a-t-il fait ça ? » Elle ne pouvait pas voir facilement le bras de Bohort. Il n'était pas rare que des hommes soient blessés au combat ou même qu'ils perdent un membre. Mais la main de Bohort était tordue et grise lorsqu'elle sortait de sa manche, d'une couleur ressemblant plus à de l'écorce qu'à de la peau.

« Un sorcier. » Brangien plaça une prune dans sa bouche. « Pas un homme sympathique. Son père, je veux dire. Sire Bohort n'est pas aimable non plus, mais il ne ferait pas de mal à un innocent. De plus, il combattit la forêt avec la férocité d'un homme possédant quatre bras. Il fut l'un des premiers à demander le bannissement de Merlin. » Brangien lâcha l'information aussi facilement que la viande rôtie tombait des os devant elles. Guenièvre essaya de ne pas réagir.

« Le connaissiez-vous ? Merlin ? »

« Il était parti avant mon arrivée. Il y eut une purge de quiconque agissait selon les anciennes règles. »

Guenièvre voulut plus de détails, mais Brangien avait changé de sujet et parlait à voix basse de la sœur de sire Perceval, qui ne s'était jamais mariée et dépendait de son frère pour tout, au grand dam de sa belle-sœur. Comme Guenièvre ne connaissait aucun de ces personnages, leurs histoires ne l'intéressaient pas et son attention se porta sur des sujets plus importants.

Mordred, toujours à observer, inspirant la défiance parmi les autres chevaliers. Tristan, banni et amoureux de la jeune femme de son oncle. Bohort, bruyant et impétueux, avec son bras desséché par la magie. Il faudrait qu'elle soit très prudente avec lui. Il y avait plusieurs autres chevaliers dont elle avait du mal à se souvenir du nom. Les femmes dont elle se souvenait : la femme de Perceval, Blanchefleur, et sa sœur Dandrane, qui semblaient toutes deux se livrer à un jeu agressif pour obtenir en premier les meilleurs morceaux de viande. La plupart des chevaliers d'Arthur étaient jeunes. Sire Tristan, sire Gauvain, sire Mordred, tous célibataires. Mais les épouses présentes étaient toutes plus âgées qu'elle de dix ans au moins. Tellement d'expérience. Le désespoir la submergea ; elle avait trop pris sur elle. Sa coupe était vide et elle en voyait le fond. Elle voulait y murmurer son nom, s'y réfugier.

Elle réalisa un peu tard que tout le monde était debout. Elle se leva également et trouva Arthur souriant à l'assemblée. « Jamais un roi n'a été béni autant que moi de la qualité de ses amis. Vous êtes plus que mes amis. Vous êtes ma famille. Nous sommes Camelot, et en cette nuit, je suis rempli d'espoir pour l'avenir. »

« Et d'espoir d'une bonne nuit avec une jeune fille fraîche ! »

Le visage de Guenièvre s'incendia. Le chevalier qui avait parlé – était-ce sire Perceval ? – avait lui aussi le visage rougi, mais rougi par le vin et non par la gêne. Les hommes rirent. Les femmes dans l'ensemble ignorèrent son commentaire. À part Dandrane, la sœur de Perceval, qui jeta un regard furieux sur Guenièvre avec une malice non dissimulée.

Brangien se rapprocha. « Je serai tout près ce soir », chuchota-t-elle.

Arthur fit le tour de la table et lui tendit la main. Guenièvre y mit la sienne. Des acclamations et des sifflets les suivirent depuis la salle à manger jusqu'à la chambre d'Arthur. Il ferma les portes derrière eux, les isolant. Un lit attendait, son baldaquin drapé de courtines capitonnées. La pièce brillait faiblement à la lumière des bougies. D'avance, tout était doux et tamisé.

Elle savait qu'être reine était nécessaire. Que ce n'était qu'en étant la femme d'Arthur qu'elle pourrait avoir la liberté d'être assez proche pour faire ce qui devait être fait. Mais… elle était sa femme maintenant.

Elle n'avait pas réfléchi à tout cela.

« Alors, ma reine », dit-il en se tournant vers elle. « Qui êtes-vous vraiment ? »

CHAPITRE TROIS

Arthur fit un geste vers l'endroit où il s'asseyait dans sa vaste pièce aux murs de pierre.

Guenièvre était reconnaissante de s'éloigner du lit. « Vous n'auriez pas dû me demander mon nom lorsque nous étions dans la grotte. Et si Mordred avait entendu ? »

Arthur se pencha en arrière en s'étirant. « Beaucoup d'hommes ont des noms spéciaux pour leurs femmes. Et si je vous appelais par votre vrai nom en guise d'affection ? »

Pendant un moment, l'idée d'entendre son nom de la bouche d'Arthur était plus tentante que n'importe lequel des mets du festin. Alors peut-être qu'elle se sentirait chez elle ici. Mais non. Si elle devait être Guenièvre, elle serait Guenièvre tout le temps. Vous pouvez m'appeler « ma reine » ou « la plus charmante des femmes » ou « rubis d'une valeur inestimable. »

Arthur rit. « Très bien, mon soleil et ma lune. Dites-moi, comment va votre père ? Il me manque. »

Guenièvre se tortilla, mal à l'aise de penser à Merlin comme son père, tout comme elle était mal à l'aise sur le siège. La paternité convenait encore moins bien à Merlin que son corps convenait à ce siège conçu pour une personne beaucoup plus grande. « Comment va-t-il ? La moitié des conversations que j'ai avec lui me laissent plus confuse que je ne l'étais au départ. Mais je suis persuadée qu'il vous envoie ses meilleurs vœux ».

« Il m'a envoyé sa meilleure élève et son unique possession, ce qui est mieux que des vœux. »

Elle sentit le rouge lui monter aux joues et pria pour que la faible lueur des bougies le dissimule. « J'espère que je le suis suffisamment. »

« Le bannir était une absurdité. Je ne peux pas concevoir que j'ai été contraint de le faire. Je suis convaincu qu'il sait ce qui est le mieux, mais faire semblant de le haïr, permettre à mon peuple de le faire est… une erreur. » Il changea de position sur le siège, accablé par le poids invisible de la trahison. Merlin avait dit qu'Arthur était le plus honnête des hommes. Le plus vrai. Même si elle ne le connaissait que depuis quelques heures, elle pouvait le *ressentir*. C'était comme si elle l'avait déjà connu. Comme si en cherchant suffisamment loin, elle aurait des souvenirs de lui.

Mais c'était l'œuvre de Merlin. Ses mots étaient tellement empreints de magie que même ses récits créaient des images. Elle connaissait Arthur parce que Merlin le connaissait. Elle lui faisait confiance parce que Merlin lui faisait confiance.

Une menace se profile, avait-il dit. *Il nous faut plus de temps. Je dois t'en donner plus. Mais le moment est proche, et je préfère ne pas tarder. Tu dois aller voir Arthur.*

Mais pourquoi moi ? avait-elle demandé. *Ton pouvoir est tellement plus grand que le mien. Et si je ne peux le protéger ?*

Tu crains ce qu'il ne faut pas craindre, avait-il dit. Puis il l'avait regardée, comme il le faisait quand il cherchait à lire quelque chose dans ses yeux. Il n'y est jamais arrivé. Il eut un petit sourire, puis s'éloigna. *Je vais chercher des chevaux. Un couvent t'attend.*

Guenièvre eut pour Merlin un sentiment de colère silencieuse et une envie de le maudire. C'était là toute la préparation qu'il lui avait donnée. Quelque chose allait survenir, était presque là et elle devait protéger Arthur. Seule.

« Nous devrions parler de mon rôle ici », déclara-t-elle. « Je suis désolé que vous ayez été contrainte à m'épouser. » C'était le seul moyen pour elle de rester près de lui et d'avoir accès au château, de côtoyer son entourage et de parer aux menaces que ses chevaliers ne pouvaient imaginer et dont les épées ne pouvaient le sauver.

Arthur essayait de construire une nation liée par des idéaux dans une terre sauvage et affamée, et celle-ci ne renoncerait pas sans se battre. Seule une personne qui connaissait les chemins subtils et la portée de la magie pouvait espérer le protéger contre elle. Elle avait vu ses chevaliers dans la forêt magique. Leur terreur lui avait donné de l'espoir. Elle n'était pas Merlin et ne le serait jamais, mais elle en savait plus que ces hommes. Elle voyait des choses qu'ils ne pourraient jamais voir. Merlin ne lui avait pas dit quelle était la menace, mais elle le saurait.

« Ne vous excusez pas ». Arthur prit ses mains dans les siennes. Elle modéra le sentiment qu'elle avait pour lui ; elle le sentait envahissant à ce moment. Elle pourrait le contrôler, un petit peu, si elle se concentrait et s'il ne la prenait pas par surprise. « C'est un grand sacrifice que vous avez fait pour moi. Et il fallait que je me marie bientôt, de toute façon. Perceval cherchait un moyen de me faire rencontrer sa sœur à l'improviste. »

« Elle est de dix ans votre aînée ! » Guenièvre toussa pour couvrir la force de son exclamation. « Et charmante. »

Arthur sourit. « C'est un joyau parmi les femmes. Mais un joyau de moindre importance. Peut-être plus une pierre brillante. En tout cas, ce n'est pas un rubis. »

Maintenant, elle était sûre qu'il l'avait vu rougir, car il détourna les yeux et s'empressa de parler. « Et puis il y a les Pictes au nord, qui voudraient que j'épouse l'une des leurs et qui s'en serviraient comme prétexte pour s'étendre vers le sud dans nos terres. En ce qui concerne les Pictes, mieux vaut avoir des traités militaires que matrimoniaux. Qui plus est, le mariage avec la fille d'un roi lointain renouvelle mes liens d'amitié avec le sud sans qu'aucun de mes voisins craigne des tentatives d'expansion de ma part. C'est idéal. »

« Mais je ne suis pas la fille d'un roi lointain. » Elle était surprise par la légère nostalgie qui émanait de sa voix. Si elle était vraiment Guenièvre, ô combien sa vie serait plus simple ! Ô combien cette nuit serait différente ! Elle se doutait qu'elle aurait été tout aussi terrifiée si elle avait dû rejoindre le lit conjugal plutôt que de discuter sur la façon de protéger Arthur contre d'étranges assassins et des attaques magiques. Il se peut que cet aspect de la condition de reine ait été enseigné au couvent. Si tel était le cas, la vraie Guenièvre l'aurait emmené dans la tombe. Et Merlin ne lui avait certainement pas donné d'éducation amoureuse. Elle avait seize ans et c'était la première fois qu'un garçon lui tenait la main. Plutôt que d'en être ravie, elle luttait contre la magie pour éviter que son esprit ne soit submergé.

« Vous êtes la fille de Merlin. Et cela vous rend bien plus précieuse que n'importe quelle princesse. »

« J'espère être une meilleure protectrice que lui n'est un père. »

Elle le dit avec humour, mais le visage d'Arthur s'assombrit. Il hocha la tête : « Nous devons tous être meilleurs que nos pères. Au moins, Merlin ne vous laisse rien à expier. Seulement que vous vous montriez à la hauteur. »

C'était un soulagement de voir à quel point Merlin manquait à Arthur. Cela confirmait les récits de Merlin à son sujet et à quel point ils se faisaient confiance.

Elle essaya de comprendre la raison pour laquelle Camelot avait exigé le bannissement de Merlin. Il était vrai qu'il était plus proche de la magie sauvage de la forêt que du règne ordonné d'Arthur. Merlin n'était ni tout à fait humain ni tout à fait autre. Il était impénétrable, déroutant et souvent absent, même lorsqu'il se tenait juste à côté d'elle. Mais il était aussi la raison pour laquelle Camelot existait et celle pour laquelle Arthur vivait. Si les gens de Camelot pouvaient faire fi de ces raisons, qu'en serait-il s'ils découvraient qu'elle n'était pas une princesse, mais en fait une simple sorcière de la forêt ?

Arthur était roi grâce à la magie ; grâce à une épée magique, remise par la Dame du Lac. Une vie protégée par un sorcier. Mais son rôle en tant que souverain était de repousser la magie afin que l'humanité prospère.

Jusqu'à ce que la magie disparaisse vraiment, celle-ci pourrait le menacer. Elle serait le bouclier contre n'importe laquelle des magies cherchant à détruire l'œuvre d'Arthur ici. Aussi mal préparée qu'elle se sentait, elle n'abandonnerait pas. Elle serait à la hauteur de l'héritage de Merlin. « Je suis honorée de vous servir, mon Roi. »

« Et ensemble, nous servons Camelot. » Il sourit avec lassitude, s'adossant et se frottant le visage. « Je suis heureux de ne pas avoir à me marier tous les jours. C'est épuisant. »

Guenièvre était, elle aussi, plus exténuée qu'elle ne se souvenait jamais l'avoir été. Elle avait l'impression d'avoir vécu une vie entière pendant les quelques jours qui venaient de s'écouler. Et, en vérité, c'était le cas. Toute une nouvelle vie puisqu'elle devint Guenièvre.

Il restait cependant quelque chose à discuter. Elle n'en avait pas envie, mais elle avait besoin de connaître les limites de leur accord. Les choses que la vraie Guenièvre aurait sues.

« Qu'est-ce que... » Elle hésita, puis elle changea de tactique. « Qu'est-ce que les gens attendent de votre femme ? »

Arthur, l'honnête Arthur, le doux Arthur, ne comprit pas le sens de la question. « Je n'ai jamais eu de reine auparavant. Je pense que vous devriez être à mes côtés pour les événements officiels. Au moment de saluer d'autres dirigeants. Peut-être même pour la chasse, si vous le souhaitez. »

« J'aurai besoin de discrétion pour faire mon travail. »

Il fronça les sourcils, se grattant la nuque. Il était évident qu'il n'avait pas encore envisagé cela. Rien d'étonnant que Merlin l'ait envoyée. Même avec elle à ses côtés, pour le protéger par la magie, Arthur n'y avait guère songé. « Les parties de chasse pourraient être un bon moyen de vous sortir des limites de la ville sans éveiller les soupçons. Je veillerai à ce que vous disposiez de tout ce dont vous avez besoin ainsi que de votre confidentialité pour faire votre travail sans être remarquée. Nous pouvons trouver des raisons pour lesquelles vous devez vous absenter au lieu d'être toujours dans le château. Je… » Il fit une pause, puis sourit. « Je veux que vous soyez heureuse ici. »

« Je suis ici pour travailler. Pour vous servir, comme Merlin l'a fait. »

Arthur acquiesça de la tête tandis que l'expression de son visage, chaleureux et sincère, évoluait. « Mais vous pouvez toujours être heureuse. C'est important pour moi. »

Guenièvre fit de son mieux pour réprimer un sourire lumineux. « Très bien. J'ajouterai le bonheur à la liste des choses à faire, en plus de protéger le roi de la menace magique. » Elle se leva. Arthur en fit de même. Ils se tenaient tous les deux là, sans bouger. Le lit attendait. Leur mariage ne serait légal qu'après consommation. « Mais ce n'est pas légal de toute façon, puisque je ne suis pas réellement Guenièvre », lâcha-t-elle, poursuivant ses pensées à haute-voix.

Arthur leva un sourcil, perplexe. Puis, enfin, il comprit ce qu'elle n'osait pas dire. Il rougit d'une manière confusément gratifiante. « Vous êtes ici en tant que fille de Merlin. Je ne vous demande rien de plus et n'attends rien de plus. »

Son soulagement était... compliqué. « Mais ils finiront par vouloir des héritiers. »

Le regard d'Arthur sembla intériorisé, une ombre de douleur ancienne traversant son visage. Peut-être pensait-il à sa mère. « Nous nous en soucierons le moment venu. En outre, je suis tout à fait convaincu que vous éliminerez toutes les menaces magiques pesant sur ma vie d'ici quinze jours. »

Elle était soulagée de le voir plaisanter. Elle ne s'attendait pas à ce que cela soit si rapide ou si facile. Le côté pressant de la demande de Merlin, les efforts qu'il avait déployés pour l'établir ici en tant que Guenièvre, tout cela l'assurait que la menace à venir n'était pas sous-estimée.

Mais elle était également reconnaissante qu'Arthur s'attende à ce qu'elle ne soit une épouse que de nom. Il était encore un étranger pour elle, peu importe à quel point il lui semblait familier et à quel point elle lui faisait instantanément confiance. Elle mourrait pour lui.

Cette pensée la surprit. C'était comme si elle provenait de loin, comme un écho. Elle l'accepta cependant d'un bloc. Elle mourrait pour Arthur. Mais cela ne voulait pas dire qu'elle voulait partager son lit le premier soir de leur rencontre. Bien qu'ici, sans les attributs de la royauté, il était tout aussi beau et bien plus *réel* de sorte qu'elle se sentait légère et chancelante en son for intérieur.

Elle avait rencontré plus d'hommes ces derniers jours que pendant tous les autres jours de sa vie réunis. Il lui faudrait un certain temps pour décider quels étaient ses sentiments pour eux en général et pour lui en particulier, même s'il était de loin le meilleur d'entre eux. Elle s'imaginait qu'elle pourrait rencontrer tous les hommes de chaque recoin de la vaste île et continuer à considérer Arthur comme le meilleur.

Il écarta une tapisserie représentant une scène de chasse en forêt. Comme tout dans sa chambre, elle était ternie par les années. Il n'y avait rien de somptueux ici. Tout était fonctionnel ou ancien.

Derrière la tapisserie, une lourde porte se révéla. « Elle relie mes appartements à vos appartements. Nous nous rendrons suffisamment visite, de sorte qu'il n'y aura pas de raison de se méfier. » Il sourit. « Je pourrais peut-être apprendre à tresser vos cheveux et vous pourriez m'apprendre un peu de magie. »

Elle rit, enfin à l'aise. « Tresser des cheveux est magique. C'est la raison pour laquelle les hommes ne peuvent pas le faire. C'est uniquement la magie des femmes. Ce qui me fait penser à quelque chose ! » Il n'allait pas dormir avec sa couronne, après tout. Elle devait faire plus que les nœuds qu'elle y avait placés. Elle se dirigea vers la fenêtre la plus proche. La vitre épaisse et irrégulière était froide au toucher. Elle souffla dessus, puis y traça les motifs de ses nœuds. Lorsque la buée de son souffle se dissipa, les tracés s'effacèrent aussi. Mais les nœuds étaient toujours là. C'était de la magie faible, comme les nœuds de cheveux, mais cela laissait un peu d'elle ici. Cela empêchera les petites choses de pénétrer et elle pourra sentir si un nœud est rompu.

Elle fit de même sur toutes les fenêtres. À chaque petit souffle chargé de magie, elle se sentit de plus en plus essoufflée, comme si elle avait couru. Cela s'estomperait avec le temps. La porte ne convenait pas au souffle, alors elle cracha dessus. Arthur en rit. Elle le fit taire, mais elle était secrètement satisfaite. Bien qu'Arthur souriait facilement, le faire rire lui apparaissait toujours comme une très bonne chose.

Dans le lit, qu'elle pouvait regarder sans crainte sachant qu'il n'attendait rien d'elle, elle tira des fils de la couverture usée et les noua pour en faire des nœuds corrects. Plus permanent, mais moins personnel. Le sacrifice n'était pas dans son corps, mais dans le risque que la magie se libère sans qu'elle le sache. Mais c'était assez pour le moment.

« Est-ce Merlin qui vous a appris ça ? », demanda Arthur avec curiosité.

« Non, il... oui. » Guenièvre fit une pause, essayant de se souvenir. Merlin ne se serait jamais abaissé à une magie des nœuds, même pour en faire la démonstration. C'était beaucoup trop humain. Extrêmement faible et temporaire. Elle essaya d'évoquer un souvenir de Merlin où il le lui expliquait, le lui enseignait. Cela aurait été autour de leur table solide. Ou dans la forêt ? Elle se souvint de sa literie soignée, de la petite maison qu'elle gardait bien rangée. Des arbres, du soleil et des oiseaux. Contemplant ses propres mains avec émerveillement. Jour et nuit, dormant et se réveillant, la faim et la nourriture et tout tourbillonnant et obscurci comme si elle cherchait à travers le brouillard...

Merlin, fronçant les sourcils, poussant ses doigts contre son front. « Cela devrait suffire », avait-il dit. *« Ne cherche pas plus. »*

Elle se frotta le front au même endroit. Il avait poussé le savoir dans son cerveau. Il le voulut là, plutôt que de l'enseigner lui-même. Il pouvait être *très* paresseux. « Oui, il m'a appris, à sa manière. » Elle termina le nœud.

Satisfaite, elle se retourna et faillit rentrer dans Arthur. Il était venu par-derrière pour la regarder travailler.

« Pardon ! » Elle avait ses mains sur sa poitrine. Elle les retira rapidement. « Je suis désolée. Je devrais m'en aller. Je suis fatiguée. »

Il l'accompagna jusqu'à la tapisserie, l'écartant à nouveau et la retenant pour elle. « Merci. Je suis heureux que vous soyez là, Guenièvre. »

« Moi aussi », murmura-t-elle, surprise de constater à quel point elle le pensait vraiment. Et surprise de sentir à quel point elle aurait souhaité lui avoir dit son nom après tout.

Tandis que la porte se refermait derrière elle, tenant une bougie dans le sombre passage, elle ferma les yeux et se rapprocha de la lumière vacillante. Elle chuchota son nom directement dans la flamme.

Puis elle souffla dessus.

L'araignée meurt sur le rebord de la fenêtre.

Le mille-pattes se dessèche, les jambes se tordant d'agonie, dans l'interstice entre la porte et le sol de pierre.

Une douzaine d'autres choses qui glissent et qui rampent et qui se faufilent essaient de rendre visite à Arthur cette nuit, mais échouent. Aucune n'a l'intention de nuire, alors les liens magiques ne sont pas rompus et personne n'est averti de la manœuvre de la Reine Noire. Mais ces mêmes liens magiques signifient que la reine ne peut pas voir.

Ne pas voir, cependant, est tout aussi révélateur que voir.

Le roi-usurpateur a un nouveau sorcier. Merlin est parti, mais sort toujours ses griffes dans le royaume. Elle rappelle ses légions qui n'ont pas encore péri. Il y aura d'autres moments pour voir. D'autres façons d'espionner. Elle a encore des mains et des yeux à Camelot. Laissons le roi et ce sorcier dormir.

Elle est la terre, les rochers, la forêt. Elle est patiente.

Elle arrache la vie à une centaine d'araignées dans un accès de colère. Peut-être pas si patiente.

CHAPITRE QUATRE

L'inconvénient d'être une grande dame est que celle-ci est accompagnée d'une caméniste et une caméniste ne s'éloigne jamais.

Brangien dormait sur un lit, installé dans un coin, lorsque Guenièvre se glissa du passage jusque dans sa chambre. Si Brangien avait été surprise de la trouver là, en se réveillant, le matin, elle ne le montra pas. Elle s'affaira à tirer les rideaux et à faire du rangement. Les fenêtres n'étaient situées que d'un côté de la pièce. Le mur du fond s'appuyait contre le passage secret, qui lui-même s'appuyait contre la roche de la montagne. La façon dont le château s'accrochait à la falaise rendait Guenièvre nerveuse. Il y avait si peu de distance entre elle et le vide. Et le lac se tenait tapi, attendant en dessous pour l'avaler tout entière.

Il n'était pas surprenant que Merlin ne lui eusse jamais décrit Camelot. Il l'avait plutôt nourrie de récits d'Arthur, de sa bonté, de son courage et de ses buts. Si elle avait été renseignée sur la particularité géographique des lieux, elle n'aurait sans doute pas voulu venir.

En y réfléchissant bien, elle n'avait jamais donné explicitement son accord pour venir, car il ne l'avait pas demandé. Il lui avait dit que la menace était imminente et l'avait conduite au couvent. Mais c'était sa façon de faire. Pour autant qu'elle le sache, dix ans plus tard, il s'assiérait pour tout lui expliquer, y compris quelle était la menace, comment elle devait la combattre, et pourquoi il fallait que ce soit elle, et elle toute seule.

Après qu'elle l'a déjà fait.

Elle essaya d'avoir de la compassion pour lui. C'était comme s'il avait vécu tous les moments de sa vie en une seule fois, son esprit glissant à travers le temps. Ce qui signifiait qu'il était au courant des choses avant qu'elles ne surviennent, mais aussi qu'il avait du mal à réaliser ce qui devait être dit ou fait à un moment particulier.

Elle pouvait en ressentir beaucoup de frustration. Mais elle ne pouvait rien y faire, si ce n'est de se mettre au travail.

Elle se leva et s'étira. Au moins le lit était confortable. Il semblait neuf par rapport à celui d'Arthur. Les couvre-lits étaient teints d'un bleu profond. Les cordes en travers du cadre du lit étaient suffisamment serrées pour que celui-ci ne grince pas lorsqu'elle bougeait. De plus, le matelas était plus doux que les touffes jaune-vert de la nouvelle herbe de printemps. Au couvent, le lit était constitué d'un matelas de paille bosselé qui démangeait. À la maison, son lit était… Elle ne pouvait que se le représenter, sans se souvenir avoir dormi dedans. Cela semblait une éternité. Elle n'avait que des souvenirs de rêves, ce qui était normal pour une maison partagée avec un sorcier.

Les courtines suspendues au baldaquin du lit pouvaient être fermées en tirant, comme des rideaux d'une fenêtre, et l'isoler pendant son sommeil. Elle ne l'avait pas fait la nuit précédente. Elle n'aimait pas l'idée d'être enfermée dans ses rêves.

En plus du lit, il y avait dans la chambre plusieurs coffres qui avaient été envoyés à l'avance par le couvent. Ils appartenaient à la vraie Guenièvre. Elle se demanda ce qu'il y avait à l'intérieur. Elle n'était pas à l'aise à l'idée de les ouvrir, mais elle avait déjà revendiqué le nom de Guenièvre. Serait-elle plus coupable en réclamant ses biens ?

Elle détourna les yeux des coffres, qui avaient commencé à ressembler à des cercueils. Il y avait une table avec une seule chaise et le lit bien fait de Brangien dans le coin. Une porte donnait sur le couloir et une deuxième sur une chambre latérale.

Deux tapisseries égayaient le mur sans fenêtres ; l'une d'elles cachait la porte secrète. Les tapisseries étaient toutes deux anciennes, comme celle de la chambre d'Arthur. Les scènes pastorales auraient pu se retrouver suspendues dans la demeure de n'importe quel grand homme.

« Pourquoi n'a-t-il pas de tapisseries représentant sa vie ? » demanda Guenièvre, tandis que Brangien s'agitait.

« Pardon, ma reine ? »

« Arthur, le roi. Toutes les tapisseries que j'ai vues sont insignifiantes. N'en a-t-il pas une qui représente le miracle de l'épée ? Sa victoire sur Uther Pendragon ? La défaite de la reine des fées et de la forêt de sang ? »

Brangien s'arrêta alors qu'elle était en train de disposer de nouveaux sous-vêtements. « Je n'y avais pas pensé. Mais il ne les a jamais commandées. Et il n'y a pas non plus de tapisseries d'Uther Pendragon. Je crois qu'il les a détruites. »

« Est-ce qu'il... Dois-je prendre le petit déjeuner avec lui ? » Guenièvre ne connaissait pas encore les règles. Pouvait-elle aller dans sa chambre pour lui dire bonjour ? Le devait-elle ?

« Je crois qu'il y a un procès ce matin : une femme surprise en train de pratiquer de la magie. » Brangien le dit aussi machinalement qu'elle effectuait ses mouvements, alors qu'elle refaisait le lit de Guenièvre. C'était une routine. Guenièvre se força à répondre un *hum* d'un ton neutre.

Une fois que Brangien fut satisfaite des habits qu'elle avait choisis, elle s'inclina et partit. Guenièvre se précipita vers les fenêtres, refaisant pour elle-même le même travail qu'elle avait fait la nuit précédente pour Arthur. Elle aurait à le refaire entièrement au moins une fois tous les trois soirs. Et il y avait des magies plus importantes et plus puissantes à mettre en œuvre. Mais celles-ci nécessiteraient du temps et du matériel.

Elle venait juste de finir de tracer les nœuds sur une fenêtre lorsque la porte du salon s'ouvrit. Elle espéra donner l'illusion d'essayer de voir le paysage à travers la vitre épaisse.

Brangien s'inclina avec soin. « Tout est prêt, ma dame. »

Affamée, Guenièvre la suivit, empressée de prendre son petit déjeuner. Au lieu de cela, elle fut accueillie par une baignoire d'eau fumante au centre de son salon.

« Non ! » s'exclama-t-elle.

« Ma dame ? Ai-je fait quelque chose de mal ? » Brangien se tenait debout à côté de la baignoire. Sur une table étaient disposés diverses teintures et savons, une longueur de tissu doux, une brosse de bain. Brangien avait relevé ses manches, exposant ses bras pâles.

« À quoi ça sert ? » Guenièvre regarda partout sauf dans le bain. Elle avait vu quelque chose se refléter sur l'eau. Quelque chose qui ne se trouvait pas dans cette pièce. Elle ne voulait pas savoir ce que c'était. L'eau était le meilleur instrument pour voir, meilleur que n'importe lequel de ses piètres tours. L'eau touchait tout, coulant d'une vie à l'autre. Avec suffisamment de patience et de temps, l'eau pouvait mener un magicien expérimenté vers n'importe quelle réponse.

Mais l'eau pouvait aussi les égarer. Elle prenait la forme de n'importe lequel des récipients qui la contenaient. Mais tous les récipients n'étaient pas anodins. La Dame du Lac avait depuis longtemps revendiqué la magie de l'eau comme sienne et tout lui revenait avec le temps. Elle avait été l'alliée de Merlin contre la Reine Noire, mais elle était âgée et méconnaissable, et Guenièvre ne pouvait risquer d'invoquer le moindre de ses pouvoirs à l'intérieur de Camelot. Mieux valait qu'ils soient petits, limités, noués.

Elle aurait pu trouver toutes les raisons du monde, mais la magie mise à part, le bain restait de l'*eau*. Guenièvre n'y plongerait pas.

« Il me semble que la température est agréable, mais si elle n'est pas à votre goût, je peux la changer. Dois-je vous aider à vous déshabiller ? »

« Non ! »

Brangien tressaillit, heurtée par la véhémence de la réponse de Guenièvre. Son visage devint écarlate et elle fixa le sol.

« C'est parfaitement habituel, ma dame. J'ai baigné de nombreuses femmes avant vous. De plus, il n'est pas nécessaire que vous mettiez votre visage dans l'eau, si cela vous effraie. »

« Ce n'est pas ça. » Guenièvre s'embrouilla, cherchant une raison pour laquelle cette tâche ordinaire d'une camériste ne se ferait jamais, ne pouvait se faire. « Au couvent, ils m'ont appris que mon corps n'était que pour mon mari. Que même moi, je ne dois pas me regarder nue. » Cela semblait raisonnable pour une société qui lui interdisait de montrer ses poignets. « Je ne pourrais pas supporter que quelqu'un d'autre me voie. Vous êtes une excellente camériste, la meilleure que je peux espérer. Mais je dois me baigner seule. »

Brangien fronça les sourcils, mais au moins elle n'avait plus l'air blessée. « C'est seulement récemment que je suis devenue chrétienne. Je ne l'avais jamais entendu. »

« Je pense que c'est particulier au couvent où j'ai appris comment devenir une épouse. Il y a tellement plus de façons de pécher pour une reine. » Elle essaya de ne pas faire de grimaces malgré tous les mensonges qui sortaient de sa bouche. Il est certain qu'au cours de ses trois jours au couvent, elle avait beaucoup appris sur le péché et la culpabilité, qui semblaient être un type de magie puissant en soi. Une magie qui consiste à contrôler et à manipuler les autres. Les religieuses, spécialistes dans leur domaine, la maniaient avec adresse. Elles étaient aussi gentilles, aimantes et généreuses. Il n'aurait pas déplu à Guenièvre de passer davantage de temps auprès d'elles, à essayer de comprendre cette nouvelle religion qui repoussait l'ancienne de la même façon que les hommes repoussaient les forêts.

Arthur avait également embrassé le christianisme. Elle aurait à le découvrir. Si seulement Merlin était là pour faire entrer tout ça dans sa tête comme il l'avait fait pour la magie des nœuds.

« Alors », dit Guenièvre, « j'aimerais me baigner toute seule. Lorsque j'aurai fini, je vous appellerai pour m'habiller. Et vous vous occupez de mes cheveux ? Vous êtes bien meilleure que moi dans ce domaine ! »

Cela semblait avoir apaisé Brangien, ou du moins la rassurer quant à sa place. Elle acquiesça. « Je vais chercher vos sous-vêtements. Si vous avez besoin d'aide pour les mettre, veuillez m'appeler. » Elle se dépêcha d'aller dans la chambre, puis elle apporta les sous-vêtements en lin et les posa doucement sur la table à côté des autres affaires.

Guenièvre sourit jusqu'à ce que Brangien reparte. Puis en frissonnant, elle abandonna son sourire tout en laissant tomber sa chemise de nuit. Elle ne regarda pas le bain. Elle pouvait sentir l'eau, fumante et prometteuse de magie qu'elle n'avait pas demandée et qu'elle ne voulait pas explorer.

Elle sortit du cercle formé par sa chemise de nuit. Ses pieds étaient nus contre le sol de pierre. Elle ne pouvait pas sentir la douceur du sol, ses orteils recroquevillés. Heureusement, Brangien avait laissé une bougie sur la table. Guenièvre l'alluma d'un souffle. C'était un tour dangereux, mais la mèche retenait le feu avant qu'il ne puisse s'échapper.

La magie du feu était la spécialité de Merlin et non la sienne. Elle avait besoin des limites de la magie des nœuds, de la sécurité des boucles et des liens. Mais il fallait qu'elle se lave et elle ne pouvait pas se résoudre à s'asseoir dans l'eau.

Elle approcha son doigt de la flamme en chuchotant. Celle-ci passa de la mèche au doigt, la piquant sans aller jusqu'à la brûler. Elle fit un tour complet. La flamme suivit la trajectoire du cercle pour former un anneau scintillant qui l'entourait. Il lui fallut toute sa concentration pour la contenir, pour lui interdire le chaos qui était dans sa nature. Contrairement à l'eau, le feu n'avait pas de maître, ni de dame ou de reine qui pouvait le diriger.

Brûlant, affamé et asséché, il se précipita sur elle, dévorant toute impureté. Quand elle ne put plus le supporter, elle repoussa l'air afin que le feu n'eût plus de quoi se nourrir. Il pâlit malgré lui et mourut.

Cela lui causa des démangeaisons et une fatigue dans tout le corps. Mais elle était purifiée et l'eau n'avait pas été touchée. Aussi difficile que cela fût, la magie du feu était relativement sûre. Il dévorait tout ce qu'il touchait, ne laissant aucune trace de lui ni de son utilisateur. Et quand il s'était éteint, il était parti. Il ne pouvait transmettre de nouvelles de sa magie à quiconque aurait su où chercher.

La première fois qu'elle avait essayé une purification, Merlin avait dû l'éteindre. Elle avait été à deux doigts d'être dévorée. Elle fronça les sourcils, aussi marquée par le souvenir que par le feu lui-même. Merlin avait trouvé cela *hilarant*. Elle aurait aimé qu'il puisse voir maintenant à quel point elle avait maîtrisé la situation. Mais au moins, il lui avait donné les moyens dont elle avait besoin pour éviter l'eau. Cette attention de sa part était inhabituelle.

Elle enfila ses sous-vêtements et inspecta la pièce. La table avec les accessoires de bain était restée intacte. Chagrinée, elle cassa un morceau de savon pressé avec des pétales et le jeta dans l'eau derrière elle. Elle prit la brosse, se rapprocha de la baignoire et la plongea soigneusement dedans sans regarder ce qu'elle faisait. Puis elle la replaça à la hâte sur la table. Elle réorganisa les autres accessoires de manière désordonnée, présumant qu'une princesse, entourée de tant de personnes chargées d'y veiller, ne se soucierait jamais de la propreté.

Ses cheveux étaient secs, mais les cheveux étaient rarement lavés. Elle trouverait comment duper Brangien le moment venu.

Tout ce qu'elle avait à faire, maintenant, était d'attendre pour une durée équivalente à celle d'un bain. Elle s'assit sur le sol afin que la ligne d'eau soit au-dessus de ses yeux, de sorte qu'elle ne pouvait pas voir l'eau ni entendre les mensonges qu'elle disait. Quand la vapeur du bain cessa enfin de flotter, elle appela Brangien.

Celle-ci ne remarqua rien d'anormal dans le bain inutilisé. Elle détacha les cheveux de Guenièvre, refit ses tresses et enleva soigneusement ses bijoux qu'elle avait oublié de retirer la veille. Brangien les plaça dans une boîte dorée qui fut ensuite fermée et verrouillée.

« J'ai la clé, à moins que ma dame ne préfère la garder sur elle. » Il y avait un défi dans la voix de Brangien, comme si Guenièvre aurait pu oser douter d'elle. Le rejet au moment du bain avait fait des dégâts. Il fallait que Guenièvre se rattrape. Elle ne pouvait se permettre d'être suspectée ou détestée par quelqu'un avec qui elle était constamment en contact.

« Je la perdrais, j'en suis certaine ! Je vous remercie de vous en occuper. Qu'attend-on de moi aujourd'hui ? » demanda Guenièvre.

Brangien acquiesça de la tête, en tournant et tressant adroitement les longs cheveux épais de Guenièvre. « Comme il était à prévoir que la reine serait fatiguée après sa nuit de noces, aucune des autres dames ne vous rendra visite. »

Guenièvre ne fit aucun commentaire sur la base de cette hypothèse. Au moins, cela lui procura une certaine tranquillité. « Et Arthur ? »

« Je pense qu'il sera occupé toute la journée. »

« Bien ! » Guenièvre se retourna, souriant avec une excitation non feinte. « Voulez-vous m'emmener en ville ? Me montrer Camelot tel que vous le vivez ? »

Brangien parut stupéfaite. « Que voulez-vous dire ? »

« C'est ma ville désormais. Je veux marcher dans les rues avec vous. Voir comment ça se passe, voir comment vivent les gens. S'il vous plaît, emmenez-moi à l'aventure. »

Le visage de Brangien s'adoucit avec amabilité. Elle finit d'épingler une tresse autour du visage de Guenièvre. « J'oublie parfois à quel point c'est une merveille. Quand sire Tristan et moi sommes arrivés, c'était comme si le voyage à travers le lac m'avait transportée dans un pays de rêve. C'était la première fois depuis des mois que je pouvais ressentir à nouveau quelque chose comme l'espoir. » Elle se pencha en arrière en admirant son travail avant d'acquiescer pour elle-même. « Mais pensez-vous qu'il est approprié pour nous d'explorer aujourd'hui ? »

« Je n'ai reçu aucune instruction à propos de ce que je dois faire. Et si personne ne m'en a défendu, on ne peut pas être en colère contre nous ! »

Brangien rit. « Si nous quittons le château, nous aurons besoin de vêtements différents de ceux que j'ai choisis. »

Guenièvre suivit Brangien dans la chambre et attendit patiemment que Brangien la laçât et la serrât dans ses vêtements. La robe d'aujourd'hui était d'un jaune radieux. La capuche qu'elle portait sur les épaules était d'un bleu profond. Après avoir vérifié que les manches de Guenièvre allaient jusqu'aux doigts, Brangien s'agenouilla et aida Guenièvre à mettre ses chaussures.

« Aimeriez-vous porter un voile ? » demanda Brangien.

« Il le faut ? »

« Ce n'est pas rare pour les dames, mais ce n'est pas si souvent que ne pas en mettre provoque des commérages. »

« Je préférerais de loin qu'ils s'habituent à mon visage plutôt que de s'attendre à un voile. »

Brangien acquiesça de la tête et se leva. Les vêtements de sa camériste étaient plus beaux que tous ceux que Guenièvre avait possédés auparavant, mais le tissu n'était pas aussi finement tissé et la capuche n'était pas garnie de fourrure. Les teintes étaient également plus ternes. La tenue de Brangien indiquait l'importance de son rang, mais l'absence de sang royal.

Cette ville avait tout un langage avec lequel Guenièvre devait se familiariser. Elle était reconnaissante que Brangien la guidât, et encore plus reconnaissante de ce que Merlin ait eu la sagesse de choisir une princesse de si loin pour qu'elle se fasse passer pour elle, afin que toute erreur puisse être excusée par ses origines étrangères.

Brangien la pressa dans le couloir. Guenièvre soupçonnait sa camériste d'être à moitié inquiète qu'elles soient arrêtées et qu'elles ne soient pas autorisées à partir. Toutes deux soupirèrent de soulagement en sortant du château par l'une des portes latérales ; puis, elles se tournèrent l'une vers l'autre et se mirent à rire.

Guenièvre suivit Brangien dans la descente d'un escalier incroyablement étroit qui s'enroulait depuis le milieu du château jusqu'à la ville en contrebas… Le fait d'avoir autant de portes dans le château semblait au départ être une faiblesse dans la sécurité, mais seulement une personne à la fois pouvait emprunter ces escaliers. De plus, ils étaient tellement tortueux et peu sûrs que personne en armure ne pouvait les escalader en toute hâte, en brandissant une arme.

La base du château comportait la seule porte assez large pour permettre le passage de plus d'une personne à la fois. Elle était ouverte, mais gardée par dix hommes dans sa profondeur. Elles passèrent sur le côté. Guenièvre s'attendait plus ou moins à ce que les hommes leur crient d'arrêter, mais ils ne firent pas attention aux deux femmes.

Se sentant plus libre que jamais depuis son entrée au couvent, Guenièvre donna le bras à Brangien et ensemble elles descendirent le chemin escarpé menant à la cité d'Arthur. Les rues n'étaient pas comme elle se l'imaginait. Elles n'étaient pas pavées ou faites de terre battue, mais elles étaient des passages à même la roche. Leurs centres étaient plats, mais leurs côtés étaient légèrement inclinés vers le haut. Un peu comme les aqueducs au-dessus de leurs têtes, mais en beaucoup plus grands.

Elles passèrent devant les maisons les plus proches du château, qui étaient également les plus belles. Brangien en parlait avec enthousiasme. Il y avait celle de sire Perceval, de sire Bohort, de sire Mordred. La maison de ce dernier était de loin la plus grande et la plus belle de toutes.

« Où habite sire Tristan ? » demanda Guenièvre.

« La plupart des chevaliers qui joignirent Arthur laissèrent derrière eux tout ce qu'ils possédaient pour se battre à ses côtés. Il les considéra comme des frères et leur donna des chambres dans le château. » Elle se retourna et indiqua le niveau le plus bas. « Ils vivent tous là, dans leurs propres chambres. Arthur dit qu'ils sont le fondement de sa force. »

« Il les apprécie beaucoup. »

« Oui. Et leur amour est réciproque. » Elle se concentra à nouveau sur la ville. « Il ne fait aucun doute que vous serez obligée de prendre de nombreux repas dans ces manoirs. Aucune raison de s'attarder ici. Je veux vous montrer *mon* Camelot. Remettez un peu votre capuche. Nous nous déplacerons plus facilement si personne ne vous reconnaît. »

Le bonheur de Brangien était contagieux. Les pieds de Guenièvre se déplaçaient plus vite. Ils dansaient presque sur le chemin. « Passez-vous beaucoup de temps en ville ? »

« Oui, c'est le cas ! Ou c'était le cas. Je n'avais pas grand-chose à faire avant que le château n'ait enfin sa dame. » Brangien se tourna vers Guenièvre. « Mais ne prenez pas cela comme le signe que je ne suis pas heureuse que vous soyez ici ! C'est un soulagement d'être à nouveau utile. Cela fait tellement longtemps que j'ai perdu Yseult. »

« Vous étiez la camériste d'Yseult ? Je pensais que vous étiez celle de sire Tristan. »

« J'ai été celle d'Yseult en premier. » Elle interrompit la conversation avec un autre sourire dissuasif. Brangien offrit des sourires en guise d'explications. « L'eau coule à nouveau dans les aqueducs aujourd'hui. » Elle pointa son doigt vers le haut. Guenièvre en suivit les contours, deux tubes semblables longeant la route, puis virant de chaque côté à travers la ville.

« C'est un système ingénieux. Je n'ai jamais rien vu de pareil. » Guenièvre n'avait jamais vu de ville, un point c'est tout, mais Brangien ne le savait pas.

« Nous n'avons pas de puits. Les rivières nous alimentent en eau. Ce serait une telle corvée de descendre au lac et de grimper ensuite sur les hauteurs de la ville ou du château. Les serviteurs disent une phrase quand les choses vont mal. "Ça pourrait être des seaux." C'est leur façon de rappeler à chacun de voir le bon côté des choses. Au moins, ils ne se cassent pas le dos à transporter sans fin des seaux d'eau dans ces rues ! »

Guenièvre comprit. L'inclinaison des rues était telle qu'elle devait marcher prudemment en veillant à ne pas se laisser entraîner dans sa course. Les maisons et les magasins étaient tous construits en angle. La plupart des portes étaient orientées face au lac. Elle jeta un coup d'œil à travers l'une d'elles, qui était ouverte, pour voir une minuscule entrée avec un sol incliné s'élevant fortement en direction du château. Des étagères y avaient été placées, ce qui était une utilisation astucieuse de l'espace. Les rues semblaient non planifiées, comme des affluents partant du château. Des maisons et des bâtiments étaient dressés partout où cela était possible.

À mesure qu'elle et Brangien descendaient, les bâtiments se rapprochaient, se frôlaient et se bousculaient en quête d'espace. Des barils d'eau étaient posés à intervalles réguliers.

« À quoi servent les barils, si vous avez des aqueducs ? »

« Au feu », dit Brangien. « Il y a des cloches dans chaque rue. Si elles retentissent, tout le monde sort rapidement de chez soi et prend le baril qui lui est assigné. »

Un feu aurait dévoré cette colline à une vitesse terrifiante. Beaucoup de bâtiments étaient en pierre, mais ils étaient associés à suffisamment de structures de bois pour que cela soit dévastateur et mortel.

« Attention à la petite merde ! » dit Brangien.

Guenièvre la regarda, choquée. Brangien rit, se couvrant la bouche avec embarras. « Oh, je suis désolée, ma dame. C'est son titre. » Elle montra du doigt un garçon négligé qui tirait une charrette en haut de la colline. « Il recueille les contenus des pots de chambre de la nuit et les jette au-delà du lac. À l'époque d'Uther, ces rues étaient jonchées d'urine et de détritus. Ils appelaient celle-là "Chemin de la pisse". Arthur instaura une amende en cas de déversement d'immondices dans les rues et il utilisa l'argent pour payer les petites merdes. Maintenant, les rues sont propres, mais les anciens noms sont plus difficiles à nettoyer. Quelques personnes ont commencé à appeler "Chemin de la pisse", "Chemin du château", ce qui est plus joli. Et les marchands de "Rue de la merde" ont fait vigoureusement campagne pour que les gens l'appellent "Rue du marché". Mais c'est tellement moins satisfaisant à dire. »

Guenièvre rit. Elle ne pouvait pas s'en empêcher. Peut-être qu'une princesse n'aurait pas trouvé cela drôle, mais elle, c'était certain que oui. Elle n'avait jamais pensé à la véritable organisation de tant de personnes dans un si petit espace. Elle n'avait jamais non plus envisagé qu'un roi ait à se préoccuper des pots de chambre d'un millier de citoyens. Dans sa tête, il n'y avait eu de place que pour des épées et des batailles, de la gloire et de la magie.

Cependant, une ville avait sa propre magie. Compliquée et peuplée d'éléments en mouvement constant. Arthur était responsable de tous. Guenièvre se sentait déjà submergée par la cité alors qu'elles n'avaient pratiquement rencontré personne. C'était à la fois merveilleux, terrible et *nouveau*.

Peut-être que Merlin aurait dû passer plus de temps à l'emmener dans les villes qu'à lui inculquer la magie des nœuds.

Brangien montra du doigt plusieurs magasins. La plupart des bâtiments avaient des logements aux étages supérieurs et un commerce au rez-de-chaussée. Toutes les forges et les abattoirs étaient situés dans la plaine au-delà du lac, de même que toutes les activités qui ne pouvaient être contenues dans l'espace limité des pentes de Camelot ou qui dégageaient des odeurs trop pestilentielles pour se mêler aux maisons.

« Tous les trois jours, demain étant l'un d'entre eux », déclara Brangien, « nous avons un marché au-delà du lac. Les gens viennent de tous les hameaux et villages pour vendre et acheter. Des marchés spéciaux ont lieu à chaque nouvelle lune. C'est là que vous pouvez trouver des choses plus inhabituelles. Des épices. De la soie, parfois ! Mon père et mon oncle étaient des marchands de soie. Ils traversèrent le monde à pied pour venir ici, cachant leurs marchandises tout le long du chemin en prenant place dans le chariot, à tour de rôle, et en prétendant avoir la peste. » Elle semblait à la fois triste et attendrie. « Mon père s'acheta une vie meilleure. Ma famille était aisée et respectée grâce à lui. C'est ainsi que j'ai obtenu une place de camériste auprès d'Yseult. » Se forçant à se détacher du passé, bien que Guenièvre aurait voulu en savoir plus, Brangien poursuivit ainsi : « Dans les marchés spéciaux, il y a aussi des chevaux et des armes, de la nourriture et des chaussures et tout ce que vous pouvez imaginer. Les marchands viennent de partout. Les droits de place du roi Arthur sont raisonnables et tout le monde sait qu'il sera en sécurité sur ses terres. La dernière fois, il y avait un jongleur et des acrobates. J'ai hâte de vous montrer. »

« Cela semble merveilleux. » Cela semblait chaotique. Le lieu idéal pour une attaque magique contre Arthur. Plus elle se promenait dans Camelot, plus elle voyait à quel point ce serait inhospitalier pour les fées et les sbires de la Reine Noire. Tous ces gens, cette ancienne pierre endormie, le métal sur les portes et les fenêtres. Quelle menace Merlin avait-il donc perçue ? Pourquoi n'avait-il pas été plus précis ? La Reine Noire était morte et vaincue, mais son type de magie, sauvage et dévorante, continuait à vivre. Guenièvre l'avait vu de ses propres yeux en venant ici.

« Y a-t-il quelque chose dont vous avez besoin aujourd'hui ? » demanda Brangien. « Nous devrons nous procurer la plupart des choses sur les marchés, mais certains magasins pourraient avoir des stocks disponibles. »

« Non, merci. Il me semble ne manquer de rien. » Rien qu'aucun des magasins ne vendrait, de toute façon. Bien qu'elle devrait fouiller dans sa boîte à bijoux. Certaines pierres possédaient une magie particulière. De plus, personne ne regarderait avec méfiance un roi portant des bijoux.

Cela pourrait être sa prochaine tâche. Pour l'instant, elles étaient à mi-chemin, à travers la ville. La pente faiblissait ici avant de devenir plus forte en se rapprochant du lac. C'était le terrain le plus plat sur lequel elles avaient été. Guenièvre entendit des cris et se retourna, alarmée.

« Oh ! » dit Brangien. « Je peux vous montrer quelque chose d'incroyablement fascinant. » La camériste tourna dans une rue latérale et elles arrivèrent à un bâtiment circulaire. C'était le plus grand que Guenièvre avait vu, mis à part le château.

« Il est plus récent que le château, mais il est vieux quand même. D'avant Uther Pendragon. Il n'a rien construit. » Brangien la fit passer sous une arche de pierre sombre puis dans la lumière brillante du soleil.

Ce n'était pas exactement un bâtiment. Il n'y avait pas de toit. Les murs délimitaient un cercle plat et rempli de terre. Plusieurs rangées de sièges étaient construites dans les murs. Ces sièges étaient presque tous occupés et étaient la source des cris rugissants. Le long du cercle, différents espaces circulaires avaient été organisés, marqués à la craie dans la terre. Des armes tapissaient les murs et à l'intérieur des espaces, des hommes se battaient.

« Venez, il y a une loge spéciale. Je n'ai jamais pu m'y asseoir avant ! » Brangien la tira rapidement au-delà des marches et des bancs. Elles grimpèrent en haut du mur, firent un signe de tête à un garde et pénétrèrent dans une structure en bois. Celle-ci était construite de manière que lorsqu'elles atteignirent la face ouverte, elles se trouvèrent suspendues au-dessus des combattants. Grâce aux bancs recouverts de coussins et au toit qui les protégeait de l'ombre, elles étaient les personnes les plus à l'aise de l'arène.

Certainement plus à l'aise que les hommes en dessous. Les guerriers se battaient et se frappaient mutuellement. Leur épaisse armure de cuir, cousue de plaques de métal sur les zones les plus vulnérables, absorbait les coups. Mais Guenièvre cria et couvrit sa bouche lorsqu'un homme près d'elles reçut un coup brutal.

« Les épées sont émoussées », dit Brangien en lui tapotant la main. « Il y a quand même des blessures, parfois terribles, mais personne n'est mort. »

« Pourquoi font-ils cela ? » Il y avait plus d'une douzaine d'hommes en bas faisant la guerre, comme un ménestrel aurait poussé la chanson. Le cœur de Guenièvre s'emballa. C'était terrible et excitant et elle n'en comprenait pas le but.

« Un entraînement pour certains d'entre eux. Voyez, il y a sire Tristan et sire Caradoc. Sire Bohort dirige les combats. » Brangien identifiait habilement chaque homme, bien que pour Guenièvre, ils étaient tous identiques et semblables à la mort casquée et protégée d'une armure.

« Est-ce que Mordred est là aussi ? »

« Oh, non. Il ne se bat jamais. Il a une trop haute opinion de lui-même pour s'entraîner avec ses frères-chevaliers, même si le roi Arthur se joint souvent à eux. »

« Et qui est... »

Serrant la main de Guenièvre, Brangien s'exclama : « Il est là ! »

« Qui ? »

Brangien désigna un nouveau chevalier qui était entré dans l'arène. Il était grand, avait de larges épaules et portait un masque de cuir qui masquait tout son visage. Son armure était insolite, elle aussi, un mélange de métaux de différentes couleurs. Du fait de cette particularité, elle semblait moins une armure portée qu'une partie intégrale de son corps.

« Le chevalier patchwork ! C'est comme ça qu'ils l'appellent. Personne ne sait qui il est, ni d'où il est originaire ! Il vient parfois, gagne chaque combat, puis disparaît. Oh, il est terriblement populaire. Dans peu de temps, il gagnera un tournoi et deviendra un véritable chevalier du roi. »

« Est-ce qu'Arthur ferait ça ? Offrir un poste à un inconnu ? »

« C'est ainsi que sire Tristan obtint son titre de chevalier ! Grâce à sa bravoure dans l'arène. »

« Donc, n'importe qui pourrait être assez performant et avoir une place aux côtés du roi ? Une place dans le château ? »

« Oui, mais les aspirants ne peuvent se présenter ici qu'une fois par semaine. Et ils sont toujours tellement nombreux. Mais ce n'est qu'une question de temps avant que le chevalier patchwork ne passe. » Le ton de Brangien était distrait, son attention entièrement tournée vers l'arène alors qu'elle était penchée en avant, essoufflée dans son anticipation.

Guenièvre avait aussi une raison d'y prêter attention maintenant. Parce qu'il pourrait y avoir n'importe qui, ou n'importe quoi, derrière ce masque. L'utiliser pour se rapprocher d'Arthur.

CHAPITRE CINQ

Bien qu'une douzaine d'autres combats aient lieu en même temps, on pouvait voir clairement qui la foule regardait. Chaque mouvement du chevalier patchwork était accueilli par des acclamations, des conseils hurlés, et même quelques railleries de ceux qui étaient fidèles au malheureux adversaire impitoyablement écrasé. Le combat ne dura que quelques minutes, avant que le rival du chevalier patchwork ne sorte du cercle en admettant sa défaite. Le perdant enleva son armure de cuir et la jeta.

Sa prestation théâtrale n'avait plus d'intérêt pour la foule qui n'avait d'yeux que pour le chevalier patchwork. Mais plutôt que de lever les bras ou d'exulter à l'annonce de sa victoire, celui-ci se tenait parfaitement immobile, la pointe de son épée reposant sur le sol, les deux mains resserrées sur la poignée. Il était telle une statue qui ne prenait vie qu'au moment où on lui lançait un défi.

Un autre aspirant entra dans l'arène. Brangien précisa que c'est ainsi qu'ils appelaient ceux qui s'efforçaient de battre les chevaliers. Les aspirants des combats de la semaine s'affrontaient préalablement. Seul le grand vainqueur issu de ces combats était autorisé à affronter l'un des chevaliers d'Arthur.

« La plupart du temps, il y a tellement d'aspirants que les chevaliers n'ont l'occasion de n'en combattre aucun. Le soleil se couche avant qu'ils aient pu se départager », expliqua Brangien pendant qu'un autre aspirant s'avançait avec confiance dans le cercle où l'attendait le chevalier patchwork.

« Il y en a tellement que ça qui essaient de devenir chevaliers du roi Arthur ? »

« Oh, oui. Ceux qui sont suffisamment doués peuvent intégrer son armée régulière. Ils sont logés, mais doivent continuer de travailler pour se nourrir et s'entraînent par eux-mêmes. Seule une poignée d'entre eux a rejoint son véritable cercle de chevaliers. Et ceux qui y sont parvenus ont tous été formés dans d'autres cours. Un homme habitué à cultiver la terre aura à s'exercer pendant des années pour battre un chevalier expérimenté. Mais le système d'Arthur leur permet de s'entraîner et génère une armée d'hommes à qui nous pouvons faire appel en cas de danger. »

Ceci avait du sens. Ce qui en avait moins était les performances du chevalier patchwork. Il avait vaincu l'aspirant trop sûr de lui avant même que Brangien finisse d'expliquer le système. Inconscient, l'aspirant avait dû être tiré hors de l'arène. Et une fois de plus, le chevalier patchwork était redevenu parfaitement immobile et avait repris une apparence presque inhumaine.

Guenièvre se pencha au-dessus du balcon, en plissant les yeux comme si elle pouvait ainsi pénétrer à l'intérieur de son masque.

« C'est ce qu'il y a de si particulier avec le chevalier patchwork », déclara Brangien. Elle brodait une bande de tissu avec du fil écarlate selon un motif que Guenièvre ne pouvait pas encore deviner. La cámériste regardait à peine le tissu, ses doigts habiles sachant ce qu'ils faisaient. « Il est évident qu'il a été entraîné. Tous les autres chevaliers entraînés ayant participé aux épreuves, comme sire Tristan, se sont présentés, en indiquant leur nom, leurs titres et leurs origines. Le chevalier patchwork n'a jamais prononcé une parole. »

« Intéressant. »

« Faites attention », dit une voix derrière Guenièvre, la surprenant au point qu'elle faillit tomber en avant. Des doigts fins la saisirent à la taille. Elle leva les yeux vers le visage de Mordred. Il la relâcha, reculant à une distance respectueuse. « Vous ne devriez pas vous pencher si loin. Vous pourriez tomber. Peut-être la reine ne devrait-elle pas s'investir autant dans les combats au péril de sa vie pour mieux les voir. »

Mordred s'assit à la droite de Guenièvre. Brangien afficha un air renfrogné à sa gauche. « La plupart des hommes ne s'asseyent pas dans la loge. Ils sont trop occupés à s'entraîner », dit-elle en dirigeant sa voix vers sa broderie.

Mordred rit. « *La plupart* des hommes ont quelque chose à prouver là en dessous dans la poussière et le sang, en jouant à la guerre avec des lames émoussées. »

« Regardez-vous souvent les combats ? » demanda Guenièvre, essayant de conserver une conversation banale et courtoise.

« Seulement quand il y a quelqu'un qui vaut la peine d'être regardé. » Il la fixa directement. Elle plissa les yeux, mais avant qu'elle ne puisse le réprimander, il indiqua de la tête le chevalier patchwork. « Je ne pouvais pas manquer ça. »

Le deuxième aspirant était toujours au sol. Non. C'était un nouveau. Le chevalier patchwork avait vaincu son troisième adversaire. Ses actions étaient semblables à celles des autres hommes, mais plus énergiques, plus efficaces. Il bougeait plus vite, il frappait plus fort, il anticipait chaque coup avant qu'il ne survienne. Quand il était touché, il oubliait la douleur aussi facilement que si les épées avaient été des cannes en roseau.

Guenièvre n'avait jamais vu de combats auparavant. Même en sachant que les épées étaient émoussées et que les coups n'étaient pas mortels, elle grimaçait et éprouvait de la sympathie pour tous. Et à plusieurs reprises, elle faillit se joindre aux cris de joie de la foule lorsque le chevalier patchwork vainquit un aspirant de plus.

Au bout d'une heure peut-être, elle s'autorisa à jeter un coup d'œil sur le côté. Mordred était penché en avant, les sourcils froncés, d'un air concentré ou inquiet. Lui aussi regardait le chevalier patchwork. Non avec admiration, ni enthousiasme, contrairement à la foule, mais comme s'il étudiait un ennemi ou une menace.

« Vous semblez assez intrigué par le chevalier patchwork. » Guenièvre se redressa et fit semblant de bâiller afin de suggérer qu'elle n'était pas autant captivée par le chevalier. « Si vous ne vous battez pas, pourquoi cet intérêt ? »

Mordred se pencha en arrière. « Regardez la façon dont il bouge. Chaque combat est un combat unique pour lui. Il ne le veut pas. Il en *a besoin*. Toute personne qui se concentre intensément sur un objectif, toute personne qui a un but aussi déterminé est dangereuse. » Ses paroles la surprirent ; cela dut se lire sur son visage. Il sourit. « Nous ne protégeons pas tous mon oncle roi avec nos poings et nos épées. Et je suis toujours très observateur. »

Elle voulait se détourner de l'intensité et de l'intelligence qu'elle discernait au fond de ses yeux vert mousse. Cette fois, elle ne remit pas en question sa signification. Oui, il regardait le chevalier patchwork. Mais il la regardait aussi. Et il voulait qu'elle le sache.

Le souffle froid du danger passa au-dessus de sa tête. Elle était ici pour protéger Arthur, tout comme Mordred. Mais ses méthodes de protection du roi devaient rester secrètes à tout prix. Elle retourna délibérément son attention vers les combats. « Je suis donc heureuse que mon roi vous ait de son côté. »

« De son côté et à ses côtés, quand il a besoin de moi, de quelque manière que ce soit. Avez-vous déjà entendu l'histoire du Chevalier Vert ? »

« Non », répondit Guenièvre.

« Eh bien, cela aurait été peu probable, car elle concerne un chevalier qui n'est pas tout à fait humain et certainement pas chrétien. Et nous ne racontons plus ces histoires. N'est-ce pas, chère Brangien ? »

« Nous ne racontons pas cette histoire parce que vous la racontez si souvent que ce n'est plus nécessaire », grommela-t-elle, ne levant pas les yeux de son travail.

Mordred rit. « La langue pointue comme son aiguille, tout aussi futée et deux fois plus tranchante. Mais notre reine n'a rien entendu. »

Brangien poussa un soupir et laissa tomber sa couture. « Avant la défaite de la Reine Noire, Arthur et ses premiers chevaliers étaient engagés dans une quête, à la recherche de partisans. Sire Mordred, sire Perceval et sire Bohort sont arrivés sur un chemin à travers la forêt, le seul qui soit sans danger, et l'ont trouvé bloqué par un chevalier. Armure verte, peau verte, barbe de feuilles. » Elle agita une main avec dédain. « Tout de vert. »

« Vous êtes très mauvais pour raconter des histoires. » Mordred fronça les sourcils d'un air blessé.

« Il ne les aurait pas laissés passer avant qu'ils ne trouvent une arme capable de le vaincre. Sire Perceval essaya une épée, mais la lame se coinça dans le bois épais du bras du chevalier et il ne put la retirer. Sire Bohort essaya une masse et une chaîne, mais l'entaille dans la poitrine du Chevalier Vert refleurit et se referma. »

« Ils ne savaient plus quoi faire », déclara Mordred. « Leurs armes n'avaient aucun effet et ils ne voyaient pas d'autre moyen de résoudre le problème que de le frapper et d'espérer qu'il saigne. Tout ne peut pas être résolu avec des armes. Alors qu'ils étaient occupés à essayer sans succès de hacher le Chevalier Vert, je me suis glissé dans la forêt et... »

« Une biche », interrompit Brangien. « Il lui apporta une biche à manger. Le Chevalier Vert trouva ça hilarant et les laissa passer. »

« Brangien. » Mordred posa une main sur sa poitrine comme s'il s'était blessé. « Vous avez l'esprit et l'imagination d'un marteau. Les histoires ne sont pas des clous à enfoncer chez soi. Ce sont des tapisseries à confectionner. »

« Vos histoires sont des fardeaux à supporter. Maintenant, peut-on regarder le combat, s'il vous plaît ? » Pour montrer sa désapprobation, Brangien se remit à la couture.

« Qu'est-il arrivé au Chevalier Vert ? » demanda Guenièvre, intriguée. Personne ici ne parlait de la période d'avant la défaite de la Reine Noire. Le paysage y semblait merveilleux et étrange. Un paysage duquel elle se sentait plus proche en comparaison à l'ordre et à la pierre de Camelot.

« Il y eut Excalibur. Et ce fut une fin bien plus permanente que d'être grignoté par une douce biche. » Le ton de Mordred était sarcastique. Qu'il se moquât de lui-même ou du récit de Brangien, Guenièvre était incapable de le dire. Il se leva et s'inclina. « Permettez-moi de vous apporter un rafraîchissement. »

Après son départ, Brangien siffla doucement. Elle leva les yeux, puis sourit et rangea sa broderie. « Oh, regardez ! Il en a vaincu un autre. Ça fait quinze. Je crois qu'il n'y en a que trente qui se battent aujourd'hui. Il peut encore arriver aux chevaliers, pour autant que vous souhaitiez rester aussi longtemps. »

« Risque-t-il de rencontrer le roi Arthur ce soir ? »

« Non. S'il arrive aux chevaliers, ce sera un tournoi officiel. Chaque chevalier choisira sa forme de combat préférée et le rencontrera sur le terrain. Il n'a pas à les vaincre tous pour gagner sa place. Mais il doit en vaincre au moins trois. »

« Et s'il les bat tous ? »

« Cela ne s'est jamais produit. Mais si ça devait se faire, Arthur lui-même lui lancerait un défi au combat. »

Guenièvre sentit comme de la glace dans son estomac. « Ici ? »

« Non. Après le lac, dans les prairies. »

Les prairies. Là où Arthur avait repoussé la forêt de sang et récupéré ses terres. Ce sol était imprégné du sang de la magie. Si le chevalier patchwork était une créature féerique, il serait plus puissant là-bas que dans cette ancienne ville morte. De plus, Arthur serait vulnérable, pris au piège par ses propres règles. Si Guenièvre avait l'intention d'attaquer le roi, c'est là qu'elle le ferait. Là où les chevaliers se sentaient encore détendus et à l'aise, mais sans la protection de la ville autour d'eux.

Guenièvre se leva. « Je ne me sens pas bien. J'aimerais retourner au château. »

Brangien s'empressa de remettre ses affaires dans sa sacoche. En sortant, elles croisèrent Mordred qui portait un gobelet de vin et une assiette de pain et de fromage.

« Vous partez déjà ? » demanda-t-il. Guenièvre ne répondit pas. Elle avait besoin de parler à Arthur. Et, plus important encore, elle avait besoin de fausser compagnie à sa caméristе afin de suivre le chevalier patchwork après ses combats de la journée.

« Le roi n'est pas au château. » Brangien donna cette réponse sur un ton désolé. Guenièvre l'avait envoyée chercher Arthur dès leur retour dans ses appartements. « Il part souvent. Il parcourt ses terres constamment, faisant le point avec les paysans, s'assurant que les routes sont dégagées. Il n'est pas du genre à s'asseoir les bras croisés sur un trône. »

« Où est-il maintenant ? » Guenièvre essaya de ne pas se sentir blessée par le fait qu'il était parti le lendemain de leur mariage. Il est évident qu'*elle* savait que ce n'était pas un vrai mariage, mais personne d'autre n'était au courant.

« La forêt », dit Brangien, les yeux baissés. « Celle qui a pris le village. Il est parti avec des hommes pour la brûler. »

« Mais ce n'est pas à l'intérieur des frontières de Camelot. »

« Il ne tourne jamais le dos à un combat. Même quand ce n'est pas son propre combat. »

Guenièvre admirait cela chez lui. Il était un roi au service de son peuple, c'était certain, mais il étendait cette responsabilité et cette protection partout où il le pouvait. Même lorsqu'il n'y avait aucune menace pour lui-même ni aucun avantage. Arthur était… bon. Elle ressentit une chaleur brûlante de l'intérieur lorsqu'elle pensa à lui.

Elle en était heureuse. Mais aujourd'hui, c'était gênant. Elle voulait l'avertir au sujet du chevalier patchwork et de ses soupçons. Mais peut-être qu'un délai était préférable. Elle avait besoin de plus d'informations.

« Brangien, je vous remercie de m'avoir fait sortir. C'était formidable. Mais j'ai peur d'en avoir trop fait. J'ai mal à la tête et j'aimerais m'allonger dans le noir. Y a-t-il un repas auquel je suis censée assister ce soir ? »

« Bien sûr, vous devriez vous reposer. Les fêtes n'ont lieu qu'une fois par mois. Certains soirs, on vous attendra peut-être pour dîner avec les chevaliers et leurs épouses, mais personne ne vous a réclamée pour ce soir. Si quelqu'un le fait, je lui dirai que vous êtes… » Elle fit une pause, cherchant le mot juste.

« Débordante d'amour pour mon nouveau roi et mon pays et déconnectée par la joie. » Guenièvre sourit malicieusement, et Brangien rit.

« Rendue comateuse par la joie, même. »

« Parfait. Merci. »

La camériste ferma les rideaux et tira les couvertures. Puis elle aida Guenièvre à se déshabiller, la libérant de ses manches et de sa robe. « Je serai dans le salon à coudre. Je ne vous dérangerai pas et n'entrerai pas à moins que vous ne m'appeliez. Si vous vous endormez pour la nuit, reposez-vous bien. »

Se sentant ridicule et sournoise, Guenièvre se mit au lit. Brangien ajusta les couvertures sur elle, puis se glissa hors de la pièce.

Guenièvre sortit du lit.

Elle examina la première malle. Aucune femme de son statut ne se promènerait seule dans la rue. Pas plus qu'une camériste de la qualité de Brangien, mais il y avait de la place pour l'improvisation. La reine avait besoin d'une certaine teinture, ou demandait une épice spéciale pour sa nourriture, ou quelque chose du genre qui exigerait que d'urgence une femme de chambre se précipiterait seule en ville. Il est certain que même la camériste de la reine n'aurait pas de problèmes si elle se trouvait dehors après le couvre-feu pour peu qu'elle ait été envoyée par la reine.

Mais encore une fois, Guenièvre n'avait aucune idée de l'autorité que possédait la reine à Camelot, pour autant qu'elle en eût une. Il n'y avait jamais eu de reine à Camelot. Elle devrait interroger Arthur à ce sujet.

Les première, deuxième et troisième malles enfermaient toutes ses affaires. Elle s'arrêta, laissant sa main flotter au-dessus d'elles. Pas ses affaires, pas vraiment. Elle oubliait bien vite. La quatrième, une petite dans le coin, contenait les affaires de Brangien. Ses vêtements étaient plus simples. Guenièvre pourrait les mettre sans aide.

Un sentiment de culpabilité la rongea alors qu'elle sortit une robe et une cape à capuche. Les vêtements étaient chers et précieux. C'était toute la richesse de la camériste, et Guenièvre la dérobait. Mais elle la rendrait sans accrocs.

Ou *presque*. Elle tira sur une couture de la cape, nouant et serrant le fil rompu dans un désordre confus. Il serait impossible de le défaire. Et lorsqu'elle placerait la capuche sur la tête, la magie des nœuds s'étendrait de sorte que quiconque observerait son visage se trouverait dans l'incapacité d'y associer l'image de qui elle était exactement.

Guenièvre tira sur la capuche, puis se balança. Un peu d'elle-même entra dans chaque nœud, dans chaque brin de magie qu'elle avait fait. Et elle en avait fait plus au cours des vingt-quatre dernières heures que pendant toute une semaine ordinaire. Elle aurait vraiment aimé se glisser dans son lit et dormir une nuit entière. Mais tout comme la fidèle Brangien, elle avait du travail à faire et elle ne le négligerait pas.

Elle sortit dans le couloir et marcha avec l'efficacité véloce d'une femme chargée d'une mission. Elle suivit le chemin emprunté au matin, en parcourant les escaliers dans la faible lumière de l'après-midi. Elle avait espoir de revenir avant la tombée de la nuit.

À cette heure-là, il y avait plus de gens dehors qui faisaient leurs courses et concluaient des affaires, avant que le soleil ne disparaisse. Tout ce monde dans les rues, bavardant et s'interpellant, achetant, vendant et marchandant, la rendait anonyme dans la foule. Elle déambula à l'extérieur de l'arène. Il y avait quelques femmes assises, mais seulement accompagnées de leurs maris. Elle savait qu'elle se ferait remarquer si elle entrait seule à l'intérieur. Les rugissements et les acclamations lui indiquaient que le combat était toujours aussi intense.

Ayant besoin de faire quelque chose pour s'occuper et ne voulant pas rater le chevalier patchwork en faisant une erreur, elle fit le tour du cercle. Des maisons étaient construites le long des murs et elle devait éviter les flaques et contourner des caisses. Le personnel d'Arthur avait pourtant bien fait son travail. C'était remarquablement propre.

De l'autre côté de l'arène se trouvait une petite porte discrète ne ressemblant en rien à la grande porte qui, elle, s'ouvrait pour déverser spectateurs et combattants dans la rue principale de la ville. Elle pouvait se tromper, auquel cas tous ses efforts auraient été vains, mais cette porte était parfaite pour quelqu'un souhaitant passer inaperçu. Quelqu'un comme le chevalier patchwork. Elle trouva une caisse dans l'ombre profonde d'un bâtiment en pierre incliné et s'y assit.

Elle était très douée pour patienter. Une fois, elle avait passé une journée entière allongée sur le sol de la forêt, parfaitement immobile, pour attirer une biche auprès d'elle. Cela avait fonctionné. Elle sourit en se remémorant le nez de velours qui lui avait frôlé le visage. Moins agréable fut ce pour quoi elle avait eu besoin de la biche.

Elle s'arrêta.

Pourquoi *avait*-elle eu besoin de la biche ?

Le souvenir sembla s'arrêter, se couper. Comme si elle avait tourné une page et trouvé la suivante vide. Elle insista, mais rien ne se dévoila. Il y avait une douleur sourde derrière ses yeux. Peut-être que le nœud de confusion avait fait plus qu'elle n'escomptait.

Le rugissement de l'arène atteignit son paroxysme, puis mourut rapidement. Le soleil s'était couché. Les combats de la journée étaient terminés. Elle ne connaissait pas les résultats, mais elle n'en avait pas besoin. Elle n'avait besoin que du chevalier. Les voix s'estompèrent, s'éloignèrent. Tout le monde rentra à la maison. Et personne n'avait franchi cette porte. Elle s'était trompée. Déçue, elle se releva pour étirer ses muscles contractés.

Des pas furtifs la firent se figer et retourner dans l'ombre. Une femme recouverte d'un châle sur la tête se précipitait vers la porte. Elle trébucha et le ballot qu'elle portait dans ses bras se déversa. Poussant un petit cri de consternation, la femme s'agenouilla et rassembla les affaires aussi vite qu'elle put.

Mais Guenièvre avait vu. Vu des paquets enveloppés de toile de jute. Des fruits. Et, bizarrement, plusieurs pierres lisses.

La femme noua le ballot aussi fort que possible. La porte s'ouvrit. La femme passa le ballot au chevalier et lui adressa un geste de gratitude. Il le glissa dans un sac et passa devant Guenièvre sans la voir puis il s'engagea rapidement dans une ruelle étroite. La femme repartit par le chemin qu'elle avait emprunté.

Qui suivre ?

Le chevalier. Guenièvre le suivit, alors qu'il se faufilait dans des ruelles de la ville qu'on ne lui avait pas encore montrées. Les odeurs n'étaient pas aussi agréables que dans les quartiers centraux. Les maisons étaient plus rapprochées. Elles n'étaient pas nécessairement plus vieilles, mais elles n'étaient pas aussi bien entretenues. Les structures de bois semblaient moins stables et se trouvaient partout où il y avait un soupçon d'espace.

Le chevalier n'avait enlevé ni son casque ni son masque. Il se restreignait aux ruelles sinuant entre les maisons et à l'arrière de celles-ci. Aucune porte d'entrée n'était ouverte, par ici. Les volets étaient fermés. Lui et Guenièvre auraient tout aussi bien pu être seuls.

Il s'arrêta à côté de fondations en ruine. Puis il tendit la main et enleva son masque. Elle était trop loin pour voir. Elle ne pouvait pas s'avancer rapidement sans risquer d'être découverte. Elle regarda sur le côté pour voir s'il y avait un meilleur point de vue, mais quand elle se retourna à nouveau vers le chevalier, il avait disparu.

Se maudissant, elle se précipita à l'endroit où il s'était éclipsé et faillit tomber d'une falaise abrupte qui se dévoilait à elle. C'étaient les limites de Camelot, le côté soigneusement tondu jusqu'aux eaux noires à une trentaine de mètres en dessous. Prise de vertiges et de nausées, elle chancela puis aperçut le chevalier patchwork, qui descendait tout droit sur le côté tel un insecte.

La nouvelle reine ne peut pas être vue.

Cela vexe la Reine Noire. Car la nouvelle reine ne devrait pas être l'objet d'attention, devrait être moins que rien, mais la feuille a dit que la reine n'était pas la reine, ce qui est intrigant. Ses efforts sont mieux investis dans Arthur, mais il n'y a plus grand-chose d'intrigant. Même la mort a perdu son éclat. Alors, si la reine-non-reine est quelque chose de nouveau, elle découvrira quoi.

La chambre de la reine est protégée, comme celle d'Arthur, par des nœuds mesquins, des tours insignifiants. Ils l'insultent. Ils ne sont pas une magie de la vie, de la création ou de la destruction. Ils sont une ruse d'humain. Une frontière. Une barrière. Les humains et leurs murs. Elle a des humains pour s'en occuper. Ils feront leur travail le moment venu.

Mais elle peut sentir un autre espace. Davantage de fenêtres. Sa mite se jette contre elles, cognant sa vie contre les vitres. À l'intérieur, un battement de cœur. Pas le cœur de la reine-non-reine. Celui de quelqu'un d'autre.

Et ce cœur bat la chamade. Ce cœur est…

Magique. Il y a de la magie dans cette pièce.

La mite se meurt. La vraie reine, la Reine Noire, la reine des pierres, de la terre et des arbres, est satisfaite. Camelot est devenu très compliqué. Compliqué est proche du chaos.

Et le chaos est son royaume.

CHAPITRE SIX

Le fait que le château se trouvait plus haut lui sembla être une cruelle punition pour ne pas avoir réussi à rattraper le chevalier patchwork. Guenièvre traîna dans les rues. Des bougies illuminaient les magasins fermés pour la soirée, alors que les familles se cloisonnaient pour faire face à la nuit et se protéger des choses apportées par elle dans les sombres espaces du rêve.

Les cloches du couvre-feu n'avaient pas encore sonné. En lui faisant visiter la ville, Brangien les avait mentionnées. Toute personne trouvée dans les rues après le retentissement des cloches était escortée dans une cellule de détention pour le reste de la nuit. Cela empêchait les méfaits et les crimes, mais cela rendait la vie de Guenièvre plus difficile. Et triste. Tisser un manteau d'ombres était une des pratiques magiques qu'elle appréciait. Il ne mordait pas ou ne piquait pas comme le feu purificateur, ni lui demandait des parties d'elle comme les nœuds. Elle l'avait fait tous les soirs pour s'échapper du couvent. Quand elle glissait dans l'ombre, passant d'une mare de ténèbres à l'autre, chacune la revendiquant comme sienne, elle se sentait presque chez elle dans sa propre peau. Elle adorait la nuit. Dans le calme silence, elle s'imaginait que même une ville pouvait ressembler à une forêt.

Qu'avait aimé la Guenièvre défunte ? Que penserait-elle de cette merveilleuse ville de montagne ? Que penserait-elle de son beau et vaillant mari, qui parcourait constamment ses terres pour maintenir la paix et la justice, bâtissant un royaume où tous étaient bienvenus, tant qu'ils se battaient pour Camelot ?

La Guenièvre défunte aurait-elle aimé le château ? Est-ce que sa maison lui aurait manqué ? Aurait-elle eu une relation plus simple avec Arthur ? Peut-être qu'un jour ils auraient appris à s'aimer. Peut-être qu'elle n'aurait pas fait attention à cette misérable colline sans fin.

Qui avait déjà songé à construire une ville dans une montagne ? C'était une très mauvaise idée ! Ce n'était pas étonnant que Camelot fût impossible à conquérir. Une armée devrait se reposer avant même d'arriver à mi-chemin de son objectif. Et ceci, après avoir traversé un lac à découvert ou navigué dans une des chutes d'eau tonitruantes. Non, Camelot ne pouvait s'effondrer que de l'intérieur. C'était ainsi qu'Arthur l'avait pris.

Comme si elle l'avait évoqué par la pensée, Arthur surgit d'une rue secondaire. Il galopait sur l'artère principale, sa couronne d'argent captant la lumière de sa torche. À ses côtés se trouvaient plusieurs chevaliers. Ils se déplaçaient groupés pour ne faire qu'un dans son sillage, drapés d'une odeur de fumée comme une seconde cape. La propre cape d'Arthur s'ouvrit pour révéler sa main posée sur le pommeau de son épée.

L'épée.

Excalibur.

Elle avait ce même sentiment nébuleux de respect qu'elle avait ressenti pour Arthur. Il regarda dans sa direction, ses yeux la traversant sans difficulté et sans y prêter attention alors qu'ils scrutaient les bâtiments.

Puis il s'arrêta à mi-chemin, se retournant pour regarder dans sa direction une fois de plus. Ses yeux rencontrèrent les siens et il haussa un sourcil en signe d'interrogation. Consternée, elle secoua la tête. Elle ne voulait pas que les hommes qui étaient avec lui la voient. Comme si de rien n'était, il continua de gravir la colline en direction du château.

Mais il l'avait *vue*. Elle tendit la main vers le fil. Ses nœuds tenaient toujours. Elle ne pouvait pas expliquer comment il avait percé le voile de sa magie. Mais après ces longues journées dans la peau de quelqu'un d'autre, le soulagement d'être vue par la seule personne qui la connaissait suffisait à lui redonner le moral et lui donna la force de terminer l'ascension jusqu'au château. Cependant, l'escalier qui serpentait sur le côté était de trop. Elle entra par la porte principale, les soldats ne prenant pas la peine de regarder sous sa capuche. Elle devrait en parler à Arthur. Et trouver un moyen de sécuriser chaque porte donnant accès au château et permettant d'en ressortir. Elle ne s'attendait pas à une attaque à cet endroit, mais les instructions extrêmement vagues de Merlin impliquaient qu'elle ne pouvait laisser aucune ouverture sans surveillance. Ce serait un travail fastidieux et épuisant. Beaucoup moins palpitant que de poursuivre un mystérieux chevalier à travers la ville.

Bien qu'elle prévoyait également de recommencer ça.

Guenièvre se glissa à nouveau dans sa chambre, soulagée que la porte du salon soit toujours fermée. Brangien ne l'avait pas cherchée. Tous ses nœuds de protection étaient également en place, même si elle pouvait sentir qu'une partie de la tension lovée à l'intérieur d'elle-même diminuait. Les nœuds devraient être refaits demain. Comme il était agaçant que le relâchement physique des nœuds se desserrant veuille dire qu'il fallait les refaire.

Elle coupa le fil emmêlé de la capuche de Brangien avec les dents, puis replaça soigneusement les vêtements qu'elle avait pris. Elle mit une robe de chambre doublée de fourrure. Il était difficile de ne pas toucher la fourrure avec les doigts. Ce n'était pas qu'elle ne voulait pas ressentir ce que l'animal avait ressenti. C'était plutôt le contraire. La brève étincelle de vie et de liberté rendait les murs insoutenables. Elle devrait demander à Arthur des vêtements sans fourrure.

Et puis elle réalisa que si elle ne pouvait pas suivre le chevalier patchwork, elle pouvait lui prendre quelque chose !

Merlin ne lui avait pas enseigné la magie du toucher. Il ne semblait pas la comprendre, mais en vérité, elle non plus. Elle ne ressemblait pas à la magie des nœuds, ni à celle du feu, ni à aucune de celles qu'elle avait à sa disposition dans son sac. Pour celles-là, elle devait se concentrer. Elle devait les exécuter délibérément et d'une certaine manière.

La magie du toucher se produisait tout simplement. Le plus souvent avec des gens, même si c'était difficile à interpréter. Une personne change constamment, comme sa peau qui ne cesse de peler et de se renouveler.

Elle n'aimait pas ça. Quand c'était juste Merlin et elle, tout était familier. Sa présence dans le couvent l'avait perturbée et elle avait été submergée par une vague de nouvelles sensations, de nouveaux sentiments et de nouvelles personnes. Les objets étaient moins déroutants. Comme la fourrure, ils gardaient généralement quelque chose de leurs origines. Un sens de ce qu'ils étaient ou de ce qu'ils pouvaient être. Ce qu'elle ressentait n'était pas toujours clair. Cependant, si un objet était important, il lui parlait doucement presque toujours. Et si elle insistait, elle pouvait éprouver plus qu'une sensation fugace.

Bien qu'il semblât intrusif et malsain de faire de même avec les gens. Elle l'avait essayée sur une des religieuses et avait été envahie par un tel sentiment de tristesse et de compassion qu'elle put à peine reprendre son souffle.

Elle ne comprenait pas les limites ni le but de la magie du toucher, et cela la rendait nerveuse. Elle aimait la sécurité des nœuds. Pourtant, elle pourrait peut-être trouver un moyen de toucher quelque chose appartenant au chevalier patchwork. De préférence son masque, qui, selon elle, était plus vital pour le chevalier que son épée ou son armure. Tout ce qui avait pour but d'obscurcir ne pouvait que révéler dans une égale mesure.

Et elle essaierait aussi de trouver la femme de la ruelle. Quelque chose dans l'échange qu'elle avait vu la chiffonnait.

Mais Arthur était de retour. Son empressement à le voir la surprit. Cela ne faisait qu'un jour qu'elle l'avait rencontré, mais il était déjà le centre de sa vie ici. Elle se glissa derrière la tapisserie et à travers le passage vers la chambre d'Arthur. Elle frappa légèrement à la porte, attendant dans l'espace glacial entre le mur de pierre et la roche de la montagne. Le froid émanait avec une intensité qui semblait propre à celle-ci. Elle posa la main contre la montagne, mais celle-ci était trop vieille et trop immuable pour réagir à son toucher. Elle ne réveillait qu'une peur de…

L'eau ! Elle n'aimait pas l'eau. Elle pouvait la sentir dans la pierre. La montagne ne se souciait pas des hommes qui la foulaient, ni du château creusé dans ses parois. Mais l'eau, l'eau constante et implacable, la détruirait un jour. Elle sentait comment la montagne avait détourné la rivière, comment elle avait forcé l'eau à se diviser alors qu'elle voulait rester une. Pour combien de milliers d'années encore la montagne pourrait-elle lui survivre ? Pas éternellement. Elle s'userait et disparaîtrait. La froideur prenait le deuil du futur. Même les montagnes ne veulent pas être détruites.

« Je comprends », murmura-t-elle en tapotant la pierre.

Celle-ci pulsa en retour, avec ce qui aurait pu être le signe d'une faible reconnaissance. Elle retira sa main, surprise et déconcertée. Elle était sur le point de rentrer dans ses appartements lorsque la porte s'ouvrit.

« Entrez. » Arthur s'écarta et tint la tapisserie pour qu'elle n'ait pas à se baisser. « J'espérais que vous viendriez. Je ne sais pas ce que penserait Brangien si je venais dans vos appartements. »

« Quoi qu'elle en pense, je doute qu'elle vous critiquerait. Elle vous aime beaucoup. »

« C'est une fille bien. Sire Tristan a une grande estime pour elle. » Il s'assit et elle fit de même, essayant de ne pas montrer à quel point elle était amusée qu'Arthur traite Brangien de fille. Cette dernière avait le même âge que lui. Mais Arthur portait le poids d'une nation sur ses épaules. Peut-être avait-il mérité le droit de se sentir plus âgé que ceux qui l'entouraient.

« Vous allez bien ? » demanda-t-il en se penchant plus près.

Elle n'avait pas l'intention d'en parler, mais son corps s'était avachi sous le coup de l'épuisement, la trahissant. « Les prochains jours seront difficiles. Mais une fois que j'aurai établi les bases du système de protection, les maintenir sera plus facile. »

« S'il vous plaît, dites-moi si je peux faire quelque chose. »

Elle appréciait l'offre, mais si Arthur avait pu le faire par lui-même, elle ne serait pas là. Arthur avait toujours eu besoin d'une protection magique. Il régnait sur Camelot, mais elle avait des compétences qu'il ne pourrait jamais avoir.

« J'ai quelques remarques », dit-elle, revigorée par sa confiance. Elle n'était pas Merlin, mais elle avait la confiance de Merlin. Et celle d'Arthur aussi. « D'abord, dites à vos sentinelles placées aux portes que les femmes peuvent être aussi dangereuses que les hommes, et qu'ils devraient contrôler toute personne qui entre. »

Arthur fronça les sourcils comme si cela ne lui était jamais venu à l'esprit. Même s'il avait lui-même combattu une reine dotée d'un pouvoir immense. Il hocha la tête. « Je leur donnerai des instructions. Mais cela ne rendra-t-il pas votre tâche plus difficile ? »

« Tous mes efforts seront vains si un assassin déguisé en femme peut passer la porte d'entrée sans être arrêté. »

Il versa deux verres de vin coupé d'eau et lui en tendit un. « Mais j'aimerais que vous m'avertissiez quand vous quittez le château. Que se serait-il passé si quelque chose vous était arrivé ? Je n'aurais pas su où vous chercher. »

Guenièvre haussa un sourcil. « N'inversez pas les rôles, mon roi. Vous ne devez pas vous inquiéter pour moi. C'est moi qui dois m'inquiéter pour vous. »

« Ah. » Le visage d'Arthur s'assombrit et il but une gorgée de vin. « Quoi d'autre ? »

« Que savez-vous du chevalier patchwork ? »

Arthur changea complètement de comportement en faisant des gestes tellement animés qu'il faillit renverser son verre. « Vous l'avez vu se battre ? Oh, il est *magnifique*. J'ai hâte d'organiser un tournoi pour lui, mais le problème avec la primauté du droit, c'est qu'il faut se conformer à ses propres idées saugrenues. Si je faisais une exception pour lui, les chevaliers qui ont gagné leur place auraient du ressentiment, et ceux qui n'auraient pas reçu le même traitement seraient en colère. Chaque jour, j'espère qu'il y aura moins d'aspirants pour que nous puissions enfin organiser le tournoi. Je ne m'attendais pas à ce que la perspective de se battre pour moi soit aussi bien accueillie. »

« Arthur, vous êtes le plus grand roi depuis des générations. Bien sûr, les hommes veulent se battre pour vous. Pour ce que vous construisez ici. »

Il baissa la tête, se frottant la nuque. « Enfin, il doit y avoir une raison pour laquelle vous l'avez mentionné spécifiquement. »

Elle ne voulait pas ternir son enthousiasme, mais il fallait le calmer. « Il n'est peut-être pas humain. »

« *Quoi ?* »

« La façon dont il bougeait. Son incroyable immobilité entre les combats. S'il réussit, le tournoi se terminera avec vous sur un terrain arrosé de sang magique. Si j'étais un assassin mû par la magie, je m'en prendrais à vous exactement de cette manière. »

Arthur semblait hésiter à parler. Elle pensait que c'était parce qu'il ne voulait pas abandonner ses rêves d'un nouveau chevalier de valeur, jusqu'à ce qu'il parle enfin : « Vous avez tort. »

« Quoi ? »

« Vous avez tort. Il n'est pas magique et ne s'en sert pas. »

« Mais je l'ai vu se battre ! Et je l'ai suivi une fois le combat terminé. Une femme lui donna un étrange ballot avant qu'il ne se dirige vers la Falaise escarpée, du côté sud, et en descendit tout droit. »

« Vraiment ? C'est remarquable ! » À nouveau, Arthur était plus ravi qu'inquiet.

« Je ne connais aucun humain capable de faire une chose pareille ! »

« J'ai vu des hommes réussir des tours de force qui frôlaient la magie. C'est ce en quoi je crois le plus profondément. La capacité des hommes à se surpasser. Tout ici est construit sur cette base. »

« C'est très bien, mais… » Guenièvre se tut. Elle reprit plus lentement en souriant : « C'*est* très bien. Le meilleur. Mais vous ne pouvez pas dire qu'il n'est pas une créature magique avant de l'avoir rencontré. L'avez-vous rencontré ? »

« Je n'en ai pas besoin. J'ai aussi appris de Merlin, si vous vous rappelez. Il ne pouvait pas m'enseigner la magie, je n'ai aucune compétence pour cela, mais il m'a renseigné à son sujet. Nous avons passé tellement d'heures ensemble. » Arthur sourit, puis plissa les yeux. « Qui a pris soin de vous pendant que Merlin était avec moi ? Il a passé des mois à m'instruire sans arrêt durant mon enfance, puis il est resté à mes côtés ici pendant deux années consécutives avant d'être banni. »

Guenièvre chercha à se souvenir. Il y avait les oiseaux et les biches, les renards rusés, rôdant, les lapins qui faisaient des galeries sous terre. Et Merlin. Mais il y avait sûrement eu quelqu'un d'autre ? Elle devrait utiliser ce misérable nœud de confusion avec plus de parcimonie. Elle pouvait sentir les zones de son esprit, distantes et inaccessibles à travers un brouillard. Elle secoua la tête. « Ne changez pas de sujet. Comment pouvez-vous savoir que le chevalier patchwork est humain ? »

« Aucun aspirant n'est autorisé à apporter sa propre épée dans l'arène. Chaque épée fournie est en fer. Même les pommeaux sont faits de ce métal. Aucun être magique ne pourrait s'en saisir. »

« Oh. » Guenièvre se pencha en arrière sur son siège, tous ses soupçons pour rien et sa nuit de travail perdue. Le fer mordait la chair des fées. Les fées ne supportaient pas de s'en approcher, encore moins d'en prendre en main et de se battre avec. « C'était très astucieux de votre part. »

Il rit. « Ne soyez pas si surprise. Je sais utiliser mon cerveau en plus de mon épée. »

« Bien sûr ! C'est évident. Je suis en colère contre moi-même, pas contre vous. Et la femme au ballot ? »

« Sans doute une admiratrice lui faisant un cadeau dans l'espoir de gagner ses faveurs. »

« Hum. » Cela semblait possible. Si seulement elle avait pu voir ce que contenaient les paquets en toile de jute. Et pourquoi des pierres ? Elle ne pouvait pas non plus effacer de son esprit la façon dont le chevalier patchwork agissait. Cela la rongeait. Il n'était peut-être pas magique, mais il était différent. Fondamentalement. Peut-être était-il le produit de quelque chose de nouveau. Peut-être les êtres magiques avaient-ils découvert un moyen de contourner leur aversion pour le fer et la peur des morsures mortelles qu'il engendre. Elle n'avait pas fini de soupçonner le chevalier patchwork. Mais elle le ferait en privé plutôt que de défier Arthur et de lui faire croire qu'elle doutait à nouveau de son intelligence.

Il lui donna un coup de genou. « Vous aviez dit que vous aviez quelques remarques à faire. Cela en fait deux. Quoi d'autre ? »

Elle *avait* parlé de *quelques remarques*. Mais la dernière, elle n'avait pas voulu l'inclure dans la liste. Elle aurait voulu savoir comment il l'avait reconnue. Comment il avait pu voir son visage alors qu'elle le cachait. Cela lui semblait précieux. Un cadeau de la grâce au milieu de la tourmente. Et elle ne voulait pas le gâcher en le défaisant comme l'un de ses nœuds ratés. Elle saisit un autre problème à discuter.

« Oh, oui. J'aurai besoin de faire le tour de toutes les portes d'entrée et de sortie du château. Vous m'avez donné la solution qui me manquait pour les sécuriser. J'ai besoin de fils de fer, fondus et étirés si fins que je puisse les tordre. » Ces nœuds n'auraient pas besoin d'être remplacés. Ils lui demanderaient plus d'efforts à mettre en place, mais elle pourrait les oublier ensuite. L'investissement serait immédiat.

« Bien sûr. Je vais les faire faire le plus rapidement possible. Avez-vous besoin d'autre chose ? »

« Un moyen de garder du matériel sans éveiller les soupçons de Brangien. »

« C'est très facile. Je chercherai un coffre à mettre dans le passage secret entre nos appartements. »

Elle bâilla, sans pouvoir le cacher. Ses paupières étaient lourdes. Un effleurement aussi léger que les ailes d'une mite se posa sur l'un de ses muscles contractés et endoloris. Non.

Pas un vrai muscle. Quelque chose d'autre en elle. Elle s'assit, alarmée. Les nœuds étaient tous intacts. Elle le saurait s'ils s'étaient cassés. Avait-elle vraiment ressenti quelque chose ? Ou était-elle si fatiguée que la frontière entre le sommeil et l'éveil s'estompait ?

« Est-ce que tout va bien ? » demanda Arthur, réagissant à son expression. Elle sentait à travers elle-même. L'endroit du cuir chevelu où elle avait toujours l'impression que trois cheveux étaient en train d'être arrachés. Le chatouillement d'un souffle manquant dans les poumons. La sécheresse sur la langue. La douleur qui n'a jamais vraiment disparu. Tous les nœuds étaient encore liés à elle. Si quelque chose les avait frôlés, cette chose n'aurait rien pu faire.

« Oui, je le pense. » Mais elle refit tous les nœuds sous le regard inlassable d'Arthur. Elle les scellerait bientôt avec du fer. Lui souhaitant bonne nuit, elle tituba, épuisée, jusque dans sa chambre et se glissa avec gratitude sous les couvertures.

Elle ne vit pas la mite qui attendait, douce et patiente, sur la cape volée de Brangien, là où elle avait été transportée dans ses appartements.

La Reine Noire a vu cette Guenièvre, la reine-non-reine, déjà, amenée vers elle sur cent rêves teintés de vin. Arthur peut garder son peuple éloigné d'elle, mais les rêves et les cauchemars restent son domaine, et elle est libre d'y aller et venir à sa guise.

La reine-non-reine est petite, plus comme un moineau qu'un faucon. Ses cheveux sont noirs comme du goudron et, selon le rêveur, sont portés dans une simple tresse ou une énorme couronne de nattes.

Dans certains rêves, elle est royale. Dans d'autres, une simple fille. Dans certains, elle est petite et laide, avec des lèvres moqueuses et des yeux vicieux. Dans la plupart des rêves, elle existe à peine, éclipsée par le roi-usurpateur, le garçon avec son épée, le personnage auquel même la Reine Noire ne peut échapper, même si elle ne voit plus d'elle-même avec les yeux.

Mais elle ne se soucie pas de la façon dont ces centaines d'yeux empruntés voient la reine-non-reine, car aucun de leurs yeux ne compte. Aucun de leurs yeux ne voit la vérité. Même leurs rêves ne peuvent démonter ce qu'ils voient pour comprendre ce qui est.

C'est pourquoi elle trouve les rêves de la reine-non-reine. Une mite saupoudrant les yeux de la jeune fille endormie, ses lèvres, ses oreilles.

Elle glisse de la poussière de fée dans le rêve.

Il y a un ploc ploc ploc régulier de l'eau. La Reine Noire connaît l'obscurité, mais dans le noir, la peur claustrophobe du rêveur la saisit, tente de la rattraper. Elle est l'obscurité, pourtant. Elle n'a rien à craindre là-bas. Elle ne peut être piégée.

Il y a une fille. Nue. Pâle et tremblante, les bras enroulés autour de ses jambes, le visage enfoui dans ses genoux. Elle s'est faite aussi petite que possible, et elle n'est toujours pas assez petite.

La Reine Noire pousse à travers le rêve vers la fille. Le rêve repousse. Finalement, elle est aussi proche qu'elle le souhaite. Ce qu'elle avait pris pour une peau pâle est plus compliqué. Il y a des nœuds partout, noués dans les veines mêmes, tressés sur la peau comme des cicatrices, reliant et retenant. Des mèches de cheveux bleus et noirs tombent le long du dos de la jeune fille, et la reine peut presque voir ce que font les nœuds là. Peut presque dire ce que…

La fille lève les yeux. Ses yeux sont sans fond. Vides. La Reine Noire recule. La grotte n'est pas le piège. La fille est le piège. Parce que dans ces yeux, elle voit…

« Cela nous détruira », chuchote la jeune fille. « Et je le laisserai arriver. »

La mite meurt.

La Reine Noire se fraye un chemin hors de l'obscurité, en hurlant contre elle, l'obscurité voulant avaler ce qu'il reste d'elle. Elle ressent quelque chose qu'elle n'a pas ressenti depuis que le roi-usurpateur a sorti son épée maudite.

La Reine Noire a peur.

Qu'est-ce qu'Arthur a apporté au château ?

CHAPITRE SEPT

« Jour de marché ! » gazouilla Brangien en écartant les courtines. Guenièvre ne se souvenait pas de les avoir tirées. Peut-être était-ce la raison de ses rêves remplis d'obscurité et de piège. « Le roi demande votre présence à ses côtés. »

Même si elle était déterminée à occuper l'intégralité de son temps à se préparer contre la menace imminente et à la traquer, elle devait admettre qu'une journée au marché semblait *amusante*. La présence de gens, réunis à cet endroit pour une autre raison que son mariage, serait moins stressante que lors de leur passage au bord du lac. Et il lui faudrait s'habituer à la foule. Les gens restaient un mystère pour elle, ce qui ne convenait pas à une reine.

Tant de temps s'était passé sans avoir connu de gens. Il y avait seulement eu Merlin avant le couvent. Cela lui fit penser à la question d'Arthur. Il y a encore un an, Merlin était avec Arthur. Guenièvre était avec…

« Ma dame ? »

« Oui ? » Guenièvre se ressaisit.

« J'ai dit, quelles couleurs aimeriez-vous porter aujourd'hui ? »

Guenièvre sourit. « Quelque chose de joyeux. À moins que vous ne pensiez que je devrais porter quelque chose de sombre ? »

« Les gens aiment leur roi. Ils désirent le voir heureux. En leur montrant une reine radieuse à ses côtés, vous vous ferez aimer d'eux. » Brangien fredonna doucement pour elle-même. Sa voix était claire, douce et triste. Guenièvre l'aimait énormément.

La caméριste laça étroitement Guenièvre dans une cotte fluide et verte, puis la drapa d'une délicate robe jaune, une ceinture argentée attachant le tout.

Fronçant les sourcils, Brangien tenait plusieurs capuches. La capuche allait engloutir la tête de Guenièvre comme une caverne et serait maintenue attachée par deux longues bandes de tissu de chaque côté, descendant à l'avant presque jusqu'au sol.

Elles étaient toutes les mêmes pour Guenièvre. Comme des cordes qui l'entraveraient.

Brangien secoua la tête. « Pas tout à fait ça. En tant que femme mariée, vous pouvez choisir de vous couvrir la tête ou non. Et il n'y a pas de règles pour vos cheveux. La coiffe est tressée, bien sûr. Les tresses élaborées couronnant la tête sont à la mode. Mais vos cheveux sont si beaux. Et si nous les tressions juste des deux côtés de votre visage, en les laissant longs et défaits dans le dos comme les cascades de Camelot ? »

Guenièvre n'aimait pas imaginer ses cheveux comme des chutes d'eau. Mais elle faisait confiance à Brangien pour la mettre en valeur. « Ça semble parfait. »

La servante se mit au travail. Quand elle eut fini, les cheveux de Guenièvre brillaient et ondoyaient. Il y avait un miroir en métal bruni dans sa chambre. Il renvoyait plus une impression de son apparence que de vérité, mais l'impression était agréable.

Après un examen attentif, Brangien acquiesça. « Il n'y a aucune raison d'essayer de vous faire ressembler à une vieille femme guindée. Vous êtes jeune et charmante. Oh, la sœur de sire Perceval va tout simplement vous haïr. » Brangien sourit méchamment. « Elle avait l'habitude de m'accrocher chaque fois qu'elle me trouvait seule pour me traiter comme une vulgaire servante. Je ne cherche pas de contentement dans le malheur des autres, mais aujourd'hui, accidentellement, il se pourrait que je le trouve. »

Guenièvre se mit à rire en prenant le bras de Brangien. « Je soutiens pleinement cet accident. » La caméριste étant déjà habillée, elles étaient prêtes à partir. C'était étrange d'être la dernière à se réveiller. Dans la forêt, elle se levait avec l'aube. Tellement de longues conversations avec Merlin. De leçons. Balayant la cabane. Fuyant la pluie et s'abritant dans une grotte.

Elle ne pouvait pas réellement se souvenir des détails de la grotte. Ou elle ne le voulait pas. C'était comme si la fille qu'elle avait laissée dans la forêt avait cessé d'exister. Tout comme la Guenièvre morte. Toutes deux avaient été remplacées. Peut-être que la cause de ses trous de mémoire était aussi simple que cela. Elle avait dû remplir son esprit de tant de nouvelles choses que les anciennes avaient dû être expulsées. Et chaque action magique avait un coût… Elle nouait constamment de minuscules parties d'elle-même. Qu'est-ce que Merlin poussa vers la sortie lorsqu'il fit rentrer la connaissance de la magie des nœuds ?

Tentant de se débarrasser de ses pensées troublées, Guenièvre laissa Brangien l'escorter sur plusieurs étages d'escaliers jusqu'à la salle principale du château. Comme celui-ci était peu profond et avait été minutieusement taillé dans la montagne, il avait été construit vers le haut plutôt que vers l'extérieur. Tout était en pierre. Les marches, les murs. Et la plus grande partie de la structure était faite sans raccords. Les ouvertures étaient généralement creusées dans la roche, sans être plâtrées.

« Qui a construit le château ? » demanda Guenièvre.

« Je ne sais pas, ma dame. »

« Est-ce que quelqu'un le sait ? »

Brangien, désolée, haussa les épaules. « Il est plus vieux que quiconque ici. Uther Pendragon l'a découvert. Mais je doute que même lui savait qui l'a sculpté dans la montagne. »

Elles entrèrent dans la grande salle. Arthur était déjà là, en conversation avec sire Bohort, Mordred, sire Perceval et quelques autres chevaliers que Guenièvre ne pouvait pas encore nommer. Elle eut un petit pincement au cœur : ils passaient plus de temps avec lui qu'elle n'en aurait jamais l'occasion. Elle était sa femme après tout.

Elle n'était pas sa femme.

Comme elle avait vite oublié ! Faire semblant avait tout embrouillé. Il y avait une magie dangereuse dans la simulation. À jouer la comédie trop longtemps, qui pourrait dire ce qui est réel ?

Mais quand Arthur regarda à travers la pièce et que tout son être fut illuminé de bonheur en la voyant, elle oublia à nouveau. Elle rayonna alors qu'il se précipitait vers elle et il lui fit une révérence exagérée et un peu niaise. Le temps de traverser la salle, il était passé de roi conquérant, commandant des hommes deux fois plus âgés que lui, à… Arthur.

« Je pensais que nous pourrions visiter les tentes de la forge aujourd'hui. » Il lui prit la main et la posa sur son bras. Brangien suivit à quelques pas derrière eux. Les chevaliers vinrent aussi, gravitant autour d'Arthur. Si la façon dont ils l'avaient entourée pendant le voyage jusqu'à Camelot avait été dictée par le devoir, la façon dont ils gravitaient autour d'Arthur était intentionnelle. Résolue. Ça n'était pas une tâche pour eux. C'était *tout*. « J'ai voulu que quelque chose soit fait pour vous. Vous pourrez donner les instructions vous-même. » Il lui fit un clin d'œil. Pas de bijoux pour sa reine. Du fil de fer pour sa sorcière secrète.

Cela lui allait mieux. Et cela l'aiderait à se rappeler qu'elle n'était pas une reine. Elle était une protectrice. Les protecteurs, comme les chevaliers gravitant autour d'Arthur, ne prenaient pas de jours de congé pour s'offrir du bon temps au marché.

Pourtant, elle sourit et salua gracieusement alors qu'ils marchaient dans les rues. Elle avait tout autant à protéger, mais bien plus à simuler que n'importe quel chevalier.

Bien que certains chevaux étaient mis dans des écuries à l'intérieur de la ville de Camelot, ils étaient très rarement montés sur place. Les rues étaient trop raides. Brangien avait expliqué la veille que les chevaux, qui étaient gardés ici, étaient transportés de l'autre côté du lac pour être entraînés. La plupart des habitants de Camelot ne possédaient pas de chevaux, ou s'ils en possédaient, ils les gardaient dans des écuries sur les plaines au-delà du lac.

Guenièvre pouvait constater qu'un grand bateau plat devant eux en était déjà rempli. Les chevaux étaient parfaitement calmes, habitués à leur transport. Guenièvre ne l'était pas du tout. Elle n'avait pas réfléchi à la manière dont ils pourraient *se rendre* au marché.

Son corps se figea. Arthur le sentit. Il leva la main pour que ses hommes s'arrêtent ; puis il se pencha plus près, mettant sa bouche près de son oreille.

« Faites-moi confiance, je ne laisserai aucun mal vous arriver. »

C'est ce qu'elle fit. C'est vraiment ce qu'elle fit. Mais qui était Arthur pour l'eau ? Arthur était un roi. Le détenteur d'Excalibur. Cela n'avait aucune importance pour le lac. Le lac était sombre, profond, froid et éternel. Un jour, il pourrait s'assécher, mais l'eau coulerait ailleurs. Le lac ne pouvait pas être défait.

Et ils étaient fragiles, cassables, à un souffle suffocant de la mort.

Tétanisée, elle trébucha vers l'avant, alors qu'Arthur la précédait. Lorsqu'ils arrivèrent à la limite de Camelot, là où le lac rongeait le rivage, elle ne put aller plus loin. Arthur la prit dans ses bras, en riant de bon cœur pour couvrir la nécessité de ses actions. Il la dissimula en plaisantant.

« Ma reine est si légère que je pourrais lui faire traverser le lac à la nage ! »

Ses hommes rirent aussi. Une main la toucha dans le dos. Brangien. Guenièvre blottit son visage contre la poitrine d'Arthur. Il parlait et plaisantait avec ses hommes comme si porter sa reine sur un bateau était une action parfaitement normale pour un roi. Et puisque Arthur agissait comme si c'était normal, cela était devenu normal.

Guenièvre resta blottie contre lui ; elle tremblait, se cachait de l'eau. Elle la sentait dans le roulis du radeau, l'entendait dans le claquement affamé de l'eau contre le bois. Arthur ordonna au batelier de se détourner vers le bord du lac pour raccourcir la traversée et rejoindre les chevaux au lieu de se diriger directement vers le marché. « J'aimerais monter à cheval », expliqua-t-il.

Il ne la reposa pas avant qu'ils ne soient à nouveau sur la terre ferme. Brangien se plaça devant elle, bloquant la vue de tout le monde et faisant semblant d'arranger une des tresses de Guenièvre. « Prenez votre temps », murmura-t-elle. « Attendez de pouvoir respirer à nouveau. Attendez de pouvoir sourire. » Elle ne la quitta pas des yeux. Et bientôt, Guenièvre put respirer. Bientôt, elle put sourire.

« Merci », murmura-t-elle. Brangien lui prit la main, puis resta avec elle pendant la préparation des chevaux. Le contact de La camériste faisait penser au crépuscule ou à l'aube, à peine perceptible sur l'horizon, mais Guenièvre ne pouvait pas dire si, avec le temps, Brangien serait éclairée ou plongée dans la pénombre.

« Je pense », dit Guenièvre rendant sa voix aussi légère et enjouée que la journée d'été qui s'écoulait, « que j'ai trouvé mon nouveau moyen de transport préféré. Je ne marcherai plus jamais. Ni ne monterai à cheval. Je veux être portée partout par un roi. »

Les hommes rirent.

« La reine a des goûts de luxe », déclara Mordred. « Imaginez combien de rois nous devrions trouver, à tour de rôle, pour que mon pauvre oncle roi puisse se reposer de temps en temps. »

« Je suis prêt à relever le défi. » Arthur saisit Guenièvre par la taille et la fit tournoyer. Surprise, elle rit, consciente d'être observée. Si Arthur faisait semblant de l'adorer suffisamment pour vouloir la tenir pendant toute la traversée du lac, elle s'assurerait que tout le monde pensa que le sentiment était réciproque.

Il la fit monter à cheval. Elle s'installa, mais fut déçue un instant lorsqu'il grimpa sur son propre cheval au lieu de s'asseoir derrière elle comme il l'avait fait la nuit de leurs noces.

Brangien dirigea son cheval à côté de celui de Guenièvre. Arthur était de l'autre côté. Autour d'eux, les chevaliers les plus fidèles d'Arthur les escortaient le long de la large rive incurvée du lac. Guenièvre aurait préféré être plus éloignée de l'eau, mais elle espérait que pour le voyage de retour, Arthur pourrait trouver une excuse pour s'éclipser et prendre le tunnel au lieu d'une autre misérable barque.

Ses pensées furent stoppées par le marché qui leur fit face. Déjà, il était plus vaste que n'importe lequel des villages qu'ils avaient traversés pour se rendre jusqu'ici. Il s'étendait sur des *hectares*. Il y avait beaucoup plus de gens que ce que Camelot pouvait supporter.

« Ils viennent de partout pour le marché », déclara Arthur. « Les matins de marché, j'envoie des hommes pour m'assurer que les routes sont sûres. Quiconque souhaitant acheter, vendre ou échanger est le bienvenu. »

« Pour un droit de place », ajouta Mordred.

Arthur sourit. « Pour un droit de place. Je dois payer les hommes qui le gardent, ceux qui sécurisent les routes. Mais un marché sûr est un marché prospère. »

« Est-ce que tous les marchés sont comme ça ? » demanda Guenièvre à Brangien, alors qu'Arthur et Mordred discutaient à propos d'une frontière.

« N'êtes-vous jamais allée au marché auparavant ? »

Guenièvre tressaillit. Sa voix avait été pleine d'émerveillement. Elle avait parlé comme un animal sauvage sortant de la forêt, non pas comme une Guenièvre. Elle se couvrit d'un mensonge qui lui donnerait également des excuses pour de futures erreurs. « Je n'y étais jamais autorisée. Mon père ne pensait pas que c'était convenable. J'ai rarement quitté la maison, puis je suis allée au couvent. »

« Eh bien, vous commencez par le meilleur. Il n'y a aucun marché au monde comme celui de Camelot. Notre roi a veillé à cela. Il parle de routes sûres comme s'il s'agissait d'une simple tâche. Je peux vous assurer que ce n'est pas le cas. Il s'est battu ces trois dernières années pour créer ce type de protection à distance. »

Il n'était pas difficile de prétendre être charmé par Arthur et d'en être fier. Qui ne pourrait pas être fier d'un tel homme ? D'un tel roi ?

Ses craintes de se perdre dans la simulation n'étaient pas fondées. Elle était *autorisée* à avoir la plus haute estime pour lui.

Ils restèrent en selle jusqu'à la limite du marché. Guenièvre scruta du regard les pourtours, mais ne vit rien de menaçant. Des bandes de tissu aux couleurs vives étaient hissées sur des poteaux, comme des drapeaux. Certaines étaient peintes d'images indiquant les endroits de marchandises. De la musique, des rires et le brouhaha général d'une foule festive les entouraient.

Arthur l'aida à descendre. « Allez explorer. Je vous retrouverai à midi pour visiter les forges. »

« Mais qu'en est-il de vous ? » Elle scruta nerveusement la foule. « Comment puis-je vous protéger si nous ne sommes pas ensemble ? »

Une fois de plus, il eut l'air surpris. « Oh. Y a-t-il... un nœud ? Quelque chose pour nous connecter ? Je dois être avec mes hommes. Et je crains que votre présence ne passe pas inaperçue. »

Guenièvre s'arracha trois cheveux. Arthur se pencha vers elle comme pour lui chuchoter quelque chose pendant qu'elle les nouait autour de son poignet. Son souffle était chaud et agréable contre son oreille. En comparaison, la sensation de picotement à l'endroit du cuir chevelu qui la reliait aux cheveux était presque imperceptible.

« C'est fait », dit-elle, même si elle s'était attardée un peu plus longtemps que nécessaire sur les nœuds.

Arthur lui pressa le bras, puis se tourna vers ses hommes. Ils avaient été rejoints par quelques autres cavaliers couverts d'une poussière accumulée sur de nombreux kilomètres. Leurs visages n'exprimaient pas la légèreté bienheureuse d'un jour de marché. Ils dénotaient le poids et la tension des nouvelles.

Guenièvre voulait entendre de quoi il s'agissait. Mais Arthur avait dit que ce n'était pas la place d'une reine. S'il s'agissait d'une menace magique, Arthur lui dirait. S'il s'agissait d'une affaire d'hommes, Guenièvre ne serait d'aucune aide. Elle avait fait en sorte de garder un lien avec lui pour le moment. Si quelque chose de magique menaçait Arthur aujourd'hui, elle le sentirait.

Elle avait voulu découvrir le marché avec lui. Maintenant, cela semblait futile. Son humeur se détériora encore un peu plus lorsqu'elle et Brangien entrèrent sous les tentes... et que Mordred se trouvait encore à leur côté.

« Avez-vous besoin de quelque chose ? » demanda Guenièvre.

« J'ai été chargé de vous accompagner et de m'assurer que vous avez tout ce dont vous avez besoin. » Il annonça la nouvelle comme si elles devaient toutes deux être satisfaites de cet arrangement.

« Vous avez sûrement quelque chose de mieux à faire ! »

Le sourire de Mordred s'agrandit. « Absolument rien. »

Maintenant, elle était vraiment vexée. Loin d'Arthur *et* toujours sous l'œil vigilant de Mordred. Mais il était difficile de rester frustrée longtemps au milieu des images, des odeurs et des bruits du marché. Elle avait du mal à s'imaginer à quoi devaient ressembler les grandes foires, s'il s'agissait là du plus petit marché. Il y avait des tentes et des kiosques en bois. Des chaussures, des vêtements, des tissus. Du matériel de couture. Des fourrures. Comment se faisait-il qu'il y eût tellement de *choses* dans le monde ? Et autant de gens pour les acheter !

« Voilà le secteur des textiles ! » expliqua Brangien. « Montrez-moi ce que vous voulez. Je peux vous faire n'importe quel style. »

La cadériste avait toujours une aiguille dans les doigts. Guenièvre aimait tout, mais elle n'avait besoin de rien. Elle préférait étudier. Il y avait tellement plus ici que dans toutes les peintures qu'elle avait regardées au couvent. C'était réel. C'était la vie. Et c'était *palpitant*. Avec moins d'attention portée sur elle, elle était moins stressée qu'elle ne l'avait été lors de la célébration du mariage. Elle laissa le chaos glisser sur elle comme la brise chaude de l'été.

Brangien l'entraîna vers une autre direction. « Par-là, c'était le secteur des bestiaux. On ne veut pas y aller. Nous devrions nous diriger vers les boulangers. Il y a des contraventions et des fermetures de stands en cas d'alourdissement des pains avec des pierres ou de vente de mauvaises farines, donc tout est délicieux. »

« Oh, mais je veux voir les animaux ! » Guenièvre se précipita en passant devant les bouchers et les poissonniers. Les poissons frétillaient dans des tonneaux d'eau.

Les femmes marchandaient, en se disputant et en exigeant de meilleurs prix. Il y avait un baril en bois rempli d'anguilles qui se tortillaient. Guenièvre détourna rapidement les yeux, se souvenant de la sensation qu'elle avait eue lorsqu'elle en avait touché une provenant de la tourte.

Par contre, les enclos pour animaux étaient merveilleux. Brangien plissa son nez et le masqua d'un mouchoir. Guenièvre adorait l'odeur, la vie intense et chaleureuse qui s'en dégageait. Les moutons et les chèvres bêlaient, les chevaux piétinaient, les cochons se prélassaient au soleil avec leur énorme ventre qui se soulevait et retombait à chaque respiration. Une jeune fille, criant des menaces, poursuivait un poulet. Comme il courait tout droit vers elles, la fille le poursuivit jusque dans les jupes de Guenièvre.

La fille l'attrapa enfin, puis leva les yeux avec triomphe. Ses yeux s'écarquillèrent et sa mâchoire tomba quand elle vit à qui appartenaient les jupes qu'elle avait piétinées.

« C'est un très joli poulet », déclara Guenièvre. « Comment s'appelle-t-il ? »

« Mon père les appelle tous pareil. »

« C'est-à-dire ? »

Les yeux de la fille s'élargirent encore plus. « Je ne peux pas le dire devant une dame. » Puis elle le murmura, incapable de s'arrêter. « Il les appelle Cervelles de merde. »

Brangien toussota. Mordred détourna les yeux. Guenièvre se mit à rire. « Je pense que c'est un excellent nom pour un poulet. Va et ramène Cervelle de merde à sa place. »

La fille fit un grand sourire où il manquait les dents de devant. Puis elle s'enfuit.

« Pauvre petite », dit Guenièvre. « Si jeune pour avoir déjà perdu des dents. »

Brangien fronça les sourcils. « Mais c'est tout à fait de son âge. »

« Elle va passer toute sa vie sans dents ! » Était-ce courant parmi les classes les plus pauvres de ne pas avoir de dents ?

Mordred et Brangien échangèrent un regard perplexe. « Elles repoussent », déclara celle-ci. « Vous vous souvenez bien d'avoir perdu vos dents de lait. Les petites tombent pour faire de la place aux grandes. »

Guenièvre ne se souvenait de rien de tel. L'idée que des enfants couraient avec deux rangées de dents dans la bouche, l'une cachée sous les gencives, attendant de pousser, était horrible. Elle devait être trop jeune lorsqu'elle avait perdu les siennes pour s'en souvenir. Elle en était reconnaissante.

Mais Brangien et Mordred la regardaient toujours. Elle avait besoin de changer de sujet… Elle ne pouvait pas leur expliquer pourquoi elle avait tant de trous de mémoire. Elle évita de penser qu'elle ne pouvait même pas se l'expliquer.

« Regardez ! Des chevaux ! » Guenièvre se précipita vers eux, en s'appuyant contre les planches de bois qui avaient été érigées en enclos. « Ils sont magnifiques. »

Elle n'était jamais montée à cheval avant de quitter le couvent. Malgré les premiers jours incroyablement douloureux, elle aimait ces grandes bêtes douces. Un nez de velours apparut, poussant sa main à la recherche de friandises. Elle lui caressa la tête, heureuse de constater qu'elle en saisissait le ressenti. C'était subtil. Rien d'aussi dramatique et horrible qu'avec l'anguille.

Le cheval semblait la trouver… familière. Il y avait comme un trait de parenté. « Bonjour, mon ami », murmura-t-elle. Le cheval hennit en guise de doux reproche, fixant sur elle un grand œil brun comme s'il attendait quelque chose.

Brangien tendit une pomme, mais le cheval n'y prêta pas attention. Il fixa Guenièvre pendant quelques secondes de plus, puis souffla et se détourna.

« Ma reine aime les animaux », déclara Mordred. Il était adossé contre la clôture, tourné vers l'extérieur et regardait la foule. Quiconque le remarquait penserait qu'il avait l'air de s'ennuyer. Mais Guenièvre voyait la façon dont ses yeux ne s'arrêtaient jamais de bouger, ne cessaient de glaner des informations. Il la *protégeait*. Elle n'avait pas besoin d'un garde. Son agacement face à cette mascarade de reine ressurgit. Elle était ici en tant que protectrice et non en tant que personne à protéger.

« Je les aime beaucoup », dit-elle sèchement.

« Moi aussi. » Le cheval entreprit de pousser l'épaule de Mordred. Celui-ci pencha son visage et lui murmura quelque chose. Le cheval le poussa plus doucement avec son museau, pour que Le chevalier puisse l'enlacer. Mordred caressa le cou du cheval, puis le tapota et chuchota autre chose.

L'homme se redressa. « Seriez-vous d'accord pour que nous allions chercher quelque chose à manger ? Il y a ici un marchand d'épices qui vend des noix grillées comme vous n'en avez jamais goûté. »

« Très bien. » Guenièvre laissa Mordred les reconduire dans la foule. Brangien ne lui faisait pas confiance et Guenièvre elle-même le considérait comme une menace. Mais il avait été sincèrement affectueux avec le cheval et la bête avait semblé lui faire confiance. Les animaux pouvaient ressentir des choses que les gens ne pouvaient pas. Peut-être avait-elle eu tort à propos de Mordred. Arthur aussi lui faisait confiance. Et elle ne pouvait pas lui en vouloir de protéger sa reine. Autoriser la mise en place d'un cordon de protection autour de sa personne était une mesure nécessaire pour son stratagème.

Mordred leur apporta des noix. La première éclata sur la langue de Guenièvre comme des étincelles de feu. « Oh ! » Elle mit une main sur sa bouche. Elle ne voulait pas cracher la noix, mais la sensation était tellement surprenante.

Le chevalier rit. « J'aurais dû vous prévenir. Ce n'est pas du goût de tout le monde. »

« Non, je... » Guenièvre ne parvint pas à sortir de mots. Sa langue brûlait. Mordred lui tendit sa gourde en cuir et elle but beaucoup trop vite pour une femme.

Il plongea la main dans le paquet de noix de Guenièvre et il en ressortit plusieurs. Elle lui laissa le paquet. C'était un goût auquel il fallait de toute évidence s'habituer et auquel elle n'avait aucune envie de s'habituer.

Après cela, les choses furent différentes. Plus faciles. Mordred était doué pour faire semblant d'être naturel au lieu de la garder, alors elle se résolut à faire semblant aussi. il indiqua divers marchands qu'il connaissait. Ils semblaient tous l'aimer ou du moins apprécier sa facilité à porter la main à sa bourse. Tout le monde autour d'eux marchandait et se chamaillait sur les prix, mais Mordred payait toujours le premier prix demandé.

« On profite de vous », se plaignit Brangien, alors qu'il lui tendait une longueur d'un joli tissu jaune qu'il l'avait vue lorgner. Deux femmes debout dans l'ombre d'un stand avaient une conversation furtive. L'une tenait quelque chose dans sa main. Guenièvre plissa les yeux, essayant de voir ce que c'était.

Ça ressemblait à... un caillou. La femme qui l'avait entre les mains s'empressa de partir. Guenièvre fit un pas pour la suivre. Il y avait quelque chose de familier chez elle.

Mordred bougea, bloquant sa vue. Le temps de le contourner pour jeter un coup d'œil, la femme avait disparu dans la foule.

« *Suis*-je exploité ? » demanda-t-il. « Si j'ai les moyens de payer et qu'ils peuvent bénéficier d'une pièce supplémentaire, pourquoi ne devrais-je pas accepter leurs prix ? » Il fit signe à un marchand de chapeaux, qui lui rendit le geste avec affection.

« Brangien », murmura Guenièvre, « y a-t-il quelque chose de spécial avec… les cailloux ? Une certaine valeur ? »

« Des cailloux ? » Brangien fronça les sourcils. « Quel genre de cailloux ? »

« Juste… des cailloux ? Y a-t-il des raisons de les vendre ou de les échanger ? »

« Les galets, peut-être. Un fermier pourrait les échanger pour en faire des murs, je suppose. Je ne peux penser à aucune autre valeur. »

« Mordred ! » cria une voix à travers le vacarme. Il ferma les yeux, son visage tordu par le dédain. Puis son sourire revint, mais il n'avait plus rien d'authentique. Il était telle une anguille, qui se tordait, glissait et s'étirait.

« Sire Hector. Sire Keu. » Mordred s'inclina devant deux hommes. Le premier, dans la quarantaine, était plus âgé. Il avait la forme d'une calebasse, avec quatre brindilles piquées en guise de bras et de jambes et une tête posée dessus en équilibre. Il laissa sortir une rafale d'air à travers une énorme moustache. Guenièvre pouvait sentir la bière à cette distance.

Le second homme était plus jeune, probablement dans la vingtaine. Il avait un long visage et un long nez, des lèvres fines, des yeux petits et plissés. C'était une version plus jeune du premier homme. Son ventre commençait à peine à se dilater et ses bras et ses jambes semblaient toujours proportionnés, mais Guenièvre pouvait voir son avenir. Père et fils.

« Vous devez donc être la nouvelle épouse de notre Artie. » Sire Hector la regarda de haut en bas comme si elle était dans un stand et il se demandait si elle valait le prix demandé. « Vous êtes petite. Beaux cheveux. Belles dents. Du Sud ? »

Guenièvre ne savait pas comment répondre. Elle hocha bêtement la tête, ne voulant pas parler et lui montrer plus encore ses dents, de peur qu'il ne trouvât quelque chose qu'il désapprouverait. Les cailloux la préoccupaient, mais il était hors de question qu'elle coure après une femme dans la foule. De plus, ça aurait pu être autre chose. Une pomme. Une pomme dure et grise. Cela était possible. Mais de toute manière, quelle menace représentait une femme avec un caillou ? Guenièvre était là pour protéger Arthur de la magie. Pas des cailloux.

« Reine Guenièvre », dit Mordred, la contrariété rendant sa voix fluette et serrée. « Puis-je vous présenter à sire Hector et sire Keu, chevaliers de Camelot. »

« Et père du roi ! » dit sire Hector, gonflant sa poitrine pour qu'elle rivalise presque avec son ventre.

Elle savait qui ils étaient, bien sûr. Merlin avait emmené Arthur quand il était bébé. Et, quand il réalisa qu'il ne pouvait pas élever un roi, il le donna à un chevalier pour qu'il soit formé aux choses qu'il aurait besoin de connaître.

Mais… *ce* chevalier ? Certes, Merlin était un mystère, mais rien de ce qu'il avait fait n'avait eu moins de sens pour elle que de livrer le futur roi à cet homme.

« Désolé, nous n'étions pas au mariage », dit sire Keu en souriant. Il lui manquait plusieurs dents. Elle ne pensait pas qu'elles repousseraient, mais elle refusa de lui demander. « Nous étions en croisade. Et le mariage fut une affaire si précipitée ! Nous en avons été informés trop tard. »

« En croisade », répéta Mordred, le ton sec.

« Oui, en croisade. Nous avions entendu parler d'un seigneur au sud-est qui retenait des jeunes filles captives. Nous sommes donc allés enquêter. »

« Et ? »

Sire Hector haussa les épaules et son armure de cuir grinça. Elle était fissurée et usée. Plusieurs taches ressemblaient plus à du vin qu'à du sang. « Il s'est avéré qu'il était le père de beaucoup de filles. Beaucoup, beaucoup de filles. Il a essayé de nous convaincre d'en prendre quelques-unes avec nous. Mais qui a du temps pour les femmes ? »

« Qui, en effet », marmonna Brangien.

« Vivez-vous à Camelot ? » demanda Guenièvre sachant qu'en tant que reine, elle devrait être capable de converser avec le père et le frère adoptifs d'Arthur, mais étant incapable de trouver des sujets de conversation.

« Non, ce n'est pas un endroit pour nous. » Sire Keu regarda un stand de bière d'un œil critique. « Nous sommes des chevaliers errants. Nous l'avons toujours été. »

« Des mercenaires », dit Mordred.

« Les mercenaires s'engagent auprès des rois et des tyrans. Nous fournissons nos services aux petits. Aux nécessiteux. »

Mordred se pencha pour que seule Guenièvre entende ses paroles. « À ceux si désespérés de ne pouvoir s'offrir mieux. »

« Venez. » Sire Hector donna une tape sur l'épaule de Guenièvre. Bien que ses bras fussent grêles, ses mains étaient énormes et le coup était involontairement brusque. « Asseyez-vous avec nous. Je veux connaître la femme d'Artie. »

« Je pensais qu'elle serait plus grande. » Sire Keu fit savoir au marchand de bière qu'ils voulaient commander.

« Assez jolie, malgré tout, si vous les aimez petites. »

Le visage de Guenièvre s'incendia. Est-ce que tout le monde parlait d'elle de cette façon, mais était trop poli pour le faire devant elle ? Brangien fixa le dos des chevaliers. Mordred regarda avec envie le centre du marché.

« Nous pourrions les perdre dans la foule », chuchota-t-il.

« Ils sont de la famille de mon mari. »

« *Je* suis de la famille de votre mari. *Ils* sont une honte. »

Sire Hector leur fit signe pour qu'ils se joignent à lui et à sire Keu. « Je nous ai trouvé une tente ! Nous pouvons prendre un bon verre à l'ombre. »

Guenièvre voulait vraiment continuer à explorer le marché avec Mordred et Brangien. Mais ce serait impoli. Et bien qu'*elle* n'eût pas de problèmes à être impolie, la reine ne pouvait l'être.

Avec une grimace d'excuse pour Mordred, elle suivit sire Hector et sire Keu dans une tente exiguë. Les hommes s'assirent sur le sol, laissant les deux chaises à elle et Brangien. La camériste sortit immédiatement sa couture de son sac pour se couper de la conversation. Mordred s'attarda à l'entrée de la tente.

« Je serai juste à l'extérieur », dit-il, préférant apparemment l'éclat du soleil à la compagnie de sire Hector et sire Keu.

Guenièvre ne trouvait aucun des deux chevaliers attrayants. Mais elle était intriguée. Qu'avait vu Merlin pour lui faire penser qu'Arthur aurait avantage à être élevé par eux ? Il leur fallut près de trente minutes pour s'enivrer au point de rendre leurs histoires intéressantes. Alors la patience de Guenièvre fut récompensée et elle comprit la décision de Merlin.

« De retour en arrière, de combien, dix ans ? » demanda sire Hector.

« Dix ans. » Sire Keu hocha la tête, regardant dans sa chope vide.

« Uther Pendragon était toujours aux commandes. Et je ne dis pas que je suis mécontent qu'Artie soit roi. Il fait un grand roi. »

« Un assez bon roi », dit sire Keu, haussant les épaules.

« Mais nos vies étaient beaucoup plus faciles sous Uther Pendragon. »

Guenièvre fronça les sourcils. « Je pensais que c'était un tyran terrible et violent. »

« Oh, il l'était ! Absolument. Ce qui voulait dire qu'il y avait beaucoup de travail pour des chevaliers à gages comme nous. Quand le roi n'hésite pas à faire appel à un sorcier pour l'aider à *conquérir* la femme d'un autre homme, tout en faisant tuer cet homme, eh bien, vous pouvez imaginer tout ce que cela faisait dans les campagnes. »

« Sans parler des fées », ajouta sire Keu.

Sire Hector propulsa un souffle d'air bruyant et humide entre ses lèvres. « Les fées, bah ! » Il tapota son épée affectueusement.

Sire Keu leva son verre. « Mais la pauvre Ygraine. J'ai entendu qu'elle était belle. »

« Elle devait l'être pour qu'Uther se donne tant de mal. »

Brangien enfonça violemment son aiguille dans le vêtement. Guenièvre ne lui reprocha pas sa rage silencieuse à cause de la façon dont ces hommes parlaient de la mère d'Arthur. Merlin lui avait raconté l'histoire. Uther Pendragon, roi-guerrier, avait aperçu Dame Ygraine lors d'une négociation de traité. Il avait essayé de l'amener dans son lit, mais elle le repoussa. Elle aimait profondément son mari. Et Uther voulait ça plus qu'il ne la voulait. Il voulait ressentir ce que c'était d'être tellement aimé par une femme. Uther attira le mari de Dame Ygraine dans une bataille et le piégea. Grâce à la magie noire, il entra dans les appartements de Dame Ygraine au milieu de la nuit, déguisé en son mari, et déclara que la bataille avait été gagnée. Et puis il prit ce qu'elle donnait volontairement au mari qu'elle aimait. Mais ça ne voulait rien dire, ça ne changeait rien, parce qu'elle ne l'aimait pas. Qui aurait pu ?

Il lui laissa un mari mort et Arthur dans le ventre.

Ygraine avait des enfants plus âgés. La mère de Mordred était parmi eux. La fée Morgane, la mère de celui-ci et la demi-sœur d'Arthur, voulut se venger. Quand Arthur est né, Dame Ygraine mourut d'une fièvre. La fée Morgane projeta de tuer l'enfant et de livrer le corps à Uther. C'est alors que Merlin le trouva et l'emporta.

« Artie était trop jeune pour se défendre à ce moment-là, alors nous l'avons recueilli en tant que page. Comme il a pleuré quand nous avons trouvé ce village massacré. Vous vous souvenez ? »

Sire Keu hocha la tête, s'essuyant le nez. « Il pleura toute la nuit. C'était inutile de pleurer. Ils étaient tous morts. Il a toujours été sensible. »

« Si on s'arrêtait pour pleurer pour tous ceux qui sont morts à cause d'Uther Pendragon, on aurait son propre lac. »

« C'est peut-être comme ça que le lac de Camelot est apparu ! » Sire Keu se tapa la jambe comme s'il avait eu un bon mot.

« Peut-être que la Dame du Lac s'est écoulée de son nez plein de morve ! » Sire Hector rit si fort qu'il en devint violet. Finalement, il reprit son souffle et commanda un autre verre. « De toute façon. Je disais. Nous avons montré à Artie comment était le monde. De village en village. Même combattu quelques chevaliers-sorciers. »

Brangien fit un bruit dubitatif du fond de sa gorge.

« Personne n'a été plus surpris que nous quand il a sorti l'épée de la pierre », déclara sire Keu. « Vous êtes au courant, n'est-ce pas ? Une grande pierre imposante, avec une épée au milieu, se trouvait au centre de Camelot. Vieille comme le monde. Personne ne savait d'où elle venait, ni ne connaissait son âge. Mais l'épée ne ternissait ni ne rouillait avec le temps. Et sur la pierre, une inscription disait que seul le vrai roi pourrait retirer l'épée. Cela rendait le vieil Uther Pendragon furieux. Il ne pouvait bouger ni l'épée ni la pierre qui la retenait. Personne ne le pouvait. Le grand mystère de Camelot. Et dire que pendant tout ce temps, nous avions le vrai roi avec nous ! Polissant nos bottes, nourrissant nos chevaux et cuisinant nos repas ! » Sire Keu sourit fièrement. « Il y a peu de gens qui peuvent prétendre avoir fouetté le roi pour avoir brûlé leur petit déjeuner. Vous vous souvenez quand… ? »

Guenièvre les laissa divaguer. Ils s'étaient égarés dans leurs propres souvenirs, chacun donnant des détails du jour où ils avaient été engagés par un village pour tuer un dragon et avaient trompé les villageois en leur faisant croire qu'il était mort.

En entendant parler de ce qu'ils avaient vu et fait au cours des années passées sous Uther Pendragon, le choix de Merlin de leur laisser Arthur apparut avec une clarté cristalline, comme une évidence dans son esprit. Si Arthur avait été élevé reclus dans la forêt, sous la tutelle d'un gentil sorcier, comment aurait-il pris conscience du travail qu'il y avait à faire ?

Il avait vu la souffrance sous le règne de son père. Il avait vu ce qu'un tyran infligeait à son peuple. Il avait vu la vacuité d'hommes tels que sire Hector et sire Keu. Et plutôt que de laisser tout cela le briser, plutôt que de laisser la tragédie et la violence de son existence même le rendre amer et furieux, il avait décidé de réagir.

Il avait décidé de devenir le roi dont sa terre avait besoin.

Merlin n'empruntait jamais le chemin le plus direct. Ses choix semblaient souvent absurdes ou erronés. Mais il voyait à travers le temps, le transperçait avec la flèche de sa magie, et atteignait toujours sa cible à l'autre bout. C'était rassurant. Il ne l'avait peut-être pas armée en lui donnant suffisamment de renseignements sur la menace à venir, mais s'il l'avait envoyée ici, c'était là qu'elle devait être. Le temps le prouverait.

« Merci, bons messieurs. » Guenièvre se leva, les interrompant au milieu d'une histoire à propos d'un feu mis à des cochons pour effrayer une bande de voleurs en pleine action. « Cela a été des plus instructifs. »

Ils se levèrent hâtivement. Elle les salua de la tête et ils s'inclinèrent. Brangien leva les yeux de soulagement en rangeant sa couture. Guenièvre sortit à la lumière du jour, devenue aveuglante, accompagnée de leurs voix.

« Ses seins sont plutôt petits », déclara sire Hector.

« Bien qu'avec un assez joli visage. Il peut toujours trouver de gros seins ailleurs. »

Elle s'en voulut de toutes les pensées aimables qu'elle avait eues à leur égard. Merlin avait peut-être pris la bonne décision, mais cela ne signifiait pas qu'elle devait les aimer. Jamais.

CHAPITRE HUIT

« Je me sens comme du bétail », siffla Guenièvre à Brangien alors que le rabat de la tente se refermait derrière elle, isolant sire Hector et sire Keu.

« Au moins, ils ne joignent pas les mains à la parole. » Brangien fixa la tente. « À l'exception de sire Tristan et du roi Arthur, je pourrais me passer entièrement des hommes. »

« Vous me blessez, belle camériste. » Mordred se redressa du stand contre lequel il était appuyé. Il tendit deux prunes parfaites.

Brangien saisit une prune et en mordit agressivement un morceau, tournant le dos au chevalier. Guenièvre tint la sienne en passant ses doigts sur sa peau lisse. La prune n'avait pas d'histoire à raconter. De toute manière, la jeune femme avait eu assez d'histoires pour la journée.

Mordred pointa son doigt dans leur direction. « Nous allons rencontrer mon oncle roi à la forge. »

C'était un soulagement de pouvoir bientôt se mettre au travail. Mordred les conduisit à travers la foule et les stands jusqu'à l'autre bout du marché. Les forges étaient éloignées à cause de la chaleur et de la fumée. En voyant qu'Arthur les attendait, Guenièvre sentit son cœur s'illuminer. Tout ce qu'elle avait appris à son sujet l'assurait d'avoir pris la bonne décision en venant ici. Arthur était un protecteur et c'était une très belle chose que de protéger un protecteur. Elle sourit en prenant son bras. Le soleil étincelait sur sa couronne argentée et la foule se tenait à bonne distance, sans doute contenue par les chevaliers gravitant autour de lui.

« Avez-vous apprécié le marché ? » demanda-t-il.

« C'était… éclairant. »

« Vous ne devinerez jamais qui nous avons rencontré », dit Mordred.

« Qui ? » demanda Arthur.

« Je vais vous donner un indice : ils ont évalué votre parfaite épouse en commentant sa dentition, ses cheveux et sa taille… »

Arthur gémit, mettant une main sur le visage. « Sire Hector et sire Keu sont ici. »

Guenièvre lui tapota le bras. « C'était instructif. »

« Veuillez accepter mes excuses pour tout ce qu'ils ont dit et pour tout ce qu'ils pourraient dire à l'avenir. Ils ont de bonnes intentions, mais… » Il s'arrêta. « En fait, je ne suis pas certain qu'ils aient de bonnes intentions. Mais ce sont des créatures inoffensives. S'ils ne sont pas bons, au moins ils ne sont pas mauvais. »

Mordred remit un mouchoir dans sa veste. « Leur odeur, en revanche… »

Brangien rit, puis baissa la tête modestement. Mordred capta les yeux de Guenièvre et sourit d'avoir pu faire rire La camériste. Guenièvre lui rendit le sourire. Elle se sentait mieux maintenant qu'elle était près d'Arthur et qu'elle pouvait se concentrer à la résolution d'un problème selon son plan.

La chaleur émanait des zones d'activités ombragées des forges. Il y avait moins de monde ici. La plupart des gens n'avaient pas les moyens d'acheter les produits des forgerons. Mais Arthur et Mordred connaissaient les meilleurs forgerons, situés au plus près du marché principal.

« Ma reine aimerait du fer aussi fin que du fil », dit Arthur à un forgeron aux bras aussi épais que des troncs d'arbres.

« Pourquoi ? » demanda Mordred.

« Pour les tresser dans mes cheveux », déclara Guenièvre. « Je ne peux plus y incorporer de bijoux maintenant que je suis mariée », une règle qu'elle ne connaissait pas jusqu'à ce que Brangien lui dise, « mais je pense que le métal scintillerait à merveille. Il doit cependant être très fin et souple pour que je puisse le tordre comme je le souhaite. »

« Je ne comprends pas la mode des femmes. » Mordred fronça les sourcils en examinant une sélection de poignards et d'épées.

Le forgeron n'avait pas de tels scrupules. Il se gratta la barbe et son visage noirci par la fumée se plissa alors qu'il réfléchissait. Ses cheveux étaient coupés aussi court que ceux d'Arthur. Maintenant que Guenièvre y prêtait attention, presque tout le monde au marché avait le crâne rasé. Seuls les hommes manifestement riches avaient les cheveux plus longs.

« Je peux m'en occuper », dit le forgeron. « Donnez-moi une heure. »

Ils passèrent leur temps à examiner d'autres marchandises. Arthur acheta à Guenièvre une jolie dague en fer. Quand elle la toucha, il lui sembla qu'une note, à la tessiture juste un peu trop basse pour qu'elle puisse être entendue, s'en échappa. C'était énervant. Elle la rengaina et la sensation s'arrêta.

Brangien passa un sac à Arthur, puis demanda l'autorisation d'aller faire quelques courses de son côté, en promettant de les retrouver plus tard.

« Allez-y », dit Guenièvre. « Prenez le reste de la journée. Je vous reverrai au château. » De cette façon, elle serait libre d'emprunter le tunnel au lieu de reprendre le bateau. Avec un sourire reconnaissant, Brangien, excitée, fit une révérence, puis se précipita vers le marché principal.

« Pourquoi pas en argent ? » demanda Mordred, testant le poids et l'équilibre d'une épée. Il ne se joindrait sans doute pas aux chevaliers dans l'arène, mais il était évident qu'il était doué pour le maniement des lames. Elles semblaient être une extension de son bras, chaque mouvement montrant grâce et aisance mortelle.

« En argent ? » Guenièvre quitta des yeux les fers à cheval qu'elle faisait semblant d'examiner au lieu d'observer Mordred et son épée. Arthur était à proximité, parlant avec le forgeron. Mais Mordred n'avait pas délaissé sa mission d'escorter Guenièvre.

« Pour aller avec vos cheveux. L'argent serait plus brillant que le fer. »

« Oh, oui. Enfin, je ne suis pas certaine que cela convienne. Je veux essayer dans un métal moins précieux avant de dilapider les richesses du roi Arthur dans de l'argent. C'est déjà suffisamment frivole. »

Mordred lui fit un sourire en coin. « Je pensais que les femmes étaient encouragées à être frivoles. Que c'était une obligation pour quelqu'un de votre rang. »

« Si vous avez si peu de considération pour les femmes, ce n'est pas étonnant que vous ne soyez pas encore marié. »

Le chevalier se mit à rire. « Oh, j'ai une grande estime pour les femmes. Chacune d'entre elles est redoutable et merveilleuse. Vous, en particulier, êtes incroyablement fascinante. Vous êtes une énigme. »

« Je n'en suis pas une. » Guenièvre prit un fer à cheval comme si, d'un œil d'experte, elle était capable d'en évaluer la qualité.

« Contrairement à beaucoup de gens dans la ville, j'ai voyagé dans le sud de l'île. Et vous n'en avez pas l'accent. »

Guenièvre sursauta. « Je... Mon séjour au couvent a dû l'adoucir. »

« Hum. Je n'ai jamais vu non plus une dame de votre rang aussi enchantée par un marché ou si disposée à sourire et à dialoguer avec une sale petite gardienne de poules. »

Elle se renfrogna sur la défensive. « Arthur aime son peuple. »

« Oui, mais Arthur n'a pas été élevé comme un roi. Il a été élevé comme un serviteur. Il voit le monde comme aucun noble ne pourrait jamais le faire. Et vous, je pense, voyez le monde comme aucune princesse ne pourrait le faire. » Il leva les mains. « Ce n'est pas une critique. Je suis surpris, c'est tout. Vous n'êtes pas du tout comme je m'y attendais. »

Elle rendit sa voix froide et basse comme le fer. « Je suis désolée de ne pas avoir répondu à vos attentes, sire Mordred. »

Il se pencha, ramassant l'un des fers à cheval. Elle pouvait percevoir la chaleur de son corps. « Je ne suis *pas* désolé, Dame Guenièvre. »

Un éclat de rire attira son attention et elle rayonna, soulagée de pouvoir évacuer la tension provoquée par Mordred. Un groupe d'enfants jouait avec une balle en cuir dans laquelle ils donnaient des coups de pied, autour d'un espace ouvert, au milieu des forges. Arthur s'était joint à eux et était juste en train de faire une passe de la tête. Un garçon le heurta alors qu'il cherchait la balle. Tous ceux qui regardaient retinrent leur souffle. Le garçon avait bousculé le roi.

Arthur rit encore plus fort, saisissant le garçon et le soulevant en l'air avant qu'il ne puisse taper dans le ballon.

« Parfois, j'oublie à quel point il est jeune », dit Mordred avec une voix douce.

« Guenièvre ! » appela Arthur, en déposant le garçon et en donnant un coup de pied dans la balle pour que les enfants la poursuivent. Guenièvre se précipita à ses côtés, se sentant étrangement détendue, une fois éloignée de Mordred. Et reconnaissante d'échapper à la conversation et à ses observations gênantes. Elle montra à Arthur un sourire faussement lumineux.

« Mordred accorde beaucoup d'attention aux détails. » Ses yeux s'élargirent, essayant d'exprimer plus que ce qu'elle disait. « Comme ma façon de parler. »

Arthur fronça les sourcils, puis secoua la tête. « Vous n'avez rien à craindre à ce sujet. S'il m'en parle, je détournerai ses soupçons. » Il plaça la main de Guenièvre dans le creux de son coude. « Venez, le fer doit être prêt. »

Elle examina les minces filaments, cette fois avec l'œil attentif de quelqu'un qui savait exactement ce dont elle avait besoin. Le fil répondait à toutes les exigences. Elle encensa le forgeron, en le complimentant pour son travail. Il s'inclina avec raideur, alors que son tablier de cuir épais craquait. « C'est un plaisir. Tout pour le roi, ce qui signifie tout pour sa reine. »

Son travail de ce soir-là serait épuisant et difficile. Elle voulait commencer le plus vite possible. « Nous pouvons rentrer ? » murmura-t-elle à Arthur alors qu'ils retournaient au marché. Elle chercha des yeux la femme mystérieuse dans la foule ainsi que des signes de distributions de cailloux, mais elle ne vit rien. « J'ai beaucoup à faire. Et j'aimerais prendre le tunnel, si c'est possible. » Elle ne pourrait pas être aussi forte qu'elle le voulait si elle était obligée de traverser en barque à nouveau. Elle se sentait ridicule et faible en présence de l'eau, ce qui n'était pas une base solide pour la magie.

« Oui, bien sûr, laissez-moi… »

« Mon seigneur roi », appela l'un des chevaliers d'Arthur en courant vers eux et en s'inclinant. Elle pensa que c'était sire Gauvain, mais elle n'en était pas sûre. Il était jeune comme Arthur, avec juste quelques poils sur le visage. « Un autre messager est arrivé. » Il tendit une liasse de papiers, scellée avec de la cire noire.

« Sire Méléagant », murmura Arthur.

« Qu'est-ce que c'est ? » demanda Guenièvre.

Arthur lui sourit, mais était trop honnête pour garder un sourire de façade. Son visage se crispa, laissant transparaître son inquiétude. « Je n'en suis pas sûr. Mais je dois parler à ces hommes. »

« Je peux attendre », déclara Guenièvre.

« Vous ne devriez pas être obligée d'attendre à cause de mes affaires. Mordred ? »

Ce dernier s'approcha depuis l'endroit où il s'était tenu à l'écart, à proximité du groupe. « Oui, oncle roi ? »

« Pouvez-vous raccompagner Guenièvre au château ? Elle est fatiguée. Prenez mon bateau. »

Le chevalier fit signe qu'il avait compris. « Je sais exactement quel bateau notre dame préfère. Je m'en occupe, puis je reviendrai. »

« Je vous remercie. » Arthur saisit l'épaule de Mordred et la serra. « J'aurai besoin de vos conseils sur ce qui me préoccupe. »

Ce dernier s'inclina, puis tendit la main pour conduire Guenièvre. Il ne lui offrit pas le bras, ce dont elle fut contente. « Est-ce convenable ? » demanda-t-elle, alors qu'ils s'éloignaient du marché pour rejoindre leurs chevaux. Elle ne savait pas s'il lui était permis d'être seule avec Mordred. Et puis, après la façon dont sire Hector et sire Keu avaient discuté d'elle, elle se préoccupait de ce que les gens pourraient penser.

« Bien entendu, si mon oncle roi me fait confiance pour vous conduire sans risque jusqu'au château, vous pouvez le faire aussi. »

« Oh, c'est le cas. Ce n'est pas… Je ne disais pas… »

Mordred se mit à rire. « J'aime la façon dont vous rougissez sous vos taches de rousseur. Plus de femmes devraient avoir des taches de rousseur. C'est vraiment charmant. »

Guenièvre prit un air renfrogné et le visage de Mordred changea en une expression d'excuse innocente. « Bien sûr, vous ne disiez pas cela. Et généralement, une dame est accompagnée de sa caméristе. Mais Brangien a été happée par le marché et vous semblez avoir un besoin urgent de retourner au château. Je suis le neveu de votre mari. Si vous ne pouvez pas faire confiance à la famille, à qui pouvez-vous le faire ? »

Guenièvre n'avait pas de réponse. Elle monta maladroitement sur son cheval pendant que Mordred récupéra sa jument.

« Parlez-moi de votre propre famille », dit-il alors qu'ils longeaient les bords du lac. Le marché ayant attiré pas mal de gens, ils se trouvaient assez seuls. La berge du lac était constituée de cailloux lisses et noirs qui contrastaient avec le vert vif de la plaine verdoyante. Guenièvre regardait la plaine plutôt que le lac.

« Mon père est le roi Léodagan. Ma mère est décédée il y a plusieurs années. J'ai deux demi-frères et une sœur. Elle est plus jeune que moi. Nous ne nous sommes pas vues depuis trois ans, depuis que j'ai été envoyée au couvent pour me préparer à devenir une épouse. »

Est-ce que la défunte Guenièvre manquait à sa famille ? Est-ce que son père pensait à elle ? Il avait accepté l'alliance d'un mariage sans rencontrer Arthur. Il n'était même pas venu au couvent pour s'assurer que *sa fille* serait remise en toute sécurité aux mains des hommes du futur époux.

Quelque part au loin, la sœur de la défunte Guenièvre ne s'imaginait pas encore être seule. C'était la partie la plus cruelle de la duperie. La défunte Guenièvre avait été une sœur, une fille. Et ces gens n'avaient aucune idée que la fille qu'ils avaient connue et, il faut le souhaiter, aimée n'était plus de ce monde. Une autre personne avait pris sa place.

Guenièvre n'était pas désolée pour la duperie mise en place à Camelot. Elle était nécessaire. Mais elle était désolée pour la fille dont la mort avait rendu possible celle-ci.

« Je m'excuse », dit Mordred. « Cela vous a rendu triste de penser à votre famille. Je n'aurais pas dû en parler. »

« Non, ça va. » Guenièvre fit avancer son cheval plus rapidement pour ne plus se tenir à ses côtés et éviter qu'il voit son visage de ses yeux trop perçants. « Je suis heureuse ici. Je n'ai rien laissé derrière moi qui me manque. »

Sauf les arbres, la petite cabane qu'elle balayait et Merlin. Il était étrange de penser au père de Guenièvre, de se demander à quoi il ressemblait. Elle n'avait jamais pensé à Merlin comme à son propre père. Il avait été son mentor, son professeur. Quand elle pensait à lui comme à un père, elle s'imaginait une tunique trop serrée qui la compressait et la tiraillait.

Merlin n'était pas un homme, pas exactement. Il était quelque chose d'autre. Elle ne s'était jamais demandé ce que cela faisait d'elle. Ça n'avait pas d'importance quand ils étaient entre eux. Mais maintenant, entourée par les hommes, elle se sentait à l'écart. Est-ce que c'était dû aux mensonges dont elle s'était revêtue ? Ou était-ce parce que l'essence de Merlin coulait trop en elle pour qu'elle puisse se sentir vraiment à sa place ?

Mais elle n'avait rien de ses pouvoirs. Ceux de Guenièvre ressemblaient à une goutte d'eau comparée à un océan. Elle était fermement ancrée dans le courant du temps, tandis que Merlin existait quelque part en dehors de celui-ci. Il restait une énigme, tout en étant la seule figure du passé de Guenièvre.

Peut-être était-ce une autre raison pour laquelle elle se sentait si bien avec Arthur. Il avait raison. Ils avaient tous les deux des pères compliqués. Mais, elle avait eu de loin le meilleur.

Lorsqu'ils arrivèrent au niveau du passage caché, Mordred mit pied à terre.

« Et les chevaux ? » demanda Guenièvre.

« Ils savent où aller. » Il caressa le cou de sa jument blanche. « Elle sait toujours où aller. » Il chuchota quelque chose au cheval, puis tendit la main à Guenièvre. Elle la saisit.

Une étincelle. Un moment qui ressemblait à l'une de ses flammes purificatrices, brûlant toute impureté et n'épargnant que la vérité. Elle eut le souffle coupé et descendit trop vite de cheval, saisie par la surprise. Mordred la rattrapa. Son cœur battait au même rythme que le sien. Pendant un souffle, deux souffles, deux souffles de trop, elle resta pressée contre lui.

Et puis elle recula, se cognant contre son cheval et trébuchant pour éviter de marcher sur son sabot ou de se faire marcher dessus.

Mordred calma l'animal d'un chuchotement. Puis les deux chevaux s'éloignèrent. « Vous êtes vraiment fatiguée », dit-il. « Vous avez failli tomber. »

« Oui, fatiguée. » Elle le suivit sans un mot à travers le tunnel, ressentant toujours dans sa main l'effet de l'étincelle d'énergie statique de Mordred. Était-ce dû à ses sentiments ? Ou était-ce… juste dû à Mordred ?

Et pourquoi n'avait-elle jamais ressenti cela avec Arthur ?

C'était un soulagement à bien des égards de dire au revoir à Mordred et de s'enfermer dans ses appartements. Elle s'appuya contre la porte, essayant de calmer son cœur. Elle avait du travail à faire. Rien d'autre n'avait d'importance.

Une image brève d'une autre journée comme aujourd'hui. Un marché, apprécié sans recherche de menaces. Une visite aux forges pour des bijoux plutôt que des armes. Un moment volé derrière une tente avec…

Avec qui ?

Sottises et égoïsme. Elle ne savait quand la menace surviendrait. Elle ne pouvait pas se permettre d'être complaisante ou rêveuse. Le danger pour Arthur pouvait être imminent ou surgir dans des années. Elle se préparerait à tout. En commençant par le château et en s'étendant vers l'extérieur, formant un cercle de protection après l'autre autour de son roi.

Merlin s'était voué à Arthur avant même sa naissance. Guenièvre voyait son séjour ici de la même manière. Il durerait aussi longtemps qu'Arthur en aurait besoin.

Elle tira les fils de fer de la pochette qu'elle portait et entra dans la chambre d'Arthur. Le forgeron avait bien fait son travail. Les fils de fer étaient fins et malléables. Elle s'attela à la tâche facile consistant au façonnage des nœuds de base. Arthur lui avait fourni le nombre exact de chaque porte du château. Les fenêtres ne s'ouvraient pas et les vitres étaient maintenues en place par du métal, donc il n'était pas nécessaire de les protéger. Heureusement, car elle n'en avait plus le courage.

Une fois que les nœuds furent tous formés, elle s'agenouilla sur le sol et disposa les sorts métalliques en cercle autour d'elle-même. Elle pensa fort à Arthur. Pensa au château. Pensa à tout ce que Camelot représentait. C'était l'espoir de l'humanité. La promesse d'un avenir sans chaos, où les humains pourraient évoluer, apprendre et vivre comme ils le devaient. Elle croyait en Arthur. Elle croyait en Camelot.

Elle tira la dague qu'Arthur lui avait donnée et se trancha la lèvre inférieure.

S'inclinant devant le premier nœud de fer, elle pressa sa lèvre sanglante dessus et murmura ce qu'elle demandait du fer. Le nœud de fer s'échauffa, puis le sang disparut, accepté et scellé. Elle passa au suivant, puis au suivant et au suivant. Lorsque le dernier nœud de fer brilla et se scella, elle se sentit étourdie et prise de vertiges. Elle sortit son foulard et se tamponna la lèvre. Le fer avait demandé plus de sang qu'elle ne l'avait prévu.

La porte s'ouvrit. Guenièvre se leva pour saluer Arthur, puis vacilla et tomba au sol.

Il se précipita à ses côtés. « Que s'est-il passé ? »

Ses paupières étaient lourdes, sa tête légère. « Juste la magie. Il faut plus que du souffle et des cheveux pour sceller un château. »

« Votre lèvre saigne. »

Elle toucha le sang avec la langue. Il avait un goût de fer. Elle frémit, dégoûtée. C'était la raison pour laquelle elle devait utiliser du sang. C'était l'unique magie acceptée par le fer. C'était aussi la preuve qu'elle était humaine, contrairement à Merlin. « Ça guérira. Les nœuds sont prêts. Mais je ne peux pas encore les placer. Ça ne paraîtrait pas normal que la reine se promène dans le château, saignant et perdant connaissance. »

Arthur rit, bien que son rire fût crispé. « Non, ça ne paraîtrait pas du tout normal. » Il la souleva et la mit au milieu de son lit. « Est-ce que je peux finir à votre place ? »

« Ça doit être moi. Le fer n'écoutera personne d'autre maintenant. »

« Eh bien, dites au fer que je suis son roi et qu'il doit m'obéir. »

Guenièvre s'enfonça dans le matelas de plumes et se couvrit le front de son bras. « Le fer n'obéit à aucun roi. Il n'aime que le sang. »

Il s'assit à côté d'elle sur le lit, le dos appuyé contre la paroi rocheuse derrière lui. « J'ai bâti tout mon règne sur la morsure du fer et sur le sang qui se répand. »

Guenièvre roula sur le côté, le regardant. Les yeux d'Arthur étaient fermés. Elle voulait lui tendre la main, la poser sur son bras. Mais il semblait si éloigné d'elle. « Vous avez bâti votre règne sur la justice. Sur la paix. Cela a coûté cher, mais j'ai vu Camelot. J'ai vu votre peuple. Et j'ai vu ce qu'ils craignent. » Elle se souvenait de la forêt, de la maison, du garçon. Tous dévorés. Elle connaissait les récits de la grande guerre avec la Reine Noire et sa forêt de sang.

Se saisir d'Excalibur n'avait été que le début pour Arthur. Il était le pont entre l'homme et la magie. Entre les tyrans comme

Uther et le chaos comme la Reine Noire des fées. Merlin avait raison. Le monde avait besoin d'Arthur. C'était la meilleure chance pour l'humanité.

Il exerça une pression de son pouce aussi légèrement qu'un murmure sur la lèvre inférieure de Guenièvre et le souleva. « Plus de sang. »

« Le sang s'arrête. La paix et la protection durent. » Elle ferma les yeux. Mais bien qu'elle se sentît faible de partout, elle ne pouvait pas dormir. Ça faisait trop mal. Son sang brûlait de froid, traçant son chemin à travers son corps, avec des pics de douleur. « Racontez-moi une histoire », dit-elle. « Dites-moi comment vous avez vaincu la Reine Noire. Je ne l'ai entendu que de Merlin, et vous savez à quel point ses histoires sont déroutantes. Il commence au milieu et ça ne devient que plus confus ensuite. »

Arthur soupira, bougeant et glissant vers le bas pour s'allonger à côté d'elle, les mains derrière la tête. Son poids déforma le matelas et elle glissa un peu plus près de lui. Aucun des deux ne bougea.

« Les loups vinrent en premier », dit-il.

Les loups vinrent en premier.

Les dents et les mâchoires enduites du sang gluant des gorges qu'elles avaient déjà déchirées. Mais les hommes pouvaient combattre les loups, et c'est ce qu'ils ont fait. Les loups replongèrent dans les ténèbres, refoulés.

Puis les insectes arrivèrent. Rampant, mordant, grouillant. Un homme ne peut pas combattre mille guêpes avec une épée. Merlin appela des oiseaux, des volées d'étourneaux et des nuées de corbeaux, si nombreux que le battement rapide de leurs ailes était comme un ouragan, l'étirement de leurs ailes bloquant la lumière du soleil. Les oiseaux mangèrent les insectes.

Puis la Reine Noire réveilla les arbres. Une forêt où il n'y en avait pas eu. Des esprits anciens, mais suffisamment fragiles pour craindre les hommes. Pour haïr les hommes. Les arbres séparaient les soldats. Ils hurlaient leur douleur et leur terreur, et les loups les trouvèrent.

Merlin appela le feu. Il se déchaîna contre les arbres avec une force terrible.

Les arbres sentirent leurs frères et sœurs mourir. Ils frémirent et tremblèrent. Qu'était l'amour d'une Reine Noire contre le feu d'un sorcier fou ? Mieux vaut vivre cent ans avant de goûter à la hache de l'homme que de brûler en un seul instant. Et ainsi, quand Merlin ordonna aux arbres de dormir, ils plongèrent leurs esprits profondément dans le sol, loin de l'endroit où la Reine Noire pouvait les appeler.

Merlin calma le feu. Les hommes tombèrent des arbres. Les loups restèrent dans l'ombre et l'obscurité. La Reine Noire émergea, encerclée par ses chevaliers. Ils portaient des armures de pierre, de racines, de crânes et d'os. Des serpents, crochets à nu, encerclaient leurs bras. Des chauves-souris s'accrochaient à leur dos, les ailes battantes, prêtes à voler dans la bataille.

Merlin lui dit d'arrêter. Elle rit, et son rire avait un son identique aux gémissements des nourrissons, aux cris des femmes, aux râles des hommes mourants. Qu'allez-vous faire, vieil homme, contre l'eau ?

Les hommes tremblèrent. Ils tombèrent à genoux, désespérés. Ils étaient sur les rives d'un grand lac. Les oiseaux ne pouvaient pas combattre l'eau. Le feu ne pouvait pas la repousser. Les épées ne pouvaient pas plus couper un déluge qu'elles ne pouvaient pousser si elles avaient été plantées dans le sol.

La Reine Noire leva la main, appelant à leur destruction.

L'eau resta froide et immobile. Figée.

La Reine Noire cria de rage, exigeant, suppliant. Mais l'eau ne vint pas à elle. L'eau et la forêt, jusqu'à cet instant toujours alliées, toujours compagnes, étaient maintenant divisées.

Ici, Arthur arrêta son récit. La cadence se modifia et les images qu'il dépeignait pour Guenièvre devinrent soudainement moins narratives et plus... personnelles.

« La Dame du Lac », murmura-t-il, « choisit mon camp. Tout comme Merlin. Mais le reste ne dépendait que de moi. » Puis il reconstitua l'histoire, comme s'il bordait Guenièvre d'une couverture pour raconter ce qui suivit.

Les redoutables chevaliers-sorciers chargèrent. Seul, Arthur leur résista. Excalibur les transperça, les détruisit. Le Chevalier Vert, dieu de la forêt ancienne et ennemi imbattable, devint feuilles et branches mortes. Les chauves-souris lâchèrent leur emprise sur le Chevalier Noir, s'envolant aveuglément et laissant tomber leur maître pour le laisser se briser comme du verre sur le sol. Les serpents s'enfuirent, les crânes et les os du Chevalier Mort devenant des choses sans vie une fois de plus. Là où il y avait eu une menace cauchemardesque réelle, il ne restait rien d'autre que les détritus des temps passés.

La Reine Noire était seule.

Merlin ne voulait pas la tuer. Il ne voulait pas la voir disparaître. Il lui ordonna de se retirer comme les arbres l'avaient fait. L'envoyer loin dans les profondeurs de la terre. Laisser le chaos dormir.

Un grand cerf s'échappa des arbres, les yeux rouges de rage. Il baissa la tête et chargea la Reine Noire. Il l'empala, la soulevant haut dans les airs. Ses bras étaient tendus, son visage béat. Puis le cerf se tourna et disparut à nouveau dans les arbres, la forêt revendiquant la Reine Noire pour toujours.

CHAPITRE NEUF

« Non », dit Guenièvre. L'histoire était la même que celle que Merlin lui avait racontée de façon fragmentée. Il livrait les histoires de la même manière que le faucon grognon délivrait la nourriture. Un peu ici, un peu là, la laissant tomber sur la tête quand on s'y attendait le moins. Elle eut du mal à s'asseoir alors que la certitude la saisit. « La Reine Noire n'est pas morte. Vous avez vu les chevaliers. Ils n'ont pas été tués. Ils ont été *défaits*. Elle n'a pas été défaite. »

Arthur se tourna de son côté pour lui faire face. « Je l'ai suivie. » Il soupira. Si la première partie de l'histoire était d'une horreur maculée de sang, cette partie était bien pire. La lassitude de tâches indescriptibles. « À travers la forêt. À travers les plaines. Finalement, nous sommes arrivés dans un pré. J'ai tiré sur le cerf. Son corps est tombé. Et alors… nous l'avons détruit. » Il ferma les yeux. « La Reine Noire est morte. Il y a encore des restes de sa magie, comme le chaos qui mord aux frontières. Comme le village que vous avez vu. Cela arrivait régulièrement. Maintenant, c'est si rare que les gens nn'ont plus peur des arbres. Bientôt, ils marcheront et chasseront dans les forêts en ne redoutant que ce qu'il y a à craindre. »

Guenièvre se sentit étrangement déçue. Elle aurait dû être terrifiée à l'idée qu'elle aurait pu faire face à la Reine Noire, mais au moins il y aurait eu une cible. Un adversaire. « De quoi les gens devraient-ils avoir peur ? Des autres hommes ? Comme sire Méléagant ? » Elle voulait qu'il lui dise ce qu'il y avait dans la lettre. Si elle ne pouvait pas caractériser la menace à laquelle elle était confrontée, elle voulait connaître toutes les autres.

Arthur soupira. « Oui, des autres hommes. Nous n'avons pas besoin d'une Reine Noire quand nous avons tant de vilenie en nous. Mais nous repousserons le chaos et les ténèbres. Je suis heureux que vous soyez là. Je mène cette bataille depuis si longtemps. Quand j'ai perdu Merlin, je me suis retrouvé seul. »

« Je suis désolée que vous ayez dû le renvoyer. »

« C'était pour le mieux. La magie et Camelot ne peuvent pas coexister dans un même espace. La magie, même la bonne magie, se nourrit de sacrifice et de chaos. De douleur. » Il tendit la main et toucha sa lèvre une fois de plus. « Je suis désolé qu'elle doive disparaître. J'ai vu des merveilles et des miracles. J'ai reçu des cadeaux sans précédent. La Dame du Lac… » Sa voix se fit plus lointaine et une pointe de jalousie transperça Guenièvre. Parce qu'ici, elle voyait enfin à quoi ressemblait Arthur quand il désirait quelque chose. Et elle savait qu'il ne se languirait jamais d'elle de cette façon.

Elle n'en avait pas besoin. Elle ne le désirait même pas. Elle était simplement fatiguée. C'était tout.

Arthur s'éclaircit la voix, de retour à ses côtés après avoir été transporté dans un souvenir de magie et d'émerveillement, sous les eaux d'un lac. « Elle m'a transmis le flambeau. C'est le tour des hommes. Et je ferai tout ce qu'il faut, aussi difficile soit-il, pour bâtir le royaume que mon peuple mérite. Je choisirai toujours ce qui convient le mieux à Camelot, quel qu'en soit le prix. La paix et l'ordre passeront en premier. Même avant moi. » Il sourit affectueusement. « Mais vous comprenez. Merci pour le service que vous rendez à mon peuple. »

Elle n'était venue ici que pour lui. Mais Arthur *était* son peuple. Arthur était Camelot.

Après quelques heures d'un repos agité, elle était prête à en finir et à passer à autre chose. C'était le milieu de la nuit. Le château dormait autour d'eux alors qu'Arthur la conduisait de porte en porte. Là où il y avait des gardes, il leur disait en riant qu'il offrait à Guenièvre une visite nocturne de leur maison.

Quand le dernier scellé fut apposé au bas de la dernière porte, à fleur de sol, là où personne ne le verrait jamais, le travail de Guenièvre fut vraiment terminé. Et elle avait *fini*.

Heureusement, ils avaient achevé leur travail à la porte extérieure la plus rapprochée de leurs chambres. Guenièvre pouvait à peine tenir debout. Elle n'était plus connectée au fer de la même façon qu'elle l'aurait été en utilisant la magie faible faite avec ses cheveux ou son souffle. Elle en avait payé le prix dès le début. Et il avait été élevé. Arthur ouvrit la porte de sa chambre et la souleva pour la poser dans le lit, la laissant dans l'obscurité avec un murmure de remerciements et la douce pression de ses lèvres contre son front.

La journée était déjà bien entamée quand elle sortit des confins étouffants du sommeil et s'assit dans son lit, les yeux à moitié fermés et prise de vertiges.

« Bonjour », dit-elle à Brangien, qui cousait à proximité, assise sur une chaise.

La camériste laissa tomber sa broderie et se précipita aux côtés de Guenièvre. Elle appliqua sa main sur le front de de la jeune femme, puis lui porta un gobelet de vin coupé d'eau aux lèvres. Guenièvre rit mais but volontiers et abondamment. Sa gorge était sèche et elle avait des crampes à l'estomac, le ventre vide.

« J'ai dormi si longtemps ! La journée est presque terminée. »

« Vous dormez depuis deux jours entiers, ma dame. »

« Quoi ? » Guenièvre leva une main. Elle tremblait faiblement. Cela expliquait sa faim. Elle s'était sentie si forte aux côtés d'Arthur, si inspirée, qu'elle avait peut-être exagéré. Merlin n'aurait pas perdu une goutte de sueur en accomplissant quelque chose de similaire. C'était injuste. Elle ne possédait que des tours d'enfant en comparaison des éléments qu'il commandait.

Mais ses tours pouvaient passer inaperçus aux yeux de Camelot. Le pouvoir de Merlin ne le pourrait jamais.

Brangien plaça des oreillers dans le dos de Guenièvre et l'aida à se redresser. Elle faisait beaucoup de bruit, mais Guenièvre la laissa faire. En mangeant Le repas qui l'attendait, préparé par Brangien, elle demanda ce qu'elle avait manqué.

« Toujours autant de ragots. Mais c'est toujours à votre sujet, donc je suppose que vous n'avez rien manqué de ce que quiconque aurait pu vous dire. »

Guenièvre laissa tomber son pain. « Des ragots ? Quoi ? » Est-ce que quelqu'un l'avait vue seule avec Mordred ? Elle *savait* qu'elle n'aurait pas dû accepter ça !

« Ils concernent tous votre perfection. Les gens sont terriblement impressionnés par votre vertu et votre délicatesse qu'une nuit à amuser le roi dans sa chambre nécessite deux jours de repos. » Brangien haussa un sourcil avec ironie.

« Ils disent ça ? Le lit d'Arthur est vraiment le centre d'intérêt de tellement de discussions ? »

« Tout le monde est focalisé sur la fille qui a finalement fait sa place ici. Beaucoup ont essayé au fil des années. Ce sont des ragots entièrement malveillants, remarquez, mais j'ai entendu de plusieurs sources que Dandrane, la sœur de sire Perceval, avait une fois payé une domestique pour qu'elle se glisse dans la chambre d'Arthur, où elle attendait… seule… dans son lit… vêtue aussi légèrement que le jour de sa naissance. »

« Non ! »

« Si ! » Les yeux de Brangien pétillaient de joie. « Mais notre roi est aussi vertueux qu'il est fort et bon. Il ne demande rien aux autres qu'il ne ferait lui-même. Ainsi, pour épouser une vierge, il devait l'être lui-même. »

Guenièvre connaissait très peu les hommes. Merlin comptait à peine pour un. Elle ne savait pas quoi faire de ces informations sur Arthur. Elle changea de sujet. « Je pourrais aimer Dandrane maintenant. Est-ce bizarre ? Comme elle doit être courageuse et audacieuse pour tenter une attaque aussi directe ! »

Brangien éclata de rire, en tendant à Guenièvre un autre verre de vin coupé. « Vous êtes une dame surprenante. Mais elle n'a rien et donc rien à perdre. Faites attention à ce que vous dites ou faites autour d'elle. Nous l'éviterons autant que possible. »

« Merci, Brangien. Je serais perdue sans vous. »

La camériste rejeta le compliment avec un geste de la main, mais Guenièvre pouvait voir qu'elle était contente. Elle la laissa brosser et tresser ses cheveux, bavardant et la renseignant sur tout le reste. Arthur était venu lui rendre visite deux fois pour vérifier son état. Mais il était parti ce matin-là pour affaires.

Quand Guenièvre utilisa le pot de chambre en privé, elle eut un choc terrible. La magie avait dû la briser. Elle cria de peur, ayant besoin de l'assistance de Merlin. Besoin de l'assistance de n'importe qui.

Brangien se précipita. « Qu'est-ce que c'est ? »

« Du sang », dit Guenièvre fixant ses sous-vêtements avec horreur.

« Eh bien, ce n'est pas un problème. De toute façon, le moment n'était pas propice pour concevoir. »

« Que voulez-vous dire ? » Guenièvre ne put empêcher les larmes de couler sur son visage. Elle s'était brisée. Elle saignerait à mort de l'intérieur. Il n'y aurait personne pour protéger Arthur. Personne ne saurait où la vraie Guenièvre a été enterrée. Et elle-même mourrait inconnue, sans être aimée, sans nom.

Le visage de Brangien exprima d'abord le choc, puis la pitié. « Oh, ma dame. Vous n'avez pas… C'est votre première fois ? »

« Ma première fois quoi ? Je ne comprends pas. Je meurs, Brangien. Veuillez dire à Arthur… »

La caméristе la conduisit au lit. Elle ramassa les sous-vêtements tachés de sang et les mit avec le linge sale, puis s'affaira à en chercher de nouveaux, ainsi que plusieurs longueurs de tissus étroits. « Votre couvent a beaucoup de comptes à rendre », grogna-t-elle. « Imaginez, envoyer pour se marier une fille qui n'a pas encore eu ses règles et qui ne comprend pas son propre corps. » Brangien étendit les tissus dans les sous-vêtements, puis fit glisser le tout en remontant le long des jambes tremblantes de Guenièvre. « C'est normal. Sain, même. Cela arrivera tous les mois jusqu'à ce que la semence d'Arthur prenne racine dans votre ventre. »

« Quoi ? »

Brangien rit. « Ce n'est pas tout à fait juste, n'est-ce pas ? Mais le fonctionnement du corps des femmes est ainsi. Vous pouvez même ressentir de la douleur, de l'épuisement aussi. Cela pourrait expliquer les deux derniers jours. Mais cela passera en moins d'une semaine et ensuite, vous serez fraîche comme un matin d'été. Jusqu'à la prochaine lune. »

« Cela vous arrive aussi ? »

« Oui. »

« C'est horrible. Qui a conçu ce système ? »

Brangien rit. « Je suppose que c'est Dieu, alors vous êtes invitée à aborder le sujet avec lui. En attendant, je vais chauffer des serviettes pour que vous les mainteniez contre votre abdomen. C'est agréable. »

Guenièvre était encore plus disposée à laisser Brangien s'occuper d'elle. Elle se sentait fragile et naïve, déconcertée par cette étrange évolution dans son propre corps. Et trahie qu'elle n'eût pas su que ça allait arriver.

« Pouvez-vous... » Sa voix se brisa. Elle savait que les hommes et les femmes avaient des bébés. C'était le cas de tous les êtres vivants. Mais elle n'avait jamais considéré la manière dont cela se passait, en ce qui concerne les humains. Et Merlin ne lui en avait certainement jamais parlé. C'était une leçon qu'elle n'aurait pas oubliée. « Pouvez-vous expliquer la partie sur les semences ? » demanda-t-elle.

Brangien s'entoura des serviettes chaudes. « Ces religieuses vont m'entendre parler si jamais nous les revoyons. »

Quelques heures plus tard, Guenièvre se sentit beaucoup mieux physiquement, bien qu'un peu secouée émotionnellement. « Je voudrais parler à Arthur. Quand reviendra-t-il ? »

« Personne ne me l'a dit. »

« Hum. » Guenièvre aurait aimé savoir, mais doutait que quiconque lui dise. Elle n'était pas importante pour le fonctionnement du château ou pour les affaires des chevaliers. « Oh ! » Guenièvre se souvint d'une autre tâche à accomplir, maintenant que le château était sécurisé. « Quand y aura-t-il un autre tournoi des aspirants ? »

« Ils ont augmenté la fréquence ! À deux par semaine. Je pense que le roi essaie de faire passer le chevalier patchwork. Il y en a un qui a lieu en ce moment. »

« Non ! » Guenièvre perdait sa chance d'essayer de voler un objet appartenant au chevalier patchwork.

« De toute façon, vous n'êtes pas en état de vous rendre aux arènes. Vous devez vous reposer. »

« Je me repose depuis deux jours. »

« Et vous vous reposerez jusqu'à ce que je décide que vous êtes assez bien pour sortir. »

Guenièvre ne voulait pas attendre la semaine prochaine pour espionner le chevalier patchwork. Et si elle ne pouvait pas prendre quelque chose de lui, elle avait une autre idée.

« En fait, je me sens assez fatiguée. Je devrais dormir davantage. Voudriez-vous veiller à ce que je ne sois pas dérangée jusqu'au matin ? Je pense qu'une nuit de sommeil profond me remettra sur pied. »

Brangien hocha la tête. Elle emporta l'assiette vide de Guenièvre et remplit le gobelet qu'elle déposa sur une table à côté du lit. Puis, après avoir laissé plus de tissus au cas où Guenièvre en aurait besoin, elle se glissa dans son salon.

Guenièvre se leva, les jambes tremblantes. Alors qu'elle rembourrait ses sous-vêtements, ses émotions étaient aussi chancelantes que son corps, devenu un inconnu. Elle sortit la robe et la cape de Brangien, et tira un fil une fois de plus pour en faire un nœud de confusion. Elle allait devoir y aller lentement, ce qui signifiait qu'elle avait besoin de partir maintenant pour atteindre sa destination à temps.

Alors qu'elle se glissait par la porte pour sortir, elle eut le souffle coupé. Le fil qu'elle avait noué sauta et grilla. La magie revint, la giflant et la laissant essoufflée et meurtrie.

Comment avait-elle pu être aussi stupide ? Elle avait installé elle-même les barrières magiques ! Le sortilège du fer avait fait son œuvre, démantelant son nœud de confusion dès qu'il passa le seuil. Au moins, elle avait la preuve que son travail n'avait pas été vain. Toute magie qui tenterait de franchir ces portes serait défaite. Même la sienne.

Riant malgré la douleur, elle espérait que sa capuche profonde suffirait à la cacher. Elle n'avait plus assez d'énergie pour refaire le nœud. Elle descendit les marches avec autant de précautions qu'une vieille femme. Son rythme à travers Camelot était plus lent qu'une balade, alors qu'elle naviguait dans le labyrinthe des bâtiments jusqu'aux confins de la ville.

Elle s'installa dans les fondations en ruine du bâtiment effondré, à côté de l'endroit où elle avait précédemment perdu le chevalier patchwork. Une araignée lui grimpa dessus et elle la souffla, en lui souhaitant bon voyage. De ce poste d'observation, elle resterait invisible mais aurait une vue sur le chevalier patchwork quand il retirerait son masque. Et elle savait, elle *savait*, qu'il ne serait pas ce qu'il laissait supposer. Arthur avait tort. Peut-être que les êtres magiques avaient trouvé le moyen de créer un chevalier immunisé contre le pouvoir mordant du fer. Quel que soit le secret, Guenièvre le découvrirait.

Cela ne la dérangeait pas d'attendre dans le silence alors que le soleil baissait et commençait à se coucher. Le calme convenait parfaitement à son état physique actuel. Bien qu'elle eût aimé une des compresses en tissu chaudes de Brangien.

Enfin, elle entendit les pas feutrés et déterminés du chevalier patchwork. Il s'arrêta juste à côté d'elle. S'il se tournait vers la gauche, il la verrait dans l'ombre. Sa patience fut doublement récompensée. La femme au châle accourut, essoufflée. « Je vous ai presque manqué. Voici. Pour les filles. Dites-leur… dites-leur que notre heure viendra. » Elle fit passer un autre paquet. Le chevalier le rangea dans son sac. La femme retourna vers la ville.

Dès qu'elle fut partie, le chevalier retira son masque et secoua ses boucles noires rebelles. La déception envahit Guenièvre d'une manière bien plus menaçante qu'avec l'araignée.

Le chevalier patchwork avait des lèvres charnues et des yeux expressifs. Des pommettes saillantes. Un menton à fossettes. Son visage bronzé était dépourvu de toute pilosité, ce qui signifiait qu'il était bien plus jeune que son habileté ne l'indiquait.

Mais son visage n'apportait aucune preuve de son caractère magique. Il était entièrement humain. Il glissa le long de la falaise, la dévalant comme précédemment.

Guenièvre se voûta, refroidie et misérable. Elle avait été si certaine que le chevalier patchwork n'était pas ce qu'il semblait être. Certaine qu'elle reviendrait triomphante, en ayant découvert une menace magique, avant qu'il ne se rapprochât suffisamment pour blesser Arthur. Elle *voulait* que le chevalier soit dangereux. Elle *voulait* qu'il soit un problème qu'elle seule pourrait résoudre. Ce faisant, elle aurait prouvé sa valeur à Arthur.

Et à elle-même. Elle retourna vers la rue principale qui la conduirait au château. Elle était tellement affligée par sa tristesse qu'elle ne vit pas la femme jusqu'à ce qu'elles se percutent.

« Faites attention ! » s'écria la femme, repoussant Guenièvre.

« Vous ! » murmura Guenièvre. C'était la femme au châle. De près, la femme n'était pas aussi vieille que sa démarche l'avait suggéré. Elle était dans la trentaine, avec un visage abîmé par le chagrin. Avant même de pouvoir y réfléchir, Guenièvre trébucha à nouveau, faisant semblant de perdre l'équilibre, et s'agrippa à la femme.

« Rentrez chez vous. Vous ne devriez pas être seule dehors en ayant bu autant. Ce n'est pas prudent. » La femme la retint avec un froncement de sourcils. « Vous avez besoin d'aide ? »

« Non, non », dit Guenièvre en secouant la tête et en se redressant. La femme soupira, puis s'éloigna.

Guenièvre sourit. Dans sa main, elle avait un caillou. Volé dans le sac de la femme.

Le chevalier patchwork n'avait pas été ce qu'elle espérait. Mais la pierre lui chantait des notes aiguës et claires. Des notes d'émerveillement. Des notes de *magie.* Ni le chevalier ni la femme n'étaient des êtres magiques. Mais ils se mêlaient à la magie.

Guenièvre se précipita vers le bord de Camelot, fixant l'endroit où le chevalier avait disparu. Le soulagement et le triomphe gonflèrent dans sa poitrine. Enfin, elle comprit pourquoi elle avait été envoyée. Pourquoi elle était qualifiée pour cela, alors que Merlin ne l'était pas.

La menace magique pour Arthur n'était pas due à des fées ni à des créatures puissantes comme Merlin. Elle venait d'humains ordinaires. Des humains qui voulaient restaurer la magie, faire tomber Camelot de l'intérieur. Des humains qui pouvaient se déplacer dans cette ville à leur guise sans se faire prendre ou être soupçonnés.

Pour l'instant, qui pourrait mieux les chasser que l'un de leurs semblables ?

Elle glissa la pierre magique à l'intérieur de sa robe et en ramassa une autre plus ordinaire qu'elle jeta par-dessus le flanc de la falaise. « Je viens te chercher ! » chuchota-t-elle.

La pierre tourne dans les airs, tombe, tombe, jusqu'à ce qu'elle touche l'eau. Elle roule, lentement, poussée par les courants jusqu'à ce qu'elle quitte enfin le lac et frappe la rivière.

Et puis elle s'arrête.

Tenue en place, ne sombrant pas. La rivière bouillonne, fait des bulles et mousse. Les bateaux se libèrent de leurs amarres, tirés vers le tourbillon qui s'est formé là où se trouve la pierre.

Puis, l'eau libère la pierre, la laissant s'enfoncer dans le lit de la rivière. Tout devient calme. Silencieux.

Sauf la silhouette d'une dame qui se déplace rapidement et mortellement le long de la rivière, à travers un ruisseau, sous la terre, coulant, coulant, coulant.

La Dame l'achèvera. Merlin paiera pour ce qu'il a pris à l'eau.

CHAPITRE DIX

Elle demanda jour de repos supplémentaire à Brangien. En vérité, rester au lit était la dernière des choses qu'elle désirait, mais si elle admettait aller bien, elle devrait reprendre son rôle de reine. Dès que la caméristе fut partie pour le marché, Guenièvre sortit. Elle vérifia furtivement toutes les portes.

Étrangement, il y avait un petit monticule d'araignées mortes et de mites sur la partie extérieure de chacune d'elles. Quand elle essaya de les ramasser, elles se décomposèrent en une poussière noire entre ses doigts.

Mais elle ne pouvait rien voir d'autre. Troublée, elle grimpa pour résoudre le problème et s'éclaircir les idées. Elle se sentait encore faible à cause de la magie du fer, mais cela faisait du bien de solliciter son corps. Elle grimpa de plus en plus haut, à l'extérieur du château, jusqu'au sommet de l'effrayant escalier.

Le vent la caressa de ses doigts gourmands, essayant de dégager la capuche de son visage. Elle trouva refuge dans un renfoncement abrité par un muret. Heureusement qu'elle n'était pas venue plus tôt, lorsqu'elle était encore si faible à cause de la perte de sang. Bien que rétablie, elle vacillait et se sentait étourdie. Le monde se déployait sous elle. De cette hauteur, le lac, telle une masse brillante au-delà de la ville, était presque supportable. Tout autour, les champs brillaient d'or et de vert. En plissant les yeux, elle pouvait apprécier ce spectacle magnifique.

Elle s'appuya contre le mur du renfoncement et ferma les yeux. Camelot était une merveille. Et il y avait des gens à l'intérieur qui voulaient le détruire. Elle joua avec la pierre, qu'elle avait cachée à l'extérieur du château, pour que ses propres protections n'annulent pas la magie avant d'en avoir percé le sens.

Elle connaissait un nœud de clairvoyance. Habituellement, il était employé pour trouver un objet ou une personne. Elle pourrait peut-être l'utiliser pour comprendre la finalité de la pierre. Elle eut une idée encore meilleure. Tant qu'elle était en haut, elle pouvait observer toute la ville et peut-être trouver des endroits de forte concentration en magie. Cela pourrait la guider vers la femme. Cela ternirait sa vision pendant des heures, mais…

« Bonjour. »

Guenièvre sursauta et ouvrit les yeux. Mordred se tenait devant elle. Le soleil était derrière lui, auréolant sa tête, mais l'empêchant de distinguer ses traits. Au moins, elle n'avait pas encore commencé les nœuds ! Elle aurait été prise sur le fait.

« Je suis désolé », dit-il. « Je n'ai jamais vu personne ici auparavant. Je peux partir. »

« Non. » Guenièvre se mit de côté pour lui permettre d'entrer. « C'est moi l'intruse. Je voulais un endroit calme pour réfléchir. » C'était bien d'avoir été interrompue. Faire de la magie aux yeux de tous, sans se cacher, était une *très mauvaise* idée. Guenièvre pouvait être patiente. Elle le devrait.

« Vous avez trouvé l'endroit le plus calme de toute la ville. » Il la rejoignit, posant sa main contre le renfoncement. Elle avait été tellement distraite par la hauteur et la vue qu'elle n'avait pas prêté attention à celui-ci. Il était orné de mille images gravées, polies et usées par le temps. Elle pouvait encore discerner à certains endroits des personnages, le soleil et la lune, et à d'autres des dragons, des arbres et des bêtes. Les pétroglyphes possédaient une grâce étrange. Comme s'ils étaient sortis par eux-mêmes de la roche. S'il y avait eu des marques de burin, elles avaient disparu.

« J'ai essayé de les déchiffrer à plusieurs reprises », dit Mordred, passant ses doigts le long des gravures. « D'apprendre pourquoi Camelot avait été créé. Mais le passé attache beaucoup d'importance à ses secrets, et malgré tous mes efforts, je ne parviens pas à m'en saisir. »

Guenièvre toucha le renfoncement.

Pendant un très bref instant, elle ressentit quelque chose. Non pas la sensation de la montagne ou des rochers, mais celle des mains qui avaient sculpté Camelot avec amour et l'avaient extrait de la pierre. La raison la transperça et la stimula. Détermination et promesse.

Et puis la sensation disparut, s'estompant comme les gravures. Cela la laissa déprimée et chagrine. Celui qui avait créé Camelot avait un but. Bien avant qu'Uther Pendragon ne s'en emparât. Bien avant qu'Arthur ne s'en saisît, à son tour.

Quelle qu'ait été la raison de construire Camelot, elle était perdue dans le temps.

Mordred s'assit sur le sol, étirant ses jambes et s'appuyant contre le mur du fond. C'était une position si naturelle et décontractée que Guenièvre ne se sentait pas à sa place. Il sortit un paquet enveloppé de tissu et fit apparaître du pain, du fromage et des noix.

« Restez aussi longtemps que vous le souhaitez », dit-il. « Je n'ai pas beaucoup de temps avant de devoir retourner à la cour. »

« Pourquoi êtes-vous ici ? » demanda Guenièvre.

Mordred la regarda. « Je vous l'ai dit. C'est le meilleur endroit de toute la ville. »

« Non, je veux dire, pourquoi êtes-vous en ville ? Je pensais qu'Arthur et tous ses hommes étaient partis pour… » Elle s'arrêta. Elle ne savait pas pourquoi ils étaient partis et cela la dérangeait. N'aurait-il pas dû trouver un moyen de l'informer, bien qu'inconsciente au moment de son départ ?

Mais *aurait-il dû* le faire ?

Oui, s'il était dehors, il était vulnérable à une attaque magique. C'était son travail de le protéger, et elle ne pourrait pas le faire en étant abandonnée, ignorante de l'endroit où il se trouvait. Elle devrait fabriquer des protections qu'il pourrait emporter avec lui.

« Quand mon oncle roi doit aller loin, je me retrouve responsable de la ville. Tout ne peut pas s'arrêter parce qu'il est parti. »

« Il vous fait confiance. » Guenièvre s'assit à côté de Mordred, essayant d'arranger ses jupes et ses jambes dans la configuration la moins maladroite. Les vêtements pour femmes n'étaient pas faits pour s'asseoir par terre.

« C'est le cas. » Mordred n'en parut pas heureux.

« Mais ? » insista Guenièvre.

Il se pencha en arrière, plissant les yeux en réaction au soleil. « Mais je n'aime pas rester en ville. Je préférerais être en pleine nature, aux côtés de mon oncle. Je sais que c'est un honneur, une énorme responsabilité. Mais on a quand même l'impression d'être laissé pour compte. »

Guenièvre comprenait. Elle prit un bout du pain de Mordred qu'elle sépara en petits morceaux en regardant le paysage. « Il ne m'a même pas dit où il allait. »

« Voulez-vous *savoir* ? » le chevalier lui tendit son fromage sans qu'elle le lui demandât.

Que répondrait une vraie reine ? « Je ne sais pas quel est mon rôle ici. Cela m'aiderait si je savais ce que l'on attend de moi. » Elle avait un but maintenant. Un objectif. Mais elle devait encore être reine en attendant, et c'était compliqué.

« Vous devriez en parler à votre mari. »

« Mon mari est rarement ici ! » Elle referma rapidement la bouche contre la force inattendue de son exclamation.

Mordred se mit à rire. « Peut-être que si vous vous habillez en chevalier, vous pourriez attirer davantage son attention. Arthur est résolu. C'est ce qui fait de lui un grand roi. Et, je suppose, un mari difficile. Si vous n'êtes pas un problème à résoudre ou une bataille à mener, il sera difficile de garder son attention. »

Guenièvre ne voulait pas être triste. Elle devrait faire de son mieux pour ne pas le distraire. Elle n'était pas la femme d'Arthur, pas vraiment. Pourtant, elle était triste. Ce n'était pas facile de se soucier de quelqu'un qui n'en faisait pas autant pour soi.

Elle échangea sa tristesse contre de la détermination. Si Arthur ne l'emmenait pas, elle trouverait un moyen de lui fournir une protection. Et ici, elle serait toujours prête à défendre Camelot. À défendre Arthur. Cela avait été la vocation de Merlin et maintenant, c'était la sienne.

« Venez. » Mordred se leva et enleva les miettes sur ses jambes. « Je dois présider aux affaires judiciaires d'aujourd'hui. Il pourrait être intéressant pour vous de voir comment la ville est administrée. Et en chemin, je peux vous dire où se trouve votre mari. Je ne pense pas que cela soit un secret. »

Guenièvre se leva également. Elle avait besoin d'en savoir plus sur Camelot. Et cela lui donnerait du temps pour établir un plan d'attaque contre le chevalier patchwork et la femme mystérieuse. « Merci. »

Mordred s'arrêta, le vent faisant courir ses doigts invisibles dans ses cheveux noirs. Elle eut un instant l'envie de les arranger. Il lui fit signe du bras de sortir la première du renfoncement. « Je suis désolé que votre mari ne soit pas ce que vous attendiez de lui. »

Guenièvre se tenait à côté du chevalier, la main sur le mur chaud. Il n'y avait plus de raison pour la stimuler. La sensation avait disparu. « Il est exactement ce à quoi je m'attendais. J'ai peur que ce soit moi qui ne sois pas à la hauteur. » Elle dévala les marches, suivie des pas plus feutrés de Mordred.

Celui-ci expliqua qu'Arthur était parti défendre une frontière soumise à des tensions. Il y avait plusieurs seigneurs et rois dont les terres jouxtaient le pays de Camelot. Arthur était souvent amené à sortir à cheval pour résoudre des différends en recourant à la raison, à l'or ou à l'épée, mais Mordred ne pouvait pas lui indiquer quelle solution exigerait le conflit actuel.

« Au moins, ce n'est pas Méléagant », dit-il en escortant Guenièvre dans un bâtiment près du château. Bien que les plafonds fussent bas, ce qui aurait dû donner une impression de confinement, ils étaient sculptés de fleurs, d'oiseaux et d'images des plus délicieuses, de sorte que leur hauteur semblait un bienfait. C'était évidemment l'un des bâtiments d'origine de Camelot, et non un ajout. Pour des raisons inconnues, elle se sentait mieux dans les anciens bâtiments.

« Qui est Méléagant ? » demanda-t-elle.

« Une épine dans le flanc de Camelot. Ah, Conrad, merci. Quel est le programme pour aujourd'hui ? » Mordred regarda un parchemin soigneusement écrit que lui avait donné un jeune homme rond au visage amical. Il y avait des bancs alignés contre les murs et chacun était occupé par des gens. Certains portaient les beaux habits des marchands, un couple portait ceux des nobles, mais la plupart étaient revêtus des vêtements de travail communs aux fermiers et aux paysans.

À l'avant, il y avait une cage de fer. Une femme, tournée du côté opposé, s'y tenait. Les épaules voûtées, la tête baissée. Guenièvre ne comprenait pas ce qu'elle faisait là-dedans.

Mordred fit signe à Guenièvre de s'asseoir sur l'une des trois chaises rembourrées, sur une plate-forme à l'écart de la foule. Elle regrettait d'être venue. Elle était exposée et elle n'y était pas préparée. Elle laissa sa capuche relevée, sachant que ses cheveux ne respectaient pas les règles de Brangien.

Elle s'assit aussi immobile et majestueuse qu'elle le put, les mains croisées sur ses genoux. Les premières affaires étaient de nature commerciale. Un homme sollicita un emplacement pour vendre des chevaux au prochain marché. Une femme présenta une demande d'achat d'une boutique, Rue du marché. Quand la femme écorcha le nom de « Rue du marché », Guenièvre sourit, car elle se rappela ce que Brangien avait dit à propos de la difficulté de se débarrasser des anciens noms de rue. Vinrent ensuite plusieurs paysans et leurs maîtres. Les paysans étaient arrivés au terme de leurs contrats et reçurent leurs propres parcelles de terrain. Guenièvre put voir leur fierté. Et leurs maîtres ne semblèrent pas contrariés. Plusieurs d'entre eux s'embrassèrent ensuite ou se serrèrent les mains chaleureusement. Tout semblait prospère et plein d'espoir.

Puis Mordred se tourna vers la femme dans la cage. « Quelles sont les accusations portées contre Roselyne, fille de Richard ? »

La femme leva la tête. Guenièvre étouffa un cri de surprise. C'était la femme de l'autre fois, celle qui passait des objets magiques au chevalier patchwork.

Conrad s'inclina, sortant une autre liasse de papiers. Il s'éclaircit la voix, puis lut : « Sorcellerie et magie, mon seigneur. »

« Quelles preuves avons-nous ? »

La femme se tint droite, la voix haute et claire, bien que vacillante par moments et trahissant ses nerfs. « Je ne voulais pas faire de mal ou de tort. Ma nièce était malade. Je savais que je pouvais l'aider. Je... »

« Sa famille est connue pour pratiquer la magie noire », déclara Conrad. « Sa sœur a été bannie, il y a trois mois. Roselyne a été trouvée avec des objets nécessaires à l'élaboration de maléfices. »

Roselyne secoua la tête avec colère. « Des outils professionnels, les mêmes que ceux qu'un boucher ou un forgeron auraient pour pratiquer leurs métiers ! »

Guenièvre trépignait, car elle aurait voulu avoir un moyen de demander ce que l'on avait trouvé sur Roselyne. Si elle avait pu l'examiner, elle aurait peut-être pu dire ce que Roselyne avait prévu de faire. Mais elle ne pouvait pas le demander sans admettre qu'elle comprenait ce à quoi elle avait affaire. Et Arthur n'était pas là pour obtenir les pièces à conviction pour elle.

La voix de Mordred était douce. « Roselyne. Vous connaissez les lois. Si nous permettons à la magie d'entrer dans Camelot, il en sera de même avec le chaos. Si nous permettons le chaos, tout ce que nous avons construit menacera de s'effondrer. Comprenez-vous ? »

Roselyne, le visage blanc, serra la mâchoire. Mais à ce moment-là, quelque chose en elle s'apaisa et elle s'adoucit, hochant la tête.

« Niez-vous les accusations ? »

« Non, mon seigneur. »

« Très bien. Puisque vous avez été franche et honnête, votre punition est le bannissement. »

Elle regarda la foule, la bouche tendue en une seule ligne droite. Il y eut des murmures et des chuchotements. Au début, Guenièvre pensa que les gens étaient contrariés par la sévérité de la peine. Puis elle réalisa qu'ils étaient contrariés par la clémence de Mordred. Elle entendit des « *Noyez-la* » susurrés.

Apparemment, le chevalier les entendit aussi. « La punition doit être exécutée immédiatement. Conrad, veillez à ce qu'elle soit escortée jusqu'aux frontières de Camelot. Roselyne, vous ne serez plus jamais la bienvenue dans ce royaume. Que Dieu ait pitié de vous. Allez. »

« Ma nièce ? »

« Elle sera prise en charge par le château. Je vous le promets. »

Roselyne acquiesça. Conrad et deux hommes en livrée la retirèrent de la cage et la firent sortir en toute hâte par la porte arrière. Guenièvre resta immobile comme une pierre.

Si la règle de droit était que toute magie, quelle qu'en soit la raison, était un motif de bannissement ou de mort, elle ne voulait pas penser à ce qui se passerait s'ils soupçonnaient que la reine elle-même était une sorcière. Elle aurait à être beaucoup, beaucoup plus prudente. Mais pas pour l'instant. En ce moment, elle avait une conspiration à démasquer.

Elle se leva et quitta la pièce aussi majestueusement qu'elle le put, espérant que personne ne se demandait pourquoi elle avait choisi ce moment pour partir.

Guenièvre n'eut pas le temps de retourner au château et de revêtir les vêtements de Brangien. Elle se précipita dans une ruelle, se frayant un chemin dans la partie la plus résidentielle et la moins riche de la ville. Une cape à capuchon usagée en tissu brun robuste était suspendue à une corde à sécher. Elle la vola avec une once de culpabilité. Elle ne pouvait pas laisser la sienne à la place et elle se doutait bien que le propriétaire ne pourrait pas la remplacer de sitôt.

Cependant, c'était pour Arthur. Elle jeta la cape sur elle, nouant à la hâte des nœuds d'ombre et de confusion. Elle ne pouvait pas risquer d'être reconnue. Avec tout cela en place, elle se précipita vers la rue principale. Sa rapidité l'avait servie. Juste devant elle sur les quais, elle vit la femme Roselyne embarquer sur un bateau aux côtés de plusieurs passagers réguliers. Guenièvre prit une grande bouffée d'air et monta à bord.

Et le regretta immédiatement. Le bateau s'inclina et fit une embardée. Avant qu'elle ne puisse retourner à terre, ils s'étaient éloignés.

« Pour Arthur », murmura-t-elle pour elle-même, fermant les yeux et s'étreignant contre la peur et la panique. Elle était là pour protéger Arthur. C'était ainsi qu'elle pouvait le faire.

Le bateau étant suffisamment bondé, Guenièvre fut heurtée et bousculée au milieu des autres passagers. C'était étrangement réconfortant. Elle n'avait rien à quoi s'accrocher, mais ils étaient si serrés qu'elle ne pouvait pas tomber. Et il y avait des corps vivant, respirant, transpirant, entre elle et l'eau.

Roselyne et ses gardes étaient à l'autre bout. Guenièvre voulait examiner l'autre femme, mais c'était tout ce qu'elle pouvait faire pour continuer à respirer au milieu de la peur existentielle qui la remplissait à chaque grincement du bateau.

Après une éternité, le bateau rejoignit l'autre côté du lac. Elle fut expulsée sous la pression des corps qui l'entouraient. À un moment donné, elle ne savait vraiment pas quand elle s'était accrochée au bras d'un homme plus âgé. Il n'arrêta pas de la regarder, les yeux plissés de confusion, alors qu'il essayait de comprendre qui elle était. Sa propre tête lui faisait mal alors que ses nœuds luttaient pour retenir ses tentatives de voir au-delà de la magie.

Elle lâcha son bras et marcha dans la direction opposée. Dès qu'elle fut hors de sa vue, l'homme se tourna dans l'autre sens avec un air légèrement déconcerté sur le visage.

Les soldats chargèrent Roselyne, le visage pâle et tremblant, dans une charrette tirée par un seul cheval. Guenièvre était soulagée. Elle n'aurait pas pu les suivre s'ils avaient tous été à cheval. En voler un dans l'écurie d'Arthur était une option, mais risquée. Et en tant que reine, il ne lui était pas possible d'en demander un. Elle ne serait pas autorisée à sortir seule. La ruse qui la maintenait proche d'Arthur compliquait aussi les choses d'une manière particulièrement aggravante.

Les soldats restèrent sur une route dégagée. Guenièvre maintint une distance de sécurité, croisant d'éventuels voyageurs se dirigeant vers Camelot. Leurs regards la fuyaient. Sa tête était engourdie, sa vision légèrement floue, mais elle n'abandonnerait pas sa mission.

Au bout de deux heures, les soldats quittèrent la route principale et empruntèrent un chemin moins fréquenté à travers les champs vers une forêt proche. Arthur n'avait pas abattu toutes les forêts du royaume de Camelot. Certaines étaient encore nécessaires pour le bois et la chasse. Mais c'était le début de la fin de ses terres. Les pieds de Guenièvre étaient endoloris et sa gorge asséchée. Si elle avait su que traquer une sorcière ferait partie de sa journée, elle se serait préparée différemment.

Les soldats s'arrêtèrent enfin. Roselyne fut soulevée du chariot et posée sur le sol de la forêt sans cérémonie.

« Bonne chance », déclara l'un des soldats. Les autres échangèrent un rire conspirateur. Guenièvre trouva étrange qu'aucun d'entre eux n'ait donné à la sorcière un dernier avertissement ou des instructions de ne pas se rendre à Camelot, ou quelque chose du genre. Elle se blottit contre un vieil arbre noueux alors que les soldats la dépassèrent.

Leur attitude désinvolte avait beaucoup plus de sens lorsque, dès leur départ, six hommes à cheval sortirent des arbres.

« Salut, sorcière », dit l'un des hommes en montrant les dents avec un sourire moqueur. Le cœur de Guenièvre s'arrêta. Chacun d'entre eux tenait une grosse massue en bois. Était-ce donc ça la justice d'Arthur ?

« Vous ne pouvez pas faire ça », dit Roselyne d'une petite voix effrayée. « J'ai été bannie. Pas condamnée à mort. »

« Ah, mais ce n'est pas Camelot, n'est-ce pas ? » Le chef regarda autour des arbres, ouvrant grand ses bras. « Je ne vois pas de roi ici. Ce qui signifie que vous n'êtes plus sous sa protection. Et nous ne considérons pas les sorcières avec autant de gentillesse que le roi bienveillant. »

Guenièvre était figée dans l'ombre. La violence mijotait, prête à bouillir. Elle était venue ici pour attraper Roselyne et découvrir de quelle manière elle était une menace pour Arthur. Se tiendrait-elle cachée pendant que la femme serait battue à mort ?

Le chef leva sa massue. Guenièvre sortit sur le chemin. Elle ne savait pas quoi faire ni ce qu'elle devait faire, mais elle ne pouvait pas accepter l'inacceptable.

Une flèche siffla dans les airs, atteignant avec précision le centre de la main du chef, l'épinglant à la massue. Il cria d'agonie et de surprise. Deux autres flèches trouvèrent des cibles, l'une dans une jambe et l'autre directement dans une poitrine. Un homme s'effondra et tomba de cheval. Plusieurs autres flèches volèrent alors que le chef cria et que les survivants firent demi-tour et galopèrent à l'abri des arbres.

Alors, non sans défense ou du moins bien défendus, Guenièvre retourna se cacher dans le creux de l'arbre tandis qu'un homme sur un cheval brun arriva et mit pied à terre.

Roselyne poussa un sanglot et passa les bras autour de son cou. Il la souleva sur le cheval, en révélant un visage familier.

Le chevalier patchwork.

Tout comme les hommes attendaient pour tendre une embuscade à Roselyne, le chevalier patchwork l'attendait pour la sauver. Lui et Roselyne formaient une équipe. Guenièvre avait eu raison. Elle resta cachée à l'abri de son arbre jusqu'à ce qu'ils aient disparu. Même si elle avait pu suivre le chemin, elle n'aurait pu dire combien de temps cela lui aurait pris. Ils étaient à cheval ; elle ne l'était pas. Et elle ne pouvait rester plus longtemps éloignée de Camelot. Elle s'était déjà trop attardée.

Ses nœuds ne la rendaient pas imperceptible aux yeux des insectes, et elle les repoussait avec lassitude. La cape était trop lourde dans la chaleur maussade de l'été. Elle était poisseuse et épuisée, mais plus déterminée que jamais. Elle reviendrait et ferait face à cette menace dès qu'elle le pourrait.

Ça allait être une longue marche pour retourner à Camelot. Elle n'y arriverait pas avant la nuit, ce qui allait rendre tout beaucoup plus difficile à expliquer. Particulièrement à Brangien, qui ne manquerait pas de constater que sa reine n'avait pas passé la nuit au château. Cette dernière alerterait-elle les gardes ? Guenièvre réfléchissait aux excuses et aux solutions possibles.

Ses autres réflexions concernaient les actions à entreprendre à propos de Roselyne et du chevalier. Que complotaient-ils ?

Les lois et les règles d'Arthur étaient meilleures pour le royaume, mais n'étaient pas forcément meilleures pour tout le monde. Roselyne pouvait être suffisamment en colère et assez puissante pour constituer une menace. Surtout en conspirant avec le chevalier patchwork. Guenièvre fit craquer ses doigts, anticipant les nœuds qu'elle ferait pour faire face à cette menace.

Le bruit sec d'une brindille écrasée à sa droite la fit sursauter. Elle sortit la dague qu'Arthur lui avait offerte et la leva contre…

Le cheval de l'homme mort. Il fit un pas hésitant vers elle. Fermant les yeux, soulagée et reconnaissante, Guenièvre rengaina sa dague, puis monta sur l'anima.

« Bonne bête », dit-elle et elle retourna au galop jusqu'à Camelot.

CHAPITRE ONZE

Arthur n'était pas encore rentré lorsque Guenièvre s'introduisit dans le château, juste avant le couvre-feu. Si Brangien avait noté son absence, elle n'en dit pas mot lors de la préparation de sa reine pour le coucher.

Les préparatifs de la camériste furent vains. Guenièvre resta éveillée toute la nuit à manigancer et à réfléchir. Quel serait son meilleur plan d'attaque ? Affronter directement le chevalier patchwork ou essayer d'identifier des complices de Roselyne dans la ville ? Alerter Arthur pour qu'il puisse la traquer avec ses hommes ?

Les « *Noyez-la* » chuchotés glacèrent Guenièvre, de même que l'abandon cruel de la femme par les soldats qui savaient ce qu'il allait advenir, alors que le bannissement aurait dû être l'unique punition.

Mais la menace était là. Les enjeux étaient ainsi. Arthur prenait des décisions difficiles chaque jour en tant que roi ; elle en ferait de même. En outre, c'était son combat. Son devoir. Pas celui des soldats. Par conséquent, elle se chargerait toute seule de la menace sans envoyer des hommes armés contre quelque chose qu'ils risquaient de ne pouvoir affronter. Le lendemain matin, elle se leva, impatiente de s'atteler à la tâche.

C'était une erreur. Brangien remarqua son dynamisme et en profita.

« Il est temps d'entreprendre vos visites. »

« Mes quoi ? »

« Vos visites, aux autres dames. »

Guenièvre s'affaissa. « Est-ce obligatoire ? »

« C'est le devoir d'une reine. »

Une fois de plus, Guenièvre maudit l'idée de Merlin et d'Arthur de l'avoir faite reine. Ils auraient dû lui donner un rôle de femme de chambre ! La fonction de reine était tellement exigeante. Elle la détournait de sa mission de protection d'Arthur.

Alors qu'elle et Brangien regardaient les manoirs depuis la porte du château, Guenièvre fut saisie d'une angoisse presque aussi intense que celle qui l'aurait terrassée en montant sur un bateau. Elle n'était pas prête. « Je ne veux pas faire ça », murmura-t-elle.

Brangien haussa les épaules. « Il pourrait y en avoir beaucoup ! Sire Bohort n'a pas de femme, donc nous avons de la chance de ce côté-là. Nous n'avons jamais à lui rendre visite. Je vous conseille de commencer par les femmes de sire Perceval et de sire Caradoc, le même jour. Quel que soit l'ordre des visites, il est certain qu'elles se sentiront offensées, mais au moins les visites seront suffisamment rapprochées pour que nous puissions donner l'illusion d'être neutres. Puis… »

« Pouvons-nous commencer par Dandrane ? »

« Dandrane ? » Brangien, consternée, regarda Guenièvre. « Dandrane est la sœur célibataire de sire Perceval. Elle peut compléter notre visite à Blanchefleur. Vous devrez tôt ou tard prendre un repas avec elle, mais pas avant un mois. Ou peut-être deux. Dandrane n'a pas du tout d'importance. »

« Exactement. Personne ne peut être offensé si nous lui rendons visite en premier. Les dames seront trop surprises et confuses. Et il serait bien que je me fasse la main aux visites en commençant par quelqu'un qui "n'a pas du tout d'importance". »

Brangien fronça les sourcils un peu plus en réfléchissant à ces paroles. Finalement, elle hocha la tête. « Cela pourrait être une brillante manœuvre d'ouverture. Ou alors, la pire décision que vous ayez prise jusqu'à maintenant en tant que reine. »

« Merci pour votre vote de confiance. »

La cámériste sourit avec malice. « Je veux simplement envisager toutes les conséquences possibles pour qu'au moment venu je puisse dire que je vous avais prévenue. »

« Que *ferais*-je sans vous ? » Elles se donnèrent le bras et s'en allèrent vers le manoir de sire Perceval. Brangien frappa à la porte, mais fut informée par une domestique que Dandrane recevait dans sa chambre. Elle promit d'avertir sa dame de leur venue, puis les conduisit le long de la maison dans une allée si étroite qu'elle n'était éclairée que quelques heures par jour.

Elles entrèrent par une porte latérale. La chambre était minuscule et sombre. La lumière principale arrivait d'une porte laissée ouverte qui donnait sur le reste de la maison. À en juger par les apparences, la pièce voisine était la chambre de sa belle-sœur. Ce qui signifiait que pour entrer et sortir de sa propre chambre, Dandrane n'avait d'autre choix que de sortir à l'extérieur de la maison ou de traverser la chambre de Blanchefleur.

Le manoir était suffisamment vaste pour permettre à Dandrane de bénéficier de sa propre suite. Mais même Guenièvre, qui n'était pas formée aux techniques subtiles utilisées ici, pouvait voir le pouvoir que Blanchefleur exerçait. Elle faisait usage de son statut social comme d'un sortilège pour contenir Dandrane.

Dandrane fit irruption par la porte extérieure. Elle avait le visage écarlate et les mains rouges et rêches. On aurait dit qu'elle venait de faire le ménage. Mais elle garda la tête haute et accueillit Guenièvre avec une révérence polie, servant de prétexte à un coup de pied dans la porte de la chambre de Blanchefleur. « Toutes mes excuses, ma reine. Je ne vous attendais pas. Habituellement, lorsque j'ai des visiteurs, ils me préviennent pour s'assurer que je suis disponible. Vous avez de la chance. Mon emploi du temps est très chargé. »

« Merci de nous consacrer un peu de votre temps. » Guenièvre s'assit sur l'une des deux chaises usées, désignées par Dandrane. Brangien resta debout contre le mur, alors que Dandrane prit l'autre chaise. Elle portait de beaux vêtements, car le contraire aurait donné une mauvaise image de sire Perceval. Mais ses cheveux n'étaient parés d'aucun bijou et quelque chose dans sa façon de tirer ses manches montrait qu'elles avaient été cousues pour quelqu'un d'autre. Ses yeux vifs, d'un agréable et chaleureux marron, exprimaient l'intelligence et ses cheveux châtains étaient bien soignés.

« J'ai peur de ne pas avoir de rafraîchissement à vous offrir. Je viens de recevoir des gens. »

Guenièvre la laissa mentir. « Oh, nous avons déjà mangé. Mais c'est gentil de vous préoccuper de nous. Je n'ai pas eu l'occasion d'échanger avec vous lors de mon mariage et je voulais faire votre connaissance. »

« Hum. » Dandrane eut un sourire forcé. Le silence était aussi accablant et oppressant que la pièce. Finalement, elle se pencha en avant. « Vous avez de beaux cheveux. Est-ce le style dans le Sud ? Ce n'est certainement pas le style ici. Mais cela vous sied. Je n'aurais jamais le courage de me coiffer comme ça. » Dandrane garda un sourire figé. Guenièvre était sûre d'être insultée. C'était *délicieux*. Tout le monde prenait tellement d'égards pour elle, mais la sœur de sire Perceval était prête à en découdre.

« Avez-vous toujours été aussi pâle ? » poursuivit-elle en penchant la tête sur le côté. « Cela fait vraiment ressortir vos taches de rousseur. Malheureusement, la seule solution serait de passer plus de temps au soleil, ce qui provoquerait plus de taches de rousseur. »

Guenièvre se mit à rire. Elle ne pouvait pas s'en empêcher. Elle n'avait aucun désir de se faire une ennemie et aucun besoin d'être insultée. Elle avait le sentiment que Dandrane aurait plus d'avantages à se faire une amie qu'elle-même. Au moins, elle avait Arthur. Qu'est-ce que cela doit faire de dépendre entièrement de son frère et de sa belle-sœur, qui vous déteste manifestement ? Si Guenièvre n'était pas à sa place et avait du mal à s'y faire, Dandrane aussi. « Je vous apprécie beaucoup, Dandrane. J'espère que vous me laisserez vous rendre visite souvent. Et j'aimerais que vous me rendiez visite aussi. »

Dandrane fléchit, désarmée. « Vraiment ? »

« Je n'ai eu que des religieuses pour compagnie, pendant plusieurs années. J'aimerais beaucoup vous considérer comme une amie, voire comme une sœur. »

Le sourire de Dandrane fut hésitant, mais sincère. « J'ai toujours voulu une sœur. »

« Vous avez une sœur », marmonna Brangien, les yeux rivés sur son éternelle couture.

« Mon frère a une femme. Cette femme n'est pas ma sœur. »

Guenièvre tendit la main et saisit celle de Dandrane, sans percevoir de sensations intenses. C'était rassurant. Si elle avait été une menace, Guenièvre l'aurait ressentie. Elle percevait d'elle ce qu'elle paraissait : fatiguée, têtue, avec un soupçon d'optimisme. « Permettez-moi donc d'être votre sœur. Voudriez-vous nous accompagner à la chapelle aujourd'hui ? J'ai besoin de quelqu'un à mes côtés, car le roi est absent. »

Dandrane feignit d'y réfléchir, pour ne pas laisser paraître l'immense honneur qui lui était fait et qu'il fallait saisir. Guenièvre savait que la personne auprès de qui elle s'assiérait serait remarquée et deviendrait le sujet de toutes les conversations. Guenièvre aurait voulu s'asseoir près de Mordred, mais elle était une meilleure option, qui défrayerait la chronique, mais ne ferait aucun dommage. Finalement, Dandrane acquiesça. « Je serais ravie de vous aider. » Elle sourit comme si elle lui accordait une faveur. « Votre camériste peut m'aider à m'habiller avant que nous partions. »

L'expression de Brangien indiqua qu'il n'en était pas question. Guenièvre se leva. « Oh, je suis vraiment désolée, mais nous devions aller chercher… un… »

« Du fil », termina Brangien en rangeant sa couture. « Nous vous rencontrerons devant le manoir lorsque vous serez prête. »

C'était un soulagement d'échapper à la chambre exiguë de Dandrane. Elles marchèrent une bonne distance sans mot dire. Guenièvre se demanda si elles allaient vraiment chercher du fil pour faire semblant jusqu'au bout. Enfin, Brangien prit la parole.

« Dandrane ? Vraiment ? Vous choisissez Dandrane ? »

« Elle est inoffensive. »

« Je n'aurais pas été inoffensive si j'avais été forcée de l'habiller. »

Guenièvre rit et tira Brangien sous un magnifique rayon de soleil. « Je vous promets que vous n'aurez jamais à l'aider. »

« Vous l'aidez suffisamment pour nous deux. » Mais la camériste s'adoucit, en inclinant son visage vers la lumière et en fermant les yeux. « Vous êtes comme le roi. »

« Comment ça ? »

« Il voit le meilleur en chacun. Vous allez bien ensemble. »

La chaleur que ressentait Guenièvre n'était pas uniquement due au soleil. Elle voulait être comme Arthur. Mais la chaleur s'accompagnait d'une inquiétude lancinante. Roselyne était toujours dans la nature. Même maintenant, elle pourrait avoir des complices dans la ville. Guenièvre n'était pas là pour être bien assortie à Arthur. Elle était là pour le sauver.

Mais d'abord, l'église. Être reine était absurde. La dernière chose dont elle aurait dû se soucier aurait dû être de se montrer en public pour soutenir une religion qu'elle ne comprenait pas et pour laquelle elle n'avait aucune affinité. Mais c'était la religion d'Arthur et donc la sienne aussi. Elle se frotta inconsciemment les poignets, suivant les traces laissées par les liens de Roselyne. Les apparences devaient être conservées. Elle devait être au-dessus de tout soupçon.

Elles retournèrent au manoir de sire Perceval au moment où Dandrane se précipita à leur rencontre.

Arthur avait construit l'église au centre de Camelot. C'était la seule chose nouvelle qu'il avait bâtie au cours de ses trois années en tant que roi. Elles y allèrent ensemble, Brangien d'un côté et Dandrane de l'autre. « Vous savez, il a été amoureux de moi pendant un moment, le roi. Que d'avances il m'a faites ! Mais j'ai pensé qu'il valait mieux pour le royaume qu'il trouve une jeune femme. Une qui pourrait lui donner des enfants », dit la femme plus âgée.

« Vous êtes aussi noble qu'aimable. » Guenièvre sourit, reconnaissante d'avoir été distraite d'inquiétudes bien plus réelles. « Je vous suis reconnaissante de ne pas l'avoir enlevé lorsque vous en aviez l'occasion. »

Dandrane renifla dédaigneusement. « Il n'est pas vraiment mon genre. Des cheveux affreux. Vous devriez lui demander de les laisser pousser. » Elle s'assit à côté de Guenièvre sur le banc le plus proche de l'autel. Cela ne passa pas inaperçu. Dandrane rayonnait du plaisir d'entendre les chuchotements des personnes déjà rassemblées.

Guenièvre n'avait jamais assisté à un office religieux chrétien auparavant. Merlin ne pouvait pas se servir de l'héritage de l'Église romaine. Mais Arthur l'embrassa et Guenièvre comprenait pourquoi. Tout le monde était réuni dans un même grand bâtiment en bois. Le plafond s'élevait très haut. Il était simple mais élégant et propre. Les gens étaient assis au même niveau. Ils écoutaient tous les mêmes prières, effectuaient tous les mêmes actions. C'était un moyen d'uniformisation. Et cela permettait aux gens de partager une chose qu'ils avaient en commun. Quelque chose qui les unifiait.

Une fois l'office terminé, Guenièvre se sentit soulagée, car elle avait dû feindre de comprendre le latin, ce qui n'était évidemment pas le cas. Elle partagea le repas avec la femme d'un chevalier. Puis elle rendit visite à une autre femme et encore à une autre. Elle se réserva Blanchefleur pour la fin en s'assurant que Dandrane l'accompagnerait. Blanchefleur bouillonna littéralement de ressentiment.

À la fin de la journée, Guenièvre avait aussi mal à la tête qu'aux pieds. Accomplir les devoirs d'une reine était presque aussi épuisant que de faire de la magie. Les femmes étaient vraiment le sexe le plus fort. Tous les jeux subtils auxquels elles devaient jouer et la façon dont elles détournaient le pouvoir de ceux qui les entouraient ! Elle avait beaucoup à apprendre.

Mais pas de temps. Elle avait un premier devoir bien plus important. Quand la journée fut enfin terminée, son vrai travail commença.

CHAPITRE DOUZE

Au cours des conversations bourdonnantes de la journée, Guenièvre avait imaginé des nœuds dans des combinaisons multiples et aux possibilités infinies. Cela avait été un exercice utile, lui faisant réaliser qu'un simple nœud de clairvoyance ne pourrait voir la magie. Les nœuds de clairvoyance pourraient fonctionner sur des cibles particulières, mais demander à ses yeux de voir quelque chose d'inconnu aurait été trop éprouvant pour un sens aussi délicat. Elle aurait pu s'aveugler.

Les nœuds pourraient améliorer et contrôler ce qui existait déjà ; ils pourraient stopper des choses. Mais ils ne pourraient permettre à ses sens de faire de nouvelles choses. La magie des nœuds était convenue. Il s'agissait de *lier* la magie à une tâche, et non de découvrir de nouvelles choses. Mais elle pourrait sûrement trouver un moyen. Ses doigts s'agitèrent, nouant des nœuds imaginaires.

Et puis elle eut une révélation. Ce n'étaient pas ses yeux qui avaient besoin de mieux voir. Ses yeux ne prenaient en compte que ce que le monde lui présentait. C'étaient ses *mains* qui pourraient saisir des informations difficilement données. Ses mains sentaient des choses que ses yeux ne pourraient jamais voir. Si elle pouvait renforcer ce sens, le développer, elle aurait alors l'outil dont elle avait besoin.

Elle s'enveloppa d'une robe de chambre et se précipita à l'extérieur pour monter tout en haut du château jusqu'au renfoncement. C'était le milieu de la nuit. Au cas où elle serait surprise, personne ne saurait ce qu'elle faisait et elle pourrait prétendre avoir des insomnies en l'absence d'Arthur. Dès qu'elle fut à l'abri du vent et des yeux qui auraient pu l'espionner, elle se mit au travail.

Elle utilisa des cheveux et non du fil, car elle avait besoin d'impliquer son corps autant que possible. Elle enroula les mèches autour des doigts, pour créer une version modifiée d'un nœud de clairvoyance amplifiée. Ses doigts picotaient au rythme d'un pouls accéléré. Le sang était retenu là, s'accumulant, palpitant. Appuyée contre le mur extérieur du renfoncement, Guenièvre chancela. Tout le reste de son corps était léger et distant, l'ensemble de son être semblant résider seul dans ses doigts.

Alors elle tendit les mains et elle *sentit*.

Elle commença par la ville. Il y avait de minuscules points chauds disséminés partout, et elle nota l'emplacement de chacun. Elle laissa ses mains errer sur Camelot. Quelques piqûres de maléfices, qui disparurent comme de la fumée sous ses mains, avant qu'elle ne puisse déterminer ce qu'elles étaient.

Elle inspira profondément. Elle aurait voulu éviter la zone suivante, mais elle ne se détourna pas de son devoir. Elle poussa ses mains vers le lac. Et elle sentit…

Rien.

Elle frissonna, complètement gelée. Il y avait une absence totale de magie. C'était le lac qui avait retenu la Dame. C'était le lac qui avait livré Excalibur à Arthur. Et maintenant ? Un vide persistant.

Tremblante, les exigences de la magie commençant à l'épuiser, elle se hâta d'aller plus loin et de pousser ses mains plus loin, encore plus loin, au-dessus des champs et des régions entourant Camelot. Celles-ci n'étaient pas dénuées de vie comme le lac, mais elles étaient plongées dans le sommeil. Aucune étincelle ni bouillonnement, jusqu'à ce qu'elle arrivât au-dessus de la zone où elle avait perdu Roselyne et le chevalier. L'endroit crépita comme un feu de camp et réchauffa ses mains.

Elle s'effondra. Les mèches de cheveux autour de ses doigts se rompirent. Le sang reprit son flux normal. Elle se demanda combien de temps il faudrait pour retrouver des sensations dans les mains et supposa que cette horrible impression de picotements durerait un certain temps.

Elle avait trouvé des pistes, mais c'était le vide qu'elle avait ressenti qui la dérangeait le plus. Un lac de cette taille, avec son histoire, aurait dû contenir des *fragments* de magie. Alors qu'elle redescendait les escaliers en chancelant, les mains à la fois palpitantes et terriblement engourdies, elle essaya de comprendre ce que cela pouvait signifier.

Elle fut saisie par une funeste possibilité. Si elle pouvait rediriger tout son être vers ses mains pour les rendre plus puissantes que jamais, pourquoi la magie noire du monde ne pourrait-elle pas en faire autant ?

Et si quelqu'un était en train de détourner toute la magie du lac et celle de la terre ? Que se passerait-il lorsque la quantité de magie accumulée deviendrait suffisamment importante ?

Elle devait retrouver Roselyne. Elle devait l'arrêter.

Pour la première fois de sa vie, Guenièvre souhaitait une épée.

Elle s'attendait à combattre la magie, mais pas des gens. C'était pourtant pour ça qu'elle était là. Mais quoi qu'il en coûterait, elle affronterait Roselyne et son chevalier et elle en sortirait triomphante.

Elle se glissa dans l'obscurité de Camelot endormi. Le vent du lac bourdonnait et sifflait dans les rues. Elle frissonna, se souvenant du vide glaçant. Mais elle ne s'arrêta pas sur ce mystère. Dans son esprit, les points chauds de la magie brûlaient comme l'image rémanente du soleil. Glissant d'un bassin d'obscurité à un autre, se sentant davantage comme la nuit que comme une personne, Guenièvre trouva le premier endroit qui lui avait été le plus familier, après tout : le bord de la falaise où le chevalier patchwork lui avait échappé par deux fois.

Ses mains étaient engourdies et inutiles, mais elle avait ses yeux. Elle chercha, encore et encore, quelque chose qui n'allait pas, quelque chose d'insolite.

Après plusieurs minutes frustrantes à fouiller les décombres et les détritus des fondations en ruine, elle réalisa son erreur. La magie était cachée dans quelque chose de normal. Presque. Elle tendit la main et ramassa une pierre parfaitement lisse et ronde. Comme celle que Roselyne avait laissée tomber. Cette fois, elle vit ce qu'elle avait manqué auparavant. Quelqu'un avait noué de la magie dans la pierre elle-même. Elle contenait quelque chose. Un sort, un souvenir, une malédiction. Elle ne pouvait pas le dire. Mais elle savait ce qu'elle cherchait maintenant.

Elle se dépêcha dans la nuit. Sept pierres à sept points distincts de la ville. Sept ancres de magie. Elle ne pouvait pas les emporter dans le château. Cela briserait leur magie avant qu'elle ne découvrît ce qu'elle était.

C'était presque l'aube. Si elle partait maintenant, elle pourrait rejoindre Roselyne en quelques heures. Mais elle ne serait pas en mesure d'expliquer son absence et ses actes. Cela signifierait vaincre la menace, mais renoncer à son rôle de reine qu'elle ne pourrait plus facilement reprendre.

Les ténèbres l'enveloppèrent et lui ordonnèrent de continuer.

Si elle le faisait pour Arthur, elle accomplirait son devoir mais perdrait sa place à ses côtés. Elle ferma les yeux. Elle se préparerait aujourd'hui, puis partirait ce soir. Cela sera assez tôt. Ployant sous le poids de l'aube, elle cacha les pierres magiques et se dépêcha de retourner dans sa chambre.

Elle arriva juste avant le lever du soleil. Dès que la nuit tomberait, elle partirait en chasse. Elle se glissa dans son lit, en préparant son attaque.

Brangien ouvrit la porte au moment où Guenièvre fermait ses yeux fatigués.

« Bonne nouvelle, ma reine ! »

Guenièvre s'assit, les mains tantôt glacées, tantôt brûlantes, comme transpercées par des épingles et légèrement engourdies. Ses yeux pouvaient difficilement supporter la faible lumière de la chambre après s'être si bien adaptés à l'obscurité. « Oui ? » demanda-t-elle d'un sourire forcé.

« Le roi vous a fait appeler ! Nous devons faire nos bagages et partir immédiatement. »

« Oh non », dit Guenièvre en soupirant. Brangien s'arrêta, les bras chargés de capes. Elle haussa un sourcil de surprise et d'inquiétude. Guenièvre bredouilla en essayant de se couvrir. « Je ne sais pas quoi porter. »

Brangien rit et s'activa à préparer les affaires. « Ce n'est pas à vous de vous en inquiéter. C'est mon travail. »

Guenièvre s'affala sur son lit, jetant un bras sur son visage pour cacher son expression. Elle avait du travail à faire et aucun moyen d'informer Arthur qu'il était nécessaire qu'elle restât ici. Elle pouvait feindre la maladie, mais peut-être qu'Arthur la demandait pour une raison particulière. Peut-être qu'il avait besoin de son aide. Sinon, pourquoi la demanderait-il ?

Tant qu'elle était aux côtés d'Arthur, elle était certaine qu'il était en sécurité. Mais c'était exaspérant. Il faudrait trouver un meilleur moyen de communication pour qu'Arthur puisse l'aider dans ses efforts au lieu de l'interrompre.

Arthur. L'idée de le revoir, après quelques jours seulement qui lui avaient semblé une éternité, fit ressurgir des sensations dans son cœur, si ce ne fut dans ses mains. Très bien. Elle serait reine aujourd'hui et protectrice vengeresse dès son retour.

Le vent fouettait et tiraillait les cheveux de Guenièvre, les libérant de leur tresse avec un mépris impitoyable pour le temps que Brangien avait passé à les soumettre. Si Guenièvre ne pouvait pas organiser son attaque contre Roselyne et le chevalier patchwork, au moins se retrouvait-elle à cheval hors des murs de la ville, dans le vent et la nature. Cela ressemblait presque à la liberté.

« Ho ! » cria un garde. À sa consternation, son cheval répondit, passant du galop au trot, puis au pas. Brangien était restée loin derrière. Elle n'était pas très à l'aise sur les chevaux et il lui faudrait un certain temps pour rattraper son retard. Guenièvre aurait aimé que le garde soit tout aussi loin.

Le garde chevauchait à ses côtés avec une expression horrifiée. « Avez-vous perdu le contrôle de votre cheval, ma dame ? »

« Oui », interrompit Mordred, en dirigeant son propre cheval vers celui de Guenièvre. « Cette jument se met souvent au galop. Je monterai à côté de la reine pour m'assurer que cela ne se reproduise plus. »

Satisfait, le garde hocha la tête et redonna une distance polie à Guenièvre. Mordred s'écarta dangereusement loin de son cheval pour poser une main sur le cou de la jument de Guenièvre.

« Votre cheval est le plus obéissant et le mieux dressé de notre écurie. »

Tout comme ses cheveux dans le vent, le sourire de Guenièvre ne put être retenu. « Je suis désolée, mais monter c'est... » Elle prit une profonde inspiration.

« La liberté », déclara Mordred.

« Oui. » Elle n'avait pas réalisé à quel point le fait d'être reine était contraignant. C'était un poids devenu imperceptible jusqu'à ce qu'il se détache. Mais le porter à nouveau le rendait presque intolérable. Elle n'aurait pas dû rôder seule toute la nuit. L'obscurité était une liberté séduisante et elle devait rester concentrée.

D'autre part, elle aurait dû suivre les ombres et aller directement à l'endroit où Roselyne se cachait. Elle en aurait fini, maintenant.

« Vous êtes différente lorsque vous êtes à l'extérieur », dit Mordred.

Guenièvre leva la main pour essayer d'apprivoiser ses cheveux à nouveau. Ses mains étaient malhabiles dans l'action. Elles picotaient, engourdies et gauches. Elle n'avait aucune sensation. « Que voulez-vous dire ? »

« Vous arrêtez de faire semblant. »

Elle s'immobilisa.

« Ah, ça recommence. Vous essayez de décider quelle expression me donner pour détourner l'attention ou la conversation. » Mordred tapota le côté de son nez. « C'est plus facile pour vous lorsque vous êtes derrière les murs, piégée par la pierre et les attentes. Mais ici, dans la nature, vous avez plus de difficultés. »

Guenièvre avait besoin d'une excuse, une raison pour laquelle elle se comportait de cette façon.

« Vous abordez le monde avec l'émerveillement d'une enfant », dit Mordred, en comblant l'espace vide entre eux. Il ne ressemblait en rien à Arthur. Ce dernier était sculpté dans la même matière que Camelot : royal et majestueux. Mais la place de Mordred était ici, tout comme elle.

Elle secoua la tête, se corrigeant. Sa place à elle n'était pas ici.

Elle devait choisir ses mots avec soin. Comment expliquer que le monde entier *était* une merveille d'une manière qui ne serait pas suspecte ? Elle adorait l'odeur du monde et sa sensation. Le mouvement du cheval sous elle. La nourriture simple qu'ils mangeaient quand ils s'arrêtaient pour le repas. La vision d'un nouvel endroit, la vision de n'importe quel endroit ! Bien sûr, elle ne pouvait pas cacher ce qu'elle ressentait. « Le temps passé dans un couvent a été long. Tout semble nouveau en dehors de ces murs. »

« Sauf que vous avez échangé ces murs contre des murs différents. »

« Camelot est incroyable ! »

Mordred rit, levant les mains avec candeur. « Camelot est incroyable, mais il est apprivoisé. Structuré. Nous avons parfois besoin de nous en éloigner, de faire une pause. »

Elle avait prévu une pause beaucoup plus dangereuse. Mais il avait raison. Elle adorait être ici. Elle ne laisserait pas les tâches à venir lui gâcher la joie de voyager et l'anticipation à terme de rencontrer Arthur. Le sourire chaleureux de Mordred la transperça, comme le soleil à travers une trouée de nuages, et elle admit que ce qui lui manquait n'était pas seulement l'honnêteté qu'ils partageaient.

Mordred resta à proximité. Leur groupe s'était étendu, la plaine ouverte ne présentant aucune menace, mais il chevauchait toujours à ses côtés. Guenièvre avait été surprise par sa présence. Lassée par le rythme ralenti de la marche, elle lui en parla. « Je pensais que vous deviez prendre soin de Camelot en l'absence d'Arthur. Pourquoi venez-vous avec nous ? »

Mordred scruta l'horizon. « Votre mari ne ferait jamais confiance à quelqu'un d'autre qu'à un membre de sa famille pour vous accompagner jusqu'à lui. Et il veut s'entourer de ses meilleurs chevaliers pour cette réunion. Camelot peut tenir contre des ennemis pendant des mois avec tous les hommes qui y sont stationnés actuellement. Il tiendra. »

« Quel est l'objet de la réunion ? »

« Quelque chose en rapport avec les Pictes. Arthur a été actif le long des frontières du Nord. Il devra jouer de diplomatie et les rassurer sur le fait qu'il ne cherche pas à s'agrandir, qu'il se contente de préserver son territoire. »

« Pourquoi a-t-il besoin de moi, alors ? » Cela ressemblait à des problèmes politiques et militaires et non à des menaces magiques. Elle voulait aider Arthur au mieux, mais si elle n'était pas essentielle, elle perdait son temps et risquait la sécurité d'Arthur. Elle pouvait presque pressentir l'éloignement progressif de Roselyne, bénéficiant de temps supplémentaire pour fomenter de mauvaises actions avec l'aide du chevalier patchwork.

« Quelle meilleure façon d'afficher des intentions pacifiques que d'être accompagné de sa nouvelle épouse ? Cela démontre sa confiance et souligne le caractère aimable d'une réunion entre des alliés sincères. »

« Alors je ne suis qu'une décoration ? » Elle eut le cœur lourd et serra les dents.

« Vous êtes une pièce vitale dans un jeu complexe. »

« Hum. »

« Vous ne semblez pas satisfaite de cette réponse. »

« Je suis heureuse d'aider le roi de toutes les manières possibles. » Mais son visage resta renfrogné. Peut-être y avait-il plus que ça. La magie avait peut-être quelque chose à voir avec ça et Arthur utilisait un prétexte pour la faire venir.

« Eh bien, dit Mordred, j'ai peur que votre cheval désobéissant soit sur le point de reprendre le galop et que je doive le suivre. Il faudra peut-être un certain temps avant que nous puissions ralentir ce cheval. »

Son cheval marchait calmement. Les yeux vert mousse du chevalier pétillaient d'impatience. Elle fit claquer sa langue et tapota les flancs du cheval. Il partit au galop, encore une fois en compagnie du vent.

Guenièvre fut forcée de revenir à un rythme plus raisonnable après avoir été réprimandée par Brangien qui semblait, elle aussi, plus libre hors des limites de la ville et n'avait aucun scrupule à crier sur la reine qui allait trop vite et risquait de se briser le cou.

Pour appuyer ses récriminations, la cámériste plaça son cheval six mètres devant celui de Guenièvre et garda cette position. Mordred redoubla de vigilance.

Cependant, la campagne n'avait rien de menaçante. Leur journée de cheval les conduisait à travers champs. L'horizon vert et doré n'était interrompu que par de rares bourgs et quelques hameaux. Les villes étaient désertes, les habitants occupés aux champs. Quelques enfants, jouant joyeusement, regardaient passer le convoi avec une curiosité évidente. Les chevaux étaient rares par ici.

Alors que l'après-midi tiède se prolongeait, aussi paisiblement qu'un chat endormi, ils traversèrent un autre bourg. Une femme accompagnée d'un enfant leur vendit du pain frais. Cela rappela à Guenièvre l'histoire de Brangien au sujet d'un petit garçon d'un village englouti par la forêt. Quand les maisons en torchis, blanchies à la chaux, devinrent invisibles au loin, Guenièvre se tourna vers Mordred.

« Est-ce que des forêts ont poussé par ici ? Devez-vous souvent retourner les combattre ? »

« Non. » Mordred regarda loin sur l'horizon. Il y avait une tache sombre, mais c'était la seule indication de forêts qu'elle pouvait observer. Elle n'avait pas étendu sa magie des nœuds à la main aussi loin vers le nord. Elle s'était concentrée en direction de Roselyne. « La magie se nourrit de sang, d'émerveillement et de chaos. Camelot est si bien ordonné, si structuré que la magie ne peut y avoir aucune prise. Arthur l'a étranglée, l'a affamée et l'a éliminée. Il n'autorise aucune graine à l'intérieur de ses frontières. »

Enfin, à part elle. Mais les paroles de Mordred éveillèrent sa curiosité. Peut-être qu'Arthur avait fait quelque chose au lac, et que cela l'avait asphyxié. Elle devrait lui demander. « Et c'est pourquoi il a banni Merlin, malgré son aide. »

Mordred passa les doigts le long de sa mâchoire où une barbe sombre commençait à pointer à travers sa peau pâle. « Nous étions divisés au sujet de cette nécessité. Mais c'est vrai, Merlin lui-même est le chaos sous une forme mortelle. »

Guenièvre renâcla et essaya de masquer son trouble en toussant. *Chaotique* était une excellente façon de décrire Merlin. Fallait-il s'étonner que ses souvenirs soient un mélange confus d'images et de leçons, avec des trous béants entre les deux ?

Elle voulut refréner l'irruption d'un malaise ; le soupçon qu'il y eut plus de souvenirs enfouis dans ses trous de mémoire qu'elle ne se permettait de voir.

Cependant, elle devait se concentrer. Elle n'était pas là pour elle-même, mais pour Arthur et Camelot. S'associer à Merlin était risqué, sans aucun doute, mais Camelot pouvait sûrement comprendre la nécessité de conserver certaines armes. La majeure partie de la ville était faite de pierres, mais les habitants conservaient toujours des barils d'eau en cas d'incendie. Ils ne voulaient pas d'incendies, n'en allumaient pas, mais ils étaient prêts à les combattre de la seule façon possible. C'était pareil pour la magie. S'associer à quelqu'un capable de la reconnaître et de la combattre n'était pas la même chose que d'inviter et implanter la magie dans la ville.

N'est-ce pas ?

« Et si quelqu'un nous attaquait en utilisant la magie ? » demanda-t-elle, gardant un ton aussi léger et innocent que possible. « Qui nous défendra, en l'absence de Merlin ? »

« Garder Merlin dans la ville était trop risqué. Qui se ressemble s'assemble. » Il lui jeta un regard, puis détourna rapidement les yeux. « De plus, les gens ne faisaient pas confiance au sorcier. »

« Pourquoi pas ? Il se battait toujours pour Arthur. »

« À sa manière, quand il choisissait, comme il choisissait. Il n'était lié par aucune loi, pas même celle d'Arthur. Et puis il y eut la question de la naissance d'Arthur. »

Elle voulait que Mordred continue à parler, mais elle devait faire attention à ce qu'elle révélait. Quelle était l'étendue des connaissances de la vraie Guenièvre ? « J'ai entendu des rumeurs. Qu'Uther Pendragon utilisa un sorcier pour tromper Ygraine afin qu'il puisse coucher avec elle. » Guenièvre frissonna. C'était une magie violente et terrible. Elle ne pouvait qu'engendrer le mal. Comment avait-elle pu engendrer Arthur ? « Je peux comprendre pourquoi ils ne voulaient pas d'un autre sorcier à Camelot. »

« Un autre sorcier ? Que voulez-vous dire ? »

Guenièvre tourna son visage vers lui. « Que voulez-*vous* dire ? »

« C'était Merlin. »

« Non. » Guenièvre secoua la tête. Les informations n'étaient pas concordantes. Elles ne pouvaient pas l'être. Sa poitrine se comprima, comme si elle avait été lacée trop serrée. « Non, c'était un sorcier des ténèbres. »

Le sourire de Mordred était aussi doux et bleu que le crépuscule tombant autour d'eux. « Oui, Merlin. Telle est la nature de la magie. Quand vous pliez le monde à votre volonté, quand vous tordez la nature autour de vous, où s'arrête le pouvoir ? Qui vous dit d'arrêter ? »

Si Guenièvre n'avait pas été à cheval, elle se serait arrêtée, en réaction au choc. En l'état des choses, elle fut reconnaissante au manteau de la nuit de la cacher de l'horreur qui la frappa. Merlin ! Merlin avait fait ça. La prise de la volonté de quelqu'un était l'acte le plus violent qui soit. Elle n'aurait jamais fait de nœuds pour cela. Elle n'aurait jamais participé à une telle tromperie. Une telle turpitude. Mais Merlin, son protecteur, son professeur, son père, l'avait fait. « Comment a-t-il pu ? » murmura-t-elle.

« Merlin comprit que le monde avait besoin d'un nouveau type de roi. Il fit donc en sorte que cela se produise. » Mordred soupira, en tapotant le cou de son cheval. « Je n'approuve pas ce qu'il a fait. C'est ma grand-mère qui fut violée par un homme qu'elle croyait être son mari. Mais sans cela, Arthur ne serait pas là. » Il tendit les bras en direction de la campagne paisible et vallonnée. « Nous ne pouvons pas ignorer le résultat final. Merlin comprit ce dont Camelot avait besoin et il créa les moyens d'y subvenir. Il œuvra à son propre bannissement, d'une certaine manière. Le sorcier est une énigme. Mais Camelot est un succès. »

« Et toutes les souffrances et les pertes qu'il a fallu pour en arriver là ? » demanda Guenièvre, dévastée et le cœur brisé pour Ygraine, pour Arthur, pour Mordred. Pour toutes les vies qui furent souillées par le choix ténébreux de Merlin.

« Tel est le coût du progrès. » Mordred la regarda. Apparemment, elle laissait transparaître ses émotions même dans la quasi-obscurité. La voix de du chevalier devint douce. « Je suis désolé. Je ne devrais pas parler de telles choses à une dame. C'était indélicat de ma part. »

« Non, je suis contente. Je préférerais connaître la vérité. Je n'aime pas être derrière des murs, que ce soit ceux du château ou dans la vie d'Arthur. » Ou dans la sienne propre. Merlin avait fait ça. Il avait fait ça et ne lui avait pas dit.

Que lui cachait-il d'autre ? Comment pouvait-elle lui faire confiance ? Et si elle ne pouvait pas faire confiance au sorcier qui l'avait choisie pour protéger Arthur, comment pouvait-elle se faire confiance ?

Il faisait complètement noir lorsqu'ils atteignirent le campement. Arthur les attendait à la lisière de celui-ci. La perspective de le revoir avait été transformée en anxiété et en amertume à la lumière des révélations de Mordred. Ils avaient beaucoup de choses à se dire, trop de choses. Arthur aida Guenièvre à descendre de cheval, puis la surprit en l'étreignant rapidement, mais avec passion.

« Merci d'être venue », murmura-t-il contre son oreille.

« Bien sûr. » Elle ressentit sur les joues la chaleur de sa proximité. « Il faut que nous parlions. Seuls. »

Il lui donna le bras et la fit pénétrer à l'intérieur du campement. « Je suis désolé de vous avoir fait venir jusqu'ici. Cela va être désagréable et dangereux. »

Elle lui serra le coude. « Je suis ici pour vous protéger. Contre tout. » Elle fut moins anxieuse en entendant les paroles d'Arthur. Il était inconcevable d'être soulagée en étant mise en danger, mais au moins elle n'avait pas été détournée de sa mission contre Roselyne et le chevalier patchwork pour rien.

Le campement était plus grand que ce à quoi elle s'était attendue. Non seulement Arthur était entouré de tous ses chevaliers, mais il était accompagné d'une centaine de combattants. « Vous attendez-vous à un combat ? » demanda-t-elle.

« Pardon ? » Arthur souleva un rabat de tente pour l'amener dans un espace sombre et clos. Le sol était recouvert de fourrures. Bien que ce fût l'été, les nuits étaient encore mordantes.

« Tellement d'hommes. »

« Oh. Non. Le combat n'a pas eu lieu. Deux seigneurs, Gildas et Geoffrey, se disputaient et cela débordait au-delà de mes frontières. J'ai dû leur rappeler de ne pas m'impliquer dans leurs querelles. » Il fit une pause et eut un sourire las. « Ils ne veulent pas que je devienne l'un de leurs problèmes. Se présenter à leur porte avec autant d'hommes était un bon rappel. La plupart de mes hommes resteront ici, pour la rencontre avec le roi picte. Je ne garderai avec moi que mes meilleurs chevaliers. De quoi paraître puissant sans défier directement le roi Nechtan. Gildas et Geoffrey participeront également à la réunion, pour montrer que tout est sous contrôle et qu'il n'y a pas de nécessité pour les Pictes de descendre. J'ai dû vous faire venir en gage de confiance et d'amitié. J'ai essayé de penser à une autre façon, mais votre absence aurait été interprétée comme une insulte. »

« Cela paraît compliqué. »

Il se laissa tomber sur les fourrures et se recouvra les yeux avec son avant-bras. « C'est compliqué. Pourquoi les gens s'ennuient-ils avec la paix ? Pourquoi une frontière est-elle considérée comme un défi plutôt qu'une barrière ? »

« Mais même, vous vous impliquez dans des batailles qui ne vous concernent pas. »

Il baissa le bras et la regarda. « Que voulez-vous dire ? » Elle s'installa à côté de lui, assise avec ses jupes repliées sous elle. « Vous avez combattu une forêt qui ne menaçait aucune de vos terres. »

Attrapé, il sourit d'un air penaud. « Peut-être que même moi, je peux parfois m'ennuyer avec la paix. »

« Ce n'est pas ça. » Elle lui donna une petite tape du doigt dans le flanc. « Vous vous sentez responsable de tous les hommes. Vous ne pouvez refuser votre aide à quiconque en a besoin. »

Il ferma les yeux. Malgré des batailles incessantes et un travail ininterrompu, il n'avait pas l'air épuisé. Il semblait… prêt. Comme s'il pouvait à tout moment sauter sur ses jambes et prendre d'assaut une forêt, repousser les chevaliers-sorciers ou négocier la paix avec des chevaliers plus humains.

Elle n'était pas dans la même disposition. Elle se sentait fatiguée et courbatue après une longue journée à cheval, sans parler du chagrin et de la confusion qu'elle ressentait depuis les révélations de Mordred au sujet de Merlin. Elle avait encore des fourmillements dans les mains qui se conjuguaient maintenant avec de nouvelles douleurs. Elle avait besoin de repos. Surtout si elle devait puiser dans ses réserves pour la magie de demain. Elle agita les mains, sans pour autant mettre un terme aux picotements. « Nous avons besoin d'une meilleure façon de communiquer. J'étais en pleine activité à Camelot. »

Arthur s'assit, alarmé. « Quoi ? »

« Il y a une femme. Roselyne. Je l'avais déjà vue parler au chevalier patchwork. Elle a été jugée coupable de magie et elle a été bannie. »

Arthur hocha la tête ; il avait l'air triste mais pas surpris. « C'est contre la loi. »

« Je l'ai suivie. Lorsque vos soldats l'ont laissée à la frontière sud, des hommes attendaient pour la tuer. »

À cela, il eut l'air surpris et en colère. « *Mes* hommes ? »

« Non. Je ne pense pas. Mais je suis à peu près certaine que vos soldats savaient quel serait le sort fatal de Roselyne. »

Arthur se frotta le visage. « Je ne veux pas que ceux qui sont bannis soient tués, ni même blessés. Ils ne peuvent plus résider à Camelot, mais cela ne veut pas dire qu'ils ne peuvent plus vivre librement ailleurs. Merci de m'en avoir informé. Je veillerai à ce que les choses changent. »

« Ce n'est pas la raison de mon histoire. Elle n'a pas été tuée. Le chevalier patchwork l'a sauvée. »

« Il a fait ça ? Vous l'avez vu se battre ? »

« C'était à peine un combat. »

Les yeux d'Arthur brillaient de mille feux. « J'aurais aimé voir ça ! »

« Arthur ! Veuillez vous concentrer. » Devant son expression penaude, Guenièvre secoua la tête. « Le chevalier savait évidemment où elle serait libérée. Après avoir combattu les assaillants, ils se sont enfoncés dans la forêt. Ensemble. »

Arthur fronça les sourcils. « Je ne comprends pas. Quel est le problème ? »

« Ce sont vos ennemis ! Les ennemis de Camelot. J'ai trouvé des restes de sa magie à Camelot et j'en ai senti beaucoup plus dans la forêt à votre frontière. Ils sont en train de comploter. Et je pense que nous ne pouvons pas attendre de découvrir de quoi il s'agit. »

Arthur se déplaça en bredouillant du fond de sa gorge. « Elle a été bannie. Si elle n'est pas à l'intérieur de mes frontières, je n'ai aucune autorité. De quel droit pourrais-je lui dire qu'elle ne peut pas faire ce qu'elle veut en dehors de mes terres ? »

« Elle est une *menace*. »

« Quand elle franchira les limites de Camelot, nous y ferons face. »

« Pourquoi attendre, quand on sait où est cette femme ? Quand on sait qu'elle travaille avec le chevalier patchwork ? »

Enfin, l'épuisement devint visible sur le visage d'Arthur. Ses rides du sourire s'estompèrent et ses paupières se refermèrent. « Parce que je refuse d'être un roi-guerrier. Contrairement à mon père. Je franchirai mes frontières pour défendre des innocents, mais jamais pour attaquer. »

Guenièvre baissa la tête. Elle ne pouvait pas aller contre ses dires. Mais elle n'était pas d'accord pour laisser à ses ennemis le temps dont ils avaient besoin pour lancer une attaque. Arthur était généreux et noble.

Elle ne pouvait pas se permettre de l'être. Elle se chargerait seule de les en empêcher. Elle fortifierait Camelot et elle ferait ce qu'Arthur ne pouvait pas et ne ferait pas, lorsqu'elle en aurait l'opportunité.

Était-ce ainsi que Merlin avait pris sa décision ? Elle grimaça à cette pensée.

« Vous vous êtes blessé aux mains ? » demanda Arthur.

« Oh. » Elle fixa la zone qu'elle avait massée sans y prêter attention, en essayant de soulager l'intense douleur. « Non. En fait, oui. Mais pour une bonne cause. La magie a toujours un prix. »

Arthur prit sa main droite entre les siennes. Il avait de grandes mains calleuses, mais ses doigts travaillèrent avec précision lorsqu'il commença à lui masser la paume en cercles. Guenièvre étouffa un petit cri.

Arthur se figea. « Je vous ai fait mal ? »

« Non, c'est... c'est agréable. » C'était plus qu'agréable.

Arthur lui tira la main, la guidant doucement à ses côtés. Elle s'appuya contre lui et il parvint à éliminer l'engourdissement et la douleur dans chacune des mains. La peau d'Arthur sur la sienne était comme de la magie.

Elle se demandait quel en serait le prix.

« C'est un tel soulagement de pouvoir vous toucher », dit Arthur, saisissant Guenièvre qui s'était presque assoupie contre son épaule. « Je dois être très prudent avec les femmes. Il y a beaucoup de règles. Et les gens sont toujours aux aguets. »

« Oui, j'ai remarqué ça. Vous m'avez manqué aussi. Chaque jour est rempli de mensonges à mon sujet. Quand je suis avec vous, je n'ai pas à m'en faire. »

Les mouvements d'Arthur cessèrent, puis devinrent plus doux alors qu'il massait chacun des doigts délicats de Guenièvre. « Garder des secrets est comme garder une épine sous la peau. Vous pouvez vous y habituer, mais elle est toujours là, en train de suppurer. »

Elle ouvrit la bouche pour lui poser des questions sur Merlin, sur ce qu'il avait fait à Ygraine. Mais elle ne voulait pas laisser entrer autant de noirceur et de violence dans l'espace fragile et protégé où ils étaient.

De plus, c'était Merlin qui lui avait caché la vérité. Arthur n'avait rien à se reprocher à ce sujet.

Maintenant que ses mains lui faisaient moins mal, Guenièvre ressentait le poids de la fatigue. Elle voulait se blottir juste là. « Où devrais-je... Où est-ce que je dors ? »

Arthur se redressa, l'écartant de son épaule. « Je suis désolé. Je vous ai gardée trop longtemps. Vous pouvez... » Il s'arrêta. Elle se pencha vers l'avant, en désirant être invitée à rester. Mais quelque chose se referma sur le visage d'Arthur. Il s'éclaircit la voix. « Ce soir, il y a une tente pour vous et Brangien. »

Elle avait à moitié pensé, peut-être même à moitié espéré, qu'elle partagerait la tente d'Arthur. Mais elle avait besoin de se reposer. Et Arthur aussi, bien sûr. Le prix de la magie du toucher d'Arthur fut révélé : ce toucher lui donna envie de plus, envie de quelque chose dont elle ignorait le besoin jusqu'à ce qu'elle l'ait.

Il se leva. « Brangien peut vous aider ce soir et demain matin, mais elle ne peut pas nous accompagner après. Je ne la mettrai pas en danger. »

Guenièvre sourit qu'elle ne soit pas considérée comme une chose à risque ; elle était une force et non une faiblesse. « Je peux bien me débrouiller toute seule. Je ne suis pas si gâtée que je ne puisse pas vivre sans femme de chambre. »

Arthur rit. « Vous pouvez encore y arriver. » Il la conduisit dans la tente à côté de la sienne. Brangien était déjà à l'intérieur en train de s'affairer. Guenièvre entra et Arthur referma le rabat.

Malheureusement, la tente n'était pas assez épaisse pour bloquer plusieurs rires et sifflements sourds, ainsi qu'un cri de « Comment se sont déroulées vos retrouvailles avec votre reine ? ».

« Va dormir », cria Arthur en retour. « C'est un ordre ! » Mais il n'avait pas l'air fâché ou contrarié. Il avait l'air enjoué. Il n'allait pas les décourager de penser qu'il avait une relation normale avec sa femme. Après tout, la légalité de leur union en dépendait. Elle écarta la pensée dangereuse qu'elle aurait préféré rester dans la tente d'Arthur, et pas seulement pour couvrir leur ruse.

Elle était curieuse, c'était tout. De plus en plus.

Brangien fit la grimace. « Ils sont dégoûtants *et* idiots. De toute évidence, rien ne s'est passé parce qu'Arthur n'aurait pas pu vous relâcher tout seul. Imbéciles. »

« Oh, ça me rappelle quelque chose ! » Guenièvre se précipita pour dissimuler son embarras de la présomption des hommes et de la perspicacité de Brangien. « Pouvez-vous m'apprendre comment lacer cette robe ? Vous ne venez pas avec nous demain. »

« Quoi ? Pourquoi ? »

« Arthur a peur que ce soit dangereux. »

Brangien se moqua. « Pas plus dangereux que de parcourir tout le pays avec ces imbéciles. »

« Je ne pourrais pas le supporter si quelque chose vous arrivait. »

« Mais c'est mon travail de vous servir. »

Guenièvre se retourna, interrompant les progrès de Brangien et la forçant à croiser son regard. « Mais vous êtes aussi mon amie. Si Arthur pense que c'est trop dangereux de vous emmener, je lui fais confiance. Il prend soin de son peuple. Ça ira bien. Plus que bien, car je saurai que vous êtes en sécurité. »

Brangien baissa les yeux. Un éclair d'émotion que Guenièvre n'avait jamais vu traversa le visage de sa camériste. Puis elle retourna au travail, défaisant les manches de Guenièvre et l'aidant à enlever ses vêtements de dessus. « Très bien. Mais si vous abîmez vos tresses en allant trop vite à cheval, je ne serai pas là pour les arranger et tous les Pictes me blâmeront pour votre état. Ma réputation sera ruinée. »

Guenièvre se retourna consciencieusement pour que Brangien puisse défaire ses tresses et retirer les nœuds qui n'avaient vraiment rien de magique. « Je promets que je me comporterai bien pour vous. »

« Et veillerez sur vous », murmura Brangien.

« Et veillerai sur moi », acquiesça Guenièvre. Elle espérait que ce serait une promesse qu'elle pourrait garder.

Il n'y a rien à quoi s'accrocher à Camelot. Les ailes voltigent, les jambes gigotent, mais les petits corps n'ont rien pour les tirer, aucune source de lumière vers laquelle se diriger.

La magie a quitté Camelot.

Elle devra attendre son retour. Mais elle a faim. Et plus que faim, elle s'ennuie. Une enfant s'est éloignée de ses parents. La Reine Noire fait un clin d'œil d'insectes et projette des faisceaux d'ailes de papillon. Attire l'enfant de plus en plus profondément dans les bois.

Dévore.

Jamais rassasiée mais ne mourant jamais de faim, elle passe à autre chose. Elle ondule à travers la terre, poussant contre les frontières de Camelot. Essayant de trouver un point faible. Essayant de trouver un endroit qui l'acceptera, lui fera de la place, la nourrira.

Une rivière l'arrête. Ce n'est pas une rivière normale, éternelle, impétueuse, insensible.

Cette rivière est furieuse.

Elle oublie sa faim. Elle oublie son ennui. Cent chauves-souris volent dans le ciel, une colonie de ténèbres contre le bleu, et si quelqu'un regardait, cela ressemblerait à un sourire. Avec des dents très pointues.

CHAPITRE TREIZE

Accompagné de ses chevaliers, Arthur chevauchait à l'avant, à l'arrière, jusqu'aux limites externes du groupe. Il était partout sauf aux côtés de Guenièvre. Mordred n'adressait pas la parole à celle-ci. Personne ne le faisait. Non par rejet, mais à cause de la nouvelle situation.

Ils n'étaient plus à Camelot.

Guenièvre ne s'était pas attendue à ce que les changements soient si soudains et si brutaux, mais elle les *ressentit* l'instant où ils traversèrent la frontière. Les champs se délitaient, devenant morcelés et désorganisés. Quelques misérables villages se trouvaient à proximité, mais aucun enfant n'y jouait. Les gens plissaient les yeux à leur passage en gardant les mains sur leurs armes.

Ils contournèrent également de vastes forêts. Une partie de Guenièvre avait envie de les traverser. Les espaces de fraîcheur verdoyants lui manquaient plus férocement qu'elle ne l'aurait cru possible, mais les poings des chevaliers serrés anxieusement sur leurs épées lui rappelaient que ces arbres n'étaient pas ceux de Merlin.

Le groupe était fort de vingt-cinq hommes, tous les meilleurs chevaliers d'Arthur, ainsi que cinq serviteurs menant des chevaux de bât chargés de leurs provisions. La rencontre devait avoir lieu aux abords de la terre des Pictes. Guenièvre s'enfonça plus profondément dans l'ombre de sa capuche en passant devant les carcasses brûlées d'un ancien campement. Plus tôt ils rencontreraient les Pictes, plus tôt ils pourraient partir.

Bien qu'elle fût heureuse d'avoir laissé Brangien à l'arrière, sa camériste et amie lui manquait. Il aurait été réconfortant de partager cette aventure avec quelqu'un. Elle se sentait très seule, malgré le fait qu'elle se trouvât au milieu des hommes et qu'elle fût constamment entourée.

« Il n'y en a plus pour très longtemps, maintenant », murmura Mordred qui était à nouveau à ses côtés. Guenièvre ne l'avait pas remarqué. Elle était occupée avec ses mains qu'elle avait recouvertes d'un châle. Ses doigts avaient enfin retrouvé suffisamment de sensations pour travailler avec des brins de fil qu'elle avait volés dans les affaires de Brangien. Ses nœuds étaient tous destinés à la confusion, l'aveuglement, la dissimulation. Si les choses tournaient mal, elle pourrait les jeter sur leurs ennemis et gagner du temps. Mais cela lui coûtait sa propre vision. Tout était flou et indistinct.

Elle n'était pas mécontente qu'un voile soit tiré sur ses yeux pour masquer l'état du monde dans lequel ils chevauchaient. Si son voyage depuis le couvent n'avait été ponctué que d'une seule attaque de terreur dans la nouvelle forêt, celui-ci était marqué par un courant sous-jacent d'effroi morbide qui les tiraillait constamment. Comment les gens ont-ils pu vivre ici ? Comment une chose pourrait-elle survivre à ce stress incessant et à cette peur sans fin ?

Arthur cria quelque chose et ses hommes s'arrêtèrent en bloc. Mordred prit les rênes du cheval de Guenièvre. Impatients, les chevaux renâclèrent et piétinèrent.

« Un groupe vient à notre rencontre », murmura Mordred.

« Que dois-je faire ? »

« Rester comme vous êtes. »

« C'est-à-dire ? »

« Rester belle. »

Guenièvre renâcla comme son cheval. Mordred eut un léger rire de satisfaction. « Personne ne s'attend à ce que vous parliez ou compreniez le picte. Restez à côté d'Arthur ou de moi. Ne sortez jamais seule nulle part et ne laissez jamais un de leurs serviteurs ou aucun homme vous conduire quelque part. Cela devrait bien se passer. »

Guenièvre se relâcha et s'efforça de paraître détachée et agréablement détendue. Ils la voyaient comme une décoration. Il valait mieux. Si elle devait attaquer, personne ne s'y attendrait.

Elle regarda Arthur saluer la masse floue d'un homme et d'un cheval qui venait vers eux. Arthur fit un signe à Guenièvre. Mordred poussa leurs chevaux vers l'avant et la conduisit aux côtés de son mari.

Arthur dit quelque chose dans une langue musicale. Elle entendit son nom et inclina la tête. Le roi picte, Nechtan, tout de barbe, de fourrure et de menace, se pencha vers elle. Il tendit la main. Elle leva la sienne qu'il enveloppa complètement. Il s'inclina pour poser le front sur le dos de la main de Guenièvre, puis il la relâcha.

L'impression qu'elle capta de son toucher fut bien plus nette que ce qu'elle put voir de lui. Il était comme un faucon. Tournant en rond. Observant. Traquant. Mais ne menaçant pas tout de suite.

On les conduisit jusqu'au campement. Arthur la fit descendre de cheval et blottit la main de Guenièvre dans son coude. Elle en fut reconnaissante. Il ne savait à quel point elle voyait mal à ce moment-là. Il la guida vers une grande table dressée au milieu d'un champ, sous laquelle étaient posés des tapis aux couleurs vives. Elle ne put dire qui les avait apportés et qui serait responsable de leur enlèvement. Des bougies faisaient étinceler la table dans la lumière déclinante de l'après-midi. Ils étaient entourés de grands feux aux tonalités orangées.

Arthur approcha un siège pour Guenièvre, puis s'assit à côté d'elle. Elle abaissa sa capuche. Son sourire parut absent et détaché. Il n'était pas feint. Elle ne pouvait rien comprendre des bavardages autour d'elle. Le roi Nechtan s'assit à côté d'Arthur, Mordred s'assit de l'autre côté de Guenièvre, et pour autant qu'elle put le voir, elle était la seule femme présente.

Elle se demanda où était la reine picte. Si elle était là en gage de confiance, pourquoi les Pictes n'en faisaient-ils pas autant ? Elle espéra que cela fût dû au fort avantage d'Arthur qui pouvait lui permettre de se montrer généreux, alors que les Pictes avaient besoin de se montrer forts.

On apporta de la nourriture. Assoiffée, elle tendit la main vers son gobelet.

« Tout a été goûté », murmura Mordred dans son gobelet afin de cacher sa bouche. « Rien n'est empoisonné. »

Guenièvre se figea avec le vin à mi-chemin des lèvres. Elle n'y avait même pas pensé. Il y avait tellement de façons pour les hommes de se faire du mal, tellement de méthodes pour s'éliminer. Il n'était pas étonnant que les chevaliers d'Arthur ne s'inquiétassent pas des menaces magiques. Ils en avaient d'autres à considérer dans le monde où ils vivaient.

Son appétit en fut largement diminué et Guenièvre prit juste assez de nourriture pour être polie. Arthur et le roi Nechtan maintinrent un flux constant de discussions. Celles-ci semblaient amicales.

« Nous sommes en paix avec les Pictes », dit Mordred, à voix si basse qu'elle pouvait à peine l'entendre. « Mais c'est fragile. Ce sont des combattants illustres. »

« Pourquoi ne sont-ils pas venus attaquer Arthur, alors ? »

« Ils l'ont fait. Nous avons obtenu la paix au prix de la mort de cinq mille Pictes sous le coup de nos épées. »

« C'est un prix élevé. » Guenièvre n'avait jamais vu cinq mille personnes ensemble. L'énormité d'imaginer cinq mille morts était plus que ce qu'elle pouvait supporter. Sa tête tournait.

« Arthur est là pour leur rappeler que nous sommes amis, car nous ne l'avons pas toujours été. »

« Comment est-ce que je m'en sors dans mon rôle ? »

« Vous réussissez exceptionnellement bien à vous asseoir et à être charmante. »

Guenièvre voulut lever les yeux au ciel, mais ça n'aurait pas fait reine. Arthur se pencha vers elle, en affichant un sourire. Mais il parla à Mordred au travers de ses dents serrées. « Où sont Geoffrey et Gildas ? Ils étaient d'accord pour venir. Leur présence ici, ainsi que leurs excuses et leur assurance de paix, était la raison de cette réunion. »

« Je vais me renseigner. » Mordred commença à se lever, mais se figea. Le faible bourdonnement constant de la conversation à table s'interrompit comme pris au piège.

Un homme se tenait debout face à eux. Il tira une chaise et s'assit en se penchant en arrière. « Non, ne vous levez pas. » Il fit signe à tout le monde de s'asseoir. Tous les hommes autour de Guenièvre étaient à moitié debout, les mains sur leurs épées. « Je suis venu pour un repas, non pour me battre. Malgré la rumeur qui dit que la nourriture des Pictes n'est pas aussi bonne que leurs combats. »

« Méléagant », dit Arthur.

Guenièvre sentit un frisson descendre le long de l'échine. Sire Méléagant. La personne au sujet de laquelle Arthur avait reçu des messages.

« Quelle aubaine ! Je voulais rendre visite au roi Nechtan, et le voici sur mes frontières, à m'attendre. »

« Ce ne sont pas vos frontières », rétorqua Arthur d'une voix extrêmement calme et tranquille.

Méléagant arracha la cuisse d'une volaille rôtie. « Vous attendez Geoffrey et Gildas ? J'ai bien peur qu'ils ne viennent pas. Nos négociations territoriales se sont bien déroulées. En ce qui me concerne. » Il arracha de l'os un gros morceau de viande, puis tendit la main pour attraper le gobelet d'Arthur et s'en prit une longue gorgée. « Ce sont *mes* frontières », lança-t-il en posant le gobelet. « Et, roi Nechtan, vous êtes le bienvenu. »

« Merci pour votre hospitalité », déclara le roi Nechtan. Guenièvre ne savait pas qu'il parlait leur langue. Arthur avait discuté avec lui en picte. Méléagant n'était pas aussi courtois. « Je suis très… *curieux* de voir ce nouveau développement. »

« Il en sera temps plus tard. Ce soir, nous devrions célébrer ! Nous sommes trois rois bienheureux, partageant des frontières et un repas ! » Méléagant se tourna vers Guenièvre. Elle n'avait pas besoin d'une vision parfaite pour être énervée. Si la feuille de la forêt dévorante avait des dents, le regard de Méléagant avait des tentacules. Elle pouvait le sentir ramper sur elle. « Vous avez amené un animal de compagnie, Arthur. Elle est plus jeune que d'habitude. Vous les aimiez plus vieilles, si je me souviens bien. Présentez-nous. »

Arthur ne répondit pas à l'ordre de Méléagant. Il se tourna vers le roi Nechtan et recommença à parler en picte.

Guenièvre sentit les yeux de Méléagant comme un poids. Il s'était placé de telle sorte qu'il pouvait la regarder en continuant à manger, en buvant, en riant et en interrompant la conversation d'Arthur et du roi Nechtan. Les mains de Guenièvre se contractèrent sous la table, désireuse de lui jeter des nœuds de cécité, ne serait-ce que pour le forcer à arrêter de la fixer. Elle sursauta quand une autre main trouva la sienne.

Arthur lui serra les doigts. Il ne se tourna pas vers elle ni n'eut de réactions pour Méléagant, mais il avait remarqué. Elle était pénétrée de sa chaleur et de sa force immuables. Plutôt que d'éviter le regard de Méléagant, elle fixa sa silhouette, sans sourire, sans broncher. Elle ne se détourna pas, ne rougit pas, ni ne fit rien qu'une fille ne serait censée faire. Elle n'était pas un animal de compagnie. Elle n'était même pas une reine. Elle était une arme secrète.

Méléagant rit. Il leva son gobelet pour lui porter un toast.

« Il vaut mieux ne pas attirer son attention », murmura Mordred à son oreille, en faisant semblant de se pencher plus près pour entendre quelque chose qu'Arthur disait.

« Et comment recommandez-vous que je l'évite étant la seule femme à cette table ? » Elle se tourna vers Mordred avec un sourire. « Que dois-je faire plutôt ? »

« Vous êtes fatiguée. Vous désirez vous retirer pour la soirée. »

Elle l'était et c'est ce qu'elle fit. Elle détestait l'idée que Méléagant puisse penser qu'il l'avait chassée, mais elle était sûre que Mordred était de bon conseil.

« Roi Nechtan », dit-elle, « ce fut un honneur de dîner avec vous. Mais je crains que le voyage jusqu'ici n'ait été épuisant. Je voudrais me retirer pour la soirée. »

Arthur se leva. Le roi Nechtan en fit de même. Méléagant se pencha en arrière en étirant ses longues jambes. « Je peux l'escorter si vous le voulez, Arthur. »

Arthur prit la main de Guenièvre et y pressa ses lèvres. Son baiser ressemblait à un bouclier. « Sire Mordred, voulez-vous conduire ma reine dans notre tente ? J'ai encore beaucoup à discuter avec le roi Nechtan. »

Mordred s'inclina. Le roi Nechtan fit un signe à Guenièvre en guise d'adieu. Elle n'avait pas fait deux pas que sire Tristan la rejoignit. Sire Gauvain et sire Bohort prirent également le pas.

Cela eut l'effet inverse de celui de lui donner un sentiment de sécurité.

Elle chercha une excuse pour aller visiter les chevaux. Si elle pouvait approcher ceux de Méléagant, elle pourrait nouer faiblesse et somnolence dans leurs crinières. Mais entourée de chevaliers, elle ne pouvait rien faire. Mécontente et tendue, elle fut emmenée directement dans une tente.

Arthur ne la rejoignit qu'au milieu de la nuit. La tente était petite et recouverte de fourrures au sol. Guenièvre s'était assise à l'intérieur, seule. Elle ne s'était pas déshabillée de peur de devoir courir ou se battre à tout moment. Plusieurs fois, elle jeta un coup d'œil à l'extérieur pour trouver Mordred, sire Gauvain, sire Bohort et sire Tristan en faction.

« Il est parti ? » demanda-t-elle, alors qu'Arthur s'assit à côté d'elle et se frotta le visage avec lassitude.

« Oui. Il y a une heure. Ensuite, j'ai dû prendre du temps à m'assurer que le roi Nechtan resterait de mon côté si Méléagant devenait agressif. »

« Il restera de votre côté ? »

Il s'allongea. « Je ne sais pas. »

« Méléagant était l'un des chevaliers de votre père ? »

« Un des miens aussi. »

« *Quoi ?* »

Arthur ferma les yeux. « Il fut mon premier allié. Outre Merlin. Il m'aida à planifier la campagne contre mon père. Je ne vis pas alors qu'il m'utilisait pour se débarrasser d'Uther. Il pensait que j'étais suffisamment jeune et naïf pour faire de moi un adversaire plus facile. Et d'une certaine manière, il avait raison. Je le bannis alors que j'aurais dû le faire tuer. Cela me hante depuis. »

« Vous ne pouvez pas vous blâmer pour ses actes. »

« Je peux et je dois. S'il menace Camelot, c'est parce que je l'ai permis. Oh, je voulais l'*étrangler* ce soir. »

« Est-ce que les discussions étaient difficiles ? »

« Non, je veux dire quand il n'arrêtait pas de vous regarder. »

Une bouffée de surprise et de plaisir parcourut Guenièvre. Elle savait qu'Arthur avait remarqué. Mais elle était étrangement ravie que cela l'ait dérangé sur un plan personnel. « Que voulait-il dire par je suis plus jeune que je ne devrais l'être ? Je ne suis que deux ans plus jeune que vous. »

Le visage d'Arthur se crispa. Il n'ouvrit pas les yeux. « Méléagant... en sait plus sur mon histoire que je ne le souhaiterais. Il y a une raison pour laquelle je l'ai banni au lieu de le tuer. » Il fit une pause tellement longue que Guenièvre se demanda s'il s'était endormi. « Elle s'appelait Hélène. C'était sa sœur. Je pensais qu'elle m'aimait. Elle m'annonça qu'elle était enceinte et je fus prêt à l'épouser. »

Guenièvre n'arrivait pas à reprendre sa respiration. Les rumeurs selon lesquelles Arthur était un roi vierge n'étaient que... des rumeurs. Il avait aimé et avait été aimé auparavant. D'une manière ou d'une autre, cette révélation fut presque aussi douloureuse que celle du rôle de Merlin dans la naissance d'Arthur. Mais Arthur ne lui avait jamais menti. Elle avait simplement choisi de croire aux rumeurs parce qu'elle le voulait. Elle voulait qu'il soit aussi naïf qu'elle dans tout cela, car cela rendait son incertitude moins humiliante.

« Quand j'ai découvert les manigances et les méfaits de Méléagant, je l'ai banni, et dans ma rage, j'ai envoyé Hélène dans le Sud. Elle mourut en donnant naissance. Le bébé, un garçon, ne survit que quelques heures. Et je n'étais pas là. »

Guenièvre se déplaça sur les fourrures près de lui. Elle prit sa main. « Je suis désolée. »

« Même quand j'ai su qu'elle m'avait délibérément piégé, que Méléagant avait prévu de m'assassiner et d'utiliser mon enfant comme moyen d'accéder au trône, j'ai continué à l'aimer. »

Guenièvre tressaillit. Le plan de Méléagant n'était pas si différent de celui de Merlin. Au moins, Hélène semblait avoir été une participante volontaire, contrairement à la mère d'Arthur.

« Hélène m'a supplié d'être miséricordieux. Et parce que j'ai fait passer mes propres sentiments avant le bien de Camelot, je n'ai pas tué Méléagant. Mon peuple va souffrir, certains pourraient même mourir, parce que j'ai agi comme un homme plutôt que comme un roi. »

« Vous étiez encore jeune. »

Il porta à sa bouche la main de Guenièvre unie à la sienne et effleura le dos de celle-ci de ses lèvres. Elles étaient douces et froides, et la jeune femme en ressentit les effets tout le long du corps. « Vous êtes charitable. Merci de m'avoir permis de vous le dire. Pendant toutes ces longues années, ce secret fut uniquement partagé par Mordred, Méléagant et moi-même. »

Elle se rapprocha de lui. De connaître ce secret lui donnait le sentiment d'être importante, comme si elle comptait dans sa vie. Mais cela eut aussi l'effet de l'inquiéter encore plus. Si Arthur n'était pas un roi vierge, leur faux mariage pourrait-il être un frein à certaines de ses envies ? Elle s'était inquiétée qu'il puisse échouer dans la formation d'alliances et de liens politiques. Elle n'avait pas considéré qu'ils manquaient tous les deux… d'alliances physiques.

« Cela ne me dérange pas », dit-elle, avec une voix aussi douce et paisible que l'obscurité qui les enveloppait dans la tente. « Si vous… êtes à la recherche d'autres femmes. Je comprendrais. Je ne veux pas que vous pensiez que notre arrangement vous en empêche. »

Il se rapprocha d'elle, son corps solide et chaud. « Je ne donnerais jamais à personne aucune raison de parler de nous ou de vous mépriser. Je sais que notre mariage n'est pas normal, mais je suis heureux que vous soyez à mes côtés. L'êtes-vous aussi ? »

« Oui. » Elle n'hésita pas. À ce moment, la chaleur d'Arthur se propageant dans tout son corps, elle était totalement heureuse.

« Bon. Je voudrais… » Il s'arrêta.

Elle se serra plus près, le silence après *je voudrais* était chargé d'une promesse inconnue. Finalement, il reprit la parole : « Je voudrais apprendre à vous connaître. Découvrir la véritable personne que vous êtes. Nous sommes tous les deux ici par la volonté de Merlin, mais il est temps qu'il ne soit plus entre nous. Nous sommes ensemble, Guenièvre. J'aime ça. »

Elle se tourna, masquant son sourire contre l'épaule d'Arthur. Elle ne savait pas si elle dissimulait totalement l'effet qu'il avait sur elle, ou si elle pressait sa joie contre son épaule, tel un baiser. « J'aime ça aussi. »

« Alors, dites-moi quelque chose que personne d'autre ne sait sur vous. »

Elle rit. « Arthur, personne d'autre ne sait rien sur moi. Vous seul savez quelque chose. »

Il eut un rire gêné. « J'imagine que c'est vrai. Je vous ai livré un secret ; vous m'avez tout donné du vôtre. Sauf… votre nom. »

Une onde glacée de désolation s'abattit sur elle. Elle voulait le lui dire. Le lui donner. Mais quand elle essaya de s'en saisir, il était parti. Elle l'avait offert à la flamme et celle-ci l'avait dévoré. La perte la frappa à nouveau.

« Et si je vous racontais une histoire à la place. Sur les étoiles. Je les connais toutes. »

Arthur fit un signe de tête, glissant son bras autour d'elle et caressant ses cheveux avec un mouvement si doux qu'elle se demanda s'il réalisait ce qu'il faisait. Elle tissa l'histoire pour lui, l'attachant autour de lui comme des nœuds jusqu'à ce qu'il s'endormît.

Ce voyage avait apporté tant de nouvelles révélations, tant de nouvelles menaces. Méléagant n'était pas quelqu'un qu'elle pouvait combattre. Ni le fantôme d'Hélène ou l'échec d'Arthur. Elle avait le cœur déchiré de savoir qu'il avait porté cela seul pendant toutes ces années. Et d'une certaine manière, il avait utilisé cette douleur et l'avait forgée en quelque chose de puissant et de déterminé. Quelque chose à porter aussi naturellement qu'il portait sa couronne.

Elle posa sa main contre le cœur d'Arthur, son propre cœur battant comme celui d'un oiseau effarouché à l'intérieur d'un buisson. Elle voulait lui donner son nom. Elle voulait *tout lui donner*.

Et cela la terrifiait.

CHAPITRE QUATORZE

Guenièvre fut réveillée par une dispute.

« Comment avez-vous pu ? » demanda sire Tristan.

Elle s'assit et essaya essaya de frotter ses yeux troublés pour mieux y voir, mais cela ne servit à rien. Elle serait furieuse de ne pas pouvoir se servir des nœuds qu'elle avait préparés et qui lui avaient coûté sa vue. Elle vérifia que ses cheveux étaient toujours plus ou moins en ordre, puis elle se glissa dans l'ouverture de la tente et écouta.

« Méléagant sait que je suis ici », répondit Arthur. « Cela veut dire que Camelot est vulnérable. Je ne voulais pas que nos hommes en stationnement soient séparés. »

« Mais maintenant, nous n'avons plus d'hommes pour compléter nos forces ! Méléagant sait que vous êtes ici, ce qui signifie que *vous* êtes vulnérable. »

« Mieux vaut que ce soit moi qui tombe plutôt que Camelot. »

« Si vous tombez », dit Mordred, d'une voix plus douce que celle de sire Tristan, « Camelot aussi. »

« Camelot vivra. Et nous aussi. Je connais Méléagant. Il se tiendra en embuscade le long d'une route ou tendra un piège dans un village. Nous traverserons les forêts. »

La voix de sire Bohort grinça comme du gravier crissant sous le poids des pieds. « Bien sûr qu'il attendra sur une route, car traverser tellement de forêts est de la pure folie. »

« Nous avons nos chances. »

Guenièvre pouvait deviner un sourire dans la voix d'Arthur. Il semblait avoir hâte de relever le défi. Pourtant, elle donnait raison à Tristan. Il fallait protéger Arthur plutôt que de se déposséder des hommes en stationnement.

Elle s'arma de courage. S'ils étaient tout ce qui lui restait, ils feraient l'affaire.

Elle rassembla ses nœuds et les vérifia pour s'assurer qu'ils étaient tous encore bien serrés. L'urgence du moment ne lui permettait pas d'en préparer de nouveaux qui l'auraient affaiblie. Elle devait rester au meilleur de sa forme pour la forêt.

Elle écarta le rabat de la tente et émergea sous un soleil rayonnant. « Et la reine ? » demanda sire Tristan d'un ton de défiance, en se servant d'elle comme d'une excuse pour ne pas suivre le plan d'Arthur.

« La reine est prête à chevaucher aux côtés de son roi, où que cela la mène », dit Guenièvre en mettant sa capuche. Elle se dirigea vers le cheval qui l'attendait. Arthur la souleva pour monter.

« Vous êtes prête ? » murmura-t-il.

Aussi confiante qu'effrayée, assise sur son cheval, elle lui sourit. « Je suis prête. »

Elle fit en sorte d'être la dernière à entrer sous les arbres. Une branche la griffa ; elle y accrocha un nœud unique de confusion et de cécité. Quiconque les poursuivrait serait dans l'incapacité de trouver leur piste.

Une fois sous les arbres, tout changea. Même l'air devint différent. Plus chaud. Plus proche. Comme si les arbres respiraient, les enveloppant tous dans la vapeur de leurs exhalations. Ils durent ralentir le rythme pour que les chevaux puissent choisir prudemment leur chemin à travers le sous-bois. Il n'y avait pas de pistes évidentes. Personne n'était assez fou pour traverser la forêt s'il n'y était pas obligé.

Pourtant, Guenièvre était plus accablée par l'ennui et la chaleur que par la peur. Après plusieurs heures d'une progression lente, elle avait retiré sa capuche et voulait délacer ses manches. Les chevaliers autour d'elle n'avaient rien enlevé de leur armure de plates et ils transpiraient tous dans une misère silencieuse.

Mordred les rejoignit après être parti en éclaireur. « Toujours la même chose. Des arbres, des feuilles et des insectes. Si nous poursuivons vers le sud, nous devrions sortir de la forêt aux frontières de Camelot d'ici deux jours. Ce soir, quand nous installerons le campement, je poserai des pièges pour… »

Un hurlement fendit l'air épais.

« Il fait encore jour ! » dit sire Bohort, alors que les chevaux se bousculaient, les oreilles en alerte, les narines écartées. « Ils ne peuvent pas être déjà en train de chasser. »

Un autre hurlement vint en retour. Puis un autre. Et encore un.

« Ils chassent », dit Arthur avec une sombre expression. « Et nous sommes encerclés. »

Le cheval de Guenièvre trépigna et secoua la tête en poussant sur le côté. Elle regarda le sol et vit une fine brume s'élever, atteindre les sabots de son cheval et les envelopper avec douceur.

« Le sol ! » cria Guenièvre.

« Je l'ai vu ! » Mordred tira son épée. « Partez ! »

Il donna une tape sur la croupe du cheval de Guenièvre, l'envoyant zigzaguer à toute allure à travers les arbres. Les chevaliers tout autour d'elle en firent autant. Elle tint fermement ses rênes, esquivant les branches qui s'abattaient comme des griffes. Les arbres semblaient se rapprocher les uns des autres, offrant une douzaine de chemins différents pour leurs chevaux. Les séparant.

« Guenièvre ! » cria Arthur. Elle tira sur les rênes en forçant son cheval à détourner sa course pour se diriger vers Arthur.

Une masse grise sauta devant elle. Le cheval se cabra en donnant des coups de patte avant dans l'air. Guenièvre tomba durement au sol et roula pour se dégager des sabots. Son cheval hennit, puis disparut dans les arbres avec le loup qui le mordait à ses trousses.

Mais il y avait plus d'un loup. Elle fixa les yeux jaunes et les crocs découverts de celui qui se rapprochait lentement d'elle. Il ouvrit sa gueule et bondit. Un homme se précipita devant elle, s'attaquant au loup et roulant avec lui. Sire Tristan. Le loup agrippa fermement son avant-bras, transperçant le cuir. Sire Tristan cria avec autant de fureur que le loup grogna. Il se dégagea. Puis il courut vers Guenièvre, la souleva et la précipita dans les bras d'Arthur prêts à l'accueillir.

Elle se cramponna à lui, assise de manière très instable sur le cheval. Arthur la saisit à la taille d'une main et brandit Excalibur de l'autre. Guenièvre avait la tête qui tournait. Elle eut des sueurs froides et le besoin soudain de se jeter sur les loups plutôt que de rester à cheval.

Mais les hurlements s'étaient estompés. Arthur fit dangereusement accélérer son cheval jusqu'à arriver dans une clairière. Il s'arrêta et Guenièvre se laissa tomber, s'éloignant en rampant, essayant désespérément de ne pas vomir. Tout son corps tremblait.

« Formez un cercle », ordonna Arthur. « Bohort, Gauvain, ramassez du bois pour un feu. Il va bientôt faire nuit et nous ne pouvons pas rester sous les arbres. »

« Guenièvre. » Mordred s'accroupit à côté d'elle. Il effleura son dos de la main, sans la toucher. « Est-ce que ça va ? »

« Oui », murmura-t-elle. C'était un mensonge. Elle ne pouvait s'arrêter de trembler. Quelque chose l'avait plus affectée que la peur. Peut-être avait-elle respiré un peu de la brume. « Est-ce que sire Tristan est ici ? »

« Je suis là. » Sire Tristan s'assit lourdement à côté d'elle. Son bras était enveloppé dans un morceau de tissu. Il ne saignait pas trop.

« Merci. » Guenièvre roula sur un côté, puis s'assit. « Vous m'avez sauvée. »

« Vous êtes ma reine », dit-il en réponse. Puis son visage s'adoucit. « Et vous êtes l'amie de Brangien. »

Elle resta là où elle était près de sire Tristan, Mordred debout à proximité, alors que les hommes organisaient un cercle défensif et allumaient un feu. Quand elle eut suffisamment récupéré, elle se leva et alla trouver Arthur.

« Je peux aider », dit-elle.

Il secoua la tête. « Non. J'ai besoin de vous savoir à l'abri. Je vous en prie. »

Sa voix suppliante la calma. Mais elle *devait* aider. « J'ai déjà des nœuds de prêt. Ils sont pour la cécité et la confusion. Si nous les plaçons autour de la prairie, cela pourrait ralentir ou dissuader les loups. Ou d'autres prédateurs. » Elle ne voulait pas imaginer ce qu'il pourrait y avoir d'autre dans les arbres. Les hommes de Méléagant pouvaient certainement être comptés parmi les prédateurs.

« C'est vous qui devez les placer ? Comme les nœuds de porte ? »

« Non. N'importe qui peut le faire. »

Il déboucla la ceinture de son épée et posa doucement Excalibur rengainée sur le sol. « Donnez-les-moi ! Je vais le faire. »

Elle fouilla dans la sacoche fixée autour de sa taille et retira les nœuds. « Laissez-les à intervalles réguliers. Entourez tout le campement. »

Arthur disparut dans les arbres. Elle rejoignit sire Tristan. Même dans la lumière tombante, il n'avait pas bonne mine. « Laissez-moi regarder votre blessure », dit-elle.

Il tendit docilement son bras. Elle enleva le bandage. Le sang coulait lentement, sans que cela soit préoccupant.

Par contre, la température de la peau autour de la blessure était inquiétante. Il se consumait. Guenièvre posa le dos de la main contre son front. Il rayonnait de chaleur. Mais il y avait quelque chose... de différent. Quelque chose qui n'était pas sire Tristan. Comme la moisissure qui pousse sur le pain. « Pourquoi est-il si chaud ? » demanda-t-elle, avec une voix aiguë et serrée.

Mordred l'entendit et s'agenouilla près de sire Tristan. Il examina la blessure. « Il est trop tôt pour que l'infection s'installe. »

« Qu'est-ce qu'une infection ? »

Il fronça les sourcils. « Vous n'en avez jamais vu ? C'est un empoisonnement du sang. Quelque chose qui ne devrait pas être là entre par la plaie. Ça... » Il s'arrêta de parler. Son regard ne voulait pas rencontrer celui de Guenièvre. Sire Tristan se pencha en arrière pour s'allonger sur le sol. « Je vais lui apporter de l'eau. » Mordred s'éloigna avec précipitation.

« J'ai froid », dit sire Tristan en claquant des dents.

Guenièvre ôta sa cape et l'en recouvra. Il frissonna et fut pris de tremblements. Puis, pire encore, il cessa de bouger.

« Arthur ! » cria-t-elle. Sire Tristan ne bougeait toujours pas. Après quelques instants, Arthur les rejoignit. L'expression de son visage confirma ses pires craintes.

« Nous ne pouvons rien faire », dit-il. « L'infection s'est propagée trop vite. »

Guenièvre secoua la tête. Elle ne pouvait pas l'accepter. Elle ne l'accepterait pas. Sire Tristan s'était blessé en la protégeant. Mais comment pouvait-elle combattre le poison dans son sang ? Elle ne pouvait pas le nettoyer, ne pouvait pas...

Une idée la saisit avec autant de force que les mâchoires de n'importe quel loup. Le reste des chevaliers était assez loin et sire Tristan n'était pas en mesure de l'entendre ni de la comprendre. « Je pense que je peux l'aider. »

« Comment ? »

« Par purification. Je ne l'ai fait que sur moi-même et seulement sur l'extérieur de mon corps. Mais si je me concentre sur sa blessure, je pourrai peut-être brûler les parties qui ne sont pas lui. Les parties qui le tuent. »

Arthur regarda son chevalier. Il caressa la joue de sire Tristan, puis se leva. « Non. »

« Je dois essayer ! Ça pourrait ne pas fonctionner, mais... »

« Ce n'est pas ça. Vous ne pouvez pas faire de magie ici, au milieu de mes hommes. Vous pourriez être découverte. »

« Mais sire Tristan... »

« Sire Tristan connaissait les risques de se battre à mes côtés. »

« Moi aussi ! »

« Guenièvre. S'il vous plaît. Si on savait dans le royaume ce que vous êtes, vous seriez bannie, dans le meilleur des cas. Au pire ? Tout ce que j'ai construit serait ébranlé. Les gens me soupçonneraient d'avoir été au courant, d'avoir fermé les yeux. Comment pourrais-je justifier du bannissement ou de l'exécution de toutes ces personnes qui ont fait œuvre de magie ? Sire Tristan a vécu dans l'honneur. S'il meurt, ce sera de la même manière et on se souviendra toujours de lui. Je ne vous perdrai pas tous les deux. »

« Arthur, je… »

« *Non.* »

Elle recula au ton de sa voix. C'était la première fois qu'il lui parlait non comme Arthur, mais comme un roi. L'autorité et la pression de son commandement avaient un aspect physique qui l'avait paralysée.

« Je dois vous protéger », murmura-t-il encore une fois.

« Roi Arthur ! » cria l'un des chevaliers. « Un loup ! »

« Formez un cercle autour de la clairière ! » Arthur s'éloigna, ramassant son épée sur le sol et la dégainant. Guenièvre frissonna. « Faites front ! Ne laissez rien passer ! »

La brume s'enroulait autour de la clairière, laissant des volutes planer comme à la recherche de faiblesses. Il n'y avait aucun hurlement, aucun bruit. Ce qui aggravait les choses, d'une certaine manière. Puis sire Gauvain cria et il y eut un glapissement puissant. Guenièvre ne pouvait rien faire.

Mais… personne ne la regardait. Ils étaient tous occupés à rester en vie.

Elle se précipita vers le feu et ramassa une seule brindille du bord. Une étincelle brillait à sa pointe. De retour aux côtés de sire Tristan, elle s'agenouilla et ferma les yeux. Elle avait besoin de changer la façon dont la magie se déroulait, de changer ce qu'elle voulait que la magie fasse. Elle risquait de perdre le contrôle du feu et de brûler sire Tristan de l'intérieur. De toute façon, elle serait responsable de sa mort. Elle ne laisserait pas cela se produire sans un combat.

Elle rapprocha son doigt de l'étincelle, la laissant sauter jusqu'à elle. La nourrissant de son souffle. Puis elle la tint devant la bouche de sire Tristan et la laissa goûter à son souffle. Elle l'approcha de sa blessure et la fit passer de son doigt à la peau du chevalier. Sire Tristan tressaillit, mais ne se réveilla pas.

« Brûle tout ce qui n'est pas lui », murmura-t-elle, en se concentrant sur la flamme, s'efforçant de la faire plier à sa volonté. La flamme dansa d'une lumière chatoyante, le long des marques des dents du loup. Et puis, elle disparut.

Sire Tristan sursauta. De la sueur perla sur sa peau puis s'évapora aussi rapidement qu'elle était apparue. Guenièvre garda sa main sur le bras du chevalier, restant à l'écoute de l'étincelle qui le traversait. Elle était gourmande, affamée. L'étincelle avait eu l'ordre de se nourrir uniquement de ce qui n'était pas sire Tristan. Il y avait de quoi. Guenièvre pouvait sentir l'infection, une obscurité insidieuse essayant d'enlever sire Tristan. L'infection était menaçante, en colère et… consciente.

Elle poussa le feu plus fort. Il mangea et mangea, et juste au moment où Guenièvre pensa que celui-ci n'aurait pas suffisamment de temps pour sauver sire Tristan, il s'arrêta. Il ne restait plus rien à manger. Plus rien qu'elle lui avait commandé de manger. Le feu se tourna vers l'extérieur, prêt à dévorer sire Tristan.

Elle le rappela. Il hésita. Elle allait perdre le contrôle. La panique se fit sentir, mais elle l'accepta avec détermination et un désespoir instinctif.

Elle ne le *perdrait pas*.

Quelque chose en elle, quelque chose d'inconnu au milieu de tous les nœuds et les sorts, entoura le feu en le faisant battre en retraite. Le chassant et le canalisant loin de sire Tristan. Il se retira rapidement dans sa main en la brûlant. Elle cria de douleur, en étouffant les flammes avec sa capuche. Ses doigts étaient cloqués. Mais le feu était éteint.

Elle leva les yeux à la recherche d'une gourde, mais elle resta figée comme une biche face à un chasseur. Mordred la regardait. Il était à demi tourné vers la forêt, mais ses yeux, toujours braqués sur elle, avaient tout vu.

Elle était prise.

C'était fini.

Puis Mordred se retourna vers la forêt sans un mot.

Tout en tremblant, sa main douloureuse à l'extrême, elle s'empara d'une gourde et aida sire Tristan à boire. Sa peau avait perdu la chaleur meurtrière de l'infection. Il ouvrit les yeux, en clignant des paupières. « Ma reine ? » demanda-t-il.

« Reposez-vous. » Elle posa délicatement sa tête sur ses genoux. Elle lui versa de l'eau dans la bouche, par petites gorgées, trop effrayée de lever les yeux de peur que les loups des hommes ne s'abattent sur elle à cause de sa transgression.

Ils combattirent la meute toute la nuit. Quand le matin repoussa finalement les ténèbres, les chevaliers étaient épuisés, mais aucun ne saignait.

« La façon dont ils se déplaçaient », déclara sire Bohort. « C'était comme s'ils étaient ivres. Ils ne pouvaient jamais déterminer où nous étions. Dieu nous a protégés. »

« Oui », dit Arthur d'une voix ferme et rayonnante. « Dieu nous a protégés. »

Guenièvre ne dit rien. Ses nœuds avaient fait leur travail. Elle l'avait ressenti à mesure que chacun d'entre eux s'épuisait, sa vision étant revenue enfin à la normale. Ses yeux lui faisaient mal et piquaient, mais la douleur n'était rien comparée à celle de sa main brûlée.

Sire Tristan vérifiait les chevaux. Arthur s'approcha de lui et l'embrassa rapidement. « Vous allez bien ? »

Sire Tristan fléchit le bras en le regardant. « C'est douloureux, mais la fièvre est passée. »

Arthur lui serra l'épaule. « Vous nous avez fait peur. »

Sire Tristan sourit, ses lèvres charnues s'épanouissant comme une fleur de printemps. « Je m'efforcerai de ne plus jamais effrayer mon roi. »

« Veillez à ce que ce soit le cas », dit Arthur en riant. Mais quand il se retourna et croisa les yeux de Guenièvre, son sourire disparut et son visage s'assombrit. Il savait ce qu'elle avait fait.

Il ne lui parla pas. Ni Mordred d'ailleurs. Maintenant que les choses étaient plus calmes, elle se tenait debout, tendue et prête pour les accusations. Mais tous les chevaliers préparaient leurs chevaux avec une attention efficace et répétée.

« Guenièvre a besoin d'un cheval », déclara Mordred.

« Elle peut monter avec moi, si cela sied à mon roi », déclara sire Tristan. « Je ne peux pas bien manier une épée à cheval avec cette blessure, mais je peux la protéger. »

« Merci. » Arthur inclina la tête pour lui accorder la permission. Elle voulait lui parler, mais il n'y avait aucune intimité, aucune occasion.

Guenièvre rejoignit sire Tristan sur son cheval. Ils chevauchèrent pendant des heures à vive allure, mais prudemment. Il n'y avait aucune trace des loups, aucune indication de poursuite. L'aspect de la forêt se modifia également. Les arbres se firent moins oppressants et l'air se purifia. C'était encore un endroit sauvage, non cultivé, mais il semblait moins menaçant.

En fin d'après-midi, ils s'arrêtèrent pour se reposer. Les hommes conduisirent les chevaux à un ruisseau qui coulait à proximité pour y remplir leurs gourdes. Guenièvre marcha dans la direction opposée. Elle gardait tout le monde en vue, mais sa tête lui faisait mal à cause de la tension de la nuit précédente associée au stress et à la peur d'être découverte. Elle souhaitait qu'Arthur la rejoigne pour qu'ils puissent parler de ce qu'elle avait fait, mais il restait avec ses hommes.

Sire Tristan marchait parmi eux. En bonne santé. Vivant. Elle avait fait ça. Et elle ne le regrettait pas. Même si elle avait été découverte, elle n'aurait pas pu le regretter. C'était la chose à faire.

Arthur lui avait dit une fois qu'il ne mettrait jamais rien au-dessus de Camelot. En se souvenant de cela, elle eut envie de rentrer sous terre, coupable. Elle avait placé sire Tristan au-dessus de Camelot. Si elle avait été découverte, cela aurait très bien pu menacer l'autorité d'Arthur. Elle comprenait pourquoi il lui avait interdit la magie. Mais elle n'avait pu se résoudre à accepter que sire Tristan puisse mourir afin de préserver son secret. Si elle avait été découverte, elle aurait menti, en affirmant qu'elle avait été envoyée pour tromper Arthur. Elle aurait dit qu'elle l'avait ensorcelé sans qu'il ne s'en rende jamais compte. Elle aurait fait tout ce qu'elle devait faire pour le protéger.

Elle se reposa entre les racines d'un arbre massif. Une main contre l'écorce ne révéla aucune morsure, aucune méchanceté. Seulement le sommeil profond et paisible du sol, du soleil et de l'eau. Elle ferma les yeux, savourant les bienfaits du soleil sur elle. Un désir bref et curieux de feuilles et de racines la remplit. Qu'il était paisible d'être un arbre ! Les arbres n'avaient qu'à pousser. Les arbres n'avaient pas de cœur pour confondre et compliquer les choses. Les arbres ne pouvaient pas aimer les rois et en même temps leur désobéir.

Une ombre bloqua le soleil de ses rêveries. Elle ouvrit les yeux et trouva Mordred debout au-dessus d'elle.

Elle se leva pour répondre à son accusation. Il lui fit signe de lui tendre sa main brûlée, la preuve de son usage de la magie interdite. Sa main l'avait fait atrocement souffrir toute la matinée, mais elle l'avait gardée cachée sous ses vêtements. Elle tendit la preuve avec un regard provocateur.

« Vos yeux sont verts aujourd'hui », dit-il. Il écrasa plusieurs feuilles, puis les pressa doucement contre sa peau boursouflée. La sensation fut instantanément rafraîchissante. Elle laissa échapper un doux soupir de soulagement. Mordred enroula une bande de tissu déchiré autour de la main pour maintenir les feuilles en place. Leur peau ne rentra pas en contact. Elle en était reconnaissante. Elle ne voulait pas d'une autre étincelle à ce moment-là, et Mordred ne semblait jamais brûler. « Vos yeux ne sont pas toujours verts. Parfois, ils sont bleus comme le ciel. À Camelot, ils sont gris comme les pierres. J'aime mieux le vert et le bleu. »

Guenièvre ne comprenait pas ce qu'il disait. Elle n'avait jamais pensé à ses propres yeux. Mais ce qu'elle comprenait, c'était qu'il ne l'accusait pas ni ne révélait sa culpabilité. Il la protégeait.

« Comment avez-vous appris à faire cela ? » demanda-t-elle. Elle voulait parler, mais pas de ce qu'elle avait fait. Elle souleva sa main apaisée.

« Tout n'est pas destruction dans la forêt. La forêt, c'est aussi la vie. » Il sortit une délicate fleur pourpre et jaune de son gilet de cuir. « Pouvez-vous le ressentir ? »

« Je le peux », dit-elle, hésitante.

« Certaines choses ne poussent qu'à l'extérieur des murs. » Il tendit la fleur avec un sourire dissimulé. Il n'allait pas le dire aux autres chevaliers. Il allait la protéger. « Gardez-la en dehors des murs. Personne n'a besoin de savoir. »

Elle prit la fleur. « Merci », murmura-t-elle. Elle éprouva un immense soulagement et beaucoup de gratitude. Mordred était de son côté. Guenièvre mit la fleur sous sa robe, blottie contre son cœur, là où elle serait à la fois cachée et en sécurité.

Ses loups l'avaient presque savourée. Ils étaient presque arrivés à savoir ce que la reine-non-reine cachait.

Ils échouèrent.

Mais ils réussirent, aussi. La reine-non-reine avait parlé au feu, et le feu avait écouté. Et cela valait la peine d'être su.

Elle se frotta à l'arbre qui avait bercé la reine-non-reine, sentit la nostalgie laissée derrière dans son sillage. La reine-non-reine n'est pas une créature de pierres et de murs, de règles et de lois.

La reine-non-reine est le chaos.

Et Arthur l'a fait entrer dans son cœur.

CHAPITRE QUINZE

Ils quittèrent enfin la forêt pour rejoindre les frontières de Camelot, sains et saufs, où le reste des hommes d'Arthur attendait.

Arthur n'avait toujours pas parlé seul à Guenièvre. Elle se sentit autant angoissée que soulagée lorsqu'il la conduisit à l'écart du groupe. Ils se tinrent sous le soleil, à une certaine distance des autres. Mais le visage d'Arthur était voilé par une émotion que Guenièvre ne connaissait pas.

Prête à éclater, elle parla la première : « Vous ne pouvez pas être en colère contre moi parce que je l'ai sauvé. »

Arthur soupira. « Je peux et je le suis. Et je ne le suis pas. Je suis heureux que sire Tristan soit vivant. Il m'est très cher. Mais je ne peux pas vous faire prendre de risques. »

Elle haussa les bras, exaspérée. « Je ne suis pas une princesse fragile ! Je suis ici pour prendre des risques ! »

Il ouvrit la bouche pour lui répondre, puis rapprocha délibérément les lèvres et ferma les yeux. Il retenait quelque chose, quelque chose en lui. Elle put en lire la tension sur son visage.

Finalement, il rouvrit les yeux. « Je dois repartir inspecter les frontières du Nord. Nous parlerons davantage à mon retour. Je vous en prie, ne faites rien en mon absence. » Comme s'il pouvait lire ses pensées, il lui prit les mains. « Guenièvre. Je vous en prie. La femme qui a été bannie peut attendre. Quand je reviendrai, nous en discuterons et nous établirons un plan. Ensemble. Promettez-moi que vous m'attendrez. »

Elle voulut se rebeller, mais il n'y avait ni colère ni injonction sur le visage d'Arthur. Ses traits étaient tendus par une véritable inquiétude. Elle soupira sentant que le désir de se défendre la quittait. « Oh, très bien. »

« Merci ! » dit-il. Puis, à sa grande surprise, il la serra contre lui et pressa ses lèvres chaudes contre sa joue. Sa chaleur s'y attarda alors qu'elle le voyait s'éloigner une fois de plus.

La chaleur ne persista pas assez longtemps pour la réconforter sur la barge qui la mena à Camelot. Brangien la tint pendant qu'elle se recroquevillait au centre du bateau. Même Mordred était parti avec Arthur. Il n'y avait donc personne pour la conduire à travers le tunnel.

Sire Tristan avait été laissé à Camelot en convalescence et était chargé, avec sire Bohort, de diriger la ville en l'absence d'Arthur. Guenièvre n'avait rien d'autre à faire que d'être reine. De retour au château, exténuée, elle laissa Brangien s'agiter autour d'elle. Elle trouva un prétexte à sa brûlure en l'attribuant aux risques de s'occuper d'un feu de camp dans la forêt. Mais grâce aux soins de Mordred, elle n'était plus douloureuse.

Lorsqu'il fut enfin l'heure de se coucher, elle prévit d'attendre que Brangien s'endormît pour aller voir les pierres imprégnées de magie qu'elle avait laissées cachées à l'extérieur du renfoncement. Elles lui avaient donné une idée de ce qu'elle pourrait faire pendant l'insupportable attente. Au lieu de cela, elle sombra dans un sommeil aussi lourd et épais qu'une couverture.

Les trois jours suivants furent sensiblement les mêmes. Il n'y avait pas Arthur ni Mordred. Pas de chevalier patchwork à traquer, ni de sorcière Roselyne à vaincre. Guenièvre avait fabriqué ses propres pierres de magie et les avait placées en sentinelles à travers Camelot. De cette manière, elle serait alertée de toute magie effectuée dans la ville et pas seulement au château. Mais tous ses nœuds étaient restés intacts. Rien n'avait déclenché d'alarme.

Pour le moment, elle était simplement une reine, péniblement occupée. Ayant fait connaître sa disponibilité, elle avait des visiteurs tout au long de la journée. Les après-midi, elle faisait l'effort de se promener avec Brangien, accompagnée d'un garde, de rendre visite aux marchands et d'être vue dans la ville. Elle ne voulait pas être une reine invisible dans un château. Arthur ne gouvernait pas de cette façon et elle voulait lui ressembler. Être son égale.

Être sa partenaire.

Elle ne pouvait plus le nier. Elle voulait être plus qu'une protectrice pour lui.

Une partie d'elle craignait que son acceptation de différer ses agissements à la demande d'Arthur ne fût qu'un moyen de prolonger son temps ici. Parce que si elle avait raison et si Roselyne était le pourquoi de sa présence ici, qu'en serait-il après ? Quel serait son rôle, une fois sa mission accomplie ?

La perspective de retourner dans la cabane dans les bois la remplit du même vide lancinant qu'elle avait ressenti en essayant de retrouver ses souvenirs.

Arthur n'était toujours pas revenu. Cela l'inquiétait. Pendant trois nuits, elle essaya de rester éveillée pour tenter de petites opérations de magie pour le localiser. Et chaque nuit, le sommeil la rattrapa avec une efficacité brutale. Lorsqu'elle se réveilla au quatrième matin, avec les courtines de son lit refermées par quelqu'un d'autre qu'elle, elle comprit que quelque chose n'allait pas. Elle se serait réveillée si Brangien avait tiré les courtines. Elle vérifia toutes les portes, remit même des nœuds aux fenêtres, mais rien n'était passé au travers.

Cette nuit-là, avant de se glisser dans son lit, elle fit un nœud dans ses cheveux et le plaça sur ses yeux. Après quelques minutes, elle sentit le poids de la magie pousser contre elle, essayant de passer outre sa propre protection. Quelqu'un l'avait forcée à dormir ! Elle fit semblant que cela fonctionna, gardant sa respiration régulière et profonde. Mais aucun ennemi n'apparut. Elle était seule dans la chambre. Quelle était l'attaque ? Où était l'intérêt de la forcer à plonger dans un sommeil enchanté si Arthur était parti ? Elle n'avait pas été préparée à être une cible elle-même.

Et l'attaque devait trouver sa source dans l'enceinte de la pièce. Toute magie aurait été annulée en passant le seuil.

Son cœur se brisa. *Brangien.*

Elle entendit des voix basses provenant du salon et se redressa dans son lit. Un morceau de tissu tomba de sa poitrine sur laquelle il avait été laissé. Elle connaissait ce fil rouge. La broderie que Brangien manipulait constamment. Comment Guenièvre ne l'avait-elle pas vu ? Brangien connaissait la magie des nœuds. Et elle l'avait utilisée sur Guenièvre.

Il était évident que sa camériste ne risquerait pas d'être bannie ou exécutée juste pour profiter de quelques nuits avec un amant. Brangien semblait trop intelligente, trop pragmatique pour cela. Le salon était toujours vide la nuit. La camériste aurait pu faire rentrer un homme sous le couvert de l'obscurité.

Il devait y avoir quelque chose de sinistre en jeu. Cela rendait Guenièvre malade. Brangien avait été son guide. Son amie. Et elle avait été aveugle à la magie qui se faisait sous son propre nez. Et si Brangien avait frappé ? Et si elle avait blessé Arthur ?

Guenièvre était sotte de faire confiance à qui que ce soit. Tout à propos d'elle était mensonge ; elle devrait en assumer la réciprocité chez les personnes de son entourage.

La porte du salon était légèrement ouverte. Guenièvre y jeta un œil et regarda à travers. Brangien était à l'intérieur avec... sire Tristan. Guenièvre avait tout risqué pour le sauver. Était-il, lui aussi, contre elle et le roi ?

La jeune femme était dans ses bras. C'était peut-être aussi simple que cela. Une camériste et un chevalier dans une relation amoureuse susceptible d'être l'objet de rumeurs. Brangien n'était cependant pas socialement inférieure à sire Tristan. Et Guenièvre et Arthur auraient tous deux acclamé cette union.

À la façon dont ses épaules bougeaient, elle n'était pas embrassée dans un élan amoureux. Elle était enlacée en pleurs. Le bain était plein, prêt à déborder. Guenièvre regarda Brangien se ressaisir, en reniflant.

« Je vais encore essayer. Vous avez raison. Nous ne pouvons pas renoncer. »

Elle se pencha au-dessus de la baignoire et tira une mèche de cheveux de son sac. Elle la plongea dans l'eau, en l'utilisant pour créer des ondulations et des remous. Brangien scrutait, cherchait quelque chose ou quelqu'un dans l'eau.

« Vous le faites mal », dit Guenièvre en entrant dans la pièce. Elle tenait la dague qu'Arthur lui avait donnée. Il y avait un nœud meurtrier, un mouvement simple et brutal, qu'elle pouvait nouer sur la peau avec la pointe du métal. Bien plus efficace qu'un coup de couteau qui ne pourrait qu'égratigner sire Tristan. Son estomac était chaviré, mais elle était résolue. Elle le ferait. Si elle le devait.

Brangien poussa un cri d'effroi et laissa tomber les cheveux sur le sol. Sire Tristan se retourna, la main sur le pommeau de son épée. Puis ses yeux s'écarquillèrent de surprise et il s'inclina. « Ma reine. Je suis désolé. Nous étions... »

« Vous étiez en train de scruter. »

Brangien ramassa les cheveux et les serra contre sa poitrine. « S'il vous plaît, ma dame, laissez-moi vous expliquer. »

« Expliquer pourquoi vous utilisiez la magie pour me forcer à dormir ? »

Brangien, honteuse, baissa la tête. « S'il vous plaît, par pitié. Le bannissement, pas la mort. Si j'ai fait quelque chose pour vous aider, quoi que ce soit pour... »

« C'était bien fait. La magie des nœuds, je veux dire. Je n'ai jamais vu ces modèles auparavant, mais ils ont du sens. Vous avez combiné le sommeil avec... » Guenièvre s'arrêta. Aucun de ses deux opposants ne s'était déplacé vers elle. La promesse de violence rendait la dague plus lourde qu'elle ne le devait.

Tressaillant, Brangien donna les détails. « Le poids. Il retient le dormeur pour que rien ne perturbe son repos. Je l'ai utilisé une fois auparavant lorsque vous étiez si fatiguée, mais que votre sommeil était agité. Je voulais que vous alliez mieux. Et ça avait si bien fonctionné, j'avais cru... J'avais pensé que je pourrais l'utiliser pour nous donner du temps de scruter sans être pris. » Brangien, forte et intrépide, leva le menton. « Sire Tristan n'a pas utilisé la magie. Il ne sait pas comment faire. Je l'ai ensorcelé. »

« Brangien », dit-il en secouant la tête.

« Vous voyez ? Il est toujours sous mon contrôle. »

Guenièvre avait prévu de raconter le même mensonge si elle devait être attrapée et Arthur impliqué. « Pas s'il a franchi les portes du château ces derniers jours. N'importe quel sort serait rompu. »

« C'était vous ? » Brangien haleta. « J'ai dû refaire mon travail tellement de fois ! Je pensais que je perdais mes compétences ! »

« Pourtant, vous ne semblez pas surprise que je connaisse la magie. »

Brangien hocha la tête, se tordant nerveusement les mains et serrant toujours la mèche de cheveux. « J'ai vu les nœuds dans vos cheveux. D'autres choses, aussi. Je sais que les pratiques sont différentes dans le Sud. J'ai pensé... Eh bien, j'ai pensé que vous pourriez comprendre. »

Brangien avait été découverte, mais Guenièvre aussi. Elle pouvait voir sire Tristan retrouver ses esprits. La main du chevalier dériva vers son bras qui guérissait bien, mais dont la plaie était toujours enveloppée. « Est-ce que vous... »

« Je ne voulais pas perdre un homme si bon. Je pensais que vous étiez un homme bon. J'ai toujours besoin que vous le soyez. Brangien, vous êtes ma seule amie ici. Je n'ai jamais ressenti de menaces de votre part. » Elle l'aurait su. Il est certain qu'elle l'aurait su. Elle l'aurait senti en la touchant. C'était une trahison, mais sans doute pas aussi dangereuse que Guenièvre l'eût crainte. « Vous deux, dites-moi en toute vérité : êtes-vous une menace pour Arthur ? »

« Non ! » s'exclama sire Tristan. Il mit un genou à terre et secoua la tête. Ses beaux yeux bruns lui faisaient mal à cette simple suggestion. « Je mourrais pour mon roi. »

« Et pour votre reine. » Guenièvre n'avait pas oublié, n'oublierait jamais. Sire Tristan n'avait pas hésité à se mettre entre elle et le loup. Ce n'était pas l'action d'un homme qui conspirait contre eux.

« Je crois en tout ce que le roi Arthur fait ici », déclara Brangien. « Vous avez certainement pu le concevoir lorsque nous étions ensemble. Je crois en Camelot. Je ne ferais jamais de mal au roi. »

Guenièvre remarqua la façon dont Brangien tenait la mèche de cheveux, comment elle les caressait inconsciemment. Ce n'étaient pas les cheveux d'Arthur, qui étaient toujours coupés court. Ni ceux de Guenièvre, d'ailleurs. Ils étaient de couleur profondément auburn à la lueur des bougies, longs et doux.

« Donnez-moi votre main », dit Guenièvre. Brangien s'exécuta, levant une main tremblante vers sa reine.

Normalement, Guenièvre ne prenait que ce que la magie du toucher la forçait à ressentir. Mais cette fois, elle l'utilisa activement, poussant, cherchant. Brangien y était. Tout entière. Esprit et intelligence, débrouillardise. Un puits de chagrin, également, si profond et si pur qu'il fit haleter Guenièvre alors qu'elle n'en touchait que le bord. Colère et peur aussi, mais elle ne trouva pas de méchanceté ou de vengeance, nulle part. Elle ne sentit pas de menaces, à aucun endroit. Seulement un désir ardent.

Satisfaite, elle retira sa main. L'éloignement de Brangien était un soulagement. Le poids des émotions d'une autre personne était accablant. Guenièvre en avait la tête qui tournait et elle se sentait distante d'elle-même.

Elle s'assit lourdement sur une chaise. Brangien n'était pas malveillante. Et maintenant, elles connaissaient chacune les secrets de l'autre. Ou du moins, Brangien connaissait l'*un* de ceux de Guenièvre. « Très bien. Dites-moi ce qui valait la peine de tout risquer. »

« J'essaie de la retrouver. Yseult. » Les yeux de Brangien débordaient de larmes. « Cela fait tellement longtemps. Il y avait quelques lettres au début qu'elle réussissait à faire sortir clandestinement. Mais je n'ai plus de nouvelles d'elle et j'ai peur, j'ai tellement peur. » Les larmes coulèrent. Guenièvre voulait la réconforter, mais cela impliquait de se rapprocher de la baignoire pleine, ce qu'elle n'était pas disposée à faire.

Le terrible chagrin. Le désir irrésistible. « Sire Tristan n'est pas celui qui aime Yseult, n'est-ce pas ? » demanda Guenièvre.

Sire Tristan hocha la tête, lentement. « Je ferais n'importe quoi pour la voir heureuse. Et Brangien aussi. Toutes les deux réunies. »

Yseult et *Brangien.* Il n'était pas étonnant qu'elle ait été bannie avec Tristan.

Guenièvre n'enviait pas la douleur que la jeune femme affichait sur son visage. Mais quelle sensation cela ferait-il d'aimer si fort qu'il en était possible d'en souffrir autant ? L'immense douleur semblait sans pareil, presque sacrée. Brangien la portait toujours en elle, occupant une partie de son âme. Et si le chagrin était si profond, combien plus profond devait être l'amour qui l'avait formé ?

L'envie pénétra Guenièvre. Elle voulait un tel amour. Et elle désirait que Brangien retrouvât le sien. « Vous essayez de voir Yseult ? »

La camériste acquiesça de la tête, avec un espoir prudent.

« Un cheveu », dit Guenièvre. Elle avait vu Merlin le faire. Elle ne pouvait pas se souvenir quand ni comment, mais elle se rappelait distinctement avoir observé Merlin alors qu'il regardait l'eau d'une baignoire, en faisant un cercle avec un cheveu, encadrant l'eau et en la guidant vers ce qu'il voulait voir. « Prenez un cheveu et faites un cercle au-dessus de l'eau. Puis passez la main à travers en vous concentrant sur Yseult. Retirez votre main et vous devriez obtenir ce que vous désirez. Attendez, non ! » Guenièvre avait oublié quelque chose. Que manquait-il ? La magie du fer était nourrie par le sang. La magie du feu était nourrie par la matière. Qu'est-ce qui nourrissait la magie de l'eau ? Pourquoi ne se souvenait-elle pas ?

Parce qu'elle *détestait* l'eau. Forcer son esprit à y penser était comme pousser contre la barrière qui sépare le sommeil du réveil.

Un visage dans l'eau. Des bulles et puis rien.

Guenièvre frissonna, inclinant son corps dans la chaise de façon à ne pas voir du tout le bain. « Je me souviens. Vous ne voulez pas faire ce que la magie de l'eau exige. »

« Si, je ferai n'importe quoi. »

« L'eau veut remplir. L'eau veut prendre la forme de ce qu'elle rencontre. Pour réussir la magie de l'eau, il faut faire un sacrifice dès le départ. Une fois que l'eau recevra le souffle comme paiement, elle fera ce que vous voulez. Mais vous devez noyer quelqu'un. »

Brangien s'effondra sur le sol, vaincue. « Alors elle m'est perdue. »

« Non. J'ai un autre moyen. Et de cette façon, Yseult vous verra aussi. » Guenièvre sourit, mais son sourire était forcé du fait de la crainte déconcertante de la mémoire. De Merlin et de l'eau. Quand était-ce arrivé ? Qui avait-il noyé ? Et pourquoi ?

Pourquoi n'y avait-elle pas pensé jusqu'à présent ?

Ils retournèrent dans la chambre. Guenièvre savait qu'elle devrait attendre et enquêter davantage. Mais elle avait désespérément besoin d'une distraction. Elle prit les cheveux d'Yseult et les noua avec ceux de Brangien. Celle-ci se coucha sur son lit et Guenièvre vérifia son travail. Elle sacrifierait ses propres rêves pendant une semaine avec cette magie. Mais ça en valait la peine. Ses rêves ne lui avaient rien montré d'utile. Elle s'en souvenait à peine.

Elle plaça les nœuds de sommeil de Brangien sur sa poitrine et l'esprit de la jeune femme s'en alla.

Guenièvre s'assit en retrait, satisfaite. Sire Tristan se déplaça mal à l'aise à côté de la porte. Il ne devrait pas être là. S'il était pris, il aurait d'énormes ennuis. Tous les deux en auraient.

Maintenant, elle n'avait pas un, mais deux alliés de plus au sein de Camelot. Elle ne savait pas si elle allait en parler à Arthur. Arthur avait été si strict sur les règles dans la forêt qu'elle ne pouvait pas être certaine qu'il les laisserait rester.

C'était donc son secret pour l'heure. Elle fit signe à sire Tristan de partir. « Je vais veiller sur elle. Allez vous reposer, bon chevalier. »

Il sortit avec gratitude. Guenièvre s'assit aux côtés de Brangien, espérant que le sourire qui flottait sur le visage rêveur de celle-ci était un signe que leur magie avait fonctionné. La bonté n'était pas quelque chose qu'elle avait été en mesure d'offrir par magie auparavant. Cela ne résolvait pas ses problèmes, mais c'était agréable et elle l'acceptait.

« Qui êtes-vous vraiment, Merlin ? » chuchota-t-elle. Elle aurait aimé pouvoir lui rendre visite, lui parler. Exiger des réponses pour tout ce qu'il avait fait.

Et puis, elle se rendit compte que sa réponse était couchée là, juste en face d'elle. Elle maudit son manque de prévoyance en se refusant ses rêves pendant une semaine. Peut-être qu'elle l'avait fait exprès. Elle savait qu'elle s'était précipitée pour aider au lieu de réfléchir à chaque aspect des choses. C'était parce qu'elle n'avait pas voulu affronter les questions difficiles. Risquer d'obtenir des réponses.

Maintenant, ça suffisait. Dans sept nuits, ses propres rêves lui reviendraient. Elle les parcourrait jusqu'à Merlin.

CHAPITRE SEIZE

Guenièvre était déjà réveillée lorsque Brangien se redressa dans le lit. C'était la première fois qu'elle réussissait à se lever plus tôt que la camériste. « Oh non », dit Guenièvre en couvrant sa bouche. Les yeux de Brangien étaient remplis de larmes. « Que s'est-il passé ? »

La jeune femme secoua la tête, rayonnante. « Je l'ai vue. Nous étions ensemble. Merci. Merci infiniment, ma reine. » Elle sauta du lit et jeta ses bras autour de Guenièvre. Cette dernière fut surprise par le contact. Brangien, qui l'habillait d'ordinaire, n'avait jamais eu de gestes affectueux. Guenièvre apprécia l'étreinte et se laissa aller. Elles étaient maintenant liées par un secret. Lentement mais sûrement, Elle se taillait une place à Camelot. Brangien et sire Tristan, Mordred et Arthur, bien sûr. Il était bon d'avoir des amis et des alliés, en plus du roi.

Mais, c'était dangereux aussi. Plus il y avait de gens qui connaissaient ses secrets, plus il y avait de risques qu'ils en découvrent de trop.

Brangien relâcha son étreinte et s'affaira aux tâches matinales en discutant gaiement du temps passé avec Yseult en rêve. Guenièvre évacua certaines des inquiétudes et des peurs qu'elle retenait en elle. Cet acte n'avait pas aidé à protéger Arthur, mais avait rendu Brangien heureuse. Avec toute la noirceur s'immisçant autour de ce qu'elle savait désormais sur Merlin, c'était un réconfort de savoir que sa propre magie pouvait être utilisée pour la douceur, la bonté et l'amour.

« Viendrez-vous au marché aujourd'hui ? » demanda la caméristе en étalant plusieurs options vestimentaires.

Guenièvre grimaça à l'idée de s'y rendre. L'absence d'Arthur et de Mordred l'obligerait à traverser le lac deux fois. Elle n'avait ni envie ni besoin du marché. « J'aimerais me reposer pendant un jour. Mais allez-y... De toute façon, je dois marcher cet après-midi avec Dandrane. Vous serez donc épargnée. »

« Gentillesses sur gentillesses, ma reine. » Brangien rit avec des joues bien rouges et des yeux qui brillaient. Guenièvre ne l'avait jamais vue aussi heureuse, et cela était un véritable baume pour son âme. Cela ne faisait aucun doute qu'elle serait déçue lorsque dans une semaine, Guenièvre aurait besoin de retrouver sa capacité à rêver. Mais, en attendant, son bonheur était contagieux.

« Prenez du fil. Je veux que vous m'appreniez les nœuds que vous connaissez. »

Brangien acquiesça de la tête. « C'est ma mère qui m'a appris. Où avez-vous appris ? »

« Mon... » Guenièvre se reprit. Seulement quelques vérités avec sa caméristе, pas toutes. « Ma nourrice. Ce n'est pas si rare dans le Sud. Mais nous devons rester prudentes. » Guenièvre voulait vaincre Roselyne et non pas la rejoindre dans le bannissement.

« Bien sûr. Toujours. » Avec une jolie révérence, Brangien partit.

Guenièvre envisageait de passer une matinée tranquille, couchée sur son lit, mais elle était rongée par l'ennui et brûlait d'impatience. Elle aurait dû aller au marché, après tout. Le renfoncement ne contenait rien à l'exception des pierres qu'elle avait rapportées et qui gardaient leurs secrets. Peu importe comment elle les tapotait ou les faisait rouler, elle ne pouvait pas comprendre leur finalité. Elle ferait probablement mieux de les lâcher dans le lac du haut de Camelot. Mais en le faisant, elle se demanderait toujours ce qu'elle aurait manqué.

Elle en mit une dans une sacoche et l'emporta avec elle chez Dandrane cet après-midi-là. En déambulant dans les rues de Camelot, accompagnée d'un garde en l'absence de Brangien, Guenièvre joua négligemment avec la pierre. Dandrane bavarda allègrement, mais fit remarquer à plusieurs reprises combien il était décevant que la ville soit désertée de la plupart de ses habitants qui se trouvaient au marché. Elle aimait être vue en compagnie de Guenièvre. C'était une monnaie sociale, et Elle avait eu très peu à dépenser avant de gagner la faveur de la reine.

De son côté, Guenièvre trouva Dandrane reposante. Il n'y avait jamais de pression pour parler et aucun risque de dire une chose qu'il ne fallait pas. Dandrane dirigeait la conversation comme un cavalier expert dirige un cheval.

Elles tournèrent dans une petite rue et se dirigèrent vers la boutique d'un marchand que la sœur de Perceval voulait regarder. La pierre dans la main de Guenièvre était aussi chaude que la journée qui les entourait.

La température de la pierre augmenta.

Guenièvre s'arrêta, la serrant dans sa main.

« Quelque chose ne va pas ? » s'inquiéta Dandrane.

« Non, rien. » Alors qu'elles continuèrent à marcher dans cette direction, la pierre devint de plus en plus chaude. Elles passèrent devant plusieurs maisons et magasins. Puis la pierre commença à refroidir.

« J'ai vu quelque chose que je voudrais regarder », dit Guenièvre en se retournant brusquement. Elle reprit le chemin en sens inverse avec Dandrane qui grognait, jusqu'à ce que la pierre redevienne presque trop chaude pour la tenir. Elle se trouvait en face d'une maison ordinaire.

« Qui habite ici ? » demanda Guenièvre.

« Qu'est-ce que j'en sais ? » Dandrane regarda le magasin qu'elle voulait visiter avec envie.

Un garde ouvrit la bouche et surprit Guenièvre. « Nous avons attrapé une sorcière ici, il y a à peine une semaine. »

« Vraiment ? » Guenièvre serra la pierre... *Roselyne.* C'était la maison de Roselyne. Et la pierre l'avait conduite directement ici.

Les pierres étaient des guides, permettant à ceux qui connaissaient la magie de se retrouver. Mais pour l'heure, elles ne menaient qu'à une maison vide. Heureusement, Guenièvre savait déjà où était Roselyne. Et maintenant, elle savait que cette dernière avait embrigadé d'autres personnes au sein de Camelot.

Triomphante, Guenièvre laissa Dandrane la tirer dans le magasin, puis dans un autre et encore un autre. Arrivées dans la rue principale menant au château, Brangien se dépêcha de venir à leur rencontre depuis les quais. Sire Tristan la suivait respectueusement. Il fit un signe de tête au garde de Guenièvre, qui les quitta avec un salut.

« Sire Bohort est en train de chasser un dragon ! » dit Brangien, essoufflée par la montée. « *Un dragon !* À quatre heures de cheval d'ici à peine ! »

Guenièvre fronça les sourcils. « Il n'y a pas eu de dragons depuis plus de cent ans. »

« Et pourtant ! Sire Bohort est déterminé à le tuer, s'il existe. »

« Sire Bohort est un chasseur avisé », déclara Dandrane. « Mon frère ne pourrait jamais faire une chose pareille. »

« Quelles preuves a-t-il que la créature existe ? » demanda Guenièvre.

Alors qu'elles reprenaient leur marche vers le château, Brangien réarrangea les colis qu'elle transportait. « Des rumeurs. Un bûcheron fiable ayant le bras brûlé et criant au sujet d'un démon dans la forêt. Quelques traces de roussi. Si c'est un dragon, sire Bohort le trouvera. »

« J'ai hâte de le dire à ma belle-sœur », dit Dandrane en souriant avec méchanceté. « Un dragon ! Et son mari ne sera pas celui qui s'y attaquera. » Elle les quitta en toute hâte.

Effectivement, c'était une nouvelle. Une terrible nouvelle. Les dragons avaient été les créatures de choix de la Reine Noire. Pendant des siècles, elle s'en était servie, les envoyant attaquer des fermes et détruire des hameaux. Ils avaient été chassés de manière implacable par les Romains. Même Merlin ne pensait pas qu'il en restait de vivants. Guenièvre le lui avait demandé lors de l'une de leurs leçons. Il avait divagué sur le fait que l'ancien faisait place au nouveau, que les os enfouis profondément sous terre permettaient aux graines d'une nouvelle vie de pousser.

Mais si un dragon rôdait, cela signifiait qu'Arthur était vulnérable. Même Camelot l'était. Un dragon en vol pouvait assiéger la ville comme aucun homme n'aurait pu le faire. Si la créature était l'alliée des forces du mal ou était sous le contrôle de quelqu'un comme Roselyne, il fallait l'arrêter.

« Je dois y aller », dit Guenièvre, ayant pris sa décision.

« Aller où ? Le marché est fermé. »

« Débusquer le dragon. » S'il y en avait vraiment un, elle ne faisait pas confiance à sire Bohort pour s'en occuper par lui-même, chasseur avisé ou pas.

Brangien s'arrêta de marcher, stupéfaite. « Ma dame, c'est l'affaire des chevaliers. Pas celle d'une reine. »

Guenièvre n'avait pas dit à Brangien la vérité sur son identité. C'était une chose de partager un secret de magie ; c'en était une autre pour Guenièvre de se révéler entièrement. Elle tira sa capuche. « Le roi Arthur est mon époux. Je ferai tout ce qui est en mon pouvoir pour le protéger. Dans ce royaume, personne ne pourra, à part moi, savoir si le dragon suit les ordres d'une force obscure. Je le peux. Mais j'aurai besoin de l'aide de sire Tristan. » Elle se tourna vers le chevalier.

Son visage brun devint pâle. Mais il acquiesça d'un signe de tête, la main sur la poignée de son épée et la mâchoire serrée avec détermination. « Il faudra que j'aille chercher ma cape et des armes en plus. »

Brangien lissa nerveusement ses jupes. « Je pense que c'est une mauvaise idée. »

« Retrouvez-moi là où les chevaux sont gardés, sire Tristan. »

« Mais vous aurez besoin d'un bateau ! » s'exclama Brangien.

« J'en ai un. » Guenièvre se précipita vers le château, les laissant à la porte. Elle se dirigea vers la passerelle qui menait au passage secret dans la réserve. Elle s'arrêta à l'extérieur devant la porte. Heureusement, ils n'avaient pas protégé celle-ci par la magie, puisqu'elle ne menait pas directement dans le château. Elle tira un fil de fer de plus de sa bourse, se piqua la lèvre avec, puis le façonna en un nœud qui se séparerait au moindre tiraillement. Elle l'inséra dans le trou de la serrure, puis tira, invoquant la magie du déverrouillage.

La porte s'ouvrit. Soulagée et à peine étourdie, elle se précipita à l'intérieur et referma la porte derrière elle. Le tonneau était un plus gros problème, littéralement. Il lui fallut près de dix minutes pour le déplacer suffisamment pour pouvoir se faufiler.

Elle se hâta dans le tunnel sombre et glissant. Quand elle sortit de l'autre côté, elle se précipita vers l'enclos des chevaux. À sa grande surprise, il n'y avait pas que sire Tristan, en selle, qui l'attendait.

« Que faites-vous ici ? » demanda Guenièvre à Brangien, qui tenait les rênes de deux autres chevaux.

« Aucune camériste ne permettrait à sa dame de partir en voyage seule avec un chevalier ! »

« Mais elle permettrait à sa dame de chercher un dragon ? » Guenièvre monta sur son cheval en riant.

« Euh, non. Mais je ne peux contrôler qu'une de ces choses. » Brangien tira la langue à Guenièvre.

Sire Tristan ouvrit la voie et ils poussèrent les chevaux à aller le plus vite possible. Si sire Bohort tuait le dragon avant son arrivée, elle ne serait pas en mesure de déterminer s'il était sous l'emprise de la magie noire. Le problème du dragon serait résolu, mais aucune réponse ne serait obtenue. Pendant qu'ils chevauchaient, Guenièvre demanda à Brangien de lui montrer la méthode des nœuds qu'elle utilisait. C'était une bonne distraction.

Ils se dirigeaient dans la même direction que la forêt où elle avait vu l'étincelle magique de Roselyne. Et si cette dernière *avait* trouvé un moyen de contrôler le dragon ? Arthur avait fait promettre à Guenièvre de ne pas aller contre la sorcière, mais elle n'avait pas promis de ne pas aller contre un dragon. Mais si elle trouvait un lien entre les deux, elle romprait sa promesse.

Les champs verdoyants et bien entretenus firent place à des arbres clairsemés, puis à l'enchevêtrement d'une végétation ancienne et dense, accrochée à une montagne basse. Roselyne se trouvait plus au sud, mais cela ne signifiait pas qu'elle et le chevalier patchwork n'étaient pas impliqués.

Sire Tristan chevauchait avec une main sur le pommeau de son épée et surveillait d'un œil méfiant les alentours. « Le dragon est censé se trouver dans cette région. Mais cela peut prendre des heures, voire des jours, avant que nous repérions quoi que ce soit. Sire Bohort est le traqueur. »

Ils manquaient de temps pour ça. Elle devait être de retour à Camelot avant la nuit. « Alors, nous devons trouver sire Bohort. » Guenièvre fronça les sourcils. Une idée prit forme. « Brangien, avez-vous du tissu, une aiguille et du fil ? »

« Oui. » La camériste avait l'air méfiante, mais elle tendit le matériel. Guenièvre s'arracha plusieurs cils qu'elle cousit sur un morceau de tissu. Comme c'était malin de la part de Brangien de fixer la magie des nœuds ! Tout était tellement plus facile à réaliser de cette manière. Cela aurait été un cauchemar d'essayer de nouer les cils avec seulement du fil.

Elle porta le tissu à son œil droit et regarda à travers.

« Comment peut-elle voir quelque chose à travers ça ? » demanda sire Tristan.

« Chut ! » gronda Brangien.

L'œil de Guenièvre perça le nœud, traversa le tissu, les arbres, les pierres. Elle lutta contre les remous de la confusion au moment où la vue la quitta et alla trouver sa cible. Sire Bohort s'était arrêté près d'un ruisseau pour remplir sa gourde en cuir.

« Il est au bord de l'eau », dit-elle. « Un ruisseau. Et..., oh, il se lève. De la fumée ! Il voit de la fumée ! »

« Là-bas. » Sire Tristan pointa du doigt. « Là où les arbres sont les plus épais. C'est là que se trouve le ruisseau. » Il coulait le long d'une colline sinueuse. Quand ils se rapprochèrent, Guenièvre leva les yeux et vit également la fumée. Mais seulement avec son œil gauche. Elle devait garder son œil droit fermé pour se protéger des séquelles aveuglantes de la magie.

« Attendez ici », recommanda-t-elle.

« Ma reine. » Sire Tristan tira son épée, fixant la fumée. « Je ne peux faire une telle chose. »

« Je *suis* votre reine et je vous ordonne à tous les deux d'attendre ici. Rien ne va m'arriver. » Guenièvre se retourna, avec l'espoir que son mensonge, proclamé avec une assurance suffisamment maîtrisée, pût être cru. Puis elle précipita son cheval en direction de la fumée. Une jeune femme souhaitant désespérément rencontrer un dragon devait forcément être une première.

Elle n'eut pas longtemps à chercher. Les bruits de lutte entre homme et bête étaient terribles. Guenièvre sauta de son cheval effrayé, l'attacha à un arbre, puis courut vers une crête peu élevée.

Plus bas dans la vallée traversée par le ruisseau, sire Bohort avait réussi à coincer le dragon contre un rocher et un épais bosquet. L'aile du dragon avait été tranchée et il ne pouvait donc pas s'envoler. Il crachait du feu, mais sire Bohort se protégeait derrière un bouclier attaché à son bras infirme. Le feu était faible, produisant à peine quelques étincelles là où il léchait le bouclier. Le dragon prit un autre souffle. Sire Bohort leva sa grande épée pour frapper.

Guenièvre décida de faire une terrible bêtise.

Elle lança un morceau de tissu sur la tête de sire Bohort pour le plonger instantanément dans le sommeil. Il tomba durement au sol, terrassé par les nœuds de sommeil que Brangien avait faits lorsqu'elle avait montré à Guenièvre comment les attacher.

Le dragon, qui se préparait déjà à subir le coup fatal, se figea. Il avait la tête penchée.

Guenièvre glissa le long du talus et se plaça entre la créature et sire Bohort. Le dragon inclina son énorme tête pour la suivre du regard. Il avait la couleur des pierres moussues, avec deux grandes cornes torsadées et des moustaches velues qui retombaient sur sa gueule. De même, ses paupières tombaient, lui donnant l'air d'être aussi endormi et fâché que... sire Bohort. En fait, maintenant qu'elle y pensait, le dragon ne ressemblait à rien d'autre qu'à sire Bohort sous forme de bête. Il avait même une patte collée à son corps, recroquevillée et desséchée à cause d'une vieille blessure mal cicatrisée. Sa queue était rabougrie, son aile droite tranchée, et plusieurs pics dépassaient comme des pointes de tissu grumeleux et cicatrisé le long de son dos.

Guenièvre trébucha, à cause de sa mauvaise perception de la profondeur due à son œil fermé. « S'il te plaît. » Elle tendit les mains pour montrer qu'elle n'avait pas d'armes. « J'ai une question. Peux-tu me comprendre ? »

Selon la rumeur, les dragons étaient terriblement intelligents, capables de comprendre le langage des humains. Mais c'était une légende. Guenièvre ne connaissait pas la réalité. Il rapprocha sa tête contre elle, si près qu'elle pouvait voir les fins détails de ses écailles rehaussées de légers soupçons de nacre. Il prit une profonde inspiration pour la sentir.

Puis, il pencha la tête. Une bouffée de chaleur qui aurait pu s'échapper à l'ouverture d'un four l'enveloppa. Le dragon sortit sa longue et élégante langue violette et… lui lécha le visage.

Elle s'était terriblement trompée. Elle allait être mangée.

Mais le dragon s'assit sur ses hanches, en baissant sa tête pour qu'ils soient à hauteur d'yeux. Il la poussa doucement, une fois… Elle tendit les bras pour garder l'équilibre et posa ses mains sur le haut de sa tête, puis…

« Oh », murmura-t-elle.

La liberté de la nuit, la liberté du ciel. Pas de haut ni de bas, pas de sol, seulement le vol. Le vent qui caresse, qui secoue, qui aide et qui gêne. Faisant des cercles paresseux pour le simple plaisir, entouré d'une mère, d'une sœur, d'un frère.

Le vif frisson du plaisir d'attraper un mouton entre ses griffes, le poids prometteur de celui-ci, la satisfaction du sang chaud et de la viande dépecée.

S'enfouissant sous terre, profondément, profondément, dormant durant les mois froids entouré de la chaleur d'une mère, d'un frère, d'une sœur, blottis les uns contre les autres.

Et puis...

Des flèches dans le ciel. Des lances. Des pointes acérées d'une terrible douleur, des dents qu'aucun animal aussi petit que l'homme ne devrait avoir. La mère : disparue.

Le frère :

disparu.

La sœur :

disparue.

Errant, solitaire. Le vol perdu sous la menace des flèches. Rampant sur son ventre, regardant, cherchant, ne trouvant... rien. Personne. Se blottissant contre soi-même, seul.

Le ciel : perdu. La famille : perdue. La joie et la puissance d'exister : perdues.

La gorge de Guenièvre brûlait. Des larmes coulaient sur son visage. « Je suis désolée », murmura-t-elle. Elle chercha les ténèbres, l'influence de la magie furieuse, n'importe quel lien avec Roselyne, et elle ne trouva que tristesse, désolation et une lassitude insupportable. Cette bête n'était sous aucun charme.

Encore une fois, le dragon poussa doucement sa main. Cette fois-ci, dans le néant de son futur, elle le vit se recroqueviller, se laissant partir lentement. Et puis elle vit... sa propre image. Seule. Se laissant partir lentement.

Pourquoi le dragon lui montrait-il ça ?

« De quoi as-tu besoin ? » demanda-t-elle. Elle avait été prête à se battre. Au lieu de cela, elle voulait pleurer et réconforter cette créature. Mais comment pouvait-elle la réconforter contre la destruction implacable du temps ?

Le dragon jeta un coup d'œil sur sire Bohort, toujours endormi. Guenièvre saisit la peur de la douleur, de la cruelle morsure du fer. Le dragon rampant, poursuivi, avait raison.

Sire Bohort n'arrêterait jamais de le chasser. Et elle ne savait pas si elle *devait* arrêter sire Bohort. Pour autant que cela lui faisait mal, le dragon était toujours une menace.

« Que ferais-tu si je pouvais l'empêcher de te chasser ? »

Les images changèrent. Le dragon était dans la nature, se prélassant au soleil, roulant dans les feuilles d'automne, savourant la neige pendant encore un an. Puis il rampa sous terre et s'endormit. Et il n'en ressortit pas.

« Tu veux une dernière année pour dire au revoir », déclara Guenièvre.

Le dragon baissa la tête une fois en signe de confirmation.

Les dragons avaient été de terribles menaces, mais… il était le dernier de son espèce, seul, sachant que son temps était compté et qu'il n'y avait aucun moyen de revenir au monde d'avant. Merlin avait raison. L'ancien était enterré pour donner vie au nouveau. Même si c'était pour le bien des hommes, de Camelot, d'Arthur, elle pouvait encore faire le deuil de ce qu'il en coûtait à cette ancienne créature.

Elle pourrait lui offrir une année pour qu'il fasse ses adieux.

« Si tu restes loin des hommes, je peux te promettre que celui-ci ne te poursuivra pas. Il pensera que tu es mort. Mais d'abord, je dois savoir. As-tu été appelé par les ténèbres ? Se passe-t-il quelque chose ? » Ils avaient déjà été confrontés deux fois aux ténèbres : la forêt qui avait englouti le village, ainsi que la brume et les loups en fuyant Méléagant. Aucun des cas ne semblait lié à Roselyne. Guenièvre espérait qu'ils étaient comme les mauvaises herbes de magies oubliées, accrochées à la vie.

Les paupières du dragon se fermèrent à moitié. Un faible sifflement se fit entendre au fond de sa gorge. *Des demandes. Des tiraillements brusques. Les arbres et les hommes hurlant. Le dragon tournant le dos, laissant la Reine Noire à son sort.* Le dragon avait abandonné la Reine Noire pendant la grande bataille. C'était un soulagement.

Puis… *Des volutes. Quelque chose de petit, quelque chose qui rôde. L'obscurité cherche quelque chose à saisir.*

Le dragon souffla, indiquant clairement qu'il n'avait aucun intérêt à être attrapé. Cela suffisait. Guenièvre savait que le dragon n'était pas sous l'emprise des ténèbres. Mais quelque chose l'avait cherché ou avait essayé de l'attirer. Quelque chose d'assez puissant pour guider les ténèbres, mais pas assez pour les dominer comme l'avait fait la Reine Noire. La pierre de Roselyne pesait lourd dans sa sacoche. Il fallait s'occuper de la sorcière.

Mais pas aujourd'hui. Aujourd'hui, elle avait un immense travail à finir. Guenièvre s'agenouilla à côté de Bohort. Il y avait une magie ancienne qui brouillait plus de lignes qu'elle ne le voulait. C'était une chose d'influencer les objets ou les événements. C'en était une autre que de pénétrer dans l'esprit des gens et d'y changer le contenu. Merlin avait pratiqué cette magie sur les religieuses du couvent pour qu'elles ne se rendent pas compte que Guenièvre leur était étrangère. Elle soupçonnait qu'il l'avait également utilisée, d'un tour de main funeste, sur Ygraine la terrible nuit où Arthur avait été conçu.

Elle savait comment faire. Après tout, elle n'était pas entièrement humaine. Ses mains pouvaient déjà sentir et capter des informations. Elles pourraient également en transmettre. Mais elle ne les avait utilisées que pour voir. Jamais pour montrer et jamais pour provoquer de changements.

C'était un acte violent. La magie de la conquête et de la force. Pouvait-on en justifier l'utilisation pour la protection d'une créature vulnérable ? Ses mains tremblèrent quand elle les souleva en direction de la tempe de sire Bohort, et elle *poussa.*

L'astuce pour transformer la mémoire d'une personne, avait dit Merlin, en alignant soigneusement sept pierres blanches, *est de rendre le souvenir de remplacement si désagréable, si viscéralement horrible, que la personne ne voudra jamais trop le sonder. De maintenir la personne à distance de sa mémoire. C'est la peau du vieux lait. Si elle est trop sollicitée, la peau se rompt et la vérité se répand librement. Alors, rends le lait rance. Qui toucherait à du lait rance ?* Il avait alors levé les yeux. *Tu n'aurais pas dû lui dire. Tu n'aurais jamais dû lui dire.*

Après s'être débarrassée du terrible poids du regard de Merlin dans sa mémoire, toujours incertaine de ce qu'il avait voulu dire à la fin, elle se mit au travail. Elle laissa ses mains pénétrer dans les souvenirs de sire Bohort. Elle n'avait pas eu besoin d'aller loin ni ne le voulait. Une fois arrivée au dragon, elle chuchota l'histoire au chevalier avec sa bouche et la mit en place avec ses mains.

« Le dragon cracha du feu, mais vous vous êtes protégé. Puis, alors qu'il se préparait à émettre un souffle qui allait vous achever à jamais, vous avez plongé votre épée au plus profond de ses entrailles. Votre moment de triomphe tourna au vinaigre. Son ventre se fendit, déversant une semaine de moutons pourris et d'abats puants à moitié digérés partout sur vous. Vous avez trébuché, vomissant sur vous-même. Vous avez vomi si fort que vous vous êtes également souillé. Le dragon est mort. Vous ne direz rien de plus à personne ni n'aurez besoin de penser à rien de plus. »

Elle lissa le front de sire Bohort, sentant le souvenir s'incruster. Son esprit était une chose simple et déterminée. Il était une créature d'orgueil. Il ne voudrait jamais se rappeler la honte du souvenir qu'elle avait créé.

Elle se rassit, épuisée. Elle pouvait sentir qu'il manquait quelque chose. Elle oubliait quelque chose. Un souvenir, perdu, alors qu'elle poussait le nouveau dans l'esprit de sire Bohort. Qu'avait-elle abandonné ? Elle ne le saurait jamais.

Elle se sentait aussi sale que le souvenir qu'elle avait créé pour le chevalier. C'était un homme bon et elle avait violé son esprit.

Quelque chose tomba sur ses genoux. Elle fixa une grande dent usée. Comme les écailles, elle avait un éclat nacré, étrangement charmant. Un cadeau.

Le dragon la poussa avec insistance. Elle posa à nouveau la main sur sa tête. Il posa sur elle un triste œil doré. Un dernier message lui parvint :

Familiarité. Le dragon la vit et sentit qu'ils étaient similaires. Elle secoua la tête, confuse. *Un lac. Le reflet du dragon dans ses eaux alors qu'il volait au-dessus de sa tête, terrible et glorieux.*

Soufflant une dernière bouffée d'air brûlant, le dragon s'éloigna, libre de voir une dernière année de déclin solitaire.

Guenièvre n'était pas certaine qu'elle lui avait vraiment fait une faveur. Elle l'espérait. Au moins, il serait libre, maintenant, de choisir sa propre mort. Est-ce que tout ce qui était vieux et magique faisait de même ? Trouver des trous dans lesquels ramper, pour disparaître lentement en paix ? Elle priait que sa miséricorde ne reviendrait pas la hanter. Un vieux dragon blessé restait toujours un dragon et les ténèbres les avaient toujours aimés.

Mais le dragon ne combattait ni ne complotait. Il ne lui restait que très peu de vie. Solitaire et fatiguée, Guenièvre ne désirait rien de plus que de rejoindre Brangien et sire Tristan. Leur raconter qu'elle était arrivée trop tard, que le dragon était déjà mort.

Non. Elle ne désirait rien de plus que quelqu'un à qui parler de *tout* ce qu'elle avait fait aujourd'hui. Mais Arthur était parti et elle ne savait pas s'il voudrait entendre ça. Elle n'avait pas cherché Roselyne, mais c'était tout aussi dangereux.

Elle en parlerait à Arthur. Il était la seule personne avec qui elle pouvait être honnête. Elle n'abandonnerait pas cela. Et c'était une autre raison de poursuivre Roselyne et le chevalier patchwork. Quelque chose rampait dans les endroits sombres et cachés autour de Camelot.

Pourtant, elle avait une tâche odieuse de plus à accomplir ici. Bohort ne pouvait pas se réveiller dans des vêtements propres. Ils étaient des preuves qui auraient contredit sa mémoire. Elle commença à déshabiller le vieux chevalier abattu.

Le dragon sent le tiraillement. De nouveau, il la sent émettre ses volutes sombres, appeler à l'aide.

Il soupire, un léger sifflement autour de sa dent manquante.

Elle tire plus fort.

Maintenant, il a le cadeau de l'hiver pour se réjouir. La magie ne peut lui offrir que la mort, mais elle est déjà sa compagne permanente, celle qui a pris tous les siens et attend toujours le dernier dragon. La pauvre fille perdue aurait dû rester. Ils auraient pu se blottir ensemble face à la nuit, face aux ténèbres, face au temps.

La magie tire.

Le dragon se rendort.

CHAPITRE DIX-SEPT

Guenièvre se tenait sur une passerelle à l'extérieur, sa cape rouge battant au vent, tandis qu'Arthur et ses chevaliers gravissaient la longue colline. Il la vit de loin et la salua de la main. Elle fit de même.

Elle alla attendre dans la chambre d'Arthur. Plusieurs heures s'écoulèrent avant qu'il n'arrive. Elle faisait les cent pas sur un sol de pierre qui en supportait la cadence avec une patience ancestrale qui lui était inconnue. Lorsque Arthur entra, il s'était déjà débarrassé de son armure et ne portait qu'une fine tunique blanche. Il déposa Excalibur contre un mur, puis s'assit lourdement au bout du lit pour retirer ses bottes usées.

« C'est bon d'être chez soi », dit-il. Puis il revint directement sur leur dernière conversation, en évitant d'aborder les questions qui les concernaient et la tension qui s'était insinuée entre eux. « Je suis désolé aussi pour la façon dont nous avons laissé les choses en suspens. J'y ai réfléchi dès que j'ai eu un moment de libre. Je *suis* heureux que sire Tristan soit vivant. Sa perte m'aurait été très pénible. Mais soyez convaincue que lorsque je prends une décision, je le fais en connaissance de cause. J'ai perdu des hommes. Des hommes bons, de vrais hommes, des hommes irremplaçables. Je ne sacrifie jamais une vie de gaieté de cœur. »

Guenièvre était attirée par le chagrin qu'elle décelait dans la voix d'Arthur. Elle avait craint qu'il soit toujours en colère contre elle. Mais elle vit à quel point sacrifier la vie de ceux qu'il aimait pour alléger le fardeau de tout un royaume le rendait triste. Elle avait rendu sa tâche plus difficile en l'obligeant à la protéger aux dépens de sire Tristan. Comment pouvait-il vivre avec de telles décisions ?

Pourtant, *elle* aussi avait fait une chose terrible à sire Bohort en lui changeant ses souvenirs. Elle ne savait pas si elle serait capable à nouveau de le regarder dans les yeux. Le fait d'être au pouvoir exigeait des sacrifices tant physiques qu'émotionnels. Et il en était de même lorsque l'on côtoyait ce pouvoir. Elle ne voulait pas comprendre pourquoi Merlin avait fait ce qu'il avait fait. Mais si ses propres actes avec sire Bohort en étaient une indication, elle pourrait éventuellement y parvenir.

Il y avait le bien et le mal, mais il y avait tellement d'espace entre les deux.

Elle frissonna et arpenta la pièce, en remontant ses manches. Elle avait envie d'avoir les bras nus, de s'asseoir dans la lumière du soleil qui palpitait et de regarder les rayons filtrer jusqu'à elle. « Il y avait un dragon. »

Arthur s'allongea sur son lit en se frottant le visage. Ses jambes pendaient toujours au bord du lit et ses pieds reposaient sur le sol. « J'ai entendu. Sire Bohort l'a tué. »

« Enfin. Il… » Elle s'arrêta. Arthur semblait si fatigué. Elle eut un pincement au cœur en constatant l'épuisement provoqué par les derniers jours. Son travail consistait à le protéger de la magie noire. Il ne devrait pas avoir à prendre ces décisions ni à en assumer le coût. « Oui. Le dragon est parti. Vous allez bien ? »

« Fatigué. Mais vous attendez depuis longtemps ici pour me parler. Je suis désolé de vous laisser seule si souvent. Dites-moi, de quoi avez-vous besoin ? Que puis-je faire pour vous ? »

Sa voix la trahissait. Elle pourrait dire tant de choses. Elle voulait se mettre à ses côtés. Masser son front épuisé. Se blottir contre lui. Lui parler du dragon et de la solitude qu'elle ressentait en pensant à lui.

Elle voulait passer son doigt le long des lignes pulpeuses de sa lèvre inférieure. Sentir son sourire contre le sien. Et c'était dangereux. Aussi dangereux que ce qu'elle avait fait à sire Tristan dans la forêt. Car si elle se perdait dans son rôle de simulation, comment pourrait-elle jamais le protéger ?

Cela la frappa comme une évidence. Elle se laissa tomber dans une chaise, le souffle coupé. Elle avait à ce jour créé plus de problèmes pour Arthur qu'elle n'en avait résolu. Si elle voulait vraiment le servir et protéger Camelot, elle ne pouvait pas le faire en tant que reine.

Arthur ne pouvait pas aller contre une sorcière hors des frontières de son royaume. La reine non plus. Mais la fille de Merlin, si.

Il était temps de suivre les volutes des ténèbres et de voir où elles menaient. Arthur était en sécurité ici. Ce qui le menaçait n'était pas à Camelot et elle l'arrêterait avant qu'il n'arrive.

Ce serait dangereux et solitaire, et maintenant que le moment était venu, elle ne voulait plus y aller. Elle voulait rester ici avec Arthur, avec Brangien, avec Mordred et Dandrane et sire Tristan. Elle ne voulait pas retourner à sa vie dans la forêt, entourée seulement d'animaux et de Merlin qui devenait de moins en moins familier. Mais une fois qu'elle serait partie, il n'y aurait aucun retour. Elle était devenue Guenièvre pour protéger Arthur ; elle abandonnerait Guenièvre pour faire de même.

C'était peut-être ce que le dragon avait essayé de lui montrer. Il était temps d'être seule. Arthur faisait toujours les choix difficiles. Elle le pourrait aussi. « J'ai besoin que vous vous débarrassiez de moi. »

Alarmé, Arthur s'assit. « Est-ce que quelque chose s'est passé ? Est-ce que quelqu'un a vu ce que vous avez fait pour sire Tristan ? »

Seulement Mordred. Il ne la trahirait pas. L'idée de ne plus revoir Arthur lui donna la sensation que sa poitrine était comprimée et contractée de l'intérieur. Elle fit non de la tête. « Je ne suis d'aucune utilité à Camelot. Mon travail menace votre autorité. Vous l'avez dit dans la forêt. Je sais où est la menace, de qui il s'agit. Il faut que je l'arrête. Et je ne peux pas le faire en tant que reine. »

L'expression d'Arthur autour de ses chaleureux yeux marrons se transforma. La fatigue et le chagrin s'évanouirent, remplacés par… la douleur. « Vous *voulez* partir ? »

« Non ! Non ! » L'idée de laisser Arthur lui remplit les yeux brûlants de larmes. Comme elle était vite devenue Guenièvre !

Arthur traversa la pièce jusqu'à elle, s'agenouilla devant sa chaise et posa les mains sur les siennes. « Vous m'êtes utile. »

« Mes forces sont un handicap ici. Vous savez que c'est vrai. »

Arthur resserra ses mains autour des siennes. Elle cessa de respirer, dans l'attente de ce qu'il allait dire. « Merlin vous a envoyée ici. C'est une raison suffisante pour rester. »

« Mais… »

Il la tira soudainement près d'elle, l'entourant de ses bras. Elle avait le menton sur son épaule, le côté de son visage contre le sien. « Guenièvre. Je vous en prie. Je vous veux à Camelot. Ne partez pas. Promettez-moi que vous ne partirez pas. »

Elle ferma les yeux. La chaleur de sa joue contre la sienne, la légère rugosité de sa peau. Cela lui donnait la sensation d'être réelle. Elle venait juste d'apprendre comment être Guenièvre. Elle craignait que seule dans la forêt, en chassant, elle devienne quelque chose de nouveau. De plus sombre. C'était peut-être ainsi que Merlin pouvait justifier les blessures qu'il causait aux autres ; lorsqu'on a vécu sa vie à l'écart, il est facile d'oublier à quel point les autres personnes sont réelles. Il avait fait de terribles choses pour créer Arthur et pour le protéger. Que serait-elle prête à faire ?

« Et si les ténèbres arrivaient jusqu'ici ? » demanda-t-elle.

« Elles arriveront. Elles arrivent toujours. Elles arriveront demain ou dans un an ou dans cinquante ans. » Il la relâcha avec de la malice dans ses yeux habituellement limpides et sincères. Il sourit. « Et vous n'en connaîtrez le moment que si vous êtes encore ici. Vous ne pouvez donc pas partir. En tant que roi, je l'interdis. » Il était passé d'un ton sérieux à un ton moqueur.

Une partie d'elle, déçue, se décomposa. Elle aurait voulu qu'il dise autre chose. L'espoir était tapi, nébuleux et affamé. Elle aurait désiré qu'il veuille qu'elle reste parce qu'il la voulait... elle. Elle voulait rester pour lui. Pas pour le roi Arthur. Pour *son* Arthur. C'était pour cette raison qu'elle devait partir.

C'était pour cette raison qu'elle ne partirait pas.

« Je resterai aussi longtemps que vous le voudrez », déclara Guenièvre. « Mais vous devez me laisser espionner Roselyne et le chevalier patchwork. »

Elle ne s'était pas attendue à voir une telle marque de soulagement sur le visage d'Arthur alors qu'il hochait la tête. « Nous allons faire des plans. Mais pas ce soir. Nous partons à la chasse demain et vous m'accompagnerez. » Il s'arrêta, puis sourit avec espoir. Dans sa tunique, dans la pénombre, sans couronne, sans épée ni armure, il était tellement jeune. Son cœur se serra douloureusement lorsqu'il lui dit : « Si vous voulez venir. Je veux que vous veniez. »

Si elle pouvait seulement être elle-même en la compagnie d'Arthur, alors il pourrait peut-être être lui-même en sa compagnie. De plus, elle soupçonnait qu'il avait désespérément besoin d'être un garçon de dix-huit ans parfois, au lieu d'être l'espoir de tout Camelot. C'était une autre forme de protection qu'elle pouvait lui offrir. Ce n'était certainement pas ce que Merlin avait en tête. Mais, ô combien, elle voulait ça. Parce que si Arthur avait dix-huit ans, elle n'en avait que seize. Elle n'était pas un ancien dragon fatigué, prêt à disparaître, ou une vieille sorcière rabougrie, contente de se retirer dans sa cabane dans la forêt et de murmurer des prophéties impénétrables.

Elle voulait vivre. Elle voulait vivre *ici*. Elle se pencha en avant, battant des cils. « Est-ce que ce sera *terriblement* dangereux ? »

« Oh, terriblement. Vous devrez parler à la femme de sire Perceval. »

« À l'aide ! » Elle jeta une main sur son front et fit semblant de s'évanouir. Il rit en la rattrapant dans ses bras. Il la serra contre sa poitrine et elle sentit et entendit les pulsations de son cœur vigoureux qui commençait à s'accélérer. Le cœur de Guenièvre battait au même rythme. Il se leva, lentement, en l'accompagnant. « Guenièvre », dit-il, d'une voix aussi douce que la nuit qui les entourait. Elle voulait lui toucher la main, le sentir. Sentir si ce qui faisait des étincelles en elle comme un silex essayant d'enflammer une torche était aussi en lui.

Ils trébuchèrent un peu, au moment de se lever, et elle heurta Excalibur appuyé contre le mur. Ses doigts effleurèrent la poignée et…

Oh !

Oh !

Non !

L'obscurité, le vide et rien.

Rien, tellement rien qu'elle tournoya et tomba à l'intérieur.

Mais tomber a du sens, tomber mène quelque part, tomber a une fin. Et ceci ne s'arrêterait jamais, ne pourrait jamais s'arrêter…

Ses doigts lâchèrent l'épée. Elle quitta précipitamment la chambre d'Arthur et alla dans sa propre chambre régurgiter le contenu de son estomac dans la cuvette. Encore et encore, son corps secoué par des spasmes, jusqu'à ce que finalement sa tête cessât de tourner et que son cœur arrêtât de tressauter. Elle toucha son corps. Elle était ici. Elle était bien ici et elle était réelle.

« Qu'est-ce qui ne va pas ? » demanda Arthur, la voix serrée par l'inquiétude.

« Je ne sais pas », répondit Brangien. Guenièvre n'avait même pas réalisé que sa cameriste était là, lui tenant les cheveux en arrière. « Peut-être est-ce quelque chose qu'elle a mangé ? »

Guenièvre tomba affaiblie sur le sol. Son état n'était pas dû à la magie. Elle aurait reconnu une attaque de magie. Cela avait été... l'opposé de la magie. Si la magie était le tumulte et la vie, cela était le néant.

Et elle l'avait senti en touchant Excalibur.

Qu'était l'épée ?

Guenièvre s'était imaginé chevaucher à côté d'Arthur, sa cape flottant au vent.

Au lieu de cela, elle chevauchait à côté des dames. Elles ne trottaient même pas. Leurs chevaux avançaient aussi lentement que la conversation. Guenièvre garda Brangien à ses côtés. Elle ne se sentait pas totalement rétablie après l'incident avec Excalibur, la nuit passée. Quand ils partirent ce matin-là, elle put à peine regarder Arthur, sachant qu'il portait l'épée.

Elle se souvenait maintenant de ce qu'elle avait ressenti sur le cheval d'Arthur dans la forêt quand il la brandissait. Comment se jeter au milieu des loups avait brièvement semblé préférable. À l'époque, elle n'y avait pas prêté attention en pensant que la cause en avait été la panique du moment. Mais maintenant, elle savait que l'épée en avait été la raison.

Heureusement, les hommes, accompagnés de l'épée, étaient autorisés à galoper. Ils devancèrent rapidement les femmes pour installer le campement pour la nuit. Les femmes étaient entourées de plusieurs soldats et étaient suivies par les charrettes contenant les provisions. Quelques carrioles et domestiques avaient été envoyés la nuit précédente pour qu'ils n'arrivent pas dans un champ vide.

Pendant un court instant de découragement, elle aurait préféré ne pas avoir promis à Arthur de rester. Partir, seule, pour faire ce qui devait être fait. Elle avait envie de se promener pieds nus sous les arbres. Les tentes, les coussins et la compagnie n'étaient pas des choses dont elle avait besoin ni ne voulait.

Et peut-être qu'Arthur pourrait la rencontrer là-bas, dans l'étreinte secrète de la forêt. Et peut-être que s'il n'était pas roi et si elle n'était pas une pseudo-reine, peut-être qu'alors les choses ne seraient pas si compliquées…

Mais il partirait. Elle ne pourrait pas le garder ainsi. Elle ne pourrait garder personne. Elle serra ses bras autour d'elle-même, sentant la réalité de son corps, de ses côtes, de ses seins et, par-dessous tout, de son cœur. Elle ne voulait pas être seule. Elle voulait être *réelle*. Et elle se sentait plus réelle que n'importe quoi lorsqu'elle voyait son reflet dans les yeux de ceux qu'elle aimait.

« Ma dame ? » demanda Brangien.

Guenièvre se redressa sur son cheval. « Oui ? »

« J'ai dit : vous sentez-vous mieux ? »

« Notre reine était malade ? » Dandrane dressa l'oreille et rapprocha son cheval pour ne rien rater de la conversation. Elle était vêtue d'écarlate et de bleu. Depuis que Guenièvre avait porté ces couleurs au mariage, la plupart des femmes avaient commencé à les porter plus fréquemment. Guenièvre portait du vert et du marron. Sa capuche jaune protégeait son visage du soleil. Brangien, à côté d'elle, était vêtue tout de marron.

Dandrane comptait sur ses doigts. « Vous vous êtes mariée le soir du festival, il y a à peine trois semaines, donc... » elle se pencha au-delà de Brangien pour voir Guenièvre. « Elle a déjà eu ses règles ? »

« Elle pense que ses règles ne vous concernent pas ! » dit Guenièvre, se penchant en avant pour bloquer la vue de Dandrane.

La sœur de Perceval se contenta d'un rire éclatant et culotté. « Mon adorable reine. Vos règles sont l'affaire de tout Camelot. Les gens parient sur la date à laquelle vous allez donner un héritier. La plupart supposent que ce sera dans l'année. Mais quelques-uns craignent que vous soyez trop délicate. »

Guenièvre s'effondra, portant le poids d'une nation sur ses épaules. Une reine *devrait* donner un héritier. Arthur avait dit qu'il ne se souciait pas des alliances, qu'il n'avait pas besoin d'une reine pour cela. Mais qu'en était-il d'assurer l'avenir de Camelot ? Un royaume sans héritier était un royaume dépourvu de stabilité permanente. Il devait le savoir. Il devait le voir. Il était jeune, c'était certain. Mais tant d'enfants mouraient en bas âge, et lui-même était un roi-guerrier. Rien n'était certain.

Pourtant, il avait choisi de l'épouser. Et la nuit dernière, elle avait pensé, espéré... Elle essaya de s'imaginer être une mère. Au lieu de cela, elle se souvint d'Hélène et de son destin. D'Ygraine aussi. Et de sa propre mère. Elle ne l'avait jamais connue. Merlin n'avait jamais parlé d'elle. Qui était-elle ? Que lui était-il arrivé ?

N'y avait-il pas déjà assez de dangers dans le monde sans ceux d'être simplement une femme ?

« Je suis désolée », dit Dandrane d'une voix douce. « Je n'avais pas réfléchi. Je suis tellement habituée à entendre parler constamment de ventres que je m'oublie moi-même. » Sa propre main descendit jusqu'à sa taille. Elle redressa les épaules et leva le menton, donnant ainsi une image de force féminine.

« J'arrêterai tous ceux que j'entends spéculer sur vous. Ce sera facile. Je leur dirai que Blanchefleur dort nue. Cela détournera toutes les réflexions sur vous en un instant. »

Guenièvre se força à rire. « Vous êtes une amie redoutable. »

« Oui, c'est le cas. » Dandrane occupa les heures de voyage qui suivirent par des bavardages joyeux. Guenièvre en était reconnaissante. Elle n'avait rien à dire sur aucun des sujets.

Quand ils arrivèrent au camp, ils trouvèrent les hommes en train de tester des lances, de retendre les cordes des arcs et, dans le cas de quelques jeunes chevaliers, de pratiquer la lutte. Arthur l'aida à descendre et s'assit près d'elle. Elle appréciait sa force tranquille, car elle n'avait pas encore récupéré la sienne.

Ils étaient dans une prairie bordée d'arbres noueux vert et gris. L'endroit était situé loin au nord du territoire du dragon, ce qui était un soulagement.

Mais ce n'était pas plus de quelques heures à cheval de l'endroit où vivait Merlin. Guenièvre pouvait le sentir. Elle se tourna dans cette direction, désireuse de continuer. Exiger de savoir comment Merlin pouvait faire des choses aussi terribles et vivre encore avec lui-même. Elle n'avait pas encore tenté de le rencontrer en rêve et elle redoutait la confrontation. Déjà, le Merlin dont elle se souvenait s'effaçait, se transformant en quelque chose de trouble et d'inconnu. Que serait le pire ? Le voir et le faire apparaître comme un monstre ou le voir et le faire apparaître comme le même vieil homme aimable et déroutant qui lui avait tout appris ? Comment pourrait-elle concilier cela ?

« Sire Bohort ! » appela Dandrane, assise sur un coussin à l'ombre des tentes. « Parlez-nous du dragon ! Dites-nous comment vous l'avez vaincu ! »

Dès qu'elle mentionna le dragon, le visage de sire Bohort pâlit et il recula physiquement. Il s'éclaircit la voix. « Il a essayé de me tuer. C'est moi qui l'ai tué à la place. »

Guenièvre ne voulait pas qu'il s'attarde sur ce sujet, ou que d'autres le pressent de donner plus de détails. « Trois hourras pour sire Bohort, le chasseur de dragons ! » déclara-t-elle. Tout le monde autour d'elle applaudit et il sembla se détendre, secouant la tête et écartant leurs éloges.

« Je dois m'occuper des préparatifs. Ça va aller ? » demanda Arthur près de son oreille.

« Bien sûr. »

Il prit sa main et la pressa contre ses lèvres. Un frisson la parcourut. Il pouvait le faire pour l'audience, il est vrai qu'on les observait dans ce décor, mais son geste était joyeux et sincère.

Il rejoignit ses hommes et participa à plusieurs combats de lutte. Il aimait vraiment ses chevaliers. Sire Tristan, en particulier, semblait être un favori, lui rappelant une fois de plus combien Arthur était prêt à sacrifier pour son royaume.

Mordred se glissa dans l'ombre, trouvant un coussin près de Guenièvre pour s'allonger paresseusement sur le côté. « Je vous ai manqué ? » Sa voix se fit plus basse que les bavardages pour que personne d'autre n'entende.

« Vous étiez parti ? » demanda Guenièvre.

Le chevalier mit ses mains sur son cœur, feignant d'être transpercé par une flèche. Il se laissa tomber sur le dos et ferma les yeux.

« Vous allez faire une sieste au lieu de chasser ? » demanda Brangien, irritée.

« Oui. » Mordred remua jusqu'à ce qu'il trouve une position confortable. Guenièvre l'enviait. Aucune femme ne pourrait s'allonger à son aise sur le sol sans s'attirer la censure et les jugements.

Elle se leva, remettant sa capuche en place. « Que font les dames pendant la chasse ? » Elle voulait rester proche d'Arthur. Elle devait être à ses côtés autant que possible, surtout en dehors de Camelot.

Dandrane tendit une assiette de fruits et de fromage. « C'est ça, ce que nous faisons. » Elle rit en voyant le visage de Guenièvre se décomposer. « Vouliez-vous vous promener à travers les arbres, chasser aux côtés des hommes ? »

« Non, pas cela exactement, mais... n'aurions-nous pas pu nous asseoir plus confortablement à Camelot ? » Chaque fois qu'elle quittait la ville, c'était compliqué. Tant qu'elle ne pourrait surmonter sa terrible peur de l'eau, Arthur devrait trouver une excuse pour expliquer pourquoi ils ne pouvaient pas monter sur la barge comme tout le monde. C'était humiliant et peu pratique. Et elle s'inquiétait pendant l'intégralité du temps qu'il était en forêt. Celle-ci était domestiquée, dans les limites de Camelot, mais quand même. Elle devrait être avec lui.

Les serviteurs autour des chevaliers et du roi se chargeaient de carquois et de lances supplémentaires. Puis l'un des hérauts souffla une note claire avec son instrument, et les hommes partirent dans les bois. Arthur fit signe à Guenièvre, mais il était entouré de ses hommes. Ses amis. Ses protecteurs qui n'avaient pas à cacher ce qu'ils étaient.

« Vous semblez contrariée. » Mordred ouvrit un œil et fixa Guenièvre. Il était le seul des chevaliers à être resté en arrière. Il y avait aussi une douzaine de domestiques et plusieurs gardes armés.

Dandrane regardait Mordred de façon critique. « Vous semblez célibataire. »

Il rit. « Mon cœur ne veut jamais que ce qu'il ne peut avoir. » Mais il ne regarda pas Dandrane quand il dit ça.

Il regarda Guenièvre.

Cette dernière se leva brusquement. Elle ne pouvait pas rester assise, en raison d'ondes d'énergie nerveuse qui la traversaient. Elle voulait connaître l'origine ou la finalité de chacun de ses désirs, en avait besoin, mais ne les connaissait pas.

La limite des régions boisées avait été repoussée. Cette forêt était à une heure à cheval de Camelot. Les hommes obtenaient des contrats pour y ramasser le bois et le ramener en ville. Ils achetaient également des droits pour y chasser. Les bois, autrefois sauvages, étaient maintenant taxés, réglementés et utilisés pour l'exercice physique. Cela rendait Guenièvre fière d'Arthur, mais aussi indéniablement triste.

« Brangien », dit-elle. « Voulez-vous m'accompagner en promenade ? Je veux cueillir des fleurs. » L'un des avantages au fait que la caméristе connaissait la magie était que Guenièvre n'avait pas à concevoir de moyens élaborés pour éviter le regard de celle-ci lorsqu'elle rassemblait du matériel. Brangien pouvait aider. Et Guenièvre voulait prendre le pouls de la forêt, s'assurer qu'elle n'hébergeait aucune menace qu'Arthur et ses chevaliers n'auraient pu sentir.

Elles longèrent la lisière des bois. Ils étaient toujours bien en vue des tentes. Guenièvre regarda en arrière, mais elle ne pouvait percer l'ombre et voir si quelqu'un les regardait. Elle cueillit quelques fleurs pour faire semblant alors qu'elles s'éloignaient tranquillement.

« Ici », dit Brangien. « Nous pouvons nous diriger dans les bois. Personne ne verra. »

Guenièvre entra dans l'ombre fraîche des arbres. Elle laissa échapper un long soupir de soulagement. Puis elle se souvint de leur voyage depuis le couvent. « Mais vous n'aimez pas la forêt. »

« Je n'aime pas les forêts qui surgissent du jour au lendemain et dévorent les villages », corrigea Brangien en se penchant pour inspecter une pierre lisse et blanche. Elle la mit dans sa sacoche. « Cette forêt est l'une des forêts endormies, sous l'enchantement de Merlin lui-même. Ce ne sont que des arbres. » Elle marcha en avant avec confiance. Guenièvre la suivit dans son sillage, vigilante, à l'écoute.

« Est-ce que… ça vous dérange si je cherche du matériel ? » demanda Brangien, hésitante.

« Je vous en prie, mais dites-moi ce que vous cherchez et pourquoi. » Guenièvre voulait acquérir plus de connaissances provenant de sources autres que Merlin. Tout ce qu'il lui avait appris semblait désormais terni.

« Celles-ci sont bien pour dormir. Un sommeil plus doux que mes nœuds. » La camériste glissa de pâles fleurs violettes dans sa sacoche. Elle repéra un chêne un peu plus profondément et se dirigea vers lui. Guenièvre suivit, observant la façon dont la lumière du soleil brillait à travers le feuillage. Cela lui rappela avoir regardé, à une occasion, le soleil depuis une grande profondeur, le froid…

Elle frissonna et se précipita aux côtés de Brangien. Elle l'aida à détacher plusieurs bouts d'écorce. La servante voulait aussi trouver un certain type de coléoptères.

« Je ne connais aucun de ces ingrédients », déclara Guenièvre. Elle avait eu l'intention de ramasser de jeunes pierres qu'elle aurait pu placer autour de Camelot pour absorber des choses. Ensuite, elle aurait pu en récolter des informations. Mais elle n'était pas certaine que cela eut été nécessaire. Elle avait déjà des enchantements en sentinelle. D'ailleurs, rien ne se passait à Camelot qu'Arthur ne savait. Même les arbres étaient taxés et comptabilisés.

Pourtant, ce dernier n'avait pas su au sujet de Brangien. Ni au sujet de Roselyne. Et il ne connaissait rien du chevalier patchwork, à part ses compétences au combat.

Cependant, Arthur n'avait été la victime directe d'aucune attaque. Combien de temps devrait-elle attendre ? Combien de temps tiendrait-elle sans baisser la garde lentement ? Sans devenir plus reine que sorcière ?

« Je vais vous apprendre », dit Brangien. « Avant, je m'étais spécialisée dans les breuvages. Le sommeil. L'amour. La confusion. Ma mère était une sorcière. Mon père aimait ça chez elle, car il n'avait pas les préjugés de Camelot ni ceux du christianisme. Votre mère pratiquait-elle la magie ? »

Pourquoi n'avait-elle jamais interrogé Merlin sur sa mère ? Dans la forêt, la vie était simplement ce qu'elle était. Elle n'avait jamais pensé à demander. Mais avec qui avait-elle été pendant que Merlin aidait Arthur toutes ces années ? Pourquoi ne pouvait-elle pas se souvenir ?

Elle fut saisie par une effroyable révélation. Alors qu'elle avait repoussé les souvenirs de sire Bohort et les avait remplacés, elle avait senti certains de ses propres souvenirs disparaître.

Était-ce parce que ce n'était pas la première fois qu'elle pratiquait une telle magie qu'elle avait de telles amnésies ? À qui d'autre s'en était-elle prise ?

Une autre possibilité la heurta. Merlin avait poussé la connaissance de la magie des nœuds directement dans son esprit. Peut-être avait-il poussé négligemment d'autres choses en dehors de son esprit. Il ne pensait qu'aux résultats, sans se soucier des pertes pour arriver à ses fins.

Ou peut-être avait-il poussé des éléments dehors intentionnellement. Peut-être que les choses qu'elle apprenait sur Merlin étaient déjà connues d'elle autrefois.

Des choses qui lui avaient été enlevées pour qu'elle lui fasse confiance. Pour qu'elle fasse ce qu'il demandait.

« Guenièvre ? »

« Je n'ai aucun souvenir de ma mère. »

Brangien n'en parla plus. Elle alla d'une chose précieuse à une autre, les entraînant plus profondément dans la forêt. Cependant, elles marchèrent en biais, s'éloignant de l'endroit où les hommes étaient entrés. Aucune d'entre elles ne se réjouissait particulièrement à l'idée d'une lance plantée dans leur dos. Guenièvre s'arrêta sous un chêne flamboyant et posa sa main contre lui.

« Brangien », dit-elle en regardant l'arbre. « Venez ressentir ça. »

La camériste la rejoignit et posa sa main sur le tronc. « Ressentir quoi ? »

« Vous ne le pouvez pas ? »

Brangien secoua la tête. Guenièvre avait espéré qu'elle aurait aussi le sens du toucher. Mais elle était la seule.

Mais elle n'était pas seule, car l'arbre était là. Merlin avait plongé les arbres dans un sommeil profond, plus profond que l'endroit où la Reine Noire pouvait les appeler. Guenièvre pouvait ressentir le sommeil, diriger ses sensations directement dans les racines, le sol.

Mais ce n'était pas un sommeil paisible. L'arbre qui rêvait, frissona sous sa main. Un rêve chargé de feu, doté de dents. Et sous les racines, les ténèbres. Guenièvre retira sa main et la secoua pour en chasser la sensation.

« Qu'est-ce que c'est ? » demanda Brangien.

« Quelque chose… quelque chose essaie de réveiller les arbres. »

« Êtes-vous sûre ? » La jeune femme recula, en regardant l'arbre avec effroi.

« Non. Je ne suis pas certaine. » Guenièvre se frotta les yeux. « Mais quelque chose fait faire des cauchemars aux arbres. Et j'ai déjà ressenti ça ailleurs. » Dans l'autre forêt, avec les loups. Elle n'aurait jamais dû laisser Roselyne continuer à agir. Cela semblait beaucoup plus sérieux que les pierres de Camelot. Ils avaient terriblement sous-estimé cette femme.

« Nous devrions rentrer. » Brangien marchait déjà dans la direction d'où elles étaient venues.

Un bruit fracassant venant de la profondeur des bois les fit sursauter. Guenièvre se retourna, s'attendant à voir les chevaliers. Elle ouvrit la bouche, prête à crier, avec l'intention de les avertir de leur présence.

Mais ce n'étaient pas les chevaliers.

Un sanglier aussi haut que ses épaules, aux défenses acérées et aux yeux rouges, se dirigea droit vers elle, non avec frénésie, mais avec une concentration terrifiante.

CHAPITRE DIX-HUIT

« Courez ! » hurla Guenièvre. Brangien leva ses jupes et se mit à courir à toute allure. Guenièvre en fit tout autant. Elle vira vers la droite pour éviter un morceau de bois tombé à terre. Le sanglier fit pareil.

Elle se déplaça encore plus à droite, courant toujours aussi vite qu'elle le pouvait. Elle prit une trajectoire opposée à celle de Brangien. Le sanglier la suivit.

Si Guenièvre suivait la camériste, le sanglier en ferait autant. Mais si elle l'attirait au loin, Brangien s'en sortirait.

Brusquement, Guenièvre prit un virage raide et s'éloigna encore plus de sa servante et du campement, entraînant la bête derrière elle. Elle jeta toutes ses forces dans la course. Elle courut avec la puissance d'une fille de la forêt. Sa capuche tomba pendant qu'elle sautait par-dessus les racines. Elle accrocha l'arrière de sa cape dans une branche et la déchira. Cheveux au vent, elle se projeta plus vite qu'elle n'aurait jamais imaginé pouvoir le faire.

Le sanglier ne s'arrêta pas, ne ralentit même pas. La respiration de Guenièvre était si forte et si rapide dans ses oreilles qu'elle pouvait à peine entendre la bête déchiqueter la forêt derrière elle. Elle zigzagua à travers la forêt à la recherche d'une issue. N'importe quelle issue. Aucun arbre n'avait de branches assez basses pour qu'elle puisse les saisir. Le sanglier était trop près, elle n'avait pas le temps de grimper dans un arbre. Elle ne pouvait que courir. Et bientôt, elle n'aurait plus la force de le faire.

Il y eut un mouvement devant elle. Son cœur se serra, craignant de voir un autre sanglier. Mais non. C'était…

« Baissez-vous ! » cria une voix. Guenièvre se laissa tomber sur le sol de la forêt. Une lance passa au-dessus d'elle et rencontra sa cible avec un terrible *bruit sourd*. Mais elle pouvait toujours entendre la bête derrière elle. Elle se releva et courut vers l'homme. Impressionnée de reconnaître le visage du chevalier patchwork, elle passa devant lui à toute allure. Il s'accroupit, une épée à la main. Elle ne pouvait plus courir. Elle se retourna pour voir, horrifiée, le sanglier, avec une lance sortant de sa poitrine, avancer avec détermination.

Le chevalier patchwork s'inclina sur le côté pour essayer d'éloigner le sanglier, mais celui-ci ne le regarda même pas. Il ne fixait que Guenièvre.

Le chevalier patchwork le chargea. Finalement, le sanglier réagit, et se jeta, la tête la première, armée de ses grandes défenses, sur le chevalier. Le chevalier sauta par-dessus le sanglier pour éviter le coup, roula une fois sur le sol et retomba sur ses pieds. Il enfonça son épée dans le cou de la bête, qui poussa un cri aigu horrible, avant de le frapper en retour de ses défenses, le propulsant à terre.

L'attention du sanglier revint immédiatement sur Guenièvre. Il ne courait plus. Il avançait avec détermination et pondération vers elle. Il ne bougeait pas comme une bête, mais comme un chasseur.

Comme une personne.

« Qui êtes-vous ? » demanda Guenièvre.

Le sanglier leva la tête en se tournant d'un côté pour pouvoir la fixer fermement d'un œil rouge. Et puis il s'arrêta alors que l'épée du chevalier s'enfonça dans son cou, coupant la connexion entre la tête et le corps. L'éclat de la lumière rouge dans son œil diminua et il s'effondra en tremblant, puis s'immobilisa.

Le chevalier patchwork arracha son épée de la créature.

En trébuchant sur une racine, Guenièvre bascula en arrière et s'assit durement sur le sol. Elle resta là, regardant la créature morte. Sans vouloir la toucher, mais avec l'envie de le faire malgré tout. Elle rampa vers elle et posa une main sur son flanc à présent immobile.

Des baies. Des champignons. La lumière du soleil. Des compagnons. Méfiance des prédateurs. Puis… là… quelque chose de plus vieux. Quelque chose de plus sombre.

Quelque chose d'étranger.

Elle le sentit tapi sous ce qu'avait été le sanglier, s'infiltrant à travers lui, l'empoisonnant. Prenant le contrôle. C'était la même chose qui avait presque failli tuer sire Tristan. Puis il se tourna pour se concentrer sur…

Guenièvre dégagea sa main en reculant. Ce qui avait pris possession du sanglier était toujours là. Il l'avait vue. Il la connaissait.

Le chevalier patchwork essuya son épée sur le flanc de la bête, puis la rengaina. Il grimaça en se tenant le côté. Le sanglier l'avait frappé violemment et il ne portait aucune armure. Guenièvre n'arrivait pas à se faire une idée du chevalier. Il était différent. Sans son armure, il…

« Vous êtes une femme ! » haleta Guenièvre. *Tel était* son secret. Ce n'était pas un être magique. C'était une femme.

« Et je saigne », dit le chevalier patchwork. Elle retira la main rougie qu'elle tenait contre son flanc. Guenièvre se précipita vers celle qui était une chevalière et lui enleva sa tunique. La chevalière siffla de douleur.

Il y eut un très léger chatouillis sur le bras de Guenièvre, puis une piqûre. Elle baissa les yeux pour voir une araignée noire élégamment sinistre avec ses crochets incrustés dans son bras. Elle la repoussa, mais l'araignée avait laissé deux minuscules piqûres rouges entourées de blanc. Le blanc se répandit et devint violet pendant qu'elle regardait.

« Oh », dit-elle, et puis les ténèbres la réclamèrent.

« Elle aurait déjà dû être réveillée. »

« Continue. Là, pas trop. Ailith, à toi. Si tu commences à avoir des vertiges, arrête. »

« Qu'est-ce qui a fait cela ? »

« Je n'ai jamais goûté de telles ténèbres. Et j'ai embrassé ton frère une fois. »

« *Les filles !* Nous devons nous concentrer. »

« Je peux aider ? »

« Non. Économise tes forces. »

Les voix entraient et sortaient comme si elles étaient entendues de très loin. Tout faisait mal, mais la douleur s'atténuait, de tempête d'éclairs fulgurants en tempête de pluie battante. Guenièvre sentit sur son front quelqu'un qui, du bout des doigts, retirait en arrière des cheveux égarés. Et elle sentit quelque chose d'autre de doux et d'insistant sur son bras.

« L'araignée », gémit Guenièvre.

« Non, chérie. L'araignée est partie. Nous prenons soin de vous. »

Ses paupières protestèrent, mais elle se força à les ouvrir. La pièce était sombre, sa vision floue. Quelqu'un était assis près de l'endroit où elle était étendue sur un lit. Et quelqu'un d'autre était…

« Vous sucez mon bras ? » Guenièvre essaya de s'asseoir, sidérée, mais elle était incapable de bouger.

« Ça vous infectait. Méchamment et très rapidement. Mais nous avons presque tout enlevé. »

« Vous… vous allez être empoisonnée. » L'araignée, la douleur et les ténèbres. Le sanglier avait échoué, mais quelque chose de beaucoup plus petit avait réussi. Guenièvre se souvenait du poison lors de l'attaque du loup, la vitesse à laquelle il avait fait rage dans le corps de Tristan. Ces femmes ne savaient pas ce qu'elles faisaient. Elles allaient mourir.

« Les femmes sont plus fortes lorsqu'elles supportent la douleur les unes des autres. Nous prenons chacune un peu sur nous-mêmes. Personne ne meurt et nous guérissons toutes ensemble. »

« Merci », murmura Guenièvre en fermant les yeux.

« Reposez-vous et laissez-nous vous aider. »

« Et soyez reconnaissante de ne jamais avoir à embrasser le frère de Gunild », dit une autre voix. Guenièvre laissa le rire éclatant et le *chut* résigné la repousser vers le sommeil.

Quand elle se réveilla, seul son bras lui faisait mal. Deux points de souffrance, mais à son grand soulagement que des douleurs. Il n'y avait pas de ténèbres ni rien en elle qui était autre.

Elle s'assit en gémissant. Elle était dans une cabane, un petit espace sombre au plafond bas. Le sol en terre battue était recouvert de paille fraîchement étalée et le lit sur lequel elle était allongée semblait propre. Le chevalier patchwork était assis contre le mur. Elle pressait un chiffon souillé de sang contre son flanc, les yeux fermés.

Guenièvre traversa la pièce jusqu'à elle. « Vous m'avez amenée ici ? »

La chevalière acquiesça de la tête.

« Merci de m'avoir sauvée une nouvelle fois », dit-elle en s'agenouillant. « Puis-je ? » Lorsque la chevalière l'autorisa, Guenièvre retira doucement le tissu. La blessure était profonde et saignait encore.

Guenièvre leva les yeux vers la chevalière. Elle avait de grands yeux couleur noisette, vifs, doux, et chaleureux. « Vous m'avez aidée et je peux vous aider. Mais d'abord, dites-moi pourquoi vous étiez là. Dans la forêt. »

La chevalière grimaça. « Je voulais voir le roi. »

« Pour lui faire du mal ? »

Les yeux de la chevalière s'écarquillèrent. « Je voulais voir la chasse. Pourquoi lui ferais-je du mal ? »

« Je vous ai vue avec Roselyne. »

La lumière inonda la pièce lorsqu'une femme entra, éclairée en contre-jour par les rayons du soleil. « Comment connaissez-vous mon nom ? »

Guenièvre se releva si vite qu'elle faillit tomber. « Vous ! »

« Nous sommes nous déjà rencontrées ? » Roselyne réarrangea le paillasson à l'entrée et Guenièvre cligna des yeux pour s'accoutumer à nouveau à la pénombre de la pièce.

« J'étais à votre procès. »

« Oh. Ça. » Roselyne prit la place de Guenièvre à côté de la chevalière et regarda la blessure avec inquiétude en fronçant les sourcils.

Guenièvre scruta la pièce à la recherche d'une menace. Il n'y en avait pas. « Tout ça, c'était vous. Le sanglier ! Le chevalier qui m'attendait ! »

« Petite, je ne peux même pas contrôler mes propres filles. Contrôler un sanglier est bien au-delà de mes compétences. »

« Mais vous avez été bannie de Camelot pour magie ! Et maintenant, vous cherchez à vous venger. »

Roselyne soupira, reportant son attention sur la blessure de la chevalière. « Ça n'est pas joli. Je fais venir ma sœur, mais elle ne sera pas là avant quelques heures. Ne bouge pas. » Elle se leva, en essuyant les mains sur ses jupes et regardant Guenièvre d'un regard appréciatif. « Je n'ai aucune soif de vengeance et aucune énergie pour poursuivre des desseins de vengeance même si je l'ai fait. J'utilise toutes mes forces juste pour garder ma famille en vie. Sans parler de l'occasionnelle noble femme perdue qui s'est fait infecter par la magie noire. »

Guenièvre se redressa, rassurée de voir qu'au moins Roselyne ne semblait pas savoir qui elle était, à part d'appartenir à la noblesse. « Comment puis-je savoir que ce n'était pas vous ? »

« Pourquoi vous aurais-je sauvée si cela avait été mon propre poison ? »

C'était un argument valable. « Mais il est évident que vous détestez Camelot et tous ceux qui y vivent. »

« Il me semble », dit Roselyne, s'asseyant avec un grognement de fatigue, « que c'est le propre de l'homme de haïr et de vouloir détruire ce qu'il ne peut posséder. J'étais triste de quitter Camelot, oui. Mais la cité a des règles et je ne les ai pas suivies. En fin de compte, nous n'étions plus en phase. Est-ce que je voudrais la protection des murs, des soldats et de la justice ? Oui, mais pas au point d'abandonner le pouvoir que ma mère m'a transmis, qu'elle avait appris de sa mère, qui l'avait appris de sa mère. Camelot demandait plus que je ne voulais lui donner. J'ai abusé de son hospitalité. Je ne cache aucune rancœur. Aucune de nous n'en a. » Elle s'arrêta. « Sauf peut-être Ailith, qui évoque si souvent les défauts du frère soldat de Gunild. Je soupçonne qu'elle est toujours amoureuse de lui. »

« Et votre chevalière ? » Guenièvre fit un geste vers la femme, dont le visage devenait de plus en plus pâle.

Cette dernière répondit, la voix contractée par l'effort : « Elles n'ont personne pour les protéger. Et c'est une bonne pratique pour moi. »

Roselyne acquiesça. « Elle ne vit pas ici. Nous ne connaissons même pas son nom. Mais elle offre sa protection à ceux qui en ont besoin, ici dans la nature. »

« Allez-vous la guérir comme vous l'avez fait pour moi ? »

Roselyne secoua la tête, laissant échapper un long souffle. « Nous ne vous avons pas guérie. Nous avons extrait le poison parce qu'il était magique et nous avons pu le rappeler et le lier. En ce qui concerne nos connaissances d'un corps malade, elles sont limitées. Ma sœur a une certaine expérience. Principalement en matière d'accouchement, mais elle pourra peut-être aider. Je vais voir si Gunild est de retour avec des nouvelles. » Roselyne tapota la main de Guenièvre avec sa main chaude et sèche. Puis elle se leva et sortit de la cabane. Guenièvre la suivit et laissa dépasser sa tête vers l'extérieur. Personne ne regardait. Elle pourrait s'enfuir.

Mais elle ne ressentait rien de la menace de la forêt. Si Roselyne avait voulu sa mort, elle serait déjà morte. Et les femmes n'avaient rien demandé, rien exigé d'elle. Guenièvre n'avait détecté aucune malice au contact de Roselyne. Il est certain que si cette dernière possédait et contrôlait la même magie noire que celle que Guenièvre avait ressentie à l'approche du sanglier, elle l'aurait dévoilée en la touchant.

Guenièvre reprit sa place aux côtés de la chevalière. « Pouvons-nous faire confiance à Roselyne ? »

La chevalière acquiesça de la tête.

« Si vous mentez et qu'elles complotent contre le roi, je vous tuerai. »

La chevalière ouvrit les yeux. « Si j'avais aidé à un complot contre le roi, je voudrais mourir. Je vous jure sur mon épée que je suis loyale à Camelot. Je suis loyale au roi Arthur. »

Guenièvre sentit la vérité de ces propos la pénétrer. « Très bien. Vous m'avez sauvée. Je vais en faire autant pour vous en échange de votre silence. »

La chevalière eut l'air perplexe, mais hocha la tête.

Guenièvre laissa la flamme entourer sa main, en fermant les yeux et en donnant son souffle à la flamme, en l'invoquant. La chevalière haleta, mais ne cria pas. Guenièvre laissa la flamme sauter sur la main de la chevalière. Elle n'avait pas eu le temps d'avoir peur d'être à nouveau brûlée. « Faites-moi confiance », murmura-t-elle. Puis elle posa la main de la chevalière contre la blessure et laissa le feu agir.

La chevalière cria de surprise, mais ne bougea pas. Guenièvre rappela les flammes purificatrices avant qu'elles ne puissent se transformer en flammes dévorantes. C'était plus facile qu'avec sire Tristan, car elle n'avait pas eu à faire pénétrer la flamme dans le sang, mais seulement à la diriger vers la blessure. La chevalière, transpirant, ses boucles sombres plaquées sur son front, baissa les yeux avec émerveillement. La blessure avait diminué de taille. Le sang sur le côté avait disparu, consommé.

« Une dernière chose. » Guenièvre remonta sa manche. Elle sortit un couteau, que les femmes lui avaient laissé avec le reste de ses affaires, et, grimaçant, elle coupa un peu de sa peau comme si elle pelait la couche supérieure d'une pomme. Elle utilisa le sang qui suintait de la coupure pour tracer un nœud sur le fragment de peau, ordonnant aux deux de s'associer. Puis elle plaça le fragment de peau sur la blessure de la chevalière. Le fragment se tendit, s'agrippant à son nouveau corps et trouva les bords ouverts de la plaie qu'il rapprocha en les tirant.

Là où il y avait eu un trou béant, il y avait maintenant une couche de peau lisse bien plus claire que celle de la chevalière.

« Qu'est-ce que vous êtes ? » murmura la chevalière.

Guenièvre sourit avec ironie. « Qu'est-ce que vous êtes ? »

« Je suis une chevalière. »

« Je suis… » La fille de Merlin ? Une sorcière de la forêt ? Si la chevalière venait souvent à Camelot, elle découvrirait la vérité de toute façon. « Je suis Guenièvre. La reine. »

La chevalière baissa la tête, son visage s'affaissa. « Alors mes espoirs se sont envolés. »

« Pourquoi ? »

« Parce que la vérité sur mon corps m'empêchera d'être un aspirant. » La chevalière rabattit sa tunique ensanglantée sur la plaie refermée. « J'ai su… *toujours* su… que j'étais une femme-chevalier. Et avec le roi Arthur, j'avais une chance. Si je pouvais me rendre au tournoi, si je pouvais tous les vaincre, si je pouvais combattre le plus grand roi du monde, il verrait ma valeur. Il me ferait chevalier. Ensuite, il serait trop tard pour eux de m'interdire. »

Guenièvre s'assit et replia ses jambes sous elle. La chevalière avait sauvé sa vie en tuant le sanglier, puis l'avait amenée aux seules femmes capables de la sauver de la morsure de l'araignée. Elle lui devait bien plus qu'une petite couche de peau. « Qu'est-ce que le fait que je sois la reine a à voir avec tout cela ? »

La chevalière fronça les sourcils. « Vous leur direz. »

« Pourquoi devrais-je leur dire ? Je vous ai vue vous battre. Vous vous êtes battue pour ma vie aujourd'hui. Si vous gagnez une place à la cour d'Arthur, elle vous appartient. Je suis de votre côté. À condition que vous gardiez aussi mon secret. » Elle fit un geste vers la blessure disparue de la chevalière. « N'en parlez pas à Roselyne non plus. Personne ne doit savoir. »

Le visage lisse de la chevalière s'anima d'émerveillement et d'espoir. « Vous allez me laisser continuer ? »

« Je vous entraînerais moi-même dans la ville et vous y forcerais. »

La chevalière baissa la tête et ferma les yeux. Un sourire lui fit entrouvrir les lèvres. Elle avait des fossettes sur les joues qui allaient bien avec celle permanente de son menton. « Merci. Aujourd'hui, nous nous sommes sauvées mutuellement, je pense. » Elle se leva en tendant la main. « Venez. Je vais vous raccompagner en toute sécurité à votre campement. »

Il y avait un dernier test dont Guenièvre avait besoin pour vérifier l'honnêteté de la chevalière. Guenièvre prit la main offerte. Elle était calleuse et rugueuse comme celle d'Arthur, mais plus étroite. Elle semblait beaucoup mieux adaptée à la sienne. La sensation qu'elle reçut de la chevalière était moins une vibration ou une étincelle, qu'un... arrangement. Une légitimité. Une appartenance. Le nœud serré et anxieux qui s'était développé en elle depuis son arrivée à Camelot sembla se desserrer.

Elle laissa échapper un long souffle de soulagement. Il n'y avait aucune méchanceté, aucun mensonge.

Guenièvre savait qu'elle devait retourner au campement. Que Brangien serait frénétique.

Mais il y avait eu tellement de magie noire dans le sanglier, dans les arbres, dans l'araignée. Et elle savait maintenant que ses soupçons sur Roselyne étaient faux. Guenièvre avait mal placé son attention.

Elle ne pouvait plus perdre un instant. Elle ne serait pas capable de protéger Arthur de tout ce qui allait arriver si elle n'était même pas capable de résister au poison de l'araignée. Elle ne faisait plus confiance à Merlin, mais elle avait besoin de lui. Arthur avait besoin de lui. Peut-être que le rôle de Guenièvre dans la protection d'Arthur était destiné depuis le début à permettre à Merlin de retourner à Camelot.

Elle serra la main de la chevalière. « Voulez-vous m'aider dans la quête d'un sorcier et le sauvetage du royaume ? »

Les yeux de la chevalière étincelèrent. Elle rit, sa voix basse étonnamment tendre de bonheur. « Vous ne pourriez pas me témoigner plus de gentillesse que de me demander cela.

Permettez-moi de chercher mon armure et mon cheval. Je vous défendrai, quelle qu'en soit la fin. » Elle fit une pause, baissant les yeux. « Toujours, ma reine, je serais toujours là pour vous défendre. »

Guenièvre ressentit un élan de plaisir, une chaleur qui la submergea. Était-ce ainsi qu'Arthur se sentait constamment, en bénéficiant de la loyauté d'hommes méritants ?

Elle suivit la chevalière hors de la cabane. Roselyne sembla surprise mais ravie de la guérison spectaculaire de celle-ci. Le petit village était bien ordonné. Plusieurs enfants jouaient avec des bâtons en riant. Partout, Guenièvre constata des indications de magie bénigne. Des massifs de plantes, des nœuds aux portes, des pierres bordant les limites. Dieu merci, elle n'avait pas envoyé les hommes d'Arthur contre Roselyne. L'idée de chevaliers chevauchant et terrorisant ce que Roselyne avait construit rendait Guenièvre malade.

« Nous devons partir », dit Guenièvre, sans donner aucune explication. « Je vous suis redevable et votre aide ne sera pas oubliée. » Elle trouverait un moyen d'aider ces femmes comme elle le pourrait à l'avenir. Mais en regardant leur village propre et heureux, elle se demanda si elles auraient besoin d'être aidées.

Roselyne se pencha sur un pot bouillonnant au-dessus du feu. « Gardez notre emplacement secret. Ça sera suffisant comme paiement. Et par pitié, évitez les araignées à l'avenir. »

C'était sa ferme intention. Deux petits trous dans le bras lui rappelaient de ne pas baisser la garde. La chevalière siffla et un cheval alezan s'approcha d'elles. Sur le dos de celui-ci était posée l'armure de la chevalière que cette dernière prit et enfila. Guenièvre leva la main vers le cheval, mais s'arrêta. Les yeux de l'animal étaient marqués d'une cicatrice blanche.

« Votre cheval est aveugle ? » demanda Guenièvre, choquée.

La chevalière acquiesça de la tête. « Les voleurs font ça pour que les chevaux ne puissent pas rentrer chez eux. Je l'ai trouvée errante, perdue et seule. » La chevalière tendit la main et caressa le cheval. La bête souffla, frottant son museau contre la chevalière. « Ainsi, nous étions pareilles. Je n'ai jamais connu meilleur cheval. Ne vous inquiétez pas. »

Guenièvre caressa le cou de l'animal. Il frissonna une fois, puis baissa la tête, frappant le sol de son pied avant.

« Elle vous aime bien. Elle est prête à partir. » La chevalière souleva Guenièvre sur le dos du cheval, puis grimpa derrière elle. Elles firent un signe d'adieu au village. Quelques femmes le leur rendirent, mais la plupart les ignorèrent, comme si une dame et une chevalière dans le besoin d'une intervention magique ne méritaient pas d'être remarquées.

Guenièvre indiqua la direction qui les mènerait à Merlin, et la chevalière guida sa monture. C'était le début de l'après-midi. Si elles progressaient bien, elles pourraient arriver chez Merlin à la tombée de la nuit.

Elle s'éloigna alors de Camelot, d'Arthur et des autres, sachant qu'ils craindraient qu'elle soit perdue ou morte, mais en pensant aussi qu'atteindre Merlin était plus important qu'elle ne pourrait jamais l'être elle-même. Sa fierté en était blessée, mais c'était un petit sacrifice pour assurer la sécurité d'Arthur. Elle avait voulu être la grande protectrice. Au lieu de cela, son rôle était celui d'une coursière. Qu'il en soit ainsi.

Cependant, elle était heureuse de ne pas être seule. « Quel est votre nom ? » demanda-t-elle à la chevalière.

La chevalière guida adroitement son cheval aveugle autour d'un obstacle, ses jambes pressées contre celles de Guenièvre. « Lancelot, ma reine. »

La Reine Noire attend que la bête lui apporte sa proie.

Et puis sa proie l'emporte sur sa bête.

Mais souvent, les attaques les plus subtiles sont les plus efficaces. Deux minuscules crocs à la place de deux grandes défenses. Elle sent son poison s'infiltrer, se répandre. Elle se précipite vers elle, ayant besoin d'être suffisamment proche pour comprendre ce qu'elle possède, et puis…

Disparue. Elle a complètement disparu.

Elle s'arrête, la terre bouillonnant de rage. Quelqu'un a pris son poison et l'a tellement diffusé qu'elle ne peut en sentir ses contours. Mais elle y a goûté. Cette reine-non-reine est quelque chose de différent. Quelque chose de nouveau. Quelqu'un a changé les règles et elle n'en connaît qu'un seul capable de faire ça.

Merlin.

Elle rit et rit, les arbres autour d'elle tremblent, les choses sombres et rampantes de la terre creusent vers le haut, attirées par les tremblements de sa rage et de son amusement. Parce que Merlin sait ce qui arrive. Et, aussi insensé qu'il soit, cela arrivera quand même.

Mais il y a du travail à faire maintenant. Elle devra mettre sa confiance non pas dans les bêtes, mais dans l'homme. Il y a si peu de différence entre les deux, après tout.

CHAPITRE DIX-NEUF

Elle reconnaissait les arbres à mesure qu'elles se rapprochaient. Ces derniers la reconnaissaient aussi, les feuilles tremblaient. La maison était proche, la maison était…

Une vibration, au plus profond d'elle, la tiraillait depuis le nord, comme si elle avait oublié quelque chose.

Lancelot guidait son cheval, aussi habile que promis, à travers la lumière tombante. Aucune fumée ne s'échappait de la cabane. Guenièvre se laissa glisser pour mettre pied à terre. La chevalière la suivit, attachant le cheval à un arbre.

« Merlin ? » appela Guenièvre. La cabane était froide. Pas seulement froide. *Abandonnée.* On aurait dit que personne n'y avait vécu depuis des années. Elle chercha le balai qu'elle savait être près de la porte, mais il n'y avait qu'un morceau de bois pourri. La porte s'ouvrit, révélant un intérieur en ruine. Comment avait-elle balayé des sols qui n'existaient plus ? Comment avait-elle dormi sur une couverture qui n'était pas là ?

« Quelque chose ne va pas du tout. » Guenièvre recula. Son estomac se tordit, la rendant malade. Que s'était-il passé ?

Un oiseau vola vers un arbre voisin. Guenièvre s'arracha plusieurs mèches de cheveux, les nouant ensemble pour former une boucle. Elle jeta le nœud vers l'oiseau. Le nœud fit un cercle, puis se resserra. L'oiseau pépia une fois en signe de protestation, puis s'immobilisa.

« Emmène-moi à Merlin », ordonna Guenièvre. À l'endroit où elle avait arraché quelques cheveux, elle ressentit des douleurs lancinantes, disproportionnées par rapport à ce geste. Mais prendre possession du libre arbitre d'une autre créature était un acte violent, et la violence laissait toujours place à la douleur dans son sillage.

L'oiseau sautilla consciencieusement dans les airs, volant d'arbre en arbre. Guenièvre s'empressa de le poursuivre, suivie de Lancelot. Mais il y avait quelque chose sur son chemin. Elle poussa contre l'air qui s'épaississait autour d'elle et qui l'empêchait de bouger.

« Qu'est-ce que c'est ? » demanda Lancelot.

Guenièvre n'allait pas se laisser décourager. Elle sortit sa dague de fer et tailla un nœud d'empêchement dans l'air. Il y eut un bruit sec, bien qu'imperceptible, qui lui fit mal aux oreilles. Elle et Lancelot arrivèrent finalement à l'entrée d'une grotte à l'ouverture béante. Il y faisait noir. Noir de terreur. Noir de…

Guenièvre avait déjà été dans cette grotte. Elle en était sûre. Mais elle ne pouvait pas se rappeler quand ni pourquoi. Elle était tellement saisie par l'obscurité de la grotte qu'elle ne remarqua même pas le vieil homme barbu et rabougri qui se tenait à l'entrée.

Il agitait ses bras frénétiquement. « Tu ne peux pas être ici ! Tu n'es pas ici. Tu n'as jamais été ici. »

Guenièvre secoua la tête, détournant les yeux de l'obscurité. « Merlin ! La magie noire. Je l'ai sentie. Il y avait un sanglier, et… »

« Tu ne peux pas être ici », répéta Merlin, agitant toujours ses bras grêles dans sa direction.

« Ne me dis pas ce qu'il faut que je fasse ! Tu es un *menteur* ! » Elle prit une profonde inspiration, se forçant à se calmer. Ce n'était pas le moment de faire état de ses griefs personnels. « Tu m'as envoyée à Camelot pour protéger Arthur, mais je ne peux pas le protéger contre ce que j'ai senti. C'était... »

Merlin trembla, puis il baissa les épaules. Il avait l'air... vieux. Tellement plus vieux que dans ses souvenirs. « Je vous en prie », dit-il, mais ce n'était pas à elle qu'il parlait. « Je vous en prie, Lancelot. Si vous aimez votre reine, *cachez-vous*. Maintenant. »

Lancelot l'attrapa par la taille et l'entraîna loin de la grotte. Elle trébucha, voulant protester, mais elle était infectée par la peur qui animait Merlin. Elles s'accroupirent derrière un amas de pierres et de rochers. Lancelot se mit derrière Guenièvre pour la protéger. Un buisson broussailleux leur cachait la vue, mais Guenièvre pouvait toujours voir l'entrée de la grotte à travers une trouée dans les feuilles.

« Vous le connaissez ? » chuchota Guenièvre.

« Je ne l'ai jamais rencontré. Je ne sais pas comment il difficile de trouver un autre verbe dans cette expression mon nom. » Lancelot semblait aussi secouée que Guenièvre.

Un filet d'eau s'écoula devant elles. Guenièvre l'observa avec horreur alors qu'il enflait pour se transformer en ruisseau, puis en rivière étroite et agitée. Guenièvre se replia plus profondément dans les rochers, soulevant les pieds pour que l'eau ne la touche pas. Lancelot grimpa pour regarder au-dessus de leur abri. Guenièvre l'imita, ne voulant pas rester seule près de l'eau.

La rivière arrêta son cours devant Merlin, qui attendit patiemment que celle-ci se nourrisse d'elle-même, qu'elle grandisse et grandisse jusqu'à prendre la forme d'une femme. Ses cheveux coulaient le long de son dos jusque dans la rivière toujours derrière elle et sa robe trempait dans un étang à ses pieds. La forme scintillait et se transformait, changeant constamment de forme. À présent, elle était une grande femme redoutable. Maintenant, elle était une jeune fille. Et cette fois, elle n'était ni l'une ni l'autre. Elle leva une main et la pointa vers Merlin.

« La Dame du Lac », chuchota Lancelot, émerveillée.

Tu aurais dû garder tes barrières, traître. Tu m'as laissée entrer.

Guenièvre posa les mains sur sa bouche avec horreur. La barrière qu'elle avait défaite. Elle avait laissé entrer cette chose.

Tu m'as volée, murmura l'eau. C'était un son doux qui les entourait de toute part. Un ruisseau gargouillant se transforma en cascade tonitruante. *Tu m'as volée !*

Merlin hocha la tête, son visage solennel et triste. Il tira sur sa barbe et en détacha plusieurs poils. Il les laissa tomber sur le côté, avec distraction. « Oui. C'est vrai. »

Pourquoi as-tu pris quelque chose d'aussi précieux ? Qu'as-tu fait ?

« Je suis désolé, Nynaeve, mon amour, ma dame. »

Je vais te défaire.

« S'il le faut. »

Je vais…

L'eau tremblait, perdant sa forme et se reformant cent fois, si bien que Guenièvre avait mal aux yeux, comme si elle avait regardé le soleil onduler sur un lac.

Pourquoi ? demanda l'eau, et Guenièvre ressentit dans ce seul mot la douleur de l'éternel, la douleur du passage infini des jours. Le chagrin du changement.

« Parce qu'il était temps. »

Je reprendrai ce qui était à moi. Le garçon ne peut pas tout prendre. Il ne le mérite pas.

La Dame du Lac donna Excalibur à Arthur, après que l'épée avait été jetée dans ses profondeurs. Voulait-elle la récupérer maintenant ? Est-ce que l'on avait menti aussi à Guenièvre à ce sujet ? Peut-être que la Dame du Lac ne leur avait jamais donné l'épée. Peut-être que Merlin l'avait prise, comme il avait pris tant d'autres choses.

« Tu as raison », dit Merlin. « Il ne la mérite pas. Mais il pourrait un jour. Et ce n'est pas à toi de décider. La décision a déjà été prise. »

L'eau rugit derrière la Dame, la poussant de plus en plus haut jusqu'à ce qu'elle domine Merlin. *Je ne peux pas mettre fin à ce qui devrait être éternel. Je ne suis pas comme toi. Mais je ne peux pas te laisser continuer. Tu m'as trahie. Tu nous as trahis.*

« Je sais. » À un moment, Merlin se tourna vers leurs rochers et agita ses doigts en faisant le geste d'une vague absurde. La gorge de Guenièvre se serra. C'était sa faute. Puis Merlin recula lentement dans la grotte. « Je suis fatigué », dit-il. « Et je ne suis pas innocent. C'est juste. À la prochaine fois, mon amour, ma Nynaeve. »

L'eau rugit devant la Dame, jusqu'aux côtés de la grotte. En quelques secondes, des milliers d'années de dégâts furent causés, érodant, avalant, creusant.

L'entrée de la grotte s'effondra et fut entièrement scellée. L'eau transportait du limon, travaillant entre chaque rocher jusqu'à finalement reculer, ne laissant qu'une paroi rocheuse là où autrefois avait été une grotte. Guenièvre se mordit le pouce pour ne pas pousser un cri d'horreur. Lancelot était immobile et silencieuse à côté d'elle.

L'eau ne reprit pas la forme d'une femme. Elle reflua comme elle était venue, avec un bruit semblable à des pleurs.

Guenièvre martela la roche, mais elle ne put même pas déplacer un caillou. La grotte était scellée. Lancelot regarda la paroi rocheuse avec stupéfaction.

Guenièvre se retourna et se laissa glisser, le dos contre la paroi qui la séparait de Merlin. Des fils d'argent brillaient dans le crépuscule, captant les derniers rayons du soleil. Les poils de la barbe de Merlin, accrochés à un rocher. Elle les enroula si étroitement autour de ses doigts qu'elle en eut mal.

« Que voulait-elle ? » demanda Lancelot.

Guenièvre baissa la tête. La Dame voulait ce qui avait été pris. Ce qui avait été donné à Arthur. Pour Guenièvre, cela ne pouvait être qu'une chose. « Excalibur. »

« Mais je pensais qu'elle l'avait donnée au roi Arthur ! »

« Peut-être avons-nous été induites en erreur. » Merlin ne lui avait jamais livré l'histoire complète, la vraie histoire. Le sentiment qu'elle avait eu en touchant Excalibur lui avait-il forgé la conviction que c'était bien plus qu'une épée ? Peut-être même que l'épée pouvait menacer la Dame du Lac. « Comment Merlin pouvait-il laisser cela arriver ? » Guenièvre frappa des poings sur le rocher. C'était elle qui avait démantelé la barrière. Mais si Merlin avait été honnête avec elle, rien qu'une fois, elle n'aurait pas eu à faire ça ! Elle se leva, déterminée.

« Emmenez-moi chez Arthur. » Il avait l'épée. Guenièvre avait la magie. À eux deux, ils sauveraient Merlin. Ensuite, elle obtiendrait des réponses.

Quand elles atteignirent la zone de chasse, c'était le moment le plus sombre de la nuit. Mais l'obscurité n'avait pas d'importance pour un cheval aveugle, et Lancelot s'orientait avec confiance. Guenièvre aurait voulu avoir des ailes pour aller plus vite.

Elles entendirent des voix criant son nom frénétiquement bien avant de voir qui que ce soit. Lancelot se raidit derrière elle. « Je devrais... »

« Enfilez votre masque. Restez avec moi. Il faut qu'ils sachent qui m'a sauvée. »

Lancelot suivit les instructions. Dès qu'elles s'approchèrent, Guenièvre cria. « Je suis là ! Ici ! »

Cette fois, le fracas dans les arbres n'était pas celui d'une bête, mais celui de son bien-aimé. Arthur se précipita vers elles. Il saisit Guenièvre, la fit descendre du cheval et la pressa contre sa poitrine. « Nous avons trouvé votre capuche, votre cape. Le sanglier. Il y avait plus de traces, plus d'empreintes de sanglier. Nous avons pensé… J'ai pensé que vous aviez été emmenée. Morte. »

Guenièvre le tint tout aussi fermement. Quelque chose en elle se brisa et guérit en même temps, alors qu'elle sentait combien elle comptait pour lui dans la force de son étreinte. Elle se permit un instant de le chérir. Et puis elle parla : « Arthur, c'est Merlin. Il a été attaqué. Il est piégé. Nous devons aller l'aider. »

Arthur prit sa respiration, mais ne montra aucune surprise. C'était une longue et lente inspiration de réticence et de résignation. Plusieurs autres personnes se précipitèrent à travers les arbres qui les entouraient. Sire Bohort, sire Tristan. Mordred, pâle et crispé à la lueur des torches alors qu'il cherchait son visage.

Ils ne pouvaient plus parler de Merlin maintenant.

« Gentilhomme », dit Arthur en levant les yeux vers Lancelot, qui était encore sur son cheval. « Comment avez-vous rencontré notre reine ? »

« Lancelot a tué le sanglier et m'a sauvée. » Guenièvre relâcha son étreinte, mais Arthur la retint. « Mais il y avait d'autres bêtes. Et Lancelot n'avait plus de lances. Alors, nous nous sommes enfuis jusqu'à ce que nous trouvions le cheval de Lancelot et que nous puissions chevaucher suffisamment vite pour leur échapper. Nous sommes allés trop loin dans la forêt. C'est seulement maintenant que nous avons trouvé notre chemin. »

« Camelot vous doit ses plus sincères remerciements, Lancelot. » Arthur avait la main dans la nuque de Guenièvre et lui caressait les cheveux.

« C'était mon honneur, seigneur roi. » Lancelot descendit de cheval, mit un genou à terre et baissa la tête. Elle parla d'une voix basse et douce, de sorte que si Guenièvre n'avait pas su la vérité sur son sexe, elle aurait supposé que Lancelot était un jeune homme.

« Vous êtes le chevalier patchwork, n'est-ce pas ? »

« C'est ainsi que l'on m'appelle, oui. »

« Alors, je pense qu'il est grand temps que vous ayez votre tournoi. Vous l'avez mérité. »

Les chevaliers autour d'Arthur l'acclamèrent, tapant Lancelot dans le dos alors qu'elle se levait. Guenièvre lui sourit, ravie de sa bonne fortune bien méritée. Mais elle ne pouvait pas être totalement heureuse. Il y avait tellement à faire.

« Arthur », murmura-t-elle. « Nous avons besoin de… »

« Je sais », répondit-il. « Il faut que nous parlions. »

« Mais Merlin… »

« N'ira nulle part. » Arthur la relâcha enfin, posant une main sur le bas de son dos alors qu'il la conduisait hors des arbres. Un immense feu de joie avait été allumé dans la prairie. Brangien courut vers eux, trébuchant presque dans sa hâte. Elle tomba à genoux aux pieds de Guenièvre.

« Ma dame, je suis vraiment désolée. Je pensais que vous étiez derrière moi. Je n'aurais jamais couru si… »

Guenièvre se pencha et la souleva, puis la serra contre elle. « Je sais. Je sais, chère Brangien. Mais vous voir en sécurité est tout ce dont j'ai besoin. Si vous aviez été blessée, je ne l'aurais pas supporté. » Elle ne pouvait pas dire que le sanglier n'en voulait qu'à elle, que si la caméristе avait été tuée, cela aurait été la faute de Guenièvre.

Brangien hocha la tête, des larmes coulant sur son visage. Elle les essuya, puis passa Guenièvre en revue. « Voilà », dit-elle en retirant sa cape pour en recouvrir les épaules de Guenièvre. « Votre manche ! Vous vous êtes blessée ! » Une croûte recouvrait la coupure superficielle que Guenièvre s'était faite en prélevant un peu de peau pour Lancelot. « Et vos poignets ! » Brangien retira une longueur de tissu de son sac, l'enroulant à la hâte autour du bras de Guenièvre jusqu'à sa main. Comme si des poignets exposés avaient de l'importance dans la situation trouble dans laquelle ils se trouvaient. Mais Brangien ne pouvait s'occuper que des problèmes qu'elle voyait et Guenièvre lui en sut gré.

Arthur emmena sa reine directement jusqu'à une tente, indiquant clairement que personne d'autre n'était invité. Il ferma la l'entrée. Guenièvre fit les cent pas dans l'espace exigu.

« Avec ma magie et Excalibur, je suis convaincue que nous trouverons un moyen de libérer Merlin. La Dame du Lac veut récupérer l'épée. Nous devrons peut-être nous battre contre elle. »

Arthur soupira. « S'il vous plaît, asseyez-vous. »

« Je ne suis pas fatiguée ! Nous devons agir vite. J'ai senti quelque chose de sombre dans le sanglier. J'ai cru que c'était Roselyne, mais j'avais tort. Et si c'était la Dame du Lac ? Le lac de Camelot est mort. Vidé de sa magie. Elle a dû l'accaparer entièrement pour gonfler ses pouvoirs. Nous avons besoin de Merlin. Je ne suis pas capable de me mesurer à ce genre de magie. Je ne peux pas vous en protéger. »

« S'il vous plaît, écoutez », dit Arthur, d'une voix ferme mais suppliante, alors qu'il lui tirait les mains pour l'amener à s'asseoir sur un coussin. Il s'agenouilla devant elle. « Nous ne pouvons pas aller sauver Merlin. »

« Nous le pouvons ! Je sais que nous le pouvons ! » Elle doutait d'elle-même, oui, mais elle avait Arthur, et il avait l'épée. Ils pouvaient y arriver. Ils *devaient* y arriver. Ils avaient besoin de Merlin.

« Il ne veut pas que nous le fassions. »

Guenièvre secoua la tête. Elle regarda ses mains et les poils de la barbe de Merlin qui étaient toujours enroulés autour de deux de ses doigts. « Comment pouvez-vous le savoir ? »

« Il me l'a dit. » Arthur fouilla dans sa tunique et dégagea une liasse de papiers très usés. Il la déplia pour révéler des pattes de mouche qui noircissaient les pages dans toutes les directions, parfois de gauche à droite, parfois de haut en bas, parfois les unes sur les autres. « Il savait que cela arriverait. »

Guenièvre se leva, furieuse. Merlin ne voyait pas le temps dans l'ordre. Il *savait* que cela allait arriver ? « S'il savait que cela arriverait, pourquoi ne me l'a-t-il pas dit ? C'est moi qui ai brisé sa barrière, misérable que je suis ! Pourquoi n'a-t-il pas couru ou ne s'est-il pas caché ? »

Arthur se montra frustré mais résigné. « Je ne connais pas ses raisons. Seulement qu'il les avait. Et j'ai confiance en Merlin. S'il dit que quelque chose doit être fait, alors cela doit être fait. Nous comprendrons un jour. » Il regarda la lettre et fronça les sourcils. « Peut-être. »

« Non ! Je refuse d'accepter ça. Il vit un danger se diriger vers vous. Il m'a envoyée à Camelot à cause de cela. Je ne peux pas y faire face seule ! »

Arthur replia la lettre et la rangea. Il se passa la main sur le visage comme s'il pouvait physiquement repousser le regret et la culpabilité. « Guenièvre, je vous ai menti. Je vous ai laissée croire quelque chose qui n'est pas vrai. Et j'en suis désolé. »

Guenièvre recula d'un pas, soudain prise d'effroi. Qu'est-ce qu'Arthur savait d'autre ?

« La Dame du Lac ne peut pas m'atteindre, je le promets. Merlin ne vous a pas envoyée à Camelot à cause d'une menace contre moi. Il vous a envoyée à Camelot parce qu'il savait ce qui l'attendait. Il n'avait pas besoin de vous pour me protéger. Il *m*'a demandé de *vous* protéger. »

Elle s'assit, stupéfaite. Brisée. Pendant tout ce temps, ils lui avaient laissé croire qu'elle avait un but. Une mission. Qu'elle se battait pour Merlin, qu'elle travaillait pour Camelot. Qu'elle était devenue Guenièvre par nécessité de protéger Arthur. Et non elle.

Cela n'avait pas de sens.

Non. Cela était tout à fait logique. Chaque attaque magique qu'ils avaient affrontée avait été orientée vers elle. Pas vers Arthur. Elle n'y avait jamais prêté attention parce qu'elle ne l'avait jamais imaginé.

Les mots exacts de Merlin résonnèrent. *« Tu as peur de la mauvaise chose »*, avait-il dit quand elle s'inquiétait de ne pas pouvoir protéger Arthur. Il la laissa partir, sachant ce qu'elle pensait, la trompant sans lui mentir. Sachant qu'elle aurait refusé de partir si elle avait su que la menace à venir était pour Merlin, et non pour Arthur.

La vérité la laissa démunie. Elle n'était ni reine, ni sorcière, ni protectrice, ni guerrière.

Elle était un fardeau.

CHAPITRE VINGT

Guenièvre traversa les jours suivants comme dans un rêve. Arthur voulut lui parler mais elle n'en avait aucun désir. Pas encore. Il fut appelé à la frontière, ce qui lui donna un peu de répit pour une fois.

Elle laissa Brangien la coiffer et lui faire des tresses. Elle rendit visite et on vint lui rendre visite. Elle devint dépendante de Dandrane qui l'accompagnait afin d'alléger le fardeau de la conversation. Cette dernière et la camériste formèrent une alliance tacite, la protégeant et la guidant lorsqu'elle devait agir d'une certaine manière. Elles étaient, en quelque sorte, ses propres chevalières. Livrant ses petites batailles contre les ragots et la censure.

Tout le monde supposa que son changement de comportement était dû au traumatisme de l'attaque du sanglier. Ils la plaignirent, parlèrent doucement et marchèrent prudemment. Mais Lancelot l'avait doublement sauvée. Le récit des actes de bravoure du chevalier patchwork se répandit au travers de la ville, avec une attention particulière pour cette partie de l'histoire. Le nom de Lancelot fut sur toutes les langues. Le tournoi approchait à grands pas et Camelot frémissait et bourdonnait d'anticipation.

Un après-midi, on frappa doucement à la porte de Guenièvre. Brangien ouvrit, fit la révérence et se mit de côté. Arthur était debout dans l'encadrement de la porte.

« Guenièvre, voudriez-vous vous joindre à moi pour une promenade ? »

Elle acquiesça de la tête, sans dire un mot. Elle prit le bras qui lui était offert et se laissa conduire hors du château sur l'une des passerelles qui entouraient les nombreux niveaux. Le vent les mordilla malicieusement. C'était presque le milieu de l'été. Elle avait eu l'intention de faire de la magie protectrice au solstice, mais il n'y en avait jamais eu le besoin.

Arthur s'arrêta. Il s'assit sur le bord de la passerelle, ses jambes dans le vide, et regarda sa ville en bas. Le lac bordait tout, infranchissable, vigilant. En attente. « Je suis rentré la nuit dernière. J'ai envoyé un mot. J'espérais que vous viendriez dans ma chambre pour que nous puissions parler. »

« Je ne veux pas vous faire perdre votre temps, mon seigneur. »

Il tressaillit. « Je ne suis pas votre seigneur. S'il vous plaît, ne m'appelez pas ainsi. »

Guenièvre s'assit à côté de lui, mais garda ses jambes repliées bien rangées, se plaçant en retrait du bord. « Je n'ai rien à vous offrir. Ce serait égoïste de ma part d'exiger votre attention. »

« Ce n'est pas égoïste. »

« Ça l'est. » Elle fit non de la tête. Elle y avait pensé… ne pensait qu'à ça. « Pourquoi m'avez-vous épousée ? Si tout ce que Merlin demandait était que je sois en sécurité à Camelot, pourquoi ne pas m'avoir annoncée comme une cousine éloignée ? Ou, encore mieux, comme une servante ? Si vous n'aviez pas besoin de moi pour vous protéger, pourquoi me faire reine ? »

Arthur changea de position, de telle sorte qu'il tourna le dos à Camelot et lui fit face. « Vous parlez d'égoïsme. C'est ce qui a motivé ma décision. Merlin vous voulait à mes côtés et j'ai sauté sur l'occasion. Je suis persécuté depuis le jour où j'ai été sacré, assiégé non seulement par les armées, mais aussi par la politique. Je n'ai pas menti quand j'ai dit qu'une alliance conjugale n'aurait fait que compliquer ma vie. Si j'avais épousé une Picte, mes voisins du Sud se seraient sentis menacés. Si j'avais épousé quelqu'un de Camelot, mes chevaliers se seraient sentis insultés que je n'aie pas épousé *leurs* sœur, fille ou cousine. Et après Hélène... » Sa voix se brisa, puis il continua sur un ton ferme : « Après cela, comment pourrais-je être sûr que l'on m'aime pour autre chose que mon pouvoir ? L'idée d'ajouter une autre complication à ma vie, de côtoyer une autre personne, une inconnue chez moi qui me traiterait comme un roi, était si *exténuante* que je ne pouvais y faire face. Depuis que j'ai revendiqué Excalibur, j'ai cessé d'être Arthur et je suis devenu roi. J'aime mes hommes, mais ce sont mes hommes. Même ma famille est compliquée. Sire Hector et sire Keu. Mordred. Je ne voulais pas d'une femme comme ça. Merlin a été la seule chose stable de ma vie. Et vous êtes une partie de lui. J'avais espéré qu'en vous amenant ici, pour prendre le rôle de reine de telle sorte que personne d'autre ne puisse le revendiquer, j'aurais eu la paix. Plus que ça... J'aurais eu une amie. » Il baissa la tête, fixant ses mains. « Ce n'était pas juste pour vous. Et j'ai détesté la trahison. Et j'ai détesté que vous ne vous considériez pas comme ma reine. Pas vraiment. Je vous en prie... je vous en prie, ne partez pas. Ne me laissez pas. »

Finalement, il leva les yeux. Le visage d'Arthur lui était maintenant aussi familier que celui de Camelot. Et elle réalisa combien Camelot lui était cher. Arthur aussi. Elle ne voulait pas partir. Et elle était incapable de lui faire du mal. Elle lui prit la main.

Il pressa ses doigts, passant son pouce le long du sien. Son espoir était presque palpable. Guenièvre sourit en s'essuyant le visage. Elle n'avait pas voulu laisser échapper de larmes. « Je me plais ici. »

Son visage se détendit. Ses traits forts résistaient bien à la tension, mais quand celle-ci disparaissait, le garçon qu'il avait été peu de temps auparavant se dévoilait. Ses épaules s'affaissaient, les lignes sévères de sa tunique devenaient soudainement un peu plus douces et trop grandes pour une posture qui n'était plus celle d'un roi. Quelque chose en elle se libéra aussi. Arthur la voulait encore. Il avait encore besoin d'elle. Ce n'était pas ce qu'on lui avait fait croire, mais comme rien d'autre ne l'attendait à l'avenir, elle s'accrocherait à cela.

Cependant, elle avait le cœur brisé. Elle était devenue quelqu'un de nouveau pour lui, mais même ces tromperies étaient des mensonges. Comment pouvait-elle lui expliquer à quel point elle était perdue, encore maintenant, sans lui faire de mal ? Pourquoi le fait d'être son amie, voire sa femme, ne suffisait pas pour qu'elle se sente réelle ?

Elle ne pouvait pas lui dire. Un jour peut-être, lorsqu'elle sera devenue la personne qu'elle deviendra. Jusque-là, elle restera. Parce que c'était facile. Parce que c'était sans danger. Et parce qu'elle voulait être nécessaire. Arthur avait besoin d'une amie. Elle serait cette amie.

Combien de fois s'était-elle demandé à quoi ressemblerait la vie si elle pouvait être simplement sa reine, ou même juste une fille ? Maintenant, elle avait ça, et elle ne savait pas quoi en faire. Mais elle essaierait.

« Voulez-vous connaître un secret ? » demanda-t-elle.

« Oui. »

Guenièvre sourit d'un air mesquin. « Sire Bohort n'a pas tué le dragon. »

« *Quoi ?* »

Guenièvre raconta l'histoire à Arthur. Elle ne parla pas de combien cela lui avait semblé mal de pousser les vrais souvenirs au profit des faux. De comment elle avait voulu se laver après avoir rempli les vêtements de sire Bohort de pierres et les avoir ensuite jetés dans le ruisseau. Elle ne lui dit pas comment elle avait compris le dragon, comment le poids et la mélancolie venant de sa disparition pesaient encore sur elle.

Au lieu de cela, elle fit parler le dragon. Elle rendit le récit amusant, en se mettant dans la peau du héros. On aurait dit une histoire pour enfants. La disparition était l'extrême tristesse de la fin des grandes choses. À sa place, un chevalier, un dragon et une jeune fille intelligente.

Arthur se pencha en arrière en riant. Son visage baignait dans la lumière dorée du soleil couchant. Elle voulait tracer son profil, poser les doigts sur sa gorge pour sentir la façon dont son rire la traversait.

Elle comprenait pourquoi tout le monde aimait Arthur. Pourquoi ils comptaient sur lui. Pourquoi ils voulaient toujours plus de lui. Comment ne le pourraient-ils pas ? Comment ne le pourrait-elle pas ?

Ils marchèrent pendant des heures. Elle lui dit la vérité sur l'attaque du sanglier, comment Lancelot l'avait sauvée, comment le village de Roselyne avait éliminé le poison, puis comment elle et Lancelot avaient fait leur visite malheureuse à Merlin. Mais elle ne lui révéla pas le secret de Lancelot. Elle avait promis de ne pas le faire. Même si elle suspectait qu'Arthur laisserait Lancelot participer au tournoi malgré tout, elle ne pouvait pas risquer qu'on lui retire cette opportunité. De plus, ce n'était pas son secret.

« Pourquoi pensez-vous que le sanglier et l'araignée m'ont poursuivie ? Croyez-vous que c'était la Dame du Lac ? Les loups de la forêt aussi m'ont attaquée plus que n'importe qui d'autre. »

Arthur fronça les sourcils. « Cela ne ressemble pas à sa magie, mais pourrait l'être. Ou cela pourrait être des restes persistants de magie que nous éliminons. Ils ne pouvaient aller contre moi, alors ils vous ont choisie. Pour votre sécurité, nous devons vous éviter les zones sauvages. »

Une autre perte. Guenièvre changea de sujet plutôt que de s'y attarder. « Quelle est la situation aux frontières ? »

« Méléagant grignote au nord-est. J'ai peur qu'il passe des accords avec les Pictes. Qu'il monnaie des droits qu'il n'a pas. »

« Pourquoi ne pas l'arrêter ? »

« Si je vais contre lui et qu'il a conclu des traités avec les Pictes, ils seront obligés de lui venir en aide. En ce moment, il est une nuisance et non pas une menace. Mais cela pourrait changer à tout moment. »

Arthur fit une pause pour faire courir tendrement ses doigts le long de l'image d'un loup gravée dans la pierre. L'extérieur du château était couvert de tels détails. Des loups, des arbres, des dragons. Des biches, des poissons et des fleurs. Ceux qui avaient creusé le demeure féodale dans la montagne ne s'en étaient pas contentés. Ils avaient passé autant de temps à la rendre merveilleuse. Guenièvre voulait monter dans le renfoncement, mais c'était l'endroit privé de Mordred et elle était réticente à y emmener Arthur. Elle pensait que ce serait trahir le chevalier.

Arthur retira sa main du mur et la fixa des yeux alors qu'il serrait le poing. « J'aurais dû savoir qu'il ne fallait jamais faire confiance à un homme qui avait combattu aux côtés d'Uther Pendragon. Personne sauf le plus brutal, le plus cruel, aurait pu garder une place à ses côtés. Méléagant pensait que nous étions les seigneurs de la terre, plutôt que des intendants. Il pensait que si les gens nous appartenaient, tout ce qu'ils avaient, tout ce qu'ils étaient, était à nous aussi. Il y avait une colonie aux confins de Camelot. Petite. Sans importance. Il prit... » Arthur s'arrêta, se frottant le visage. Guenièvre reconnut un souvenir qui ne voulait pas être regardé. Elle s'attendait à ce qu'il s'en éloigne, comme elle le faisait toujours pour ces types de souvenirs. Au lieu de cela, il ouvrit les yeux et leva le menton. « Il prit deux de leurs enfants. Agnès et Alba. Et quand il eut fini, il s'en débarrassa. »

Arthur secoua la tête. « Je l'aurais exécuté. Mais selon mes propres lois, j'avais besoin de preuves. Et on craignait tellement Méléagant que personne ne voulut en apporter. C'était la parole de deux paysannes contre celle d'un chevalier du roi. Hélène demanda pardon au nom de son frère. Et je l'ai écoutée. J'ai renvoyé Hélène et j'ai laissé partir Méléagant. Il emmena avec lui ceux qui lui étaient les plus fidèles. Je ne m'attendais pas à ce qu'il trouve prise dans un royaume si rapidement. Mais la peur et la violence sont des armes puissantes ; les gens y sont tellement habitués qu'ils réagissent instantanément. Camelot est un travail en cours de réalisation. Il faudra des années, des décennies, avant que je puisse le façonner et qu'il devienne ce que j'espère qu'il sera. Incendier des villages, massacrer leur seigneur et se déclarer le nouveau roi ? Cela prend très peu de temps. »

Guenièvre frissonna, se souvenant de la façon dont Méléagant l'avait regardée. Elle n'avait pas d'image précise de lui à l'esprit en raison de sa vision altérée cette nuit-là. Elle en était reconnaissante, maintenant.

Les problèmes d'Arthur étaient très sérieux. Il n'y avait pas de nœuds pour les résoudre. « Que puis-je faire ? » demanda-t-elle.

Il prit son bras et la conduisit par une porte dans le château. « Les problèmes aux frontières me concernent. Vous me rendez déjà un immense service simplement en restant ici. »

« Pourtant, je veux aider. J'en ai *besoin.* »

« Vous aidez. Si vous pouviez… » Arthur s'arrêta. Ils étaient devant la porte de Guenièvre. Il regarda la porte, le mur, tout sauf elle. « Si vous pouviez être ma reine, ce serait suffisant. Vous n'aviez pas de vrai choix avant. Je vous laisse ce choix maintenant. Le serez-vous ? Serez-vous encore ma reine ? »

Le cœur de Guenièvre s'emballa. La question semblait beaucoup plus intime que leurs vœux de mariage. Ils avaient su alors qu'elle n'était pas sa reine. Pas vraiment. Que demandait-il maintenant ?

« Je le serai », répondit-elle, se sentant aussi tendre et pleine d'espoir qu'un bourgeon printanier. Le visage d'Arthur s'illumina d'un sourire. « Je… »

« Oncle roi », dit Mordred, se tenant poliment à quelques mètres. « L'envoyé picte est ici. Et les organisateurs ont des questions sur le tournoi. »

Arthur se tourna vers Mordred. Il faisait plus froid quand ses yeux étaient dirigés ailleurs. « Bien. Bien. En fait, Guenièvre devrait être associée à la préparation. Voulez-vous l'emmener avec vous chez les organisateurs, Mordred ? Je lui fais confiance pour s'occuper de cela en mon nom. C'est un excellent devoir de reine. » Il lui fit un sourire radieux, puis s'éloigna.

Ce n'était pas *tout à fait* le devoir qu'elle aurait envisagé s'il lui avait proposé de s'impliquer.

Résolue à faire un effort, elle alla chercher Brangien. Ils rencontrèrent les organisateurs pour discuter des sièges, des couleurs du drapeau, du nombre de personnes à la fête et de l'endroit où les placer, de la question de savoir si la nourriture et le vin devraient être fournis aux spectateurs ordinaires, et d'une centaine d'autres choix insignifiants pour un roi mais appropriés pour une reine.

Mordred était adossé contre la porte, bâillant exagérément à chaque fois qu'elle croisait son regard. Après plusieurs heures et la réalisation de seulement une petite partie des préparatifs, ainsi que la programmation d'une réunion pour le lendemain matin, Guenièvre fut libérée. Mordred l'accompagna jusqu'à la salle à manger. Elle chercha Arthur avec espoir, mais il n'était pas là. À moins d'être un festin organisé, la présence de convives était imprévisible. Les chevaliers accompagnés de leur femme mangeaient en famille. Les célibataires étaient généralement présents à l'heure des repas, mais pas toujours.

Guenièvre et Brangien s'assirent à côté du siège vacant d'Arthur. Guenièvre attendit qu'il les rejoigne, mais son siège resta inoccupé alors qu'elle terminait son repas. Elle prit conscience qu'elle avait espéré que leur nouvel arrangement fragile permettrait de partager plus de temps ensemble. Mais même si cela changeait les choses pour elle, Arthur devait encore être roi à chaque instant. Elle soupira, tirant les coutures de sa robe rose pâle.

« Est-ce que ces deux belles dames ont des projets pour la soirée ? » Mordred fit tournoyer son couteau sur la table. « Peut-être une discussion animée sur la couleur que portera notre reine pour mieux se démarquer lors du tournoi ? »

Guenièvre fit la grimace. Elle ne pouvait pas s'en empêcher. L'idée de passer un instant de plus à s'occuper de la logistique du tournoi lui créait un nœud à l'estomac. Elle voulait aider Arthur, mais elle avait perdu son rôle de protectrice magique pour *ça* !?

Mordred se mit à rire. « Bien. Suivez-moi. Nous allons voir une pièce de théâtre. »

« Une pièce de théâtre ? » répéta Brangien avec une expression dubitative.

« Vous aimez regarder des hommes feindre d'être en guerre dans l'arène, mais pas des acteurs faisant semblant d'être amoureux ? Il est clair qu'en réalité, nous en avons assez de la guerre. Pourquoi y jouer pendant tout notre temps libre ? Venez. Célébrons les merveilles de l'humanité. »

Guenièvre regarda Brangien. Celle-ci plissa le nez, puis donna son accord en haussant les épaules. « Il est vrai que je ne veux plus parler du tournoi ce soir. »

Mordred applaudit et se frotta les mains avec excitation. « Excellent. Vous n'avez pas vu la grandeur de l'humanité tant que vous n'avez pas vu Godric le Bel comparer les charmes de sa maîtresse à la variété et à la qualité des vents qu'il libère de son… bien. Je ne veux pas vous gâcher la surprise. »

À la fois horrifiée et intriguée, Guenièvre ne pouvait pas dire non.

Ils repartirent alors que le crépuscule se prolongeait et que les cloches les pressaient de rentrer chez eux.

Guenièvre essuya une larme ; son ventre lui faisait mal, tellement elle avait ri. « C'était la pire chose que je n'aie jamais vue de toute ma vie », déclara-t-elle.

« En effet. » Mordred dansait à reculons, en leur faisant face. « C'est bien vrai. J'ai vécu dix-neuf ans et je pourrais en vivre cent de plus sans jamais rien voir de pire. N'êtes-vous pas ravie ? »

« Je le suis. »

Brangien souffla. Pourtant, elle rit plus que n'importe lequel d'entre eux lorsque Godric le Bel confondit son cheval et sa fiancée et fit des avances amoureuses au cheval. Le théâtre se trouvait dans la partie la plus basse de la ville. Il n'était pas aussi agréable que les arènes, mais il était tout aussi bondé. Si les tournois faisaient battre les cœurs et bouillir le sang, les pièces de théâtre faisaient danser les cœurs et verser des larmes.

« Merci », dit Guenièvre. « Je pense que c'était précisément ce dont nous avions besoin. »

Mordred s'inclina en faisant un geste ample de son bras. « Je suis le serviteur le plus humble et le plus dévoué de la reine. »

Brangien se moqua. « Vous êtes aussi humble que la poésie de Godric était belle. »

Mordred chancela. « Vous m'avez blessé, belle Brangien. Maintenant, dépêchez-vous, ou nous allons être attrapés par la garde et obligés de passer la soirée dans une cellule afin que nous ne puissions pas commettre de méfaits. » Il haussa un sourcil, indiquant qu'il n'était pas opposé à d'éventuels méfaits, puis il leur tourna le dos et continua à marcher joyeusement vers le château.

« Vous semblez plus indulgente envers Mordred », dit Guenièvre, observant l'agilité de ce dernier. Il était mince, élancé et presque délicat. Un roseau en comparaison d'Arthur, semblable à un chêne. Il était pourtant charmant et se déplaçait avec une grâce surprenante. Elle se souvint comment il avait entraîné son épée dans une danse imaginaire. Et elle se souvint de l'étincelle lorsque sa main toucha la sienne.

Elle avait fait très attention de ne pas toucher sa main depuis.

Brangien hocha la tête. « Quand j'ai fui les arbres, certaine que le sanglier était toujours derrière nous et que nous allions être tuées, il a été la première personne que j'ai rencontrée. J'ai crié que vous étiez encore dans les bois. Il y pénétra sans hésiter. Il n'avait même pas son épée. Je ne sais pas ce qu'il aurait fait s'il avait trouvé le sanglier. Mais sa bonne volonté en disait long. Je l'ai peut-être mal jugé. » Elle fit une pause. « Un petit peu. Et j'ai bien dit *peut-être*. »

Guenièvre aussi. Elle l'avait considéré comme un ennemi. Mais vraiment, il aimait Arthur autant ou plus que quiconque. Elle supposait qu'il la surveillait de si près parce qu'il était la seule personne à connaître l'histoire d'Arthur et d'Hélène. Il ne voulait pas qu'Arthur soit blessé à nouveau. Ils étaient unis en cela.

Et il avait compris pourquoi elle avait guéri sire Tristan. Il savait que la magie était interdite à l'intérieur des murs, mais il n'était pas inflexible au point de trahir les pratiques de Guenièvre dans la nature.

Lorsqu'ils entrèrent dans le château, Guenièvre se sentait bien. Quelque chose qui pourrait devenir le bonheur était né en elle. C'était une vie. Une vraie vie. Pas celle dont elle avait rêvé, ou qu'elle pensait avoir, mais une vie dans laquelle elle pourrait se construire avec le temps. Mordred leur dit bonsoir et elle retourna en compagnie de Brangien dans ses appartements.

Ensemble, elles nouèrent des cheveux pour que la caméríste puisse visiter Yseult dans ses rêves. Brangien pensait que c'était un sacrifice pour Guenièvre d'abandonner ses propres rêves, nuit après nuit, mais cette dernière ne voulait pas rêver. Elle n'attendait rien de ses rêves, rien qu'elle aurait voulu voir. Et si Brangien et Yseult ne pouvaient être ensemble qu'en dormant, Guenièvre ferait en sorte que cela se produise. Au moins, sa magie servirait à ça.

Guenièvre se blottit dans son lit. Elle joua avec les poils de la barbe de Merlin, toujours enroulés autour d'un de ses doigts sous une bague en argent. Elle pourrait lui rendre visite comme Brangien rendait visite à Yseult. Mais elle était tellement en colère de la façon dont il l'avait induite en erreur et qu'il avait choisi de se laisser piéger. Comment un sorcier si sage pouvait-il être si insensé ?

Elle ferma les yeux, reconnaissante de ne pouvoir voir.

CHAPITRE VINGT ET UN

Alors que Camelot bourdonnait d'impatience depuis deux bonnes semaines, la date du tournoi semblait encore lointaine. Lancelot séjournait en dehors de la ville. Guenièvre suspectait que c'était pour protéger son identité, bien qu'en armure et avec la voix étouffée, Lancelot ne ressemblât pas de manière évidente à une femme. Mais cela contrariait ceux qui auraient voulu l'inviter dans leurs maisons ou dans leurs manoirs pour partager un repas, ou ceux qui voulaient assister aux entraînements du chevalier patchwork.

La nuit avant le tournoi arriva enfin. Personne n'était plus heureux que Guenièvre. Pas seulement parce qu'elle espérait que son amie réussirait, ou qu'elle anticipait l'excitation du spectacle.

Non, c'était d'abord parce que cela signifiait qu'elle n'aurait plus jamais à ajuster vingt-deux fois les sièges pour accommoder toutes les dames et leurs chevaliers ainsi que leurs cousins et amis, tout en gardant à l'esprit qui se querellait avec qui, qui détestait qui, qui serait terriblement blessé s'il n'était pas assis à l'avant et à qui il faudrait rappeler qu'il n'avait pas le droit d'exiger d'être assis plus près du roi et de la reine. Elle aurait préféré se battre sur le terrain du tournoi plutôt que de se battre pour la disposition des sièges.

Mais tout avait été organisé pour le mieux.

Guenièvre ne souhaitait plus rien que de dormir jusqu'à ce qu'il soit temps de partir. Mais alors que Brangien était loin dans ses rêves avec Yseult, Guenièvre ne trouvait pas le sommeil. Elle fit les cent pas. Elle ne put s'empêcher d'observer rapidement le visage de sa camériste. Guenièvre n'était pas jalouse de son sommeil, mais de la compagnie dont Brangien jouissait. Guenièvre était rongée de l'intérieur. Comme si elle avait été piégée sous une couche de glace tout l'hiver et pouvait sentir l'arrivée du dégel printanier.

Elle voulait sortir.

Elle voulait une délivrance.

Elle *voulait*.

Elle prit le passage secret, en espérant pouvoir frapper à la porte d'Arthur et entrer dans sa chambre, mais il n'était pas là. Elle retourna dans ses appartements, déçue. Elle ne savait pas ce qu'elle aurait fait dans le cas contraire, mais elle détestait qu'on lui refuse la surprise de le découvrir.

Il y eut un coup inattendu à la porte ; elle l'ouvrit avec empressement. Il n'y avait personne dans le couloir. Intriguée, elle referma la porte. Puis elle entendit le coup, à nouveau.

Il venait de la fenêtre.

Celle-ci était située sur le milieu d'un mur très élevé, sur un côté du château, sans passerelles à l'extérieur. Elle se précipita vers la vitre, une bougie à la main, et vit un visage qui la regardait, au moment où elle chercha à scruter l'extérieur. Elle étouffa à peine son cri, laissant tomber la bougie.

« Pardon ! » cria une voix assourdie par la vitre.

« Lancelot ? » Guenièvre n'en revenait pas. Elle attrapa une cape et s'en enveloppa. Puis elle se faufila par la porte la plus proche et se pencha au-dessus de la passerelle. Lancelot s'accrochait à la muraille du château, ne se tenant que par le bout des doigts et la pointe de ses bottes.

« Que faites-vous ? » chuchota Guenièvre.

Avec plus de facilité qu'il en aurait fallu à Guenièvre pour parcourir un chemin plat, Lancelot grimpa jusqu'à elle en sautant les derniers mètres et en atterrissant avec la souplesse d'un chat.

« Je ne pouvais pas dormir », dit la chevalière, l'air penaud. « Je suis désolée. C'était présomptueux de ma part. »

Guenièvre se mit à rire. « Non, c'était de la folie, pas de la présomption. Comment faites-vous ça ? »

Lancelot haussa les épaules. Elle replia ses orteils contre la passerelle en regardant timidement vers le bas. « Je suis nerveuse. Au sujet de demain. »

« Moi aussi. » Guenièvre la conduisit dans un angle plus abrité de la passerelle, puis s'assit, en s'enveloppant étroitement dans sa cape. Soudain, elle se sentit intimidée. À la fois parce qu'elle portait une chemise de nuit et parce que la dernière fois qu'elle avait été avec Lancelot, cela avait été une période remplie de périls mortels et de détresse intense. Maintenant, abritée par la nuit d'été et métamorphosée par ce qu'elle avait appris sur elle-même, elle ne savait pas trop quoi dire. « Comment vous sentez-vous ? »

« Je n'ai pas rencontré un seul sanglier possédé, pas d'araignée démoniaque, ou d'esprit de l'eau vengeur. La forêt est assez terne sans vous. »

Guenièvre rit, en se penchant en arrière. Lancelot en fit de même. Lorsque celle-ci reprit la parole, elle n'avait plus sa voix enjouée.

« Je suis terrifiée. »

« Pourquoi ? »

« À cause de demain. Si j'échoue, c'est fini. Mon rêve se meurt. Je n'ai plus aucun futur. Et si je réussis… Je m'enfonce au-delà de l'inconnu de n'importe lequel de mes désirs. J'ai l'impression d'être accrochée au flanc d'une falaise dans l'obscurité, sur le point de tomber, et je ne sais pas si je survivrai à la chute. »

Guenièvre comprenait. Plus que Lancelot ne pourrait jamais le penser. Sauf qu'elle avait marché avec confiance dans une seule direction pour se retrouver en train de basculer au-dessus d'une falaise qu'elle n'avait pas vue. D'une certaine manière, elle avait l'impression de tomber encore. Où allait-elle atterrir ?

« Pourquoi est-ce si important pour vous ? » demanda Guenièvre.

Lancelot regarda Camelot endormi en contrebas. « J'ai grandi sous le règne d'Uther Pendragon. Mon père est mort, contraint de servir dans son armée. Et ma mère… Je ne sais pas trop ce qui lui est arrivé. C'est probablement une bénédiction de ne pas le savoir. J'étais orpheline. Seule. Pas de famille, pas d'avenir. Alors j'ai juré que je deviendrais la guerrière que je devais être pour tuer Uther Pendragon. Je me suis entraînée sans répit. J'ai volé de la nourriture, des vêtements. J'ai travaillé dans les champs, déguisée en garçon. J'ai fait tout ce que j'ai pu pour survivre. Et puis le roi Arthur a tué Pendragon avant moi. Au début, j'étais furieuse. Mais j'ai vu ce que le roi Arthur apportait. Et j'ai réalisé que mon plan était aussi petit et égoïste que je l'avais été. Je voulais tuer Pendragon pour me sentir mieux. Le roi Arthur le tua pour rendre le monde meilleur. Et j'ai donc décidé qu'au lieu de devenir la guerrière qui tuerait un tyran, je deviendrais la chevalière qui défendrait un roi. Je crois en le roi Arthur. Je crois à son histoire. Et je ne veux rien de plus que d'en faire partie. »

Guenièvre acquiesça. Elle comprenait ça aussi. Arthur construisait quelque chose de nouveau. Quelque chose de bon. Quelque chose de vraiment noble. Et cela attirait tous ceux qui ne pouvaient trouver la même chose ailleurs. C'était la raison pour laquelle la plupart de ses chevaliers étaient venus, ne pouvant pas trouver la justice et l'équité qu'ils aspiraient à défendre dans leur propre pays.

Arthur était comme une flamme dans la nuit. Une torche ardente. Même ceux comme Roselyne qui n'avaient pas leur place ici ne lui reprochaient pas sa lumière.

Lancelot était prête à consacrer toute sa vie à Arthur, comme tant d'autres. Guenièvre enviait à Lancelot sa certitude, sa détermination à devenir ce qu'elle savait qu'elle devait être. Lancelot était *née* pour être chevalière.

Guenièvre n'était pas née pour être reine. Atterrirait-elle sans dommages, en assumant ce rôle ? Est-ce que la chute la tuerait ? Ou continuerait-elle à tomber pour toujours ?

« Merci », dit Lancelot. « Pour tout. J'espère que la prochaine fois que nous nous rencontrerons dans le château, j'y serai à ma place. »

« Vous y êtes déjà. » Impulsivement, Guenièvre se pencha et embrassa Lancelot sur la joue. « Pour la bonne chance », dit-elle en souriant.

Lancelot posa une main à l'endroit où Guenièvre avait posé ses lèvres. Avec un large sourire, elle se leva, salua, puis descendit tout droit sur le côté du château. Guenièvre resta dehors longtemps après à regarder et à attendre. Elle ne pouvait pas dire quelle en était la raison.

Dans la matinée, Guenièvre envoya Brangien au terrain du tournoi pour s'occuper des problèmes de dernière minute. L'absence de la camériste lui permettrait également d'emprunter le tunnel secret avec Arthur.

Quand un léger coup retentit à sa porte, elle se précipita, se réjouissant de revoir Arthur. Elle l'avait à peine vu depuis cette discussion pendant laquelle il lui avait demandé d'être sa reine. Il commençait ses journées avant le lever du soleil et les terminait longtemps après son coucher, lorsqu'il dormait au château. Mais au moins aujourd'hui, elle serait à ses côtés, à chaque instant. Et elle voulait l'être pour quand il verrait à quel point elle avait travaillé dur et à quel point le tournoi s'était bien déroulé. Cela leur prouverait à tous les deux qu'elle pouvait faire autre chose que de la magie mineure. Qu'elle pouvait en quelque sorte agir comme une vraie reine.

Elle ouvrit la porte, rayonnante.

Le visage de Mordred était déjà figé dans une grimace d'excuse. Elle essaya de ne pas perdre contenance, mais elle ne put s'empêcher de regarder derrière lui, à la recherche d'Arthur.

« Il n'est pas là. » Mordred regarda le sol, ses cils épais et sombres dissimulant ses yeux. « Il y a eu un problème dans l'un des villages qu'il a dû visiter avant le tournoi. Il m'a demandé de vous escorter. »

« Je suis désolée que vous ayez à le faire. »

« Je ne le suis pas du tout. »

Guenièvre ne sut pas comment relever le défi véhiculé par cette déclaration. Son estomac se serra et elle remonta sa capuche, alors que ses doigts la trahissaient par de légers tremblements.

Elle voulait une relation unique qui soit simple. Elle enviait Brangien et Yseult. Parfois, elle se demandait ce qu'elles faisaient dans leurs rêves. Parfois, elle se demandait ce qu'elle pourrait faire dans un rêve, si ses actions ne portaient pas à conséquence. Et elle ne savait pas de qui elle aurait voulu rêver, alors que le feu brûlait doucement et profondément en elle. Parfois, c'était d'Arthur. Et parfois…

Elle rentra les épaules plus profondément dans sa capuche pour éviter de regarder Mordred.

Elle portait un bleu extrêmement foncé aujourd'hui, mais, en guise de clin d'œil au chevalier patchwork, elle avait demandé à Brangien de lui confectionner une robe avec différents carrés de tissu bleu. Le résultat en était éclatant de gaieté. Plus semblable à l'eau qu'elle ne l'aurait souhaité, mais elle fit de son mieux pour l'ignorer. Sa capuche d'un vert profond ne reposait que sur ses épaules, sans être attachée à une cape, car la journée était très belle. Ses cheveux longs et délicatement tressés descendaient en dessous.

« La reine est rayonnante », déclara Mordred. Il offrit son bras qu'elle accepta délicatement, en y posant la main avec légèreté.

« Le neveu du roi n'est pas mal séduisant lui-même. » Elle mordit sa langue rebelle pour avoir laissé échapper ces mots.

Mordred se crispa sous sa main, puis se détendit. Elle n'essaya pas de regarder son expression. Mais les pas du chevalier étaient légers. Heureux, même.

« Ce n'est pas facile », dit-il quand ils traversèrent le tunnel. « Je comprends. »

« Qu'est-ce qui n'est pas facile ? »

« D'aimer le roi Arthur. »

Guenièvre n'aimait pas parler de ça. Elle voulut s'éloigner du sujet et accéléra le rythme de son pas en conséquence. « Je suis sa femme. C'est facile. »

« Nous sommes seuls. Nous n'avons pas besoin de faire semblant. J'ai vu la façon dont vous le regardez, d'attendre votre envie d'être remarquée. Je connais ce sentiment. Arthur... » Il fit une pause. Guenièvre se demanda depuis combien de temps Mordred connaissait Arthur, et comment cela avait dû être de servir un oncle plus jeune que lui, en sachant que son existence était due à la violence faite à sa grand-mère. En sachant que sa propre mère avait essayé de le tuer. Mordred avait *choisi*

Arthur. Choisi de croire en lui et en sa cause. Tout comme Guenièvre. « Il est comme le soleil. Lorsqu'il est concentré sur vous, tout est lumineux et chaleureux. Tout est possible. Mais le problème à connaître la chaleur du soleil, c'est qu'on ressent vivement son absence quand il brille ailleurs. Et un roi doit toujours briller ailleurs. »

Guenièvre ne répondit pas. Mais Mordred avait raison. Elle voulait plus d'Arthur qu'elle n'en avait. Qu'elle ne le pouvait.

« Vous méritez de vivre au soleil, Guenièvre », murmura-t-il, en retenant le rideau de lierre, de sorte qu'elle fut obligée de le frôler au moment de quitter la grotte pour rentrer dans la lumière du soleil. Malgré la chaleur et l'éclat de la lumière, elle frissonna. Une partie d'elle avait envie de retourner dans la grotte. Avec Mordred. Pour lui faire confiance avec toutes les choses sauvages et solitaires de son cœur. L'honnêteté de Guenièvre blesserait Arthur. Elle soupçonnait, savait même, que Mordred ne serait pas blessé. Il comprendrait.

Elle préféra se précipiter vers les chevaux. Il y avait tellement de désordre et d'activité aux écuries que personne ne remarqua que la reine n'arrivait en compagnie que d'un seul chevalier. Le temps de monter à cheval, elle fut entourée de tous les chevaliers qui allaient concourir ce jour-là, et bien d'autres encore. Sire Tristan. Sire Bohort. Sire Perceval. Sire Gauvain et sire Georges, avec qui elle n'avait jamais parlé, ainsi que plusieurs chevaliers secondaires qui ne faisaient pas partie du cercle restreint d'Arthur. Aussi, et soigneusement évités, sire Hector et sire Keu. Mordred déplaça subtilement son cheval pour faire écran devant Guenièvre.

« Merci », murmura-t-elle.

Il lui fit un clin d'œil. Elle détourna rapidement le regard.

Les chevaliers étaient très en forme et leur énergie était contagieuse. Lancelot combattrait cinq d'entre eux avant d'affronter Arthur. Ils s'exaltaient et se vantaient, leur enthousiasme grandissant à mesure qu'ils s'approchaient du terrain du tournoi. Certes, ce jour appartenait à Lancelot, mais c'était aussi celui où les chevaliers pouvaient se produire devant tout Camelot.

Pas seulement Camelot. Les visiteurs affluaient depuis des jours, campant autour de l'arène. La nouvelle s'était répandue et tout le terrain grouillait d'activités. Des stands et des kiosques de fortune avaient été installés dans tous les espaces disponibles, pour vendre de la nourriture, des boissons, des bandes de tissu colorées en l'honneur de chevaliers préférés et tout ce qu'une personne entreprenante pensait pouvoir faire payer à quelqu'un. Guenièvre vit de nombreuses bandes de patchworks attachées aux bras.

Les chevaliers chevauchèrent directement à travers la foule sous des cris et des acclamations si bruyantes que Guenièvre aurait couvert ses oreilles s'il n'avait pas été impoli de le faire. Des rangées de bancs grossièrement taillés avaient été placées tout autour du terrain de combat. Des drapeaux montés sur des poteaux claquaient au vent. Des jongleurs et des ménestrels se promenaient en périphérie, divertissant les foules en attendant que les combats commencent. Plus au loin, il y avait des tentes destinées aux dames qui voudraient se retirer ou aux chevaliers qui auraient besoin de prier, de changer de vêtements ou simplement de se préparer. Au premier plan, surplombant le terrain, se trouvait une plate-forme surélevée, fermée comme une boîte avec des murs de tissu jaune et vert qui ondulait. Elle contenait un grand fauteuil en bois à dossier haut, un plus petit à côté, et plusieurs rangées de bancs pour les dames et les chevaliers qui ne se battraient pas.

Le fauteuil d'Arthur était vide. Guenièvre chevaucha jusqu'à la tribune et mit pied à terre. Les serviteurs emmenèrent les chevaux. C'était incroyable, le nombre de choses dont elle devait se soucier : ses vêtements, ses poignets, ses chevilles, ses cheveux. Elle devait faire attention à qui elle parlait, pendant combien de temps elle parlait et ainsi de suite. Pourtant, peu d'initiatives telles que celles de choisir ses vêtements, de les payer, de prendre soin de ses propres affaires ou de préparer sa nourriture lui étaient laissées. Elle n'avait même pas tenu un écu en main depuis son arrivée à Camelot.

Elle s'avança et pénétra à l'ombre de la loge royale. Elle s'arrêta devant son fauteuil et salua. La foule l'acclama. Puis elle s'assit et attendit.

Arthur.

Elle n'était toujours pas très douée pour cela. La réflexion sur le temps qu'il lui faudrait à l'avenir pour apprendre à l'attendre assombrit la belle journée.

Brangien la rejoignit avec un gobelet de vin épicé. Les épices étaient si chères qu'elles étaient rarement utilisées. Mais apparemment, les tournois étaient encore plus exceptionnels que les mariages. Guenièvre but à petites gorgées, en regardant distraitement les combattants organiser les manches. Dandrane les rejoignit. Elle remuait avec agitation.

« Quelque chose ne va pas ? » demanda Guenièvre.

« Oui. Non. Je n'en suis pas sûre. Seul le temps nous le dira. » Dandrane porta les mains à la bouche et fit des grimaces. Puis elle lissa ses beaux cheveux bruns et posa les mains sur les genoux. « J'ai donné mon mouchoir à sire Bohort. Je ne suis même pas certaine qu'il savait quoi en faire. Mais s'il le porte aujourd'hui, je pense être éventuellement courtisée sous peu. Je l'espère. »

Guenièvre voulait rire à l'idée d'une Dandrane maligne et irascible avec ce taureau d'homme. Mais il était bon dans l'âme. Arthur lui faisait confiance. Et il était plus âgé. Il avait eu une femme, il y a de nombreuses années, morte en couches. Il lui restait un fils et n'avait pas besoin d'héritier. Dandrane *serait* un bon parti pour lui.

Guenièvre sourit en passant devant Brangien avec son bras et tapota le genou de Dandrane. « J'espère qu'il va le porter. Et s'il ne le fait pas, c'est un imbécile. »

« Oh, je n'ai aucun doute qu'il soit un imbécile. Mais j'espère sincèrement qu'il sera *mon* imbécile. »

Cette déclaration permit à Guenièvre de rire. Elle s'installa dans son fauteuil, sondant encore la foule, cherchant quelque chose. Elle se surprit elle-même. En train de chercher *quelqu'un*. Où était Arthur ?

Il y eut un frémissement, une goutte d'agitation qui sortit de l'assistance pour se propager à travers le terrain. Les gens se bousculaient, s'exclamaient, poussaient pour avoir une meilleure vue. Un enfant assis sur les épaules de son père fut levé et placé sur les épaules d'une autre personne. Arthur émergea de la foule. Pas d'entrée à cheval pour lui. Pas de mouvement direct jusqu'à la plate-forme séparée. Il courut à travers le terrain, l'enfant hurlant de joie alors que le roi faisait semblant d'être un cheval. Puis, ramenant le garçon à ses parents qui attendaient, Arthur leva les bras en signe de salutation.

La puissance des cris lâchés pour les chevaliers, que Guenièvre pensait être trop forte, n'était rien comparée à l'assourdissante intensité de ceux-ci. Arthur parcourut toute la longueur du terrain, passant devant chaque section pour que tout le monde ait une chance de le voir, d'être près de lui. Des mains se tendirent et il tendit la sienne vers eux pour les frôler en passant.

Il sauta sur la plate-forme. Guenièvre lui fit un grand sourire, mais, ne prenant pas le temps de la regarder, il se tourna vers son peuple.

« Camelot ! » Le rugissement gonfla puis se transforma en un bourdonnement sourd. « Mon peuple ! Amis d'ici et d'ailleurs ! Aujourd'hui est un jour merveilleux. N'est-ce pas ? » Nouveau rugissement phénoménal. Arthur leva les mains et imposa le silence. « Aujourd'hui est l'essence même de Camelot.

Aujourd'hui représente tout ce pour quoi nous travaillons. Aujourd'hui, nous reconnaissons la vaillance. Nous mettons la bravoure à l'épreuve. Et nous récompensons la force et la bonté ! Aujourd'hui, le brave guerrier qui a sauvé ma reine… » À nouveau, la foule rugit d'approbation et Arthur ne l'interrompit pas. Guenièvre leva la main, saluant le peuple, bien que son rôle dans ce récit ait été uniquement d'être en péril et d'être sauvée. Quand les acclamations se turent, Arthur reprit : « Il a sauvé ma reine d'une bête enragée. Vous avez appris à le connaître dans les arènes. Vous avez longtemps observé le chevalier patchwork. Aujourd'hui, vous rencontrez Lancelot ! »

Au signal, Lancelot chevaucha vers le centre du terrain. Guenièvre était ravie de la voir monter son propre cheval. Le fidèle et habile destrier aveugle qui avait si bien pris soin d'elles. Lancelot se tourna vers la loge royale et inclina la tête. Guenièvre ressentit un frémissement de nervosité en pensant à elle.

La foule était déchaînée, collectivement enivrée de voir enfin le chevalier patchwork affronter de vrais adversaires. Jusqu'à présent, Lancelot n'avait affronté que d'autres aspirants. Aujourd'hui, elle affrontait des chevaliers. Les chevaliers d'Arthur. Et il n'y en avait pas de meilleurs.

En vérité, Lancelot affrontait plus que des chevaliers. Mais tout ce qu'un aspirant avait à faire dans un tournoi était de vaincre au moins trois chevaliers au combat choisis par ces mêmes chevaliers. Il n'était nulle part inscrit que l'aspirant devait être un homme.

Arthur s'assit. Il se tourna rayonnant vers Guenièvre. Son excitation était contagieuse. « J'ai quelque chose pour vous », dit-il. Il fouilla dans une pochette qui se trouvait à côté de lui et en tira une chaîne en argent délicatement sertie d'une rivière de bijoux verts.

Brangien se mordit la lèvre de joie. « Vous ne pouvez plus porter de bijoux dans vos cheveux », murmura-t-elle, « mais vous pouvez les porter sur la tête. »

« Pour une reine », dit Arthur, d'une voix douce. « Pour *ma* reine. » Il essaya d'attacher le bijou autour de sa tête en s'empêtrant. Brangien soupira et se leva pour l'aider. Guenièvre sentit le contact froid de l'argent contre son front et le poids subtil des pierres vertes. Ce n'était pas une couronne ou un diadème, mais c'était un rappel. De qui elle était. De qui Arthur avait choisi qu'elle soit.

« Je l'ai fait fabriquer le même jour que vos fils de fer », ajouta-t-il. Quand elle, en tant que sorcière, avait commandé des pièces pour le protéger, il en avait commandé pour la faire reine. « Magnifique », dit-il, mais elle ne savait pas s'il parlait des bijoux ou d'elle.

« Merci. » Elle leva un doigt pour le faire courir le long des pierres sans vie. Elle avait voulu lier la magie à ses bijoux. Mais ils la liaient à Arthur maintenant, ce qui était déjà une sorte de magie. Elle l'espérait.

La foule rugit, détournant l'attention qu'Arthur et Guenièvre se portaient. Sire Tristan, le plus récent des chevaliers d'Arthur, fut le premier à rentrer sur le terrain. Il y a un an, il y était venu en tant qu'aspirant. Il n'avait battu que quatre des cinq chevaliers, donc il n'avait jamais affronté Arthur. Aucun des chevaliers qui s'étaient distingués lors des combats n'y était parvenu.

« Qui a battu sire Tristan, le jour de son tournoi ? » demanda Guenièvre.

« Mordred », dit Brangien, fixant nerveusement sire Tristan qui regardait par-dessus le mur des armes. Il était à pied, ce qui signifiait qu'il avait choisi le combat sans chevaux.

« *Mordred ?* » demanda Guenièvre.

« Vous m'avez blessé », murmura une voix par-dessus son épaule. Elle se tourna pour le trouver affichant un large sourire, les paupières à moitié fermées. Il ne suivait pas les préparatifs du combat. Sa posture indiquait qu'il était à l'aise et désintéressé. « Je suis toujours la dernière défense entre quiconque et le roi. Et personne n'a jamais pu l'atteindre en passant par moi. »

« C'est pourquoi j'ai demandé à Mordred de ne pas participer aujourd'hui », déclara Arthur qui ne les écoutait que d'une oreille. « Je *veux* combattre Lancelot. »

Les conversations furent stoppées par le rugissement de la foule. Sire Tristan laissa Lancelot choisir en premier son épée émoussée parmi celles qui lui étaient proposées. Les règles étaient simples : le premier combattant à porter ce qui aurait pu être un coup fatal était le vainqueur.

Mais *simple* ne voulait pas dire *sans danger*. Dandrane énuméra nerveusement toutes les blessures survenues lors d'un tournoi. Les côtes cassées étaient les plus courantes. Les commotions cérébrales. Les bras cassés. Au cours du premier tournoi, plusieurs aspirants avaient tenté d'acquérir la chevalerie et un malheureux combattant ne s'était jamais réveillé après un coup violent porté à la tête.

Les tournois n'étaient pas des jeux. Ils décidaient du sort d'un chevalier potentiel. Et les chevaliers décidaient du sort de Camelot.

Sire Tristan et Lancelot tournaient l'un autour de l'autre. Sire Tristan portait son armure de plates et un casque en métal qui lui laissait le visage dégagé. Lancelot, au grand bonheur de la foule, se battait avec un masque en place.

« Pensez-vous qu'il est laid ? » Dandrane spéculait pendant que les combattants se toisaient. Sire Tristan fit une feinte, mais le coup fut facilement esquivé par Lancelot.

Le cœur de Guenièvre battait à tout rompre pendant qu'elle regardait, pleine d'espoir. Elle aimait sire Tristan, mais elle voulait vraiment qu'il perde. « Lancelot n'est pas du tout laid. »

« Et comment pouvez-vous le savoir ? »

Guenièvre se figea. Elle n'était pas censée avoir vu le visage de Lancelot. Comme si n'importe qui pouvait errer dans la forêt en armure et masqué, sans personne, dans l'espoir improbable de sauver la reine d'un sanglier.

Le premier véritable choc des épées lui évita de répondre à la question. C'était comme si un sort avait été rompu. Les combats commencèrent pour de bon. Des coups terribles furent bloqués avec une telle force que Guenièvre frissonna, imaginant à quel point même cela pouvait faire mal. Chaque attaque de sire Tristan était parée. Lancelot utilisait l'espace mieux que son opposant, tournant telle une danseuse autour de lui. Sire Tristan était rapide et fort. Mais Lancelot était plus rapide. La chevalière se pencha en arrière, esquivant un énorme coup, et se laissa tomber à genoux. Elle poussa son épée vers le haut et l'arrêta juste avant de toucher le menton de sire Tristan. Si leurs lames avaient été tranchantes, elle aurait pu transpercer la tête de ce dernier. Même une fausse épée, non contrôlée, l'aurait blessé avec cet angle d'attaque.

Sire Tristan recula, jeta son épée à terre et s'inclina. Lancelot se releva, puis s'inclina à son tour. Elle resta ensuite parfaitement immobile, dans l'attente de la prochaine épreuve.

« C'était risqué », déclara Mordred. Son visage était entre le fauteuil de Guenièvre et celui d'Arthur.

« Comment ça ? »

« Si sire Tristan avait été plus rapide, Lancelot aurait été à genoux et incapable d'esquiver à nouveau. Lancelot a tout risqué, comptant sur une ouverture qui n'était pas garantie. »

« Mais cela a marché. »

Arthur applaudissait énergiquement. « Oui. Lancelot est intelligent, mais plus que cela, il est courageux. Il a tout donné. Mais il a fait également preuve d'une grande retenue. La plupart des chevaliers auraient porté un véritable coup par fierté. Je suis très heureux qu'il n'ait pas blessé sire Tristan. »

Brangien était affalée sur sa chaise, épuisée par le stress du combat auquel elle assistait. Guenièvre tapota la jambe de son amie. « Il va bien. Il s'est très bien battu. »

La cameriste hocha la tête, s'essuyant le front avec un mouchoir. « Le chevalier patchwork est exceptionnel. Sire Tristan pourrait battre n'importe lequel des autres chevaliers. »

« *Presque* tous les autres chevaliers », corrigea Mordred. Guenièvre se retourna. Il examinait ses ongles.

Brangien leva les yeux vers le ciel, n'y prêtant pas attention.

« Quelle arme choisiriez-vous ? » demanda Guenièvre. « Peut-être une biche cruelle ? »

Les yeux de Mordred s'illuminèrent de plaisir. « Oh, Lancelot n'est pas aussi redoutable que le Chevalier Vert. Pour lui, des lapins feraient l'affaire. »

« Sire Georges est le suivant », dit Arthur en les ignorant. Il trépignait d'impatience. Guenièvre soupçonnait que s'il le pouvait, il sauterait hors de la loge pour prendre la place de sire Georges.

Ce dernier montait un fier étalon noir, indiquant un combat à cheval. Il leva sa lance et son bouclier vers la foule qui l'acclama. Lancelot récupéra son cheval. La foule tressaillit nerveusement. Il y avait des grognements d'un peu partout. Personne ne voulait voir le tournoi se terminer si tôt.

« Son cheval est aveugle ? » Arthur était horrifié. « Je lui aurais donné un des miens ! » Il s'effondra sur sa chaise. « Je ne peux pas imaginer que sire Georges va gagner grâce à un meilleur cheval. » Arthur prit une longue gorgée de sa bière, en faisant la grimace et en regardant sire Georges se pavaner sur le terrain.

Lancelot était immobile et droite sur son cheval. Elle accepta le bouclier et la lance qu'on lui remit.

« La prochaine fois, nous établirons des règles sur les chevaux ainsi que sur les armes. J'aurais dû vérifier. » Avec un soupir, Arthur se pencha à nouveau en avant, résigné.

Sire Georges rugit, galopant droit vers Lancelot. Il leva sa lance en l'air et sans aucune instruction discernable de sa cavalière, le cheval de Lancelot tournoya sur le côté. Sire Georges continua sa trajectoire au galop, sans s'arrêter. Il tira sur les rênes, forçant son cheval à stopper rapidement. Mais il était trop tard. La monture de Lancelot avait pivoté sur elle-même lors de son mouvement d'esquive, mettant sa cavalière en parfaite position. La lance de Lancelot traversa les airs pour percuter douloureusement sire Georges entre les omoplates avant de finir au sol.

Le juron de sire Georges résonna sur tout le terrain.

La foule se lâcha de nouveau. Tout le monde se leva. La plupart des gens ne s'asseyaient pas sur les bancs, mais s'y tenaient debout. Arthur lui-même avait bondi de son siège, applaudissant et sifflant.

« Vous avez vu ça ? » demanda-t-il, les yeux brillants.

Guenièvre rit en hochant la tête, mais Arthur se retourna. Sa question était pour Mordred. « Sur un cheval aveugle ! »

« Il a lâché sa lance. S'il avait manqué, il aurait été désarmé. »

« Je sais ! » Arthur cria sa réponse comme un éloge en réponse à la critique de Mordred. Il attrapa la main de Guenièvre et l'embrassa, puis lança la sienne en l'air, incapable de se contenir. Il ne se rassit pas, mais se pencha sur la poutre qui clôturait l'estrade.

Sire Gauvain choisit également les chevaux, mais cette fois avec des épées. Guenièvre s'émerveilla avec les autres du superbe contrôle que Lancelot avait de sa jument. Elles formaient une seule et même créature. Comme la jument ne pouvait pas voir, elle ne s'effrayait pas ni ne réagissait aux choses par elle-même. Elle suivait les directives de Lancelot avec une parfaite précision. Ce combat dura plus longtemps, avec des échanges de coups répétés, mais se termina de la même manière : Lancelot victorieuse.

Lancelot *victorieuse.* Elle y était arrivée. Guenièvre avait les yeux remplis de larmes alors qu'elle applaudissait si fort que sa main, qui avait été brûlée et qui était en train de guérir, la piquait.

« Trois ! » cria Arthur. « Trois ! » Il leva les doigts en l'air et la foule rugit. Lancelot venait de se garantir une place parmi les chevaliers d'Arthur. Plutôt que de lever les bras et de jubiler, Lancelot inclina la tête. Puis elle tourna son cheval vers la tribune du roi et posa un poing contre sa poitrine, s'inclinant encore plus bas.

Mais elle n'avait pas encore fini. Aucun chevalier ne s'arrêterait sans aller aussi loin que possible. C'était une question de fierté. Sire Perceval se précipita sur le terrain. Il choisit également les épées. Pourtant, bien qu'il fût frais et que Lancelot avait déjà combattu trois chevaliers, le match fut terminé presque avant d'avoir commencé.

Dandrane renifla. « Oh, Blanchefleur va être tellement gênée. » Elle le dit juste assez fort pour que sa belle-sœur, assise derrière elle, l'entende.

Et de quatre. Il en restait encore un. Sire Bohort entra sur le terrain, renonçant de même sagement au combat à cheval. Dandrane poussa un cri, saisissant le bras de Brangien. « Regardez ! Regardez ! Sur sa manche ! »

Un mouchoir blanc y flottait comme un drapeau. Les amies de Guenièvre lui avaient donné tant de raisons d'être heureuse ce jour-là. Lancelot serait chevalière et Dandrane avait un prétendant qui, bien qu'un peu ridicule, lui assurerait une vie heureuse et confortable.

Dandrane, les larmes aux yeux, se tourna vers Guenièvre. « Merci », dit-elle d'une voix si basse qu'il était difficile de l'entendre avec les acclamations.

« Pourquoi me remerciez-vous ? C'est sire Bohort qui reconnaît un trophée quand il en voit un. »

La sœur de Perceval secoua la tête. « Personne dans le château ne m'avait prêté d'attention jusqu'à ce que vous le fassiez. Votre gentillesse a… » Elle s'arrêta, tamponnant ses yeux. « Eh bien. Vous avez raison. Sire Bohort a simplement eu le bon sens de me prendre avant que quelqu'un d'autre ne le fasse. »

Guenièvre eut un sourire radieux et se pencha au-dessus de Brangien pour embrasser Dandrane. Même la camériste rit et serra Dandrane dans ses bras.

Cette dernière cria le nom de sire Bohort, ses cris se noyèrent dans le concert de *Lancelot* résonnant dans les airs. Sire Bohort arpenta la longueur du présentoir des armes. Ce n'était pas par chance qu'il avait réussi à vivre aussi longtemps. Avec un seul bras valide, il était désavantagé par tout combat nécessitant un bouclier. Et il avait vu à quelle vitesse Lancelot se déplaçait avec une épée. Bien plus âgé, sire Bohort ne pouvait pas être aussi rapide.

Mais il pouvait rivaliser avec presque n'importe qui par sa force physique. Il choisit une masse dotée d'une chaîne incroyablement lourde et balança l'arme pour l'essayer. La foule se tut. Elle comprenait la stratégie en jeu. Seul le plus fort pourrait utiliser cette arme avec dextérité ou compétence. Et personne n'avait jamais vu Lancelot l'utiliser dans l'arène.

« Bon sang », marmonna Arthur.

Le cœur de Guenièvre se serra aussi. Elle aurait voulu que Lancelot triomphe des cinq chevaliers. Ainsi, pas un seul d'entre eux ne pourrait s'opposer à sa nomination.

Lancelot prit l'autre masse reliée à une chaîne. Là où sire Bohort la faisait passer pour un jouet d'enfant, sous la poigne de Lancelot, son poids devenait une évidence. C'était une arme contondante brutale, faite pour briser les choses. Les boucliers. Les armures.

Les corps.

Il était aussi difficile d'imaginer qu'un coup, même d'une masse *sans* pointes acérées, ne causerait pas de graves blessures au destinataire. Guenièvre frotta la plaie en cours de guérison sous sa manche. Elle voulait que Lancelot gagne chaque match. Et, pour la première fois, elle craignit que ce soit impossible.

Sire Bohort balança sa masse dans les airs si vite qu'elle fit un sifflement. Il tourna autour de Lancelot en faisant virevolter son arme à une vitesse toujours croissante. Lancelot ne bougea pas les pieds, gardant la masse sur le sol.

Sire Bohort chercha à fracasser les côtes de Lancelot. Lancelot recula, la masse grinçant sur son armure. La vitesse et la force du coup entraînèrent sire Bohort au-delà de Lancelot. Sans perdre son élan, il se retourna en suivant la masse terriblement lourde pour un autre coup. Lancelot était prête. Elle esquiva et, plutôt que de balancer sa masse, elle la garda ancrée au sol. Rapide comme l'éclair, elle enroula la chaîne autour de la jambe de sire Bohort.

Sire Bohort, dans un élan trop important, tomba en avant. Lancelot se précipita sur son dos, pressant son genou à la base de sa colonne vertébrale pour qu'il ne puisse pas se lever. Puis elle tira sa masse vers le haut et la posa doucement à la base de son crâne.

« C'était de la triche ! » hurla Dandrane.

Sire Bohort tremblait. La foule se tut. Avait-il été blessé ? Lancelot se leva, relâchant la pression. Sire Bohort roula sur le dos et la raison des tremblements fut révélée. Il riait.

L'air se remplit d'énormes hurlements. Il tendit sa main valide et Lancelot la prit pour l'aider à se relever. Il agita un doigt de réprimande vers la jeune combattante, puis lui prit la main et la souleva en l'air.

La foule se déchaîna. Lancelot avait réussi. Elle avait battu les cinq chevaliers.

C'est Arthur qui l'acclama le plus fort. Il se leva sur la planche de bois, puis sauta sur le terrain. C'était son tour.

Et Guenièvre ne savait plus qui encourager.

CHAPITRE VINGT-DEUX

Guenièvre ne voulait pas regarder, mais elle ne pouvait pas non plus détourner le regard.

Arthur marcha directement vers Lancelot. Il se rapprocha en la prenant par les épaules. Personne ne pouvait entendre ce qui était dit. Guenièvre ressentit un pic de jalousie aussi brutal que les épées du tournoi. Pas parce qu'elle savait que Lancelot était une femme. Mais parce que si Lancelot devenait chevalière, elle connaîtrait Arthur comme Guenièvre ne le pourrait jamais. Elle le verrait probablement même plus qu'elle.

Et elle était peut-être un *peu* jalouse parce que Lancelot était une femme. Que penserait Arthur quand il apprendrait la vérité ?

Elle se rendit compte qu'elle aimait aussi le fait qu'elle avait connu Lancelot avant tout le monde. Elle perdrait ça. La complicité, l'intimité de leur conversation de minuit sur la passerelle se volatiliseraient. Tout le monde connaîtrait Lancelot comme elle et Arthur la connaîtrait encore plus qu'elle.

Arthur s'écarta de Lancelot et dégaina Excalibur. La foule explosa. L'estomac de Guenièvre se retourna. Elle se tint le ventre, ayant soudain chaud et froid à la fois.

« Ma dame ? » demanda Brangien.

Guenièvre se leva, puis tomba. La cameriste s'agenouilla à ses côtés. La tête de Guenièvre tournait. Elle frissonnait de tout son corps.

« Qu'est-ce que c'est ? » demanda Mordred en rejoignant Brangien.

« Le vin, peut-être ? Les épices ? »

« A-t-elle besoin d'air ? » demanda Dandrane.

Mordred posa ses doigts doux contre sa joue. Une étincelle l'atteignit et elle s'y agrippa désespérément, comme à une corde qui lui aurait été lancée. Elle se sentait incroyablement éloignée, piégée quelque part dans une profondeur intérieure.

« Guenièvre », murmura Mordred. « Guenièvre, où êtes-vous ? » Et puis, aussi vite que c'était venu, cela passa.

Elle frissonna, en fermant les yeux, puis se força à les rouvrir. « Je ne sais pas ce qui m'est arrivé. »

« Vous vous êtes évanouie », dit Dandrane avec confiance. « Trop d'excitation. C'est pour ça que les femmes ne se battent pas. »

Mordred lui prit le bras et l'aida à se rasseoir. Brangien lui tendit un mouchoir. Guenièvre le pressa contre son visage, souhaitant être de retour au château, seule. Mais elle était là et elle était la reine. Le poids des bijoux contre son front le lui rappelait. Elle regarda dehors, inquiète, mais personne ne faisait attention à la loge royale. Pas avec Arthur et Lancelot sur le terrain.

Arthur avait rengainé Excalibur, la laissant contre le présentoir des armes. Cette épée de malheur. Il discutait joyeusement avec Lancelot, désignant diverses armes comme s'ils choisissaient des fruits dans un plat.

Mordred était toujours accroupi aux côtés de Guenièvre. « Êtes-vous sûre que ça va ? »

« Oui, merci. Trop d'excitation. »

« Hum. » Mordred regarda le terrain. « C'est possible. Au moins, ils n'ont pas choisi de se battre sur des bateaux, n'est-ce pas ? » Il lui sourit d'un air taquin. Elle lui lança le mouchoir en fronçant les sourcils. Il le saisit en l'air, le glissa dans sa veste puis regagna son siège.

Guenièvre essaya de se débarrasser des sentiments persistants de terreur et de vide. Elle avait l'impression de ne pas avoir mangé depuis des jours. Brangien, toujours attentive, lui passa un bol de baies et de noix. Guenièvre les mâcha nerveusement.

Arthur choisit de longues épées. Ce n'était pas un choix surprenant. Il était bon avec toutes les armes, mais Excalibur était une longue épée. Il en lança une à Lancelot, puis se dirigea avec confiance vers le centre du terrain. La foule resta silencieuse, en attente. Depuis que les tournois existaient, personne n'avait jamais conquis le droit de combattre Arthur. Lancelot était la première. Alors que beaucoup d'hommes à Camelot pouvaient être mobilisés pour partir à la guerre, la majorité des spectateurs n'avait jamais vu Arthur se battre.

Il ne maniait pas son épée comme un homme de spectacle. Ses mouvements étaient calmes, mesurés, et contenus, comme ceux de Lancelot.

Ce fut donc un choc lorsque Arthur jaillit en avant avec une rapidité incroyable, son épée comme l'éclair. Lancelot para le coup et leurs lames résonnèrent. Mais Arthur continua d'avancer, les avant-bras en avant, poussant Lancelot et la déséquilibrant. Lancelot pivota en se dégageant et frappa de son épée. Arthur esquiva le coup, puis à son tour en délivra un, deux, puis trois. Lancelot fit tournoyer son épée comme si elle chassait désespérément des insectes dans l'air, réussissant tout juste à rediriger chaque coup pour qu'il ne la frappe pas. Arthur ne lui donnait aucune chance, se montrait impitoyable. Lancelot avait à peine fait plus que défléchir et parer.

« Bien ! » cria Arthur alors que Lancelot esquivait un autre coup. Il rit, sa poitrine se soulevant. Lancelot brandit son épée et Arthur leva sa lame pour rencontrer la sienne. Il la maintint ainsi, forçant Lancelot à rester en contact. Mais Arthur était plus grand, ses épaules plus larges, ses bras plus puissants. Il poussa plus fort et Lancelot trébucha en arrière, perdant pied pour la première fois dans un combat. Lancelot tomba au sol. La foule haleta. Mais Lancelot accompagna la chute et projeta ses jambes en avant, dans un mouvement de rotation, par-dessus la tête. Elle atterrit sur les genoux, puis sauta sur ses pieds. Elle n'avait jamais lâché son épée.

Arthur rit à nouveau, ravi. Et puis il chargea. Maintenant, il devint évident qu'Arthur s'était retenu. Son épée scintilla et brilla, aveuglante au soleil. Lancelot esquiva et zigzagua, bloqua et para. Elle reçut une fois encore un coup particulièrement brutal dans le dos. Arthur balança son épée, l'arrêtant juste au niveau du cou de Lancelot.

Lancelot teint sa propre épée droite, pressée contre le ventre d'Arthur.

Ils ne bougèrent pas.

Personne ne fit un bruit.

Puis Arthur lança son épée en criant de joie. Il tira Lancelot par la main pour la remettre debout, puis leva sa main recouverte des siennes jusqu'au ciel. « Sire Lancelot ! » cria-t-il. « Chevalier de Camelot ! » Il étreignit Lancelot, en lui donnant une frappe dans le dos.

Après le tournoi vint la célébration. Et si Guenièvre pensait que le tournoi avait été violent et bruyant, elle n'avait aucune idée de ce qu'était une fête avec des milliers de personnes enivrées et extatiques.

Elle s'accrocha à Brangien. À la nuit tombante, même les alentours de la loge furent envahis par des fêtards. Sa tête résonnait du vacarme incessant. Tout sentait la bière et le vin. Ni son estomac ni ses nerfs ne s'étaient calmés depuis la crise survenue plus tôt. Elle voulait féliciter Arthur, porter un toast à Lancelot, mais elle n'avait vu ni l'un ni l'autre depuis des heures. Dandrane et sire Bohort se tenaient scandaleusement près l'un de l'autre dans un coin sombre, chuchotant. Sire Tristan était venu voir Brangien et Guenièvre, mais il avait été embarqué par sire Gauvain pour trouver davantage à boire.

Les fournisseurs de boissons allaient être les vrais grands gagnants du tournoi.

« Pouvons-nous aller à la tente ? » cria Guenièvre. Brangien acquiesça de la tête. Elles se frayèrent un chemin à travers la foule. Il faisait trop sombre et les gens étaient bien trop ivres pour se rendre compte qu'ils devraient leur laisser le passage. La tente, au moins, était à l'écart de la masse des participants. Guenièvre s'assit avec gratitude sur un coussin. Elle se sentait déjà mieux, en se retrouvant dans une zone tampon, séparée du bruit.

« Je vais chercher à manger et quelque chose à boire. Mais pas de vin épicé ! » Brangien laissa Guenièvre avec une lampe.

Cette dernière s'allongea sur son coussin. Elle devrait être heureuse. Lancelot avait gagné. Personne ne pourrait nier ses prouesses. Elle allait être chevalière maintenant. Guenièvre pouvait le *sentir*. Si quelqu'un avait découvert que Lancelot était une femme, Guenièvre était certaine qu'elle en aurait eu des échos. Mieux valait ramener Lancelot au château, loin de la foule, et tout régler sur place. Elle était convaincue qu'Arthur prendrait parti pour Lancelot. Il n'y avait aucune raison de la refuser.

Elle soupira. La journée avait été fructueuse. Elle avait aidé plus d'une amie. Planifié un tournoi dont on parlerait pendant des années. Pourquoi n'était-elle pas plus heureuse ? Elle était reine, comme Arthur l'avait suggéré. Comme Merlin l'avait voulu.

Mais ce n'était pas assez.

Avant, elle avait été certaine de son but, de sa place. Maintenant, elle avait l'impression que tout ce qu'elle était dépendait d'Arthur. Elle savait que Camelot passerait toujours en premier. Devait passer en premier.

Mais qu'en était-il quand *elle* avait besoin de quelqu'un ? Elle tapota ses doigts contre les pierres froides qu'Arthur lui avait données.

Elle entendit le bruissement du rabat de la tente. « Merci », dit-elle.

« Attendez pour me remercier. Vous n'avez même pas encore regardé. »

Guenièvre s'assit, surprise de voir Mordred s'agenouiller à côté d'elle. « J'ai cru que c'était Brangien ! »

« Peu de gens nous confondent. Je suis bien plus beau qu'elle. Vous vous sentez toujours mal ? » Il leva la main pour sentir son front. Elle la repoussa.

« Brangien va revenir avec quelque chose à manger. »

« Vraiment ? Ou bien a-t-elle été ralentie par Dandrane qui voulait obtenir des conseils sur le moment propice où une dame pourrait épouser un chevalier ? » Mordred s'assit en arrière, appuyé sur ses coudes.

« Arthur sait-il que vous êtes ici ? »

« Est-ce qu'il sait que *vous* êtes ici ? » La réponse se trouvait dans l'expression de Guenièvre. Le visage de Mordred devint sérieux. Il s'assit, se penchant vers elle. « Guenièvre », dit-il, la lumière tamisée et vacillante de la lampe se reflétant dans ses yeux aux couleurs de forêt sombre. « Mon oncle est un homme bon. Mais il n'est pas un bon mari. Et il ne le sera jamais. »

« Ce n'est pas comme ça », murmura Guenièvre.

Mordred haussa un sourcil. « C'est comment ? »

« Comme... une association. Mais ce n'est pas l'association que j'imaginais. Et j'essaie de découvrir ce que je veux qu'elle soit. »

Mordred tendit la main et fit courir ses doigts le long d'une mèche de cheveux qui avait échappé de sa tresse. Il la glissa derrière son oreille, en laissant ses doigts s'y attarder. Elle frissonna.

« Vous avez froid ? » Il se pencha plus près. Ses yeux la retinrent là. Ses yeux qui regardaient partout, voyaient tout. Mordred la remarquait toujours. Chaque fois qu'elle était dans une pièce, elle en devenait le centre pour lui. Elle le savait. Tout comme elle savait qu'elle ne serait jamais le centre de quoi que ce soit pour Arthur.

Mordred effaça la distance qui les séparait, frottant ses lèvres contre les siennes. La même étincelle qu'elle avait ressentie dans sa main était là, intensifiée. Elle haleta et il l'attira plus près, pressant sa bouche contre la sienne. Il avait ses mains au bas de son dos et elle avait les siennes dans ses cheveux. Elle pouvait ressentir à quel point il la désirait, à quel point son désir était intense et brûlant.

Elle n'avait jamais connu ce que c'était que d'être désirée. C'était plus suave que les prunes de Damas, plus enivrant que le vin.

Il attrapa le bras de Guenièvre qu'il parcourut pour aller chercher la main de celle-ci perdue dans ses propres cheveux. Mais ses doigts firent pression sur la blessure de Guenièvre. La secousse causée par la douleur la fit sortir de la confusion exaltée dans laquelle elle s'était égarée.

Elle recula, mettant sa main libre sur la bouche. Elle fit non de la tête. « Mordred », murmura-t-elle. « Nous ne pouvons pas. »

La lumière qui brûlait dans ses yeux diminua lentement, comme celle de charbons étouffés. Il baissa la tête. « Je vous en prie, pardonnez-moi. Je ne porterais *jamais* préjudice à Arthur. Je ne prendrais jamais quelque chose qu'il aime. Mais, Guenièvre… » Mordred leva les yeux, le visage douloureux et suppliant. « Il ne vous aime pas. Je vous aimerai. Je vous aime. »

Elle ne répondit pas. Elle ne pouvait pas, figée par des dissensions internes. Avait-elle trahi Arthur ? Elle n'était pas sa femme. Pas vraiment. Et Mordred avait raison. Arthur ne l'aimait pas. Il ne lui avait jamais rien demandé de plus que de l'amitié. Elle était une compagne pour lui, mais jamais une priorité.

Pour Camelot, elle était reine. Au fond d'elle-même, elle était une fille qui s'était perdue. Elle était Guenièvre et elle n'était même pas Guenièvre. Elle n'avait pas de buts, mais elle voulait désespérément être désirée.

Pendant tout ce temps, elle avait songé à ce dont Arthur était privé en étant marié à elle. Ce soir, comme un couteau dans le cœur, elle ressentit ce dont *elle* était privée.

Mordred interpréta son silence comme un renvoi. Il se leva. « Pardonnez-moi », murmura-t-il à nouveau. Puis, il quitta la tente.

Guenièvre ramena les genoux à son menton et les entoura de ses bras. Comment les choses étaient-elles devenues si compliquées ? Combattre la Reine Noire elle-même semblait plus simple que d'essayer d'être une reine qui n'était pas une reine, pour un roi qui n'avait pas besoin d'elle.

Combien Arthur avait-il sacrifié au cours de sa vie pour assurer la sécurité de Camelot ? Combien avait-il abandonné de ce qu'il voulait faire et de ce qu'il voulait être ?

En ferait-elle de même ? Vivrait-elle pour toujours près de lui, à ses côtés, attendant qu'il ait besoin d'elle ?

Non. Ce n'était pas suffisant. Elle sortirait, trouverait Arthur et l'embrasserait. Cela ressemblerait sûrement à ce qu'elle avait ressenti avec Mordred. Tout semblait nouveau et différent, tout avait changé. À partir de maintenant, elle utiliserait un baiser pour tout changer avec Arthur.

Mais que se passerait-il si elle l'embrassait et que rien ne changeait ? Qu'arriverait-il, alors ? Cet espace tacite entre eux était sûr. Si elle l'éliminait, ils ne pourraient jamais revenir en arrière.

Lancelot avait été assez courageuse pour se jeter dans le vide, sans savoir où en était le fond. Guenièvre le serait aussi.

Il y eut des pas à l'extérieur de la tente. Elle leva les yeux, essuyant à la hâte les larmes sur son visage. Elle ne savait pas qui elle espérait voir. Brangien ? Lancelot ? Arthur ?

Mordred ?

L'homme qui rentra portait une cape noire, une capuche noire et un grand sac en toile de jute. Elle ne l'avait jamais vu avant. « Bonsoir, petite reine », dit-il.

Elle n'eut pas le temps de crier avant que tout devienne noir.

Les hommes sont des fous affamés.

S'ils ne peuvent pas le manger, le porter ou l'utiliser, ils le tuent quand même. Ils se propagent comme des champignons au cœur du monde. Soulevez un rocher, et voilà ! L'homme.

Mais ce n'est pas tout à fait vrai. Au moins le champignon pousse et nourrit d'autres vies. Les hommes ne font que dévorer. Partout, ils refaçonnent à leur image. Suivant leurs besoins. Les forêts sont abattues pour leurs maisons. Les champs sont obligés de supporter leurs fruits, leurs récoltes, leurs décisions. Un champignon ne fait que tuer. Les hommes transforment. Les hommes exigent l'ordre de la nature. Les hommes fondent les roches et forment le métal, façonnant le fer pour percer et tuer. Que peut-elle faire contre un tel poison ?

Elle a été repoussée trop loin, trop longtemps. Mais Merlin, le grand défenseur des hommes, est enfermé. Le chaos s'échappe de Camelot. Là où il y a le chaos, il y a des fissures. Et là où il y a des fissures, les choses secrètes peuvent grandir.

Elle a attendu que toutes les graines qu'elle a plantées germent et poussent, s'emmêlent, étouffent ce que le roi usurpateur a essayé de revendiquer. Elle a besoin de la reine-non-reine et de son cœur confus.

Mais quelqu'un d'autre l'a enlevée.

CHAPITRE VINGT-TROIS

Guenièvre se réveilla au son de l'eau qui coulait à flots. C'était pire que son atroce mal de tête.

« Bonjour, ma dame », dit un homme.

Guenièvre s'assit, puis le regretta. Elle avait la tête qui tournait. « Je ne suis pas votre dame », répliqua-t-elle.

« Mais vous êtes la dame d'Arthur, ce qui répond beaucoup mieux à mes besoins. »

Une main placée à l'arrière de la tête, elle cligna des yeux jusqu'à ce que la pièce devienne plus nette. C'était une masure humide. Quelques trous près du plafond laissaient entrer de faibles rayons de soleil qui avaient grand-peine à égayer la tristesse de la petite cabane. Les murs étaient en pierre, grossièrement assemblés. Le sol était en terre battue, parsemé de débris tombés des murs. Elle ne voyait pas d'eau, mais elle pouvait l'entendre, tout autour.

L'homme se tenait au-dessus d'elle, les mains jointes dans le dos. Il était plus petit qu'Arthur, mais avait des épaules plus larges. Une puissance manifeste émanait de sa personne, la force brutale d'un sanglier. Ses cheveux, qui avaient été tressés en arrière de son visage, étaient striés de gris comme du fer. Ses yeux n'étaient ni cruels ni aimables. Ils ne trahissaient aucune émotion, aucune expression. C'était, en quelque sorte, plus effrayant ainsi. Elle se demanda s'ils bougeaient quand il riait. Elle suspecta que non.

Méléagant dans toute sa splendeur. Elle l'avait préféré indistinct. Elle l'avait préféré avec Arthur à ses côtés.

Guenièvre replia les jambes sous son corps. Personne n'avait touché à ses vêtements, mais sa capuche et les bijoux qu'Arthur lui avait donnés avaient disparu. Un mouvement attira son attention et elle regarda derrière elle pour voir deux autres hommes debout à côté d'une lourde porte en bois. La porte était la seule partie de la structure qui avait l'air neuve.

« Sire Méléagant », dit-elle d'une voix aussi terne que les rochers.

« Pas de cris ou de supplications. Bien. J'aime les dames du Sud. Vous êtes toujours aussi bien élevées. Comme les chiennes, instruites dès la naissance pour servir votre destinée. Pour obéir à votre maître. » Il s'accroupit pour être à sa hauteur. « Je suis votre maître maintenant. » Il la gifla. La force de l'impact fit basculer la tête de Guenièvre sur le côté, réveillant les bourdonnements engendrés par le coup qui l'avait assommée dans la tente.

Elle était habituée à la douleur, du fait des exigences de la magie. Cela faisait mal, mais n'était pas insupportable.

Il attendit qu'elle tourne son visage vers lui à nouveau. « Je voudrais vous poser quelques questions. Répondez honnêtement. »

« Je répondrai honnêtement ou pas du tout », déclara Guenièvre.

« C'est bien. » Il la gifla à nouveau. Cette fois, elle tomba à terre. Le temps d'une respiration, elle se reposa dans la poussière. Puis elle se redressa. Quelque part, elle était terriblement reconnaissante d'être punie, à la place de la véritable Guenièvre. Au moins, on ne faisait pas mal à la pauvre Guenièvre défunte.

Ce n'était pas rationnel. Mais cela lui donnait les moyens de s'accrocher à quelque chose. Cela l'aidait à se sentir plus forte qu'elle ne l'était.

« Vous ne m'avez pas encore posé de questions », dit-elle.

« Je trouve qu'il est préférable de punir les chiennes avant qu'elles ne soient désobéissantes. À titre préventif. Voici votre question. » Il se pencha plus près, étudiant son visage. Puis il fit courir ses doigts sur l'une de ses tresses maintenant défaites. « Est-ce qu'Arthur vous aime ? »

Guenièvre ne pouvait pas penser à une question à laquelle elle souhaitait le moins répondre. C'était précisément celle à laquelle elle s'apprêtait à trouver la réponse. Avant qu'ils ne l'enlèvent. Maintenant, elle ne le saurait jamais. « Je suis importante pour lui. »

Il leva la main et elle se prépara à être giflée. Puis il hocha la tête. « Je vous crois. Est-ce qu'Arthur sacrifierait Camelot pour que vous reveniez saine et sauve ? »

Ce n'était pas une question difficile. Arthur sacrifierait n'importe quoi pour assurer la sécurité de son peuple. Y compris elle. Elle savait que c'était vrai, qu'il était roi grâce à cela. Et elle ressentit tout autant le désespoir que le triomphe, sachant qu'elle ne pouvait pas être utilisée contre Arthur. Pendant un court moment, elle se laissa aller à espérer que l'amour d'Arthur était tel qu'il renoncerait à tout pour la sauver. Puis elle se résigna. Elle s'était une fois engagée à mourir pour lui. Elle n'avait pas eu l'intention de se le prouver si vite.

« Je sais qu'il ne le ferait pas », dit-elle.

Méléagant se frotta la mâchoire. « Ce n'est pas de chance. J'avais espéré qu'une jolie petite chose fragile comme vous aurait pu faire le poids contre son besoin aveugle de tout protéger. Ma chère Hélène l'a détruit, je le crains. » Il s'arrêta, penchant la tête sur le côté et fixant non pas son visage, mais son ventre. « Vous attendez un enfant ? »

Elle referma le poing. Cela avait donc été une bénédiction de n'avoir été la femme d'Arthur qu'en apparence. « Non. »

Il soupira. « C'est aussi bien comme ça. Je ne suis pas un homme patient. Je n'ai pas des mois à perdre. Avez-vous remarqué que je ne vous ai pas frappée, même si vos réponses n'étaient pas à la hauteur de mes espérances ? Vous avez dit la vérité. C'est bien. »

Méléagant s'assit en face d'elle, se penchant en arrière sur un bras et en plissant les yeux, le temps d'une réflexion. « Je pourrais vous vendre aux Pictes. Ils ne connaissent pas aussi bien la *noblesse* d'Arthur que moi. Ils pourraient penser pouvoir vous échanger contre un avantage. » Il tapota ses doigts contre son genou. « Ou je pourrais proposer votre mort aux Pictes en échange d'une alliance. Ils n'étaient pas contents quand Arthur ne voulut aucune de leurs filles. Après votre disparition, Arthur pourrait se remarier. Votre père est trop loin dans le Sud pour me causer des problèmes si je vous tue. »

Elle était venue à Camelot pour protéger Arthur. Non seulement elle n'avait pas réussi à le faire, mais maintenant elle allait être utilisée contre lui. La rivière jaillissant quelque part à l'extérieur et qui l'entourait lui chuchotait qu'elle n'avait jamais été destinée à être cela. Qu'elle aurait pu ne jamais devenir cela. Qu'elle aurait dû laisser l'eau la prendre depuis longtemps.

Elle ne voulait pas mourir. S'il s'agissait d'un jeu de pièces en mouvement constant, elle devait le convaincre que le meilleur coup était de la garder en mouvement. « C'est vrai. Mon père a une autre fille ainsi que des fils, donc je ne serais pas une grande perte. Je ne pense pas non plus que vous risquiez qu'Arthur déclenche une guerre à cause de moi morte. Le coût serait trop élevé pour une vengeance. Mais me livrer aux Pictes est une meilleure option. Faites croire aux Pictes qu'ils peuvent faire une bonne affaire avec moi et obtenez de l'argent ou des terres de cette façon. Bien que vous risquiez leur colère à long terme. Vous vous serez fait des ennemis d'Arthur *et* des Pictes. »

Si elle était livrée aux Pictes, il y aurait des expéditions. Tout pourrait arriver alors. Elle n'était pas impuissante, mais elle ne pouvait pas prendre le risque de faire de la magie ici. Pas encore. Si elle révélait ce qu'elle pouvait faire puis s'enfuyait, ou était restituée à Camelot, la nouvelle se répandrait. Arthur lui-même subirait le contrecoup d'être un roi chrétien marié à une sorcière, ce qui servirait bien mieux Méléagant que la mort de Guenièvre.

Elle frotta la poussière qui se trouvait sur sa joue et lissa ses jupes. « Je pense *vraiment* que j'ai plus de valeur vivante que morte, mais je suppose que la plupart des gens ressentent cela de la même manière. »

« Êtes-vous certaine qu'Arthur ne vous aime pas ? Vous êtes une reine très peu commune. Je me suis trompé sur la façon dont ils les élèvent dans le Sud. »

Elle le fixa et ne détourna pas les yeux. Elle était censée être une reine. La partenaire choisie d'Arthur, le plus grand roi vivant. Elle pourrait être forte. « Gardez-moi en otage pour une rançon moindre que Camelot : des terres en limite des frontières, des chevaux, de l'argent. C'est cela que vous pourrez peut-être extorquer à Arthur. »

« Votre problème est de penser que je serais satisfait avec moins que Camelot. »

Guenièvre ferma les yeux, puis acquiesça. La magie, alors. Elle essaya d'invoquer le feu. Elle ne l'avait jamais invoqué que pour la purification. Elle ne savait pas si elle pouvait l'utiliser pour autre chose. Elle ne savait même pas si elle le voulait. Pourrait-elle l'utiliser comme une arme ? Pouvait-elle transformer la magie de quelque chose destinée à protéger ceux qu'elle aimait en quelque chose qui dévorerait ?

Merlin le ferait.

Elle frissonna à cette pensée. C'était comme une ligne qui, une fois franchie, serait sans retour. Bien pire que la magie de la mémoire. Mais son dilemme était inutile. Entourée d'eau, remplie de peur, elle n'avait pas la force de créer ne serait-ce qu'une étincelle. Elle n'avait rien pour alimenter le feu. Elle avait échoué.

« Une dernière question. Vous écoutez ? »

Guenièvre ouvrit les yeux.

« Un de mes hommes surveille les quais de Camelot depuis des semaines maintenant. Et il a quelque chose d'intéressant à signaler. À plusieurs reprises, la reine ne monta pas dans un bateau et aborda pourtant les rives du lac. Et bien souvent, la reine ne débarqua pas sur les quais de Camelot, les seuls qui existent, et rentra pourtant au château ! Êtes-vous magicienne ? »

Guenièvre se mit à rire. Elle ne put s'en empêcher.

Heureusement, il prit cela comme une réponse négative. « Ce qui signifie qu'il y a un autre moyen d'entrer dans le château. Dites-moi ce que c'est et je vous laisserai rester reine de Camelot. » Il s'arrêta et son sourire inexpressif sous-tendit une offre qu'il accompagna de la main. « Sous le nouveau roi. »

Elle imagina Méléagant rampant dans le tunnel, entrant dans le château avant que quiconque sache qu'il était là, vainquant Camelot en son cœur. Aucune de ses ridicules protections de porte ne pourrait empêcher sa malfaisance de pénétrer. Elles protégeaient Arthur de la magie, mais Méléagant était le plus humain des hommes. Une magie plus sombre et plus puissante que toutes celles qu'elle serait capable d'exercer devrait être utilisée contre un homme d'une volonté aussi cruelle et indomptable.

Elle pouvait être satisfaite de savoir qu'il ne vaincrait jamais Arthur. Il *faudrait* qu'elle s'en contente, car elle craignait que sa vie n'ait plus grand-chose à lui offrir. C'était donc ainsi qu'elle protégeait Arthur. Pas avec la magie, pas avec le pouvoir. Mais avec le silence.

« Je ne vous le dirai jamais », dit-elle.

« Alors, il y a un moyen. » Il sourit et finalement cela se répercuta dans ses yeux. Les lignes y racontaient une histoire de violence, de cruauté. Et promettaient aussi un avenir à l'identique. Il se leva, l'attrapa par le bras et la souleva si brutalement qu'elle poussa un cri de douleur. Les hommes à la porte l'ouvrirent et Méléagant la poussa jusqu'au seuil. Elle chancela au bord des rochers, fixant dans le bas une rivière avide et agitée.

Elle se précipita pour retourner à l'intérieur, mais Méléagant était derrière elle. Il lui tint les deux bras, la soulevant devant lui. Elle se balança, impuissante, au-dessus de la rivière.

« Savez-vous ce que mon homme sur les quais m'a dit d'autre ? La jolie jeune reine de Camelot est *terrifiée* par l'eau. Tout le monde l'a remarqué. Vous devriez mieux vous débrouiller pour cacher les moyens de vous détruire. » Il la secoua et elle cria, baissant les yeux.

L'eau. Sombre et éternelle, au-dessus de sa tête. La lumière, si loin au-dessus, mais elle ne pouvait pas y accéder, ne pouvait pas...

Et il faisait froid...

Et il y avait une voix qui l'appelait...

Appelait...

Pas Guenièvre. Qui appelait-elle ?

Méléagant la secoua à nouveau. Elle lui tint les mains, essayant de saisir ses poignets.

Mordred était une étincelle.

Arthur était un pouvoir stable et chaleureux.

Méléagant était froid.

Elle perdit toute son énergie, fermant les yeux. Elle avait toujours su que l'eau serait la cause de sa mort. Avait-elle su ce qui attaquerait Merlin ? Est-ce que ça l'attaquerait aussi ? Elle se demanda si Merlin avait fait rentrer la phobie de l'eau en elle, de la même manière qu'il avait fait rentrer la connaissance de la magie des nœuds. Pour la garder loin de l'emprise de la Dame. Pour la garder en sécurité.

Cela avait été un échec.

Elle essaya de penser à Arthur. À Brangien qui la pleurerait, mais qui pourrait maintenant avoir Yseult en permanence. À la cérémonie d'adoubement de Lancelot qu'elle manquerait. Et Mordred ? Avait-il pris conscience de sa disparition en revenant la trouver ? Elle se souvint de l'étincelle, du feu de ses lèvres sur les siennes. C'était sombre et sauvage, instable, avide. Elle attrapa tout ceci, le tirant profondément en elle, là où Méléagant ne pourrait pas le toucher. Elle essaya de se souvenir de la force d'Arthur aussi. Pour la tenir contre elle comme un bouclier.

« Une île au milieu des terres », cria Méléagant, la bouche contre l'oreille de Guenièvre. « Entourée d'une rivière tumultueuse. Aucune prison ne pourrait mieux vous retenir. » Il la laissa pendre pendant un temps qui sembla une éternité, puis la tira et la poussa violemment à l'intérieur de la masure. Elle atterrit durement sur le sol, rampant vers le centre. Aussi loin que possible de la rivière.

« La prochaine fois, je vous emmènerai nager. Pensez-y et décidez si le roi qui ne vous aime pas assez pour vous sauver en vaut la peine. » Méléagant se tourna vers ses hommes. « Personne ne la touche », dit-il. « Pas encore. » Puis il partit.

Elle se recroquevilla sur elle-même en frissonnant. Elle pourrait trouver une solution. Elle le devait. Personne ne venait la délivrer.

Un de ses doigts palpitait, gonflé par la force des battements de son cœur. Enflé autour des trois poils de la barbe de Merlin. Elle les déroula, puis, faisant semblant de toucher ses propres cheveux, elle noua ses rêves à ceux de Merlin. Elle ressentait finalement assez de désespoir pour le chercher.

« S'il te plaît », murmura-t-elle en fermant les yeux et en essayant de trouver le sommeil, son seul espoir d'aide.

Elle recule dans le temps.

Elle retrace son séjour à Camelot. Elle y voit toutes les personnes qui prirent de l'importante pour elle. Elle les libère lentement pour qu'elles deviennent des étrangers dans le futur : Dandrane, Lancelot, les chevaliers. Arthur, éclatant, pilier lumineux, s'efface en dernier. Une fois de plus, il n'est qu'un nom, une croyance, un espoir. Elle revient à travers la forêt qui a mangé le village. De retour à sa première rencontre avec les chevaliers, avec Brangien. Avec Mordred. Les nonnes et le couvent passent en un clin d'œil, ne valant pas la peine de s'y attarder.

Elle passe au-delà de son temps en tant que Guenièvre, et trouve…

Arthur n'a pas disparu. Pas vraiment. Si elle est dans son propre passé, comment Arthur reste-t-il si brillant, comme un phare ? Pourquoi ressent-elle un tel espoir… une telle tristesse ?

Où est-elle ?

Elle a laissé Guenièvre derrière elle pour trouver Merlin. Et au lieu de cela, outre le rêve d'Arthur, elle trouve…

Rien.

Elle est suspendue dans un champ composé de noir, sous un ciel sans étoiles. Autour d'elle, tout scintille et se déplace lentement et délicatement. Ses cheveux flottent autour d'elle. Du bleu au milieu du noir.

« Qu'est-ce que tu fais ici ? » demande Merlin.

Elle se tourne en direction de la voix. Il a du mal à la rejoindre, déplaçant ses bras dans d'étranges mouvements très amples. Sa barbe coule derrière lui, pendante comme une rivière d'argent.

« Tu ne devrais pas être ici », dit-il.

Elle le sait. Maintenant qu'elle y est parvenue, elle n'aime pas le lieu. Elle est venue pour une raison. Elle s'attendait à retrouver la cabane. Les leçons. Elle avait prévu d'interrompre Merlin pendant une leçon et lui parler dans ses souvenirs. Mais elle ne se rappelle aucun souvenir. Sa sortie du couvent : c'est tout ce qui lui reste.

« J'ai besoin de ton aide », dit-elle. Sa voix est stratifiée, infinie, douce et froide.

« Tu dois repartir ! Elle ne me regarde pas parce qu'elle me croit piégé, endormi. Mais si elle te sent ici, tu es en terrible danger. »

« Je crois que je suis déjà en terrible danger. » Elle lève la main. Ses bras sont nus, pâles et brillants. Quelque chose manque. Sa blessure. La peau. Lancelot. Le tournoi. Arthur. Elle saisit les fils de son avenir, s'y accroche. « J'ai été enlevée. Merlin, j'ai été enlevée ! » Elle rit, ravie de s'en souvenir enfin. « J'ai besoin d'aide. »

« Je ne peux pas t'aider dans les affaires des hommes. Tu le sais. »

Elle hoche la tête négativement. « Je ne sais rien. Tu m'as menti. Arthur n'avait pas besoin de moi. »

« Il a besoin de toi. Plus qu'aucun d'entre vous ne le sait. Il est le pont ; tu dois garder son chemin avec prudence au-dessus des eaux les plus noires. Sois la reine. Bats-toi comme une reine, pas comme une sorcière. Et rappelle-toi : quoi qu'il arrive, c'est toi qui l'as choisi. »

Elle baisse les bras, et l'avenir s'effondre à nouveau. « Je suis dans un mauvais endroit. Je ne veux pas y retourner. Je vais rester ici. » Elle éloigne Guenièvre d'elle-même. « C'est trop dur, Merlin. Merlin. » Elle incline la tête, essayant de trouver plus de vérité ici dans l'obscurité.

« Pourquoi est-ce que je ne me souviens pas de ma mère ? Pourquoi ne puis-je pas trouver mon chemin vers le passé ? »

Le monde tremble. La noirceur autour d'eux ondule, puis tourbillonne. Elle a laissé ses peurs dans son avenir. Elle n'est pas effrayée. Elle se sent… infinie.

Mais Merlin a peur. « Pars maintenant, imprudente créature ! Ne me cherche plus, ou elle te trouvera ! » Il pousse contre son front, l'envoyant dégringoler, tournant et tournant alors que le champ noir se brouille et puis…

CHAPITRE VINGT-QUATRE

Guenièvre haleta. Elle éprouva des vertiges par à-coups comme des vagues qui venaient s'écraser sur elle, comme si elle continuait de tournoyer dans cet endroit noir, repoussé par Merlin. Au lieu de cela, elle était sur le sol en terre battue d'une pièce humide faiblement éclairée, aux murs de pierres.

Elle toucha ses cheveux, terrifiée. Les poils de la barbe de Merlin se décomposaient comme la lumière des étoiles le matin, disparaissant sous son regard. Il lui avait même enlevé cela. Elle était seule.

Un garde cracha bruyamment derrière elle. Elle n'était pas seule.

Guenièvre se leva, brossant sa robe de la main. Elle faisait face à deux gardes. Ils étaient assis par terre, jouant avec plusieurs pierres rondes et plates et quelques bâtonnets. Interrompus, ils se retournèrent et la regardèrent avec des paupières tombantes. Ils étaient aussi serrés dans leurs tuniques en cuir qu'ils étaient pleins de méchanceté. Ils s'en étaient enveloppés, armés de haine et de suspicion.

« Si vous m'aidez, le roi Arthur vous récompensera. »

« Comme je le vois », dit l'un d'eux, s'essuyant le nez dans son bras, « le roi Arthur ne sera probablement plus roi pour très longtemps, hein ? Et même s'il le reste, je fais plus confiance à l'épée de sire Méléagant qu'à la gentillesse de votre roi. »

« Donnez à sire Méléagant ce qu'il veut », dit l'autre garde en haussant les épaules d'un air impassible. « Ça ne va pas être facile pour vous, quoi que vous fassiez. Mais il aime les petites jeunes. Si vous faites ce qu'il veut, il pourra peut-être être gentil avec vous. Pour un moment. »

« Pour un moment », répéta Guenièvre, laissant les mots s'éloigner. « Comment pouvez-vous servir un homme comme ça ? »

« Je vous aimais mieux quand vous dormiez. » Le premier garde retourna au jeu, ramassant les pierres et les bâtons. « Jamais vu quelqu'un dormir aussi longtemps que vous. »

« Quelle paresseuse ! » dit le second garde. « Presque une journée à dormir. C'est ce que font les belles dames ? »

Le premier garde renifla. « Tu ne reconnaîtrais pas une belle dame si elle te mordait les fesses. »

« J'ai *payé* de belles dames pour me mordre les fesses. »

Tous les deux se mirent à rire. Le jeu reprit et Guenièvre fut sommairement congédiée.

Elle avait trouvé sire Hector et sire Keu désagréables. Elle le regrettait maintenant, ayant vu à quoi ressemblaient des hommes vraiment déplaisants lorsqu'on leur donnait toute la liberté d'être aussi sordides que leur nature la plus grossière. Après avoir glissé vers le mur le plus éloigné d'eux, elle s'assit, immobile et silencieuse, estimant qu'il valait mieux ne pas attirer leur attention à nouveau.

Comment était-ce possible d'avoir dormi toute une journée ? Elle n'y avait rien gagné et elle avait perdu du temps. Elle ne savait pas quand Méléagant reviendrait. Et elle ne savait pas ce qu'elle ferait quand il serait là. L'abandon de Merlin lui fit mal à nouveau. Même dans les rêves, il ne voulait pas lui parler, l'aider. Guenièvre ferma les yeux, essayant de se souvenir de l'endroit noir.

Merlin avait eu peur qu'elle soit retrouvée. Par qui ? Pendant tout ce temps à Camelot, elle avait craint une attaque. La seule menace était celle qui avait fondu sur Merlin. Celle dont il l'avait éloignée.

La Dame du Lac.

La peur de Guenièvre de l'eau, son refus de la toucher... Si ses mains pouvaient effectivement sentir la vérité, peut-être la sauvaient-elles de ce qu'elle pourrait trouver dans l'eau : une force élémentaire d'un âge et d'une puissance inimaginables, déterminée à en finir avec elle afin de punir Merlin. Elle aurait été utilisée contre Merlin de la même manière qu'elle l'était maintenant contre Arthur.

Elle ne l'accepterait pas. Merlin était parti. Mais elle ne donnerait pas à Méléagant ce qu'il voulait. Elle lui enlèverait complètement l'option. À la prochaine occasion, elle se jetterait dans la rivière. Laisserait la Dame la prendre. Se laisserait anéantir. Merlin méritait au moins ça. S'il pouvait voir le passé et le futur, il avait vu ce qui arriverait et il ne lui était pas venu en aide.

Et de cette façon, elle ne pourrait jamais être obligée de blesser Arthur.

« Pourquoi souriez-vous ? » dit le premier garde. « Vous avez l'air bizarre. Arrêtez. »

« Je peux me promener sur l'île ? »

« Mais bien sûr. J'ai préparé un pique-nique ! Et sa dame aimerait-elle un peu de musique pour accompagner sa promenade ? » Le deuxième garde ôta son chapeau en s'inclinant. Ils ne s'éloignaient pas de la porte.

« J'ai besoin de me soulager. »

Le garde donna un coup de pied dans un bol en bois ébréché et fissuré dans sa direction. Il glissa sur le sol. « Allez-y, reine. »

Ce stratagème avait échoué. Et, pire, elle avait vraiment besoin de se soulager. « Vous ne pouvez pas vous attendre à ce que je fasse ça ici avec vous. »

Il éleva sa voix pour l'imiter. « Alors vous pouvez vous attendre à ne pas le faire du tout. »

Elle prit le bol, se retirant à l'extrémité de la masure. C'était très sombre. Les hommes ricanèrent. Mais le second garde lui tourna le dos. « Allez, Ranulf », dit-il. « Laisse la pauvre reine perdue pisser. »

Le premier garde haussa les épaules. « Cela me fait penser que je dois aller arroser la rivière avant que sire Méléagant ne revienne et que je doive rester au garde-à-vous pendant qu'il torture son nouvel animal de compagnie. » Il sortit, en fermant la porte derrière lui.

Guenièvre ne se soulagea jamais aussi vite de sa vie. Elle s'accroupit au-dessus du bol, gardant ses jupes autour d'elle. Dès qu'elle eût fini, elle se leva et remit ses sous-vêtements en place le dos à la porte.

Il y eut un cri de l'extérieur et un gros plouf.

« Qu'est-ce… », dit le deuxième garde en se levant.

Guenièvre prit le bol, se précipita à travers la pièce et jeta le contenu au visage du garde. Il poussa un cri de dégoût en bafouillant. Elle ouvrit la porte, prête à sauter dans la rivière…

Et elle sauta droit dans les bras d'un chevalier.

Loin du bord de l'île, Ranulf fut emporté rapidement, face contre terre. Elle ne fit que l'entrevoir, car Lancelot la fit pivoter et la plaça en sécurité contre le mur intérieur de la masure. Le second garde rugit en sortant, plissant les yeux, à moitié aveugle. Lancelot l'attrapa par la taille, utilisant son propre élan pour le jeter du haut des rochers dans la rivière.

Le garde eut du mal à garder sa tête hors de l'eau. Lancelot ramassa une grosse pierre qu'elle lança avec une incroyable précision. Elle percuta la tête du garde dont les yeux roulèrent en arrière. Il sombra dans le courant et disparut.

« Quand Méléagant reviendra-t-il ? » demanda Lancelot.

Guenièvre secoua la tête, pressant son dos aussi fort qu'elle le pouvait contre le mur en pierre. Elle s'était préparée à sauter dans la rivière pour mourir. Mais elle ne voulait plus. Plus du tout. « Bientôt, je pense. »

« Allons-y. » Lancelot longea la masure, en s'éloignant d'elle.

« Je ne peux pas nager ! » s'écria Guenièvre.

« Je vais vous aider. »

« Non, vous ne comprenez pas ! » Guenièvre se précipita à travers la porte pour rejoindre Lancelot. Elle suivit la chevalière pour découvrir que Méléagant l'avait trompée, au moins en partie. Car la rivière de ce côté-là était plus large, étincelante et calme dans la lumière de fin d'après-midi. Elle semblait facile à traverser.

Mais c'était quand même une rivière.

« Elle n'arrive qu'à hauteur de mes cuisses », dit Lancelot. « Tout ira bien. Vite. » Lancelot fit un pas dans l'eau et Guenièvre cria.

« Non ! J'ai... je dois vous dire la vérité, Lancelot. » Guenièvre baissa la tête, fixant les rochers qui la séparaient de l'eau.

« Que Merlin est votre père ? »

Guenièvre leva les yeux, stupéfaite. C'était étrange, venant de la bouche de Lancelot, tout comme cela l'avait été d'Arthur. « Arthur vous l'a dit ? »

Lancelot secoua la tête. « Il n'a pas fallu longtemps pour comprendre. Après tout, comment une princesse des terres du Sud pourrait-elle savoir où Merlin vivait dans les bois ? Pourquoi serait-elle si soucieuse de le sauver ? Tout le monde sait ce que représentait Merlin pour Arthur. Il est évident qu'Arthur choisirait la fille de son premier protecteur comme épouse. » Lancelot sourit, mais son sourire était amer. Ses yeux noisette se rétrécirent et se durcirent. « Je comprends même la tromperie. Parfois, nous devons cacher notre apparence aux yeux des autres pour pouvoir être ce que nous savons être. »

Il y avait une raison pour laquelle la main de Lancelot dans la sienne, ce jour-là dans la forêt, semblait à sa place, semblait juste. Lancelot la comprenait.

« Je ne peux pas toucher l'eau », déclara Guenièvre. « Si je le fais, je crains que la Dame du Lac me trouve et me prenne comme elle a pris Merlin. »

« Alors pourquoi alliez-vous vous jeter à l'eau ? »

« Méléagant m'aurait utilisée contre Arthur. Je ne suis pas certaine que j'aurais pu garder les secrets d'Arthur à jamais face à un homme de cette nature. » Guenièvre frissonna.

Lancelot avança jusqu'à elle. Elle se retourna et se pencha, en lui présentant le dos. « Grimpez. »

« Quoi ? »

« Sur mon dos. Tenez-vous bien. Enroulez vos jambes autour de ma taille. Nous traverserons cette rivière. »

Guenièvre s'exécuta. Elle s'accrocha aux épaules de Lancelot. Celle-ci ajusta les jambes de Guenièvre, en lui remontant un peu le corps. Les jupes de Guenièvre étaient relevées jusqu'à la taille. Ses chevilles qui ne voyaient pas le soleil étaient blanches.

Lancelot maintint les cuisses de Guenièvre en place de chaque côté, puis entra dans la rivière.

Guenièvre ferma les yeux, mais maintenant qu'elle avait connu la peur, qu'elle savait que la peur était réelle et non pas juste une bêtise, elle trouva cela plus facile. La honte de sa phobie de l'eau avait été presque aussi grande que la peur et sans honte la peur pouvait être affrontée.

Lancelot avança prudemment, chaque pied fermement planté pendant que le suivant se soulevait. Cela sembla durer une éternité. L'eau arrivant de plus en plus haut sur les jambes de Lancelot, Guenièvre craignit que celle-ci n'ait mal jugé de la profondeur.

« Serrez moins fort, ma dame ! » dit Lancelot, la voix tendue. Guenièvre desserra l'étreinte de ses bras, qui s'étaient déplacés autour de la gorge de Lancelot.

« Pardon ! »

« Nous y sommes presque. Fermez les yeux. Ça sera plus facile. »

Une fois de plus, Guenièvre s'exécuta.

Lancelot parlait avec douceur, d'une voix grave et profonde sur un ton uniforme. « Comment avez-vous pu tromper la vigilance des gardes à l'intérieur ? Avez-vous utilisé la magie ? »

Guenièvre renifla, en plaçant sa tête contre l'épaule de Lancelot. « Il vaut mieux que vous ne sachiez pas. »

« Eh bien, maintenant je suis plus curieuse que jamais. »

« Je vous épargnerai les détails », dit Guenièvre, respirant profondément l'odeur de cuir de l'armure en patchwork de Lancelot. Elle masquait l'odeur de la rivière, ce qui aidait Guenièvre à combattre sa peur. « Mais cela impliqua un plein pot de chambre. »

Lancelot rit, ses mains se resserrant autour des cuisses de Guenièvre. « Vous n'avez pas fait ça ! »

« Il méritait pire. J'aurais seulement aimé que cela finisse sur le visage de Méléagant. »

« Je suis fière de vous. Une vraie guerrière peut faire une arme de n'importe quoi. Il faudra que je me souvienne de cette astuce. »

« Je doute qu'un pot de chambre soit l'une des armes proposées lors du prochain tournoi. »

Lancelot se racla la gorge. La marche dans l'eau était finie. Lancelot avança encore de quelques pas, puis pencha la tête si bien qu'elle se heurta à celle de Guenièvre. « Ma dame, votre noble coursière vous a conduite jusqu'à la terre ferme. » Elle s'accroupit et Guenièvre se laissa glisser jusqu'au sol heureusement sec. « Et maintenant, courons. »

Guenièvre et sa chevalière coururent à travers une large plaine rocheuse. Des broussailles parsemaient le paysage mais offraient peu de protection. « Mon cheval est là, à la limite des arbres. Je ne pouvais pas prendre le risque de l'amener plus près. Il m'a fallu des siècles pour traverser cette plaine, allant de rocher en rocher. Je me suis inquiétée pour rien. Ils ne sont jamais sortis pour surveiller. Méléagant ne craignait pas d'être découvert. »

« Comment Arthur a-t-il su où me chercher ? » Guenièvre sentit un point de côté. Elle n'avait pas mangé depuis le tournoi. Et elle ne savait pas combien de temps s'était écoulé, car elle avait passé une grande partie du temps sans connaissance. Mais elle gardait le même rythme que Lancelot. Elle pourrait être fatiguée quand elles seraient en sécurité.

« Brangien, votre camériste, vous a trouvée. Je ne suis pas certaine des détails. Quelque chose à voir avec de la couture et vos cheveux laissés dans ses peignes. »

Chère Brangien ! Le cœur de Guenièvre se gonfla de gratitude. Sa camériste avait risqué le bannissement pour retrouver Guenièvre. Méléagant n'avait pas compté sur la force et la ruse des femmes. « Et Arthur a envoyé son meilleur chevalier. »

Lancelot pointa du doigt. « Nous pourrons parler lorsque nous serons à cheval, loin d'ici. »

Elles réussirent à atteindre les arbres sans aucun signe de poursuite. Lancelot siffla une note haute et aiguë. Son cheval serpenta aimablement. elle fit monter Guenièvre, puis s'installa devant elle.

« À quelle distance sommes-nous de Camelot ? » demanda Guenièvre, ses bras entourant légèrement la taille de la chevalière.

« Une journée à peu près. Mais nous ne retournons pas à Camelot. »

« Où allons-nous ? »

« Au nord, vers les terres pictes. Méléagant s'attendra à ce que nous retournions à Camelot. J'espère qu'en allant vers le nord, puis en faisant un crochet pour redescendre, nous pourrons l'éviter. J'adore ce cheval de toute mon âme, mais à porter deux cavalières aussi longtemps, il ne pourrait pas distancer les hommes qui nous traquent. »

« Est-ce qu'Arthur nous rencontrera là-bas ? »

Lancelot inspira profondément, puis expira lentement. « Arthur ne m'a pas envoyée. Brangien dit qu'il n'allait envoyer personne. Pas avant d'en savoir plus. La plupart des actions contre Méléagant se terminent par une guerre, et le roi n'entrera pas en guerre à moins qu'il ne le doive absolument. Je n'ai jamais pensé que son père me manquerait, mais... parfois la guerre ne peut être évitée. »

Guenièvre s'assombrit. C'était ce à quoi elle s'était attendue, bien sûr. Mais le savoir avec certitude faisait mal. Une partie d'elle avait encore espéré qu'Arthur risquerait tout pour elle, mais l'apparition de Lancelot sembla éteindre cet espoir. « Arthur a eu raison d'agir comme il l'a fait », dit-elle doucement. « Il doit prendre en considération le bien de tout son peuple. Je ne peux pas faire pencher la balance. Je ne le dois pas. Mais comment êtes-vous venue ? Vous ne pouvez pas désobéir à Arthur. Vous êtes chevalière maintenant. »

La voix de Lancelot devint inopinément rude, comme si elle essayait de parler avec quelque chose de coincé dans la gorge. « Je ne le suis pas. »

« Quoi ? »

« Je vous déconseille de crier. »

Guenièvre chuchota au lieu de crier : « Que voulez-vous dire, vous n'êtes pas chevalière ? Ont-ils retardé la cérémonie à cause de ma disparition ? »

« Mon sexe a été découvert au même moment que votre enlèvement. J'ai été renvoyée sur-le-champ. »

« Mais Arthur doit... »

« Le roi Arthur a bien d'autres choses en tête que les problèmes d'une femme. »

« Que les problèmes de deux femmes », dit Guenièvre d'une voix douce et triste. « À notre retour, j'exigerai que vous retrouviez votre place parmi ses chevaliers. Vous l'avez gagnée. Vous êtes meilleure que n'importe lequel d'entre eux. »

« Cela n'a pas d'importance maintenant. Votre sécurité est tout ce qui compte. » Lancelot fit une pause. « Le roi Arthur a eu tort de ne pas vous choisir. » Sa voix était aussi implacable que son épée. La jument réagit au son de la voix et se déplaça plus vite. Lancelot lui caressa le cou et la tapota pour la faire ralentir. « Ma reine, vous m'avez acceptée comme je suis depuis le début. Je me battrai pour vous, tout le reste de ma vie. C'est le seul honneur que je puisse demander. »

Les bras de Guenièvre se resserrèrent autour de la taille de sa chevalière. Elle inclina sa tête alourdie et posa sa joue contre le dos robuste de Lancelot. « Merci », murmura-t-elle.

« Remerciez-moi quand nous serons en sécurité. » Lancelot chevaucha prudemment, la tête tournant constamment d'un côté à l'autre, à la recherche d'une quelconque menace.

Guenièvre ne voulait pas la distraire, mais elle avait d'autres questions. « Comment avez-vous trouvé Brangien ? »

« Elle est allée chez Mordred et il m'a trouvée. »

« Mordred ! Brangien est allée chez Mordred ? » Ce dernier dirigeait les tribunaux. C'était une chose pour lui que d'excuser la magie de Guenièvre dans la forêt pensant qu'elle avait cessé d'en faire. C'était une tout autre chose que d'excuser la magie faite au cœur de Camelot. « Si cela se sait, elle sera bannie. »

« Il est certain que Mordred ne le dira pas. Tout ça, c'était son idée. Il s'est disputé avec le roi, exigeant qu'ils partent vous chercher. Quand le roi a dit qu'ils allaient attendre, Mordred s'en alla comme une tornade. Brangien vous avait déjà recherchée et elle en a informé Mordred. C'est lui qui a reconnu l'endroit décrit par Brangien. Il nous attend dans un campement. Nous avons pensé qu'il valait mieux qu'un seul d'entre nous parte à votre recherche. C'était plus facile pour se cacher. Et s'il avait fallu en arriver là, j'aurais pu m'habiller en femme et essayer d'arriver jusqu'à vous ainsi. Bien que je sois heureuse que ce ne fût pas le cas. Je me sens fausse dans des vêtements de femmes. C'est comme si je m'habillais avec un mensonge. »

La forêt s'épaissit et Lancelot dut se concentrer sur l'orientation de son cheval. Guenièvre restait vigilante, chaque bruissement d'oiseau ou chaque mouvement d'un animal lui faisait croire qu'elles étaient suivies.

Alors que le crépuscule s'enfonçait dans la nuit, Lancelot dirigea le cheval dans une série de collines basses couvertes d'arbres.

Des bruits lourds de sabots se rapprochèrent rapidement. La chevalière tira son épée.

« Lancelot ! » cria Mordred. Il stoppa son cheval dans un long arrêt glissé. Un second cheval était attaché au premier par une corde. « Vous êtes suivies. J'ai compté six hommes. Je soupçonne que Méléagant est avec eux. Vite, Guenièvre. » Il se tut, fermant les yeux et laissant le soulagement envahir son visage. « Guenièvre », répéta-t-il d'une voix douce comme une prière. Puis il revint à la tâche urgente de les garder toutes deux en vie. Il tira sur les rênes du second cheval pour le rapprocher. Guenièvre se laissa glisser au sol puis grimpa sur le dos de la nouvelle monture.

« Êtes-vous blessée ? » Mordred se rapprocha et scruta son visage dans la lumière pâlissante.

« Rien qui ne guérira pas. Lancelot est arrivée à temps. Vous êtes tous les deux arrivés à temps. Merci. »

« Est-ce que votre cheval peut avancer dans le noir ? » demanda Mordred à la chevalière.

Lancelot rit. « Mon cheval avance toujours dans le noir. »

« Alors, il faut que nous bougions. Je ne laisserai plus ce monstre s'emparer d'elle à nouveau. »

« Nous ne pouvons pas les distancer », cria Lancelot alors qu'ils poussaient leurs chevaux au galop. Ils n'allaient pas aussi vite que possible, mais bien plus vite qu'il était prudent de le faire dans la faible lumière de la lune.

« Je sais ! » Mordred agrippa ses rênes de rage.

« Nous pourrions choisir un endroit pour nous battre avant que Méléagant puisse réunir plus d'hommes. Si nous les surprenons, nous aurons peut-être une chance. » Lancelot avait l'air calme. Résolue. Guenièvre ne pensait pas qu'ils aient beaucoup de chances. Et elle serait inutile. Incapable d'aider alors qu'elle regarderait deux personnes qu'elle aime se battre et probablement mourir pour elle.

Mordred secoua la tête. « Méléagant a de puissants alliés et ses soldats lui sont fidèles. Si le neveu d'Arthur le tuait, cela signifierait la guerre aussi sûrement que si Arthur l'avait tué lui-même. »

« Mais il ne s'arrêtera jamais. » Guenièvre l'avait vu. L'avait senti. La guerre avec Méléagant était aussi inévitable que la nuit qui se rapprochait d'eux. « Il veut Camelot. Il n'abandonnera pas, même si nous revenons. Il est une menace pour le royaume. Pour Arthur. »

Mordred ralentit son cheval. Le sien fit de même. « Je pourrais… avoir une idée. Mais c'est une très mauvaise idée. »

Lancelot tournait autour d'eux, en inspectant les alentours. « Je suis prête à entendre toute idée qui ne nous conduit pas à la mort, à la capture de Guenièvre, ou au renversement de Camelot. »

Mordred poursuivit : « Nous voulons la mort de Méléagant. Nous sommes d'accord sur ce point. »

Guenièvre acquiesça d'un air sinistre.

« Et si ce n'était pas *nous* qui le tuions ? Et si sa mort ne pouvait jamais être attribuée à Arthur ? »

Guenièvre réfléchit. Peut-être pourraient-ils pénétrer en territoire picte. Et en quelque sorte convaincre les Pictes de tuer Méléagant ? Peu probable. Et même s'ils réussissaient à tuer toute la bande de Méléagant, il n'y aurait aucune raison que l'histoire ne se propage pas. « Si les gens apprennent que Méléagant m'a kidnappée, toute épée ou toute flèche d'un assassin sera attribuée à Arthur. »

« Nous n'utiliserons pas d'épées ni de flèches », déclara Mordred. « Nous utiliserons une arme que le roi Arthur, vainqueur de la Reine des Ténèbres, bannisseur de la magie, n'utiliserait jamais. »

Guenièvre se raidit. « Quelle arme ? »

« Nous réveillerons les arbres. »

Guenièvre secoua la tête. « Nous ne pouvons pas faire ça ! Merlin les a endormis à dessein. »

« Évidemment, nous ne réveillerons pas *tous* les arbres. Il y a un bosquet à quelques kilomètres d'ici. Ancien et puissant. Je connaissais l'île au milieu des terres que Brangien décrivit parce que j'y ai combattu aux côtés d'Arthur. Si quelqu'un sait quelles menaces dorment dans les racines et le sol, c'est bien moi. »

« Même si nous trouvions ça judicieux, ça ne peut pas se faire. »

« C'est possible », déclara Mordred. « Je sais ce que vous êtes, Guenièvre. »

Elle essaya de protester, mais il leva une main. « Vous n'avez pas à me donner d'explications. Nous n'étions pas tous d'accord avec la nécessité de bannir Merlin. » Il se pencha si près d'elle que leurs jambes se frôlèrent, alors que leurs chevaux évitaient de se cogner. La puissance émanait de lui. « Nous attirons Méléagant dans les arbres. Vous les réveillez. Ils le tuent. Et nous rendormons les arbres. Méléagant est mort, Camelot est en sécurité, *Arthur* est en sécurité. Je vous en prie. Je ne sais pas comment je peux sauver tout le monde autrement. Et je ne veux pas le perdre. Ou vous perdre. »

Merlin lui avait dit qu'Arthur avait besoin d'elle. Il lui avait conseillé de se battre en reine. Mais cela signifiait de ne pas pouvoir se battre du tout dans ce monde terriblement phallocrate. Mordred avait raison. C'était une tâche qu'elle seule pouvait accomplir. Elle était terrifiée, non seulement par le tyran qui les poursuivait, mais aussi par la forêt qui les attendait. Il y avait tellement de façons pour que cela tourne mal. Le fer avait ses limites. Il était contenu. Il fixait la magie sans s'étendre. Ses nœuds liaient n'importe quelle magie qu'elle faisait et chaque nœud finissait par s'effilocher, la magie se dissipant. Mais les arbres vivaient et le contrôle des créatures vivantes ne se passe jamais comme prévu.

Elle devait essayer. Et Mordred, qui l'avait toujours observée, croyait en elle.

« Aux arbres ! » dit-elle.

CHAPITRE VINGT-CINQ

Guenièvre s'agenouilla au pied d'un chêne imposant, noueux et torsadé. De profondes marques parcouraient son tronc telles des cicatrices. Elle y imposa les mains puis les retira à cause de la douleur ressentie. C'étaient *vraiment* des cicatrices. Cet arbre avait livré bataille.

Lancelot attendait sur son cheval au centre de la prairie parfaitement circulaire où Mordred les avait conduits. Guenièvre avait entendu parler des ronds de sorcières, formés par des champignons ou des pierres. Mais dans ce cas, la prairie était clôturée par les arbres. Comme si quelque chose s'était tenu au centre du cercle et avait tout fait reculer. Ou plutôt comme si quelqu'un l'avait fait.

Merlin.

Guenièvre avait tellement envie de lui parler, de savoir ce qu'il avait fait, comment il l'avait fait, comment elle devait le faire. Mais il avait refusé de partager la moindre once de vérité.

Mordred posa lentement la main sur l'épaule de Guenièvre. « Pouvez-vous le faire ? »

« Je n'ai aucune idée de ce que je fais ou de ce que je dois faire. Je n'ai jamais fait ce genre de magie. Je connais des petits tours de magie, Mordred. La purification, les nœuds. Mais ça, c'est beaucoup plus… »

« *Vous* êtes tellement plus. » Il s'agenouilla à ses côtés. Il posa la main sur la sienne, ravivant l'étincelle et la flamme intérieure. Puis il posa la main de Guenièvre contre l'arbre. Guidée par la chaleur de Mordred, elle passa au-delà de l'écorce, de l'aubier et des couches les plus externes de l'arbre. Jusqu'à son cœur, ses racines, en remontant jusqu'aux feuilles. Une centaine d'années de soleil et de pluie, de tempêtes et de neige, de croissance et d'hibernation la parcoururent. Elle pouvait les ressentir comme si les rayons du soleil faisaient battre son propre pouls. Et quelque part, elle pouvait ressentir l'esprit de l'arbre au plus profond de lui.

« Je le sens », murmura-t-elle. « Mais je ne sais pas comment le réveiller. »

« Peut-être un choc. Le feu ? »

C'était le feu qui les avait endormis et contrairement à Merlin, elle ne savait pas le manier comme une arme. Elle risquait davantage de mettre le feu à toute la forêt que de réveiller quoi que ce soit. Ses amis et elle mourraient alors asphyxiés dans les flammes, si Méléagant ne les avait pas d'abord repérés.

« Je peux voir des cavaliers ! » cria Lancelot. « Ils seront là dans quelques minutes. Si vous deviez faire quelque chose, faites-le vite. Mordred, je vous conseille de monter à cheval et de vous préparer à vous battre. »

« Le fer ! » dit Guenièvre. « Le fer est un véritable choc thermique pour toutes les choses magiques. » Mordred hocha la tête. « Je n'aurais jamais le temps d'atteindre le cœur de l'arbre avec mon épée. »

De quoi d'autre la magie avait-elle faim ? Quelque chose qui la nourrissait et contenait du fer. Quelque chose qui irait jusqu'aux racines, nourrissant l'arbre entier. Le réveillant.

« Donnez-moi un couteau », dit-elle en tendant la main.

« Pour quoi faire ? »

« Faites ce que je vous dis ! »

Mordred sortit un couteau du fourreau accroché à sa ceinture. Guenièvre le prit dans sa main. Elle ferma les yeux. Si cela ne fonctionnait pas, plus rien ne fonctionnerait. Elle serait obligée d'assister à la mort de Mordred et de Lancelot. Et Arthur tomberait.

Elle fit glisser la lame du couteau sur sa paume. Mordred réagit par un bruit de stupeur, mais Guenièvre n'ouvrit pas les yeux et ne le regarda pas. Elle garda la main au-dessus des racines et laissa le sang couler et s'infiltrer dans le sol. Ensuite, elle plaça sa paume contre le tronc et traça l'un des nœuds les plus simples qu'elle connaissait. *Réveille-toi.* Puis, l'un des nœuds les plus terribles qu'elle connaissait, celui qu'elle avait utilisé sur l'oiseau pour retrouver Merlin.

Obéis.

Une brise s'éleva au travers de l'arbre, dans un léger bruissement, et les feuilles se mirent à trembler. Mais la prairie resta parfaitement impassible. Il n'y *eut* pas de brise. L'arbre trembla à nouveau. Guenièvre maintint sa paume appuyée, laissant le sang couler sur la surface du tronc.

Les feuilles frémirent, puis s'immobilisèrent.

Ça n'avait pas marché. Elle ouvrit les yeux, dévastée.

Puis, soudain, elle sentit l'arbre se réveiller sous sa main. Elle avait déjà senti des arbres auparavant, ressenti leur sommeil agité. Ressenti la feuille de la forêt qui avait réclamé le village, ressenti ses dents. Mais ce n'était rien comparé à ce qu'elle ressentait maintenant dans cet arbre.

Le triomphe. Ainsi qu'une joie plus terrible que toute crainte qu'elle n'avait jamais connue.

Elle tomba à la renverse, puis se remit sur ses pieds. « C'était une erreur. Nous devons partir. Lancelot ! »

Sa main saignait toujours, arrosant la prairie. Une racine serpenta autour de son pied et la tira au sol. Elle cria alors que la racine la traînait par terre. Une branche se courba et les feuilles, toutes aussi tranchantes que des rasoirs, se déchaînèrent sur ses bras. Ses manches furent déchiquetées, entaillées des centaines de fois.

« Guenièvre ! » cria Lancelot. L'arbre tira Guenièvre plus en hauteur, la tenant au-dessus de la prairie alors que son sang coulait, coulait, coulait dans le sol. Vers les racines de tous les autres arbres.

Et au centre de la prairie, quelque chose d'autre bougeait. Se tordant sous la terre. Se réveillant.

« Ordonnez-leur ! » cria Mordred. « Faites-les obéir ! Méléagant est presque là. »

Guenièvre n'y arrivait pas. Elle avait fait une erreur. Dans le rêve, Merlin lui avait dit de se battre comme une reine. C'était la seule chose qu'il lui avait dite et elle avait essayé de se battre comme une sorcière. Un arbre se balança, laissant une de ses branches frapper violemment Lancelot. Celle-ci l'évita en se baissant et tomba de cheval. Elle siffla énergiquement et son cheval quitta la prairie en courant.

Mordred courut vers sa propre monture, mais les arbres arrivèrent les premiers. Des racines engloutirent l'animal, en le tirant lentement à terre. Il y eut un bruit de craquement, de cassure et de déchirement. Le cheval hurla une fois. Guenièvre ressentit son cri dans tout le corps. Puis, il se tut.

Une racine serpenta autour de la jambe de Mordred. « Ordonnez-leur ! » cria-t-il.

« Arrêtez ! » ordonna Guenièvre. Elle saignait toujours et était toujours suspendue. Pourtant, les arbres s'arrêtèrent. Attendant. Écoutant. Elle fixa Méléagant dans son esprit. Ajouta cinq autres hommes. Elle mit du fer dans leurs mains et du feu dans leurs yeux. Puis elle posa sa main contre la branche de l'arbre qui la tenait. Elle nourrit les arbres de l'image de Méléagant et de ses hommes. Elle les nourrit de feu, de fer et de mort.

Les arbres tremblèrent. La chose sous terre se tordait toujours, en produisant des vibrations, telle une bête invisible tournoyant sous l'eau. Mais elle n'avait pas encore fait surface.

La racine enroulée autour de la cheville de Mordred se retira sous terre. Ce dernier courut jusqu'en dessous de Guenièvre. Lancelot le rejoignit.

Lâchez-moi, dit-elle aux arbres. Ils se contractèrent. Ils avaient faim. Ils avaient soif. Et elle était quelque chose de *nouveau.* Elle ne pouvait pas expliquer l'excitation qu'ils ressentaient. De la reconnaissance mêlée à du plaisir. C'étaient des arbres. Ils avaient fait l'expérience des hommes et avaient connu le sang lors des batailles avec Arthur. Pourquoi avaient-ils ces sensations ?

Arrêtez, exigea-t-elle. Elle laissa des étincelles danser le long de ses bras. L'arbre qui la tenait recula en la laissant tomber. Mordred la rattrapa en titubant, mais amortit sa chute.

Ils se figèrent alors que la voix froide de Méléagant traversait la nuit. « Qu'est-ce que vous avez fait à Guenièvre ? » demanda-t-il. Il fit claquer sa langue avec désapprobation. « Je n'aime pas qu'on abîme mes choses. » Il se tenait dans l'obscurité la plus profonde, à la lisière des arbres, les utilisant pour s'y cacher. Ses hommes formaient un cercle. Guenièvre pouvait les entendre, mais personne n'avait encore pénétré dans la prairie.

Mordred reposa Guenièvre et se tint devant elle. Lancelot se positionna pour les protéger tous les deux. « Courez », dit-elle en brandissant son épée.

Méléagant rit. « C'est ça, vos champions ? Une femme et l'anguille d'Arthur ? Vous aviez raison. Le roi ne vous aime pas, c'est évident. J'aurais trouvé mieux pour aller récupérer un de mes chiens. » Il fit une pause. « En fait, mes *chiens* sont meilleurs que vos protecteurs. » Il leva la main et cinq cavaliers firent irruption dans la prairie.

Leurs chevaux se cabrèrent, les yeux roulant en arrière, les narines dilatées de panique. Trois des hommes tombèrent au sol. Le quatrième tint bon. C'est plutôt le cheval qui tomba, se retournant et écrasant son cavalier avant de se relever avec difficulté et de galoper dans la forêt aux trousses des autres chevaux.

Lancelot les assaillit et tua deux des hommes avant qu'ils n'aient pu se relever. Mordred ne quitta pas Guenièvre. Elle ne voulait pas détourner son regard de Lancelot ni de Méléagant. Il se passait tellement de choses.

Mais elle fixait le sol.

Sous ses pieds, des centaines de coléoptères noir de jais jaillissaient hors de terre comme l'eau de fontaines, se répandant et filant à toute allure. Des mites d'un noir poussiéreux s'envolaient, l'encerclant, puis disparaissant dans l'air nocturne.

« À moi ! » dit Méléagant. Les deux hommes encore en vie, deux ayant été tués par Lancelot et un par le cheval, reculèrent vers Méléagant. À l'instant où les chevaux s'emportèrent, il mit pied à terre. Il n'avait pas foulé la prairie éclairée par la lune. Ses hommes se tenaient devant lui, brandissant leurs épées. Méléagant observa les arbres qui tremblaient autour d'eux. « Vous êtes dans de mauvais draps, petite reine. Vous ne savez pas ce que vous avez réveillé ici. Je peux vous sortir de là en toute sécurité. »

Guenièvre quitta des yeux les horreurs qui s'élevaient du sol. Méléagant lui tendit la main. « Marchez vers moi très lentement et soyez reconnaissante que je me sente miséricordieux. »

Les mêmes abominations qui jaillissaient de terre semblaient s'élever en elle, la remplir. Les arbres l'avaient goûtée, mais elle les avait goûtés aussi. La rage ancienne, endormie depuis si longtemps, était réveillée maintenant. Des coléoptères rampèrent sur elle, le long de ses bras, sur son visage. La chose sous terre était presque libre. Elle devrait avoir peur.

Elle était seulement furieuse.

« *Je* ne me sens *pas* miséricordieuse. » Elle ferma les yeux et relâcha les arbres.

L'homme à droite de Méléagant trébucha et s'écrasa contre un tronc. Des branches poussèrent aussitôt, le serrant de plus en plus. En quelques secondes, l'arbre l'enveloppa, en grandissant autour de lui comme autour d'un rocher. Mais les hommes sont tellement plus mous que les rochers. Tellement plus cassables. Ses cris ne durèrent pas longtemps.

L'homme à gauche connut le même sort que le cheval de Mordred. Il fut tiré dans la terre, étreint par des racines. Pressé, tordu et fracturé. Les arbres ne faisaient pas de gaspillage. Ils utiliseraient chaque partie du corps.

Méléagant entailla une branche qui cherchait à l'attraper, la sectionnant avec son épée de fer. Les arbres frissonnaient, se rapprochant, se penchant sur la prairie. Méléagant courut vers Guenièvre. Il ne courut pas assez vite.

Des lianes lui saisirent les jambes. Il les entailla, mais chaque liane coupée donnait naissance à trois nouvelles. Elles s'épaissirent, en gardant la forme de Méléagant et en se courbant sur lui. Elles s'enroulèrent autour de son bras armé, le resserrant, jusqu'à ce qu'il lâchât son épée. Il était maintenant cloué au sol, tenu fermement. Il fixa ses yeux sur Guenièvre. La lune s'était libérée des nuages, les baignant tous dans une pâle lumière blanche.

« Vous êtes pire que moi », dit-il, la mâchoire serrée, le cou tendu alors qu'il résistait aux lianes s'enroulant tendrement autour de lui. « J'ai cherché à gouverner les hommes. Ce que vous avez réveillé les détruira. »

Guenièvre ne ressentait rien. Avait-elle eu peur de quelque chose de si fragile ? De si momentané ? Elle imagina les lianes pénétrant dans la bouche de Méléagant, bloquant sa langue. Ce fut le cas. Elles le couvrirent entièrement, sauf son visage. Il bascula vers la lune, ses yeux froids et inexpressifs enfin fixés sur une émotion : l'agonie.

Méléagant était mort.

« Guenièvre », dit Lancelot. La peur dans sa voix transperça la jeune femme. Elle frémit, soudainement consciente des coléoptères qui rampaient partout sur elle. Consciente de ce qu'elle avait fait et du peu qu'elle en avait ressenti.

Elle repoussa les insectes frénétiquement. Les arbres tremblèrent, grinçant et gémissant alors qu'ils s'étiraient. « C'est assez ! » dit Guenièvre. « Nous avons fini. »

Mais les arbres n'avaient pas fini. Ni les ténèbres. Une main surgit du sol, agrippant la cheville de Guenièvre. Lancelot coupa la main. Elle s'échappa sur le sol comme une araignée, loin dans la forêt.

« Qu'avons-nous fait ? » Guenièvre se couvrit la bouche en regardant une autre main se former là où la première avait été coupée. Quelque chose était sous terre. Et cette chose se libérait.

Mordred s'agenouilla à côté de la main. « Guenièvre, je suis ravi de vous présenter à la Reine Noire. Ma grand-mère. »

CHAPITRE VINGT-SIX

La main s'allongea, se transformant en un bras. Un soupçon d'épaule. Le premier arrondi de ce qui serait une tête. « Non », dit Guenièvre, reculant avec horreur.

Mordred lâcha la main. Il se leva. « Arthur détruisit son corps, mais pas avant d'avoir envoyé son âme dans le sol. Elle avait besoin d'aide pour prendre une nouvelle forme. Je ne pouvais pas y arriver ; ma mère non plus. C'est miraculeux. Merci. »

« Vous m'avez trompée ! »

Il recula comme s'il était offensé. « Je vous ai *trompée* ? Je suis la seule personne qui ne vous ait pas menti. Je suis la seule personne qui soit venue pour vous. »

Lancelot agrippa la poignée de son épée, se positionnant devant Guenièvre. « Non », dit-elle. « Vous n'êtes pas la seule personne. »

« Comment ? » Guenièvre ne pouvait pas le croire, ne pouvait pas comprendre. « Vous n'êtes pas magique. Vous touchez le fer. »

Mordred fit tournoyer élégamment son épée dans les airs, faisant chanter le métal. « Ma mère est la fée Morgane, la sœur d'Arthur. Mais mon père était le Chevalier Vert. Je viens des deux mondes. Le fer mord, mais il ne tue pas. Et je suis habitué à la douleur. » Il haussa un sourcil avec un air de reproche moqueur. « C'était un mauvais tour que vous avez fait sur les portes du château. Comme des fourmis qui grouillaient sur mon corps chaque fois que j'entrais ou sortais. »

Guenièvre détourna les yeux de la monstruosité dans le sol pour rencontrer le regard de Mordred. « Vous ne pouvez pas la laisser se lever. Vous savez ce que cela signifierait. »

« Un retour à la nature. Un retour à la magie sauvage au cœur de ce pays. Savez-vous qui a sculpté Camelot dans la montagne ? Ce n'étaient pas les hommes. Ces derniers sont entrés et l'ont revendiqué, parce que c'est ainsi que font les hommes. » Il tenait son épée et regardait la façon dont elle captait le clair de lune. « Je ne veux pas que les hommes meurent. Mais il faut leur rappeler leur place dans le monde. Quelqu'un doit les empêcher de s'accaparer tout ce qui en vaut la peine. Les empêcher de s'accaparer *chaque personne* qui en vaut la peine. » Il tendit la main vers Guenièvre. « Votre place n'est pas à Camelot. Votre place est ici, avec la magie sombre et merveilleuse qui coule sous et à travers tout. Vous savez que c'est vrai. Dites-moi que vous n'y avez pas goûté. Dites-moi que vous ne l'avez pas ressentie lorsque nous nous sommes touchés. »

Guenièvre ne pouvait pas lui dire ça. Pas avec honnêteté. Et la perte de la magie l'*avait* blessée. Elle l'avait ressentie partout : dans le poids de la pierre de Camelot, dans les attentes de son peuple, dans l'érosion implacable du temps. Elle s'était laissé transformer en quelqu'un qu'elle ne connaissait pas. Elle avait laissé les hommes l'accaparer.

« Quel est votre vrai nom ? » demanda Mordred. « Vous n'êtes pas une princesse du Sud. »

Elle ouvrit la bouche et…

Elle ne l'avait pas. Il lui avait été perdu. Tout ce qu'elle était maintenant, c'était Guenièvre. Elle pouvait sentir le futur venir, se rapprocher de plus en plus, le moment même où la petite magie qu'elle nouait dans le monde autour d'elle cesserait de fonctionner. L'enchantement dormait si profondément qu'il ne pouvait pas être rappelé. Tout comme Merlin, enfermé dans une grotte. Celui-ci avait laissé ce futur se produire. Il avait quitté Camelot, avait cédé le futur à Arthur, avait livré le monde aux hommes.

Guenièvre comprenait la colère de Mordred. Elle-même la ressentait. Tout ce qui était enchantement était en train de disparaître, et c'était terrible au-delà de toute compréhension. Mais l'enchantement aussi était terrible. La clairière autour d'elle en était une preuve suffisante. La mort de Méléagant n'était-elle pas terrible et merveilleuse dans une égale mesure ? La sensibilité de l'arbre n'était-elle pas belle et abominable à la fois ? L'indifférence des arbres, de la magie, de la nature sauvage était le contraire de la justice. Les hommes exigeaient la justice, la vengeance. Ils bannissaient la magie pour faire place aux règles et aux lois. Dans la nature, seul le pouvoir comptait. Et elle avait du pouvoir.

Il l'avait pénétrée alors qu'elle assistait à la mort d'un homme.

Elle ne pouvait pas se donner aux ténèbres. Pas après tout ce qu'elle avait ressenti, vu et fait en tant que Guenièvre. Grâce à Camelot, elle avait appris ce que c'était que d'avoir une famille entourée d'amis. D'aimer Arthur. De croire en lui. Elle le savait depuis le moment où ils s'étaient rencontrés. Il y avait quelque chose de vain dans ce qu'Arthur faisait, c'était certain. Elle comprit enfin ce que le dragon lui avait montré. La similarité qu'il avait perçue en elle. Le choix qui l'attendait.

Merlin avait déjà fait le choix de se soustraire au conflit entre l'ancien et le nouveau. De laisser ses pouvoirs magiques se faire circonscrire.

De mourir, même.

Guenièvre n'était pas prête à mourir. Et elle n'était pas non plus prête à laisser les ténèbres refaire surface sans se battre.

« Nous devons l'empêcher de se relever », dit-elle en se tournant vers Lancelot. « J'y arriverai peut-être. Mais seulement si vous occupez Mordred. »

Le sourire de Lancelot était un spectacle sinistre au clair de lune. « Je peux m'en occuper. »

Le chevalier soupira. « Savez-vous pourquoi je ne perds jamais ? » Il se précipita en avant, donnant un coup de pied brutal dans l'estomac de Lancelot. Il leva rapidement son épée. Lancelot réussit à peine à la bloquer avec la sienne. Mordred fit pression en poussant la chevalière. « Chaque contact avec le fer, chaque respiration prise dans un Camelot bien ordonné et étouffant, *chaque* minute en présence d'Arthur et d'Excalibur est une douleur. Ma vie est une douleur. Qu'ai-je à craindre de vous ? » Il esquiva un coup de Lancelot et lui donna un coup de pied dans le genou.

Guenièvre se précipita vers l'endroit où la Reine Noire était en train d'émerger. Elle avait maintenant deux mains, des épaules, une colonne vertébrale. Sa tête était inclinée, pas encore relevée. Elle remuait et se modifiait, faite non pas de peau, mais de milliers de choses rampantes, de terre et de plantes, qui la reconstruisaient. Guenièvre tendit une main tremblante et la posa sur le dos de la Reine Noire.

Tout alla plus vite, alors que la Reine Noire frissonnait et se relevait. Guenièvre lui recoupa les mains, toujours couvertes de sang.

Elle avait senti…

La vie. Le prédateur et la proie. La naissance et la mort. Le plaisir et le chagrin. La Reine Noire était tout ça. Plus qu'humaine et moins aussi. Elle était une fée. Elle était le *chaos*. Elle détruirait tout ce qu'Arthur avait construit. Ferait reculer les hommes des siècles en arrière. Prendrait leurs villes et leurs champs, et ne leur donnerait que le fourrage, la chasse et le choix d'être chassés. Parce qu'à ce moment-là, elle les dominerait. Elle venait pour récupérer la Terre.

Et Guenièvre ne pouvait pas l'arrêter. Aucun des nœuds qu'elle connaissait ne pouvait lier le chaos de la Reine Noire. Même le fait de la toucher lui donnait plus de pouvoir. Merlin avait averti Guenièvre de se battre en tant que reine. Elle ne l'avait pas fait. Et elle avait réveillé quelque chose qu'elle ne pouvait pas rendormir.

Elle se retourna pour trouver Mordred debout au-dessus de Lancelot. Cette dernière était à terre, immobile et sans épée. Mordred brandissait la sienne.

« Arrêtez ! » cria Guenièvre.

Mordred baissa son épée. « Je n'ai rien contre Lancelot. Je l'apprécie. Elle défie les frontières des hommes. Mais je ne pouvais pas la laisser frapper la Reine Noire. Elle est encore vulnérable tant qu'elle n'est pas formée. Mais il n'y en a plus pour très longtemps maintenant. » Mordred se mit de côté quand Guenièvre se précipita vers Lancelot. Sa chevalière respirait toujours, même si une plaie sur sa tête saignait abondamment.

« Lancelot », dit Guenièvre en secouant son épaule. Celle-ci gémit, mais n'ouvrit pas les yeux et ne bougea pas.

« Nous avons beaucoup de choses à nous dire. » Mordred rengaina son épée. « Je pense que la Reine Noire va s'expliquer, mais elle n'est pas très douée pour les explications. Venez, nous devrions éloigner Lancelot de la prairie. Je ne pense pas que cela se passera bien pour elle lorsque ma grand-mère se lèvera. Lancelot sera plus en sécurité sous les arbres. Si nous pouvons trouver son cheval, peut-être qu'il l'emmènera assez loin. Ce n'est pas un endroit pour les humains ici. La Reine Noire ne montrera aucune pitié. »

« Alors je mourrai aussi ! »

« Guenièvre. » Mordred attrapa Lancelot par les deux bras pour la traîner à travers la prairie. « Maintenant, vous devenez absurde. »

Guenièvre courut vers le premier arbre, le plus ancien. Elle pressa la paume de sa main contre lui, invoquant le nœud qui lui ordonnait d'obéir. Elle sentit l'arbre le sentir. Et elle sentit l'arbre l'ignorer.

« Non ! » cria-t-elle. Elle pressa, plus fort. Si elle pouvait contrôler les arbres, ils pourraient ligoter la Reine Noire. Elle s'enfonça dans l'écorce, se rappelant comment elle avait changé les souvenirs de sire Bohort. Elle chercha le cœur de l'arbre, sa mémoire. Peut-être qu'elle pourrait...

L'arbre la repoussa. Quand elle réussit enfin à ouvrir les yeux, elle était sur le dos, regardant Mordred au-dessus d'elle.

« Vous n'êtes pas leur reine. » Sa voix était douce. « La forêt est à elle. Cela a toujours été ainsi. »

Guenièvre rampa vers l'arbre. Elle frappa sa main contre le tronc. L'arbre frissonna plus par agacement qu'autre chose. Elle était l'oiseau qui perçait, non funeste, mais simplement nuisible.

Puis un tressaillement transperça l'arbre, le bois. La peur que Guenièvre connaissait, la peur qu'elle avait éprouvée toute sa vie, l'agrippa. La peur de la mort. Pire que la mort. Elle leva les yeux des profondeurs les plus noires. La lumière scintillait à la surface de l'eau, au-dessus d'elle. *Rappelez-vous*, poussa l'arbre. *Rappelez-vous ce que c'est que d'être défait.*

Guenièvre sentit un côté malsain et nauséeux. Elle regarda en l'air et vit Excalibur percer l'arbre.

Le froid la saisit ; c'était terrible et vide. Elle s'éloigna en se traînant, espérant que les arbres allaient se rendormir. Mais il se passait autre chose. L'arbre craqua et devint gris. Il mourut sous ses yeux, desséché de partout. Les feuilles tombèrent, se transformant en poussière avant de toucher le sol de la forêt.

Tout comme son sang qui s'était répandu, le poison d'Excalibur en faisait autant. Tout autour de la prairie, les arbres qui s'étaient réveillés étaient anéantis.

La chose en eux qui leur avait donné vie, esprit, colère, joie et faim avait disparu. Arthur retira l'épée. Elle ne brillait pas au clair de lune. Même la lune avait été dévorée, aucun reflet le long du métal lisse de la lame. Arthur se retourna.

« Vite, avant qu'elle ne soit formée ! » dit Guenièvre. « Elle est encore vulnéra... » Guenièvre sentit la pression du métal sous son menton, contre sa gorge. Mordred la souleva, la tenant contre sa poitrine. Son bras autour de sa taille. Sa lame contre son cou. Ils se tenaient entre Arthur et la Reine Noire.

« Mordred », dit Arthur. « Relâchez-la. »

« Je ne suis pas sous vos ordres. »

« Vous ne pouvez pas vouloir cela. Vous savez ce que la Reine Noire apportera. Vous savez à quel point la magie est destructrice, à quel point le coût en est terrible ! »

« Qui êtes-vous pour décréter que la magie ne peut pas exister ? Vous qui existez grâce à la magie ! La magie de la violence, la magie de la cupidité. Les hommes ont fait bien pire avec la magie que les fées n'en ont jamais rêvé ! Vous êtes né grâce à la magie. Vous gouvernez grâce à un sorcier insensé et grâce à la Dame du Lac qui vous a donné cette chose hideuse ! »

« Il est le pont », murmura Guenièvre qui se souvenait. « Il est le pont entre la violence qui a été et la paix qui pourra être. »

« Écartez-vous, Mordred. » Arthur essaya de le contourner, mais Mordred suivit son mouvement, s'interposant avec Guenièvre entre Arthur et la Reine Noire. Guenièvre pouvait l'entendre derrière eux, pouvait entendre ses frissonnements et ses mouvements. Sa croissance.

Arthur se rapprocha. Guenièvre tremblait. Tout son corps convulsait avec la même terreur existentielle qu'elle avait ressentie dans l'arbre. Elle se plaqua contre Mordred, avait besoin de partir, de s'éloigner, d'être loin de cette chose. Loin d'Excalibur.

« Si vous vous rapprochez d'elle, elle sera défaite. Regardez, elle peut à peine tenir debout. » Mordred s'avança vers Arthur, poussant Guenièvre plus près de l'épée. Le monde tourna. Les ténèbres tourbillonnèrent, rongeant sa vision. *Elle était sous l'eau. Elle était prise au piège. Elle était…*

Arthur recula. Guenièvre prit une inspiration tremblante.

« Je vous laisserai choisir », dit Mordred. « Votre mère n'a jamais eu ce choix. Je suis plus miséricordieux que Merlin. Si vous voulez mettre fin à la Reine Noire, vous le pouvez. Mais vous devrez passer par Guenièvre pour l'atteindre. Excalibur la tuera aussi. Voici votre choix. Tuez-les toutes deux ou ne tuez aucune des deux. »

Guenièvre savait que c'était vrai. Elle ne survivrait pas si Excalibur se rapprochait d'elle. Ce n'était pas la faim qui émanait de la lame. C'était l'absence de faim. Elle dévorerait la magie et ne serait jamais rassasiée, jamais repue. Elle ne mangeait pas pour survivre. Elle mangeait pour finir.

Mais la Reine Noire serait vraiment morte. Le chaos qu'elle entretenait serait fini pour toujours. Les habitants de Camelot seraient autorisés à grandir, à apprendre, à vivre et à mourir de la façon dont ils voudraient, soumis uniquement les uns aux autres, et non à une magie qu'ils ne pourraient pas comprendre ou contrôler. Elle regarda dans les yeux chaleureux d'Arthur. Le garçon roi. Il portait le poids d'un royaume.

Elle fit oui de la tête. « Faites-le. »

Arthur soutint son regard. Et puis le roi en lui disparut, ne laissant que l'image de l'ami. De son Arthur.

Il rengaina son épée.

Elle est libre.

Depuis si longtemps, elle avait mille yeux, mille jambes et corps. Et maintenant, elle est formée, elle est réelle. Mais elle n'est pas en sécurité. Elle peut ressentir cet horrible outil, propre à la détruire, à détruire la magie.

Son beau garçon est à proximité. Ainsi que la reine-non-reine. Sa sauveuse. Il y a un mystère dans son sang, son sang doux. La Reine Noire, la vraie reine, tourbillonne de bonheur. Elle a une forme, elle a un mystère, elle a un but. Avant, elle tentait de vaincre les hommes au combat. Maintenant, elle les détruira de l'intérieur. Elle les pourrira, les décomposera, développera une nouvelle vie à partir de leurs cadavres pour nourrir la forêt.

Mais pour l'instant, elle a un ennemi encore trop dangereux à affronter. Trop de choses ont été enlevées à la terre. Elle essaie de puiser dans les arbres, mais ils sont morts. Pire que morts. Ils ont été effacés. C'est horrible. Elle ne peut pas prendre position ici.

Suivez-moi, *murmure-t-elle avec le bourdonnement de mille mouches noires apportant la peste dans la chaleur humide de l'été.* Amenez-la.

CHAPITRE VINGT-SEPT

Guenièvre entendit la Reine Noire s'éloigner en se glissant dans les arbres, plus vite que son ombre, plus vite que l'éclair. Elle avait été ressuscitée, puis elle était partie, par la faute de Guenièvre, dans chacun des cas.

Mordred rit en s'éloignant d'Arthur. Il traînait Guenièvre avec lui. Le sang perdu et le malaise causé par Excalibur l'avaient trop affaiblie pour lui résister.

« Laissez-la ! » ordonna Arthur.

« Venez nous chercher et vous devrez vous battre contre moi. Cela se terminera par la mort de l'un de nous deux. Je suis préparé à tuer ou à mourir. L'êtes-vous ? »

Arthur baissa la tête, les épaules avachies. Vaincu. Quoi que Mordred ait fait, il faisait toujours partie de la famille d'Arthur. Comme Mordred, Guenièvre savait qu'Arthur n'était pas disposé à le tuer.

Mordred accéléra le pas. Tirée contre lui, Guenièvre traîna les talons, mais il ne ralentit pas. Un des chevaux de Méléagant passa. Mordred siffla et le cheval trotta vers eux. Le chevalier poussa Guenièvre dessus, puis monta derrière elle. Il donna un coup de pied sur le flanc du cheval, les entraînant plus profondément dans la forêt.

« Tout ce qu'ils vous ont dit », dit Mordred, le bras serré contre la taille de Guenièvre et la bouche contre son oreille, « ne sont que des mensonges. »

« Merlin… »

« Merlin est le pire des menteurs. Vous pensez qu'il se soucie de vous ? L'homme qui traverse le temps ? Il aurait vu tout ça. Il aurait su que ça allait arriver. Est-il ici ? » Mordred désigna l'obscurité autour d'eux. « Non. Il n'y est pas. »

« C'est mon… père. »

« Vous ne pouvez même pas dire ça sans hésiter. Votre cœur et votre langue connaissent un mensonge lorsqu'ils le sentent, même si votre cerveau vous dit le contraire. Merlin n'est pas plus votre père qu'Arthur n'est votre mari. Ils vous ont piégée dans la prison de Camelot, vous ont enfermée dans des robes, vous ont dépouillée de tout ce qui était réel et ont créé leur *reine*. Ils vous ont mise dans un moule qui leur convenait. Parce que vous êtes terrifiante. Vous êtes plus puissante que n'importe lequel d'entre eux. Savez-vous ce qu'est Excalibur ? Ce qu'elle fait ? »

Guenièvre secoua la tête, fermant les yeux.

« Les gens pensent qu'elle est magique. Elle est l'opposé de la magie. Elle est la fin de la magie. La magie est la vie. Excalibur est un bourreau. C'est la raison pour laquelle vous ne pouvez pas supporter d'être près d'elle. Votre intérieur est magique. La magie coule dans vos veines, pulse dans votre cœur. Votre âme sait qu'Excalibur n'est pas votre défenseur. C'est votre ennemie. » L'étreinte de Mordred n'était plus tant pour la tenir captive que pour la tenir dans ses bras. Il reposa sa joue contre la tête de Guenièvre. « Merlin a toujours imposé sa volonté sur le monde. Par la magie, par la violence, par la tromperie. Et maintenant qu'il a décidé que la magie devait cesser, il vous a rendue complice. Il vous a faite prisonnière de ses plans. Vous a-t-il dit quelque chose de vrai ? »

Elle voulait répondre. Elle ne le pouvait pas. Si elle avait su les choses d'avance, qu'aurait-elle pu faire différemment ? Qu'aurait-elle choisi de faire ? Merlin avait insisté pour qu'elle fasse ce choix, mais elle avait la tête pleine des choses qu'il y avait mises, aux dépens des autres choses.

« Vous méritez d'être libre », déclara Mordred. « Vous méritez d'être sauvage. Vous n'êtes pas une reine. Camelot ne nourrira jamais votre âme. Il vous drainera aussi sûrement qu'Excalibur. Cédez à la magie qui sommeille en vous. Laissez-les derrière. » Il posa sa main sur la sienne, l'étincelle et la flamme plus fortes que jamais.

Quelque chose en elle reconnut quelque chose en lui, s'éleva pour le rencontrer, le désirer. Mordred n'avait pas tué Lancelot. Il n'avait pas tué Arthur. Il s'était battu uniquement pour réveiller la magie, pour récupérer les choses qui avaient été enfouies sous terre. Les choses qui faisaient partie de lui.

Les choses qu'elle ne pouvait plus nier et qui faisaient partie d'elle. « Que va-t-elle faire, maintenant qu'elle est libre ? » demanda-t-elle.

« Je n'en sais rien. Tout ce que je sais, c'est qu'elle est une créature aussi naturelle que les oiseaux, les biches, les lapins. »

« Les serpents. Les loups. Les araignées. »

Il rit avec douceur. « Oui, elle a plus de ces créatures en elle, c'est vrai. Mais n'ont-elles pas le droit de vivre comme n'importe laquelle des autres ? »

« Elle fera souffrir des gens. »

« Méléagant a fait souffrir des gens et Arthur ne l'en a pas empêché. »

« Il a essayé. C'était compliqué. »

« Ma grand-mère n'est pas compliquée. Regardez la comédie des hommes, les traités, les frontières et les règles. Regardez le peu de bien que cela a fait. Ils se battent tous encore, saignent, souffrent et meurent. Et leur âme meurt bien avant leur corps. Dites-moi que vous préféreriez être à Camelot plutôt qu'ici. »

« Mais pour s'allier aux ténèbres ! »

« Nous ne sommes pas obligés de rejoindre la Reine Noire. Elle s'en moquera et moi aussi. Nous ne sommes pas obligés de faire quoi que ce soit, sauf si nous le souhaitons. Il n'y a pas de lois, pas de frontières ni de règles ici. Laissez-moi dénouer les nœuds avec lesquels Merlin vous a liée. Qu'Arthur a resserrés. »

Merlin lui avait menti. Il l'avait tellement détournée de la vérité qu'elle craignait de ne plus pouvoir la connaître. Et Arthur l'avait laissée y croire. Mais quand elle imaginait couper toutes les lignes de mémoire, d'expérience et d'amour qui la liaient à Arthur, ces choses que Merlin n'avait jamais poussées dans sa tête, des choses plus profondes et plus anciennes que la magie, elle ne ressentait que de la tristesse.

Elle ne s'était pas engagée sur ce chemin doté de la vérité. Maintenant, elle en connaissait une grande partie. Maintenant, elle pouvait choisir, pleinement et complètement. Se sacrifier à Camelot ou s'en aller.

Cela ferait mal. Elle sourit tristement. Au moins, elle connaissait la douleur. La douleur ne la tuerait pas. La douleur ne la détruirait pas, mais pourrait la remodeler. Guenièvre pouvait maintenant accepter que les nœuds qu'elle nouait autour d'elle-même s'effilochent toujours. En se défaisant, ils lui donnaient l'espace pour devenir quelque chose de nouveau.

« Restez avec moi », murmura Mordred, « et soyez libre. Restez avec moi et soyez aimée. »

Elle tourna son visage vers le sien. Les lèvres de Mordred effleurèrent les siennes et la flamme jaillit, plus forte, plus brillante, plus affamée que toutes celles qu'elle aurait pu invoquer elle-même. Le feu était contre sa nature, mais il était le cœur de la nature de Mordred et il le laissait passer de ses lèvres aux siennes.

Elle le recueillit, le savoura, sachant qu'elle pourrait passer sa vie entière à brûler aussi brillante, aussi ardente et aussi vraie.

Puis elle canalisa le feu dans ses mains et les alluma. Elle attrapa celles de Mordred. Il cria de douleur, choqué, les retirant subitement. Elle le poussa et, de son cheval, il perdit l'équilibre jusqu'à dégringoler par terre.

Elle prit les rênes et entraîna le cheval vers la prairie. « Vous ne serez jamais heureuse avec lui ! » cria Mordred, la voix chargée d'angoisse. « Il est la fin de notre espèce ! »

Des larmes coulaient sur son visage. Elle savait que Mordred avait raison. Qu'en choisissant Arthur, elle choisissait de sacrifier la magie, de mettre fin à l'émerveillement, d'apprivoiser et de cultiver le cœur sauvage de la terre. De tuer cette propre partie d'elle-même.

Elle choisissait Arthur à nouveau. Elle ne savait ni comment ni quand, mais elle avait fait exactement ce choix auparavant. Elle le savait aussi soudainement et sûrement qu'elle avait su que Mordred avait dit la vérité quand il avait dit que Merlin et Arthur avaient menti sur tout.

Arthur était à genoux au centre de la prairie, vaincu. Excalibur, engainée, avait été abandonnée sur le sol de la forêt à côté de lui. Guenièvre se laissa glisser de son cheval et courut vers lui, puis s'agenouilla.

« Je suis désolée », dit-elle.

Il la regarda, les yeux brillants. Il la saisit, l'attirant vers lui. « J'ai cru que je vous avais perdue. »

« Vous auriez dû le faire. Je l'ai réveillée. Vous auriez dû me sacrifier pour en finir avec elle. »

« Je peux me battre contre elle. Je l'ai fait auparavant. Mais je ne pouvais pas vous perdre. Pas à nouveau. »

Il la tint contre lui. Elle posa sa tête contre sa poitrine, avec une douleur lancinante provenant de la proximité d'Excalibur, bien qu'elle fût rangée dans sa gaine. Arthur était une fin, mais il était aussi un commencement. De plus, elle croyait en lui. Merlin avait mis sa foi dans les hommes. Elle ne comprenait pas Merlin, mais elle comprenait au moins ça. Les hommes étaient capables de tant de mal et de tant de bien aussi. Avec Arthur, elle savait que la balance pencherait vers le bien.

« Comment avez-vous su où nous trouver ? » demanda-t-elle. Brangien ne l'avait dit qu'à Mordred.

« Merlin est venu vers moi en rêve. Je suis désolé de ne pas être arrivé plus tôt. Et je suis désolé de ne pas être venu à votre secours quand Méléagant vous a emmenée. Je le voulais. Je le voulais désespérément. Tout laisser derrière moi et vous sauver. Mais… »

« Mais vous avez une nation dont vous devez vous occuper. » C'est pourquoi il aurait dû tuer la Reine Noire, même si cela signifiait tuer Guenièvre. Elle éprouvait maintenant, mais à l'envers, le même mélange de dévastation et de bonheur qu'elle avait ressenti en disant à Méléagant qu'Arthur ne sacrifierait jamais son peuple pour elle. Elle ne savait pas quelle version était la meilleure.

La douleur qu'elle ressentait à proximité d'Excalibur pulsait de concert avec la culpabilité de Guenièvre. Elle avait fracturé la porte des ténèbres et ils n'avaient aucune idée de ce qu'il en adviendrait. Mordred avait raison. Merlin devait avoir vu tout cela. Malgré ça, il l'avait envoyée. Elle souhaitait pouvoir croire que le sorcier savait ce qu'il faisait. Elle essaierait maintenant de croire en elle.

Lancelot boita en les rejoignant et s'assit lourdement à terre. Elle siffla, puis siffla à nouveau. Le doux *tagada* des sabots retentit enfin. Son cheval lui donna un coup de museau. Lancelot enroula les bras autour de son cou et le câlina, tête contre tête.

« Nous avons perdu », déclara Guenièvre. « La Reine Noire est toujours là. Mordred aussi. »

Arthur regarda tragiquement le cadavre torturé de Méléagant. Guenièvre frissonna et s'en détourna. *Elle* avait fait ça. C'était ce que Mordred voulait qu'elle devienne. Puissante et terrible. Quand ils étaient venus ici, il leur avait semblé si important de tuer Méléagant. Tellement urgent. Mais maintenant, elle se posait des questions.

« Il y aura toujours une autre menace. Quelqu'un comblera le vide laissé par Méléagant derrière lui. La Reine Noire conspirera. Mordred… » Arthur s'arrêta avec le nom coincé en travers de la gorge. La cruelle trahison était récente. « Mordred prendra ses propres décisions. Camelot vaut la peine d'être possédé. C'est pourquoi Camelot vaut la peine d'être pris. »

« Nous sommes toujours en vie », déclara Lancelot. « Je compte cela comme une victoire. »

Arthur tendit la main et serra l'épaule de Lancelot. « Merci d'avoir été là pour Guenièvre quand je n'ai pas pu. »

« Ce fut mon honneur de servir ma reine. »

Guenièvre s'écarta d'Arthur. Elle hocha la tête. « Mais je ne suis la reine de personne. Nous ne pouvons pas prétendre que je le suis. Regardez ce que j'ai fait, le chaos que j'ai libéré. Arthur, je… Tout ce que je suis est un mensonge. Mordred l'a su dès qu'il m'a rencontrée. Il savait que je pouvais être utilisée contre vous. Méléagant le savait aussi. Je vous ai mis en danger. »

Arthur se leva. Il tendit une main vers Guenièvre. Il tenait la chaîne d'argent et de bijoux qu'il avait donnée à sa reine. « J'ai été confronté au danger toute ma vie. Je ne veux plus y faire face seul. S'il vous plaît », dit-il. « S'il vous plaît, rentrons chez nous. »

Guenièvre hésita. Elle ne rejoindrait pas Mordred et la Reine Noire. Mais elle pourrait se glisser dans le noir. Vivre dans la nature. Devenir un ermite, une rumeur.

Elle s'était trompée sur tout. Mais Merlin aussi. Elle n'avait plus besoin de protection, contrairement à Arthur. L'enfermer ainsi que sa magie à l'écart ne ferait de bien à personne. Quoi que Guenièvre fût, elle l'utiliserait pour défendre Arthur. Elle prit la chaîne en argent et la replaça contre son front. Puis elle prit la main d'Arthur.

Ce n'étaient pas l'étincelle et la flamme qu'elle avait ressenties au contact de Mordred, ni même la connexion instantanée avec Lancelot. C'était plus vieux et plus fort, comme la montagne de Camelot. Cela valait la peine de continuer. Elle pouvait accepter que ce ne soit pas ce qu'elle aurait voulu que ce soit. Accepter qu'il leur faudrait évoluer l'un avec l'autre pour découvrir ce qu'ils pourraient devenir ensemble. Mais elle ne lâcherait pas prise. « J'ai deux conditions pour rester reine », dit-elle.

« Nommez-les. »

« La Reine Noire est de retour. Nous savons ce qui nous menace maintenant. Je serai la première ligne de défense. Je ne reculerai pas devant ce combat et vous ne m'en empêcherez pas. »

Arthur acquiesça solennellement. « La seconde ? »

« Je peux choisir mon propre chevalier. Le protecteur de la reine. De cette façon, vous n'aurez jamais à vous soucier de me protéger. Ce ne sera pas votre responsabilité. »

Arthur tressaillit. « Ce sera toujours ma responsabilité. »

« Non. » La voix de Guenièvre était ferme. « Plus jamais, Arthur. Si vous vous trouvez confronté encore à ce choix, vous devez choisir Camelot. Vous n'êtes pas mon chevalier. » Elle se retourna et tendit sa main libre à Lancelot. « Elle l'est. »

Lancelot se figea. Elle ne fit pas un pas vers Guenièvre. Elle regarda son roi.

Et son roi sourit en hochant la tête. « Chevalière Lancelot, acceptez-vous votre position de protectrice de la reine ? »

Lancelot tomba à genoux, inclinant la tête. « Avec tout ce que je suis. »

La main d'Arthur se déplaça vers Excalibur. Guenièvre tressaillit et il s'arrêta. « Pardon. Une habitude. Nous vous ferons chevalière à notre retour à Camelot », déclara-t-il à Lancelot. « Avec une épée différente. »

Lancelot se releva. Puis elle rit, entourant Guenièvre de ses bras, la soulevant et la faisant tournoyer en cercles. « Merci », murmura-t-elle. Elle reposa Guenièvre et se dressa, puis elle s'éclaircit la voix. « Ma dame », dit-elle, « permettez-moi de vous aider à monter à cheval. »

Arthur les guida vers son propre cheval, puis ils chevauchèrent dans l'obscurité jusqu'à ce que l'aube illumine au loin Camelot qui les appelait à rentrer chez eux.

Guenièvre monta dans le bateau pour traverser le lac. Elle se souvint de l'espion de Méléagant. Elle ne reprendrait pas le risque que d'autres personnes remarquent ses allées et venues et découvrent des faiblesses exploitables.

L'eau lui faisait encore peur, mais elle pourrait vivre avec. Il y avait de pires choses que la noyade. Elle avait affronté la Reine Noire. La Dame du Lac n'aurait qu'à attendre son tour.

Il y avait eu vent de leur venue. Arthur la souleva du bateau, puis monta sur le quai et se tint à côté d'elle. La foule se rassemblait dans les rues, bordant le chemin qui sillonnait sur la colline sans fin jusqu'au château. Elle était excitée. Elle pleurait. Arthur prit la main de Guenièvre et la leva. « Notre reine est rentrée ! »

La foule acclama. Lancelot se tenait derrière eux, silencieuse. Arthur se tourna vers elle et lui souleva le bras. « Sauvée par sa championne. La protectrice de la reine et ma nouvelle chevalière, Lancelot ! »

Cette fois, les acclamations furent un peu plus timides et confuses. Mais ils s'y habitueraient. Et ce n'était pas leur décision de toute façon. Lancelot, main sur le pommeau de son épée, marchait avec confiance à côté de Guenièvre. Elle scrutait la rue comme si elle attendait des assassins au cœur de Camelot.

« Guenièvre ! » Brangien se libéra de la foule et se jeta sur Guenièvre. Elles s'embrassèrent, se tenant l'une contre l'autre.

« Vous m'avez trouvée », murmura Guenièvre. « Merci. »

« Vous êtes ma sœur. Je vous trouverai toujours. » Brangien s'écarta, s'agitant autour des manches sanglantes et déchirées de Guenièvre. Elle retira sa cape pour l'envelopper autour des épaules de la jeune femme et elle releva la capuche. « Où est Mordred ? »

« Plus tard », dit Guenièvre. Elle savait que Brangien se sentirait coupable d'avoir donné à Mordred l'information qui l'avait aidé. Mais la culpabilité n'appartenait qu'à Guenièvre.

Ensemble, ils commencèrent la longue marche vers le château. Arthur salua de la main les gens qui l'acclamaient, y compris une Dandrane en pleurs au bras de sire Bohort. Mais Guenièvre pouvait voir la tension dans le sourire d'Arthur, combien cela lui coûtait d'être leur force. Elle posa la main sur son bras et y exerça une légère pression. Elle portait le fardeau avec lui. Elle avait choisi Camelot.

Une légère pluie fine commença à tomber. Guenièvre se crispa d'abord. Puis, elle pencha la tête en arrière pour laisser tomber la pluie sur son visage. Pour la laisser nettoyer le sang, la terreur et le regret. C'était la première fois qu'elle se souvenait de l'eau touchant sa peau. Chaque goutte la nourrissait, reconstituant une partie de ce qu'elle avait perdu. Elle se sentait plus forte. Puissante.

Prête.

Elle était Guenièvre, reine de Camelot.

Elle était chez elle.

De la pluie sur le visage. Rinçant. Emportant la sueur, le sang et le goût d'elle-même.

D'une gouttelette à l'autre. Se rassemblant, gouttant, ruisselant. Toutes ces choses que l'eau apprend en courant dans les rues de Camelot, dans les fossés, sur les pierres, vers le bas, plus bas, encore plus bas.

Jusqu'au lac abandonné, en dessous. Une rivière qui coule vers un lac plus ancien, un lac plus froid. Une toute petite trace en reste, mais elle est suffisante.

L'eau remue. Se forme. Depuis les profondeurs, un visage lève les yeux. Il est tordu par le désir et la fureur d'un être infini qui n'avait jamais connu la perte.

Ses lèvres se courbent pour former deux simples mots.

À moi.

REMERCIEMENTS

Tous mes remerciements à sir Thomas Malory, T. H. White et Geoffroy de Monmouth, ainsi qu'à une série interminable de films et d'émissions spéciales de télévision, pour avoir planté les légendes arthuriennes au plus profond de mon cerveau.

Tous mes remerciements à mon éditrice, Wendy Loggia, et à son assistante, Audrey Ingerson, pour m'avoir aidée à tailler et à façonner ce qui a grandi.

Tous mes remerciements à mon agent, Michelle Wolfson, pour avoir pu vendre les choses sauvages qui surgissent de mon imagination.

Tous mes remerciements à mon mari, Noah, et à mes trois beaux enfants pour avoir gardé le paysage de ma vie joyeux et vert.

Tous mes remerciements à Regina Flath pour avoir fait ressortir la magie de la réalité pour la couverture.

Tous mes remerciements à Janet Fletcher et Colleen Fellingham pour s'être assurées qu'aucune mauvaise herbe ne passe sous leur radar.

Tous mes remerciements à Missio et à sa chanson *Bottom of the Deep Blue Sea* (« Les fonds de la mer bleue profonde ») pour avoir gardé mon cerveau bien irrigué et concentré.

Tous mes remerciements à l'ensemble de Delacorte Press et Random House Children's Books, en particulier à Beverly Horowitz, Barbara Marcus et mon agent publicitaire Allison Judd, ainsi qu'aux départements de marketing et de publicité, pour avoir aidé mes livres à trouver de nouveaux lecteurs.

Tous mes remerciements à Stephanie Perkins et Natalie Whipple, qui travaillent toujours à mes côtés.

Et enfin, un remerciement particulier aux filles et aux femmes oubliées dans les histoires et dans la vie, mais qui continuent de trouver des moyens de créer de la magie et de gagner en puissance et en vérité.

À PROPOS DE L'AUTRICE

KIERSTEN WHITE est une autrice à succès figurant sur les listes best-sellers du New York Times, lauréate du prix Bram Stoker et acclamée par la critique et le public pour de nombreux livres, dont la trilogie *And I Darken*, la série *Slayer*, la trilogie *L'ascension de Camelot*.

Ses livres ont été publiés dans plus de vingt pays et son roman *The Dark Descent of Elizabeth Frankenstein* est actuellement en développement avec Sony Pictures Television.

Kiersten vit avec sa famille à San Diego, où on la trouve régulièrement pressant ses mains contre la vitre de la porte arrière de sa maison, chuchotant furtivement *Je t'aime* à sa tortue, Kimberly.

La duperie de Guenièvre, premier livre de la trilogie *L'ascension de Camelot*, est son premier livre publié en France.

Composition et mise en pages
Nord Compo à Villeneuve-d'Ascq

Certifié PEFC
Ce livre est issu de forêts gérées durablement et de source contrôlées
PEFC/18-31-280
www.pefc-france.org

Le papier intérieur de cet ouvrage est composé de fibres naturelles, renouvelables, recyclables et fabriquées à partir de bois issu de forêts plantées expressément pour la fabrication de pâte à papier.

ISBN : 978-2-37876-054-0 (broché)
ISBN : 978-2-37876-060-1 (relié)

Dépôt légal : avril 2021

N° d'édition : 0028-019-01-01 (broché)
N° d'édition : 0029-019-02-01 (relié)

Achevé d'imprimer en Italie par L.E.G.O. - Lavis